聊齋誌異

上

清·蒲松齡 著

五南圖書出版公司 印行

目錄

卷一

卷三

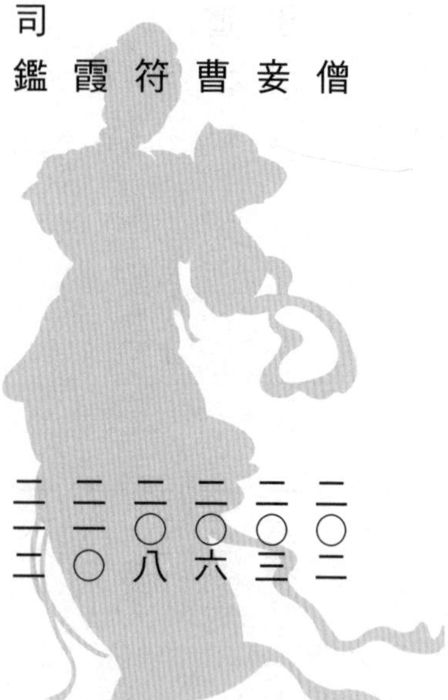

卷六

卷七

卷八

卷九

卷十二

附錄

作者小傳 淄川縣志

淄川蒲松齡，字留仙，號柳泉。辛卯歲貢。以文章風節著一時。弱冠應童子試，受知於施愚山先生，文名藉甚。乃決然舍去，一肆力於古文，悲憤感慨，自成一家言。性樸厚，篤交遊，重名義。與同邑李希梅、張歷友諸名士結為詩社，以風雅道義相切劘。新城王漁洋先生素奇其才，謂非尋常流輩所及也。家所藏著述頗富，而聊齋志異一書，尤膾炙人口云。

作者自誌

披蘿帶荔，三閭氏感而為騷；牛鬼蛇神，長爪郎吟而成癖。自鳴天籟，不擇好音，有由然矣。松落落秋螢之火，魑魅爭光；逐逐野馬之塵，罔兩見笑。才非干寶，雅愛搜神；情類黃州，喜人談鬼。聞則命筆，遂以成編。久之，四方同人，又以郵筒相寄，因而物以好聚，所積益夥。甚者：人非化外，事或奇於斷髮之鄉；睫在眼前，怪有過於飛頭之國。遄飛逸興，狂固難辭；永託曠懷，癡且不諱。展如之人，得毋向我胡盧耶？然五父衢頭，或涉濫聽；而三生石上，頗悟前因。放縱之言，有未可概以人廢者。松懸弧時，先大人夢一病瘠瞿曇，偏袒入室，藥膏如錢，圓粘乳際。寤而松生，果符墨誌。且也：少羸多病，長命不猶。門庭之淒寂，則冷淡如僧；筆墨之耕耘，則蕭條似鉢。每搔頭自念：勿亦面壁人果是吾前身耶？蓋有漏根因，未結人天之果；而隨風蕩墮，竟成藩溷之花。茫茫六道，何可謂無其理哉！獨是子夜熒熒，燈昏欲蕊；蕭齋瑟瑟，案冷疑冰。集腋為裘，妄續幽冥之錄；浮白載筆，僅成孤憤之書：寄託如此，亦足悲矣！嗟乎！驚霜寒雀，抱樹無溫；弔月秋蟲，偎闌自熱。知我者，其在青林黑塞間乎！康熙己未春日。

高序

志而曰異，明其不同於常也。然而聖人曰：「君子以同而異。」何耶？其義廣矣、大矣。夫聖人之言，雖多主於人事；而吾謂三才之理，六經之文，諸聖之義，可一以貫之。則謂異之為義，即易之冒道，無不可也。夫人但知居仁由義，克己復禮，為善人君子矣；而陟降而在帝左右，禱祝而感召風雷，乃近於巫祝之說者，何耶？神禹創鑄九鼎，而山海一經，復垂萬世，豈上古聖人而喜語怪乎？抑爭子虛烏有之賦心，而預為分道揚鑣者地乎？後世拘墟之士，雙瞳如豆，一葉迷山，目所不見，率以仲尼「不語」為辭，不知鷁飛石隕，是何人載筆爾爾也？倘概以左氏之誣蔽之，無異掩耳者高語無雷矣。引而伸之，即「閶闔九天，衣冠萬國」之句，深山窮谷中人，亦以為欺我無疑也。余謂：欲讀天下之奇書，須明天下之大道。蓋以人倫大道，淑世者聖人之所以為木鐸也。然而天下有解人，則雖孔子之所不語者，皆足輔功令教化之所不及。而諸皋、夷堅，亦可與六經同功。苟非其人，則雖日述孔子之所常言，而皆足以佐慝。如讀南子之見，則以為淫辟皆可周旋；泥佛肸之往，則以為叛逆不妨共事；不止詩書發冢，周官資篡已也。彼拘墟之士多疑者，其言則未嘗不近於正也。一則疑曰：政教自堪治世，因果無乃渺茫乎？曰：是也。然而陰隲上帝，幽有鬼神，亦聖人之言否乎？彼彭生覿面，申生語巫，武曌宮中，田蚡枕畔，九幽斧鉞，嚴於王章多矣。而世人往往多疑者，以報應之或爽，誠有可疑。即如聖門之士，賢雋無多，德行四人，二者夭亡；一厄繼母，幾乎同於伯奇。天道憒憒，一至此乎！是非遠洞三世，不足消釋群憾。釋迦馬麥，袁盎人瘡，亦安能知之？故非天道憒憒，人自憒憒故也。或曰：報應示戒可矣，妖邪不宜黜乎？曰：是也。然而天地大矣，無所不有；古今變矣，未可舟膠。人世不皆君子，陰曹反皆正人乎？豈夏姬謝世，便儕共姜；榮公撤瑟，可參孤竹乎？——有以知其必不然矣。且江河日下，人鬼頗同，不則幽冥之中，反是聖賢道場，日日唐虞三代，有是理乎？或又疑而且規之曰：

異事，世固間有之矣，或亦不妨抵掌；而竟馳想天外，幻跡人區，無乃為齊諧濫觴乎？曰：是也。然子長列傳，不厭滑稽；卮言寓言，蒙莊嚆矢。且二十一史果皆實錄乎？仙人之議李郭也，固有遺憾久矣。而況勃窣文心，筆補造化，不止生花，且同煉石。佳狐佳鬼之奇俊也，降福既以孔皆，敦倫更復無斁，人中大賢，猶有愧焉。是在解人不為法縛，不死句下可也。夫中郎帳底，應饒子家之異味；鄴侯架上，何須兔冊之常詮？余願為婆娑藝林者，職調人之役焉。古人著書，其正也，則以天常民彝為則，使天下之人，聽一事，如聞雷霆，奉一言，如親日月。外此而書或奇也，則新鬼故鬼，魯廟依稀；內蛇外蛇，鄭門躑躅，非盡矯誣也。倘盡以「不語」二字奉為金科，則萍實、商羊，羵羊、楛矢，但當搖首閉目而謝之足矣。然乎否耶？吾願讀書之士，攬此奇文，須深慧業，眼光如電，牆壁皆通，能知作者之意，並能知聖人或雅言、或罕言、或不語之故，則六經之義，三才之統，諸聖之衡，一一貫之。異而同者，忘其異焉可矣。不然，癡人每苦情深，入耳便多濡首。一字魂飛，心月之精靈冉冉；三生夢渺，牡丹之亭下依依。檀板動而忽來，桃茢遣而不去，君將為魍魎曹丘生，僕何辭齊諧魯仲連乎？康熙己未春日穀旦，紫霞道人高珩題。

唐序

諺有之云：「見橐駝謂馬腫背。」此言雖小，可以喻大矣。夫人以目所見者為有，所不見者為無。曰，此其常也；倏有而倏無則怪之，至於草木之榮落，昆蟲之變化，倏有倏無，又不之怪；而獨於神龍則怪之。彼萬竅之刁刁，百川之活活，無所持之而動，無所激之而鳴，豈非怪乎？又習而安焉。獨至於鬼狐則怪之，至於人則又不怪。夫人，則亦誰持之而動，誰激之而鳴者乎？莫不曰：「我實為之。」夫我之所以為我者，目能視而不能視其所以視，耳能聞而不能聞其所以聞，而況於聞見所不能及者乎？夫聞見所及以為有，所不及以為無，其為聞見也幾何矣。人之言曰：「有形形者，有物物者。」而不知有以無形為形，無物為物者。夫無形無物，則耳目窮矣，而不可謂之無也。有見蚊睫者，有不見泰山者；有聞蟻鬬者，有不聞雷鳴者。見聞之不同者，聾瞽未可妄論也。自小儒為「人死如風火散」之說，而原始要終之道，不明於天下；於是所見者愈少，所怪者愈多，而「馬腫背」之說昌行於天下。無可如何，輒以「孔子不語」一詞了之，而齊諧志怪，虞初記異之編，疑信之者參半矣。不知孔子之所不語者，乃中人以下不可得而聞者耳，而謂春秋盡刪怪神哉！留仙蒲子，幼而穎異，長而特達。下筆風起雲湧，能為載記之言。於制藝舉業之暇，凡所見聞，輒為筆記，大要多鬼狐怪異之事。向得其一卷，輒為同人取去；今再得其一卷閱之。凡為余所習知者，十之三四，最足以破小儒拘墟之見，而與夏蟲語冰也。余謂事無論常怪，但以有害於人者為妖。故日食星隕，鷁飛鵒巢，石言龍鬬，不可謂異；惟土木甲兵之不時，與亂臣賊子，乃為妖異耳。今觀留仙所著，其論斷大義，皆本於賞善罰淫與安義命之旨，足以開物而成務，正如揚雲法言，桓譚謂其必傳矣。康熙壬戌仲秋既望，豹巖樵史唐夢賚拜題。

余序

乙酉三月，山左趙公奉命守睦州，余假館於郡齋。太守公出淄川蒲柳泉先生聊齋志異，請余審定而付之梓。嚴陵環郡皆崇山，郡齋又多古木奇石。時當秋飆怒號，景物睄霠，狐鼠晝跳，梟獍夜嗥，把卷坐斗室中，青燈睒睒，已不待展讀，而陰森之氣，逼人毛髮。嗚呼！同在光天化日之中，而胡乃沉冥抑塞，託志幽遐，至於此極！余蓋卒讀之而悄然有以悲先生之志矣。按縣志稱先生少負異才，以氣節自矜，落落不偶，卒困於經生以終。平生奇氣，無所宣渫，悉寄之於書。故所載多涉諔詭荒忽不經之事，至於驚世駭俗，而卒不顧。嗟夫！世固有服聲被色，儼然人類；叩其所藏，有鬼蜮之不足比，而豺虎之難與方者。下堂見蠆，出門觸蠭，紛紛沓沓，莫可窮詰。惜無禹鼎鑄其情狀，鐲鏤決其陰霾，不得已而涉想於杳冥荒怪之域，以為異類有情，或者尚堪晤對；鬼謀雖遠，庶其警彼貪淫。嗚呼！先生之志荒，而先生之心苦矣！昔者三閭被放，彷徨山澤，經歷陵廟，呵壁問天，神靈怪物，琦瑋僪佹，以洩憤懣，抒寫愁思。釋氏憫眾生之顛倒，借因果為筏喻，刀山劍樹，牛鬼蛇神，罔非說法，開覺有情。然則是書之恍惚幻妄，光怪陸離，皆其微旨所存，殆以三閭侘傺之思，寓化人解脫之意歟？使第以媲美齊諧，希蹤述異相詫孅，此井蠡之見，固大盭於作者；亦豈太守公傳刻之深心哉！夫易筮載鬼，傳紀降神，妖祥災異，炳於經籍。天地至大，無所不有；小儒視不越几席之外，履不出里巷之中，非以情揣，即以理格，是沾沾者又甚於井蠡之見也。太守公曰：「子之說，可以傳先生矣。」遂書以為序。乾隆三十年，歲次乙酉十一月，仁和余集撰。

但序

憶髫齡時，自塾歸，得聊齋志異讀之，不忍釋手。先大夫責之曰：「童子知識未定，即好鬼狐怪誕之說耶？」時父執某公在坐，詢余曷好是書。余應之曰：「不知其他，惟喜某篇某處典奧若尚書，名貴若周禮，精峭若檀弓，敘次淵古若左傳、國語、國策，為文之法，得此益悟耳。」先大夫聞之，轉怒為笑。此景如在目前，屈指四十餘年矣。歲己卯，入詞垣，先後典楚、浙試，皇華小憩，取是書隨筆加點，載以臆說，置行篋中。為友人王菱堂、錢辰田兩侍讀，許信臣、朱桐軒兩學使見而許之，謂不獨揭其根柢，於人心風化，實有裨益。囑付剞劂而未果。玆奉命蒞任江南，張桐廂觀察、金瀛仙主政、葉素菴孝廉諸友，復慫恿刊布，以公同好。余亦忘其固陋，未知有當於聊齋之意與否。書成，爰記其顛末如此。時道光二十二年夏五月，廣順雲湖但明倫識於兩淮運署之題襟館。

喻序

聊齋評本，前有王漁洋、何體正兩家，及雲湖但氏新評出，披隙導窾，當頭棒喝，讀者無不頫首皈依，幾於家有其書矣。然竊觀聊齋筆墨淵古，寄託遙深，其毫顛神妙，實有取不盡而恢彌廣者。仁見仁，智見智，隨其識趣，筆力所至，引而伸之，應不乏奇觀層出，傳作者苦心，開讀者了悟，在慧業文人，錦繡才子，固樂為領異標新於無窮已。吾合馮遠村先生手評是書，建南黃觀察見而稱之，謀付梓未果。先生一官沈黎，寒氈終老，沒後僅刻晴雲山房詩文集、紅椒山房筆記，其他著述今皆散佚無存，惟是書膾炙人口，傳抄尚多副本。同治八年，州人士取篇首雜說數十則及片雲詩話刊行，而全集仍待梓也。予於親串中偶得一部閱之，既愛其隨處指點，或一二字揭出文字精神，或數十言發明作者宗旨，不作公家言、模棱語，自出手眼，別具會心，洵可與但氏新評並行不悖。因照但氏本增入，縮寫十二卷，箋題聊齋志異馮但合評。工既竣，而為之略敘梗概云。時光緒十七年仲春月下浣，合陽喻焜湘蓀氏敘於補拙書屋之竹深處。

陳序

諸小說正編既出，必有續作隨其後，雖不能媲美前人，亦襲貌而竊其似；而蒲聊齋之志異獨無。非不欲續也，亦以空前絕後之作，使唐人見之，自當把臂入林，後來作者，宜其擱筆耳。茲幸獲其遺稿數十首，事新語新，幾於一字一珠，而又有可以感人心，示勸戒之意。反復披玩，真覺蒲先生鬚眉若生。時方夏日，對此清風颯然，令人憶蜀宮人納涼詞，所謂「冰肌玉骨涼無汗，水殿風來暗香滿」也。維時雪亭段君，踴躍付梓，快人快事，其有古人不見我之思乎？抑念兩美必合，聊齋之後復有聊齋，此亦天地間不可無之佳話，以視他書之贅而續之者何如也？諸友好批閱之餘，間述所聞，附記於後；僕亦登記數則。非敢幾聊齋萬一，抑以事有不可沒者，爰率爾為之，以詳其顛末云爾。道光閼逢涒灘閏七月上浣，清源陳廷機序。

劉序

將欲區文章之善否，不必以理法繩也，但取而讀之：讀未終篇，已厭其詞之長，必弗善矣；讀既終篇，猶嫌其詞之短，必甚善矣；至於全卷讀竟，必悵然如有失，深恨作書者之不再作，刻書者之不再刻，則善之善者也。聊齋正篇行世已久，其於小說，殆浸浸乎登唐人之堂而嚌其胾，使觀者終日嘯歌，如置玉壺風露中，雖浮甘瓜於清泉，沉朱李於寒水，不是快也。然僕讀之而憾其少，則以為人心無厭之求，固不得遂，亦置之無可奈何而已。今乃得其遺稿若干首，奇情異采，矯然若生，而無是公烏有先生又于于然來矣。黎陽段君雪亭，毅然以付梓自任，斯豈獨聊齋之知已，抑亦眾讀聊齋者所鬱鬱於中，而今甫得一伸者也。故樂為編次而序之。鬲津劉瀛珍書。

胡序

留仙公生擅仙才，錦在心而不竭；異史氏文參史筆，綉出口而遂多。當其倒醁醽而散墨，倚花木以揮毫，陋志怪於三齋，追新聞於南楚，豆棚瓜架，雨夕風晨，固已邀鑑賞於漁洋，不啻策衙官於屈、宋。矧夫夢羽衣於赤壁，又見坡公；訊修竹於東橋，重來杜老。昌黎毛穎，既磨墨而晨鈔；子厚梓人，復削青面而夜刻。剩山殘水，著屐問箬村之酒；散仙逸鬼，呈形侑顧渚之茶。譬春蠶之作繭，見物斯成；似秋雁之銜蘆，聞聲即至。斯其雅趣詼奇，能啟文心於虀臼；豈第清詞俶詭，堪發妙想於子虛？聽彼散亡，不惟嘆幽光之晦；任其湮沒，更恐招靈鬼之啼。幸有黎陽騷客，德水逸人，發思古之情，寓表微之意，用鏤黎棗，並貯牙籤。真覺千秋郢社，精神不間琴罇；十載黃州，咳唾無遺珠玉。人皆莞爾，僕亦忻然。嘉其豪興，聊為酬以片詞；玩此風華，更請藏之什襲。姑孰者島胡泉序。

段序

留仙誌異一書，膾炙人口久矣。余自髫齡迄今，身之所經，無論名會之區，即僻陬十室，靡不家置一冊。蓋其學深筆健，情摯識卓，寓賞罰於嬉笑，百誦不厭。先乎此、後乎此之類書，無慮汗牛充棟，竟無能望其肩背者，是筆墨骨格，未許輕造也。顧才大如彼，知尋常傳文，不能以一介寒儒，表行寰宇，躊躇至再，末可如何，而假干寶搜神，聊志一生心血，欲以奇異之說，冀人之一覽，其情亦足悲矣。是書流傳既久，而俗坊吝於鉛槧，將其短類半刪去之；漸久而失愈多，殊堪恨恨。然好事者尚可廣搜遠紹，符其原額。己巳春，於甘陵賈氏家獲睹雍正年間舊鈔，是來自濟南朱氏，而朱氏得自淄川者。內多數十則，平素坊本所無。余不禁狂喜。遂假錄之，兩朝夕而畢。後復核對各本皆闕，殆當時初付剞劂，即亡之矣。好事之家，得其一鱗片甲，不啻天球，余何忍聽其湮沒，而不公諸海內乎？然欲付梨棗而嗇於資，素願莫償，恆深歉悵。茲於道光癸未，與德州劉仙舫雨夜促膝言及之；仙舫毅然醵金，余遂得於甲申秋錄而付梓，俾遺珠得還合浦，不但為當時好事者之一快，即於風清月朗時，以盃酒酹告清曜先生之靈，九原有知，廉亦大暢其未償之願也矣。道光四年，歲次甲申仲秋，黎陽雪亭段黈書於清源。

卷一

考城隍

予姊丈之祖，宋公諱燾，邑廩生。一日，病臥，見吏人持牒，牽白顛馬來，云：「請赴試。」公言：「文宗未臨，何遽得考？」吏不言，但敦促之。公力疾乘馬從去。路甚生疏，至一城郭，如王者都。移時入府廨，宮室壯麗。上坐十餘官，都不知何人，惟關壯繆可識。簷下設几、墩各二，先有一秀才坐其末，公便與連肩。几上各有筆札。俄題紙飛下。視之，八字云：「一人二人，有心無心。」二公文成，呈殿上。公文中有云：「有心為善，雖善不賞；無心為惡，雖惡不罰。」諸神傳贊不已。召公上，諭曰：「河南缺一城隍，君稱其職。」公方悟，頓首泣曰：「辱膺寵命，何敢多辭。但老母七旬，奉養無人，請得終其天年，惟聽錄用。」上一帝王像者，即命稽母壽籍。有長鬚吏，捧冊翻閱一過，白：「有陽算九年。」共躊躇間，關帝曰：「不妨令張生攝篆九年，瓜代可也。」乃謂公：「應即赴任；今推仁孝之心，給假九年，及期當復相召。」又勉勵秀才數語。二公稽首並下。秀才握手，送諸郊野。自言長山張某。以詩贈別，都忘其詞，中有「有花有酒春常在，無燭無燈夜自明」之句。公既騎，乃別而去。及抵里，豁若夢寤。時卒已三日。母聞棺中呻吟，扶出，半日始能語。問之長山，果有張生，於是日死矣。後九年，母果卒。營葬既畢，浣濯入室而沒。其岳家居城中西門內，忽見公鏤膺朱幘，輿馬甚眾，登其堂，一拜而行。相共驚疑，不知其為神。奔訊鄉中，則已沒矣。公有自記小傳，惜亂後無存，此其略耳。

耳中人

譚晉玄，邑諸生也。篤信導引之術，寒暑不輟，行之數月，若有所得。一日，方趺坐，聞耳中小語如蠅，曰：「可以見矣。」開目即不復聞；合眸定息，又聞如故。謂是丹將成，竊喜。自是每坐輒聞。因思俟其再言，當應以觀之。一日，又言。乃微應曰：「可以見矣。」俄覺耳中習習然，似有物出。微睨之，小人長三寸許，貌獰惡如夜叉狀，旋轉地上。心竊異之，姑凝神以觀其變。忽有鄰人假物，扣門而呼。小人聞之，意張惶，繞屋而轉，如鼠失窟。譚覺神魂俱失，不復知小人何所之矣。遂得顛疾，號叫不休，醫藥半年，始漸愈。

尸變

陽信某翁者，邑之蔡店人。村去城五六里，父子設臨路店，宿行商。有車夫數人，往來負販，輒寓其家。一日昏暮，四人偕來，望門投止，則翁家客宿邸滿。四人計無復之，堅請容納。翁沈吟思得一所，似恐不當客意。客言：「但求一席廈宇，更不敢有所擇。」

時翁有子婦新死，停尸室中，子出購材木未歸。翁以靈所室寂，遂穿衢導客往。入其廬，燈昏案上；案後有搭帳衣，紙衾覆逝者。又觀寢所，則複室中有連榻。四客奔波頗困，甫就枕，鼻息漸粗。惟一客尚矇矓。忽聞靈牀上察察有聲。急開目，則靈前燈火，照視甚了：女尸已揭衾起；俄而下，漸入臥室。面淡金色，生絹抹額。俯近榻前，遍吹臥客者三。客大懼，恐將及己，潛引被覆首，閉息忍咽以聽之。未幾，女果來，吹之如諸客。覺出房去，即聞紙衾聲。出首微窺，見僵臥猶初矣。客懼甚，不敢作聲，陰以足踏諸客；而諸客絕無少動。顧念無計，不如著衣以竄。裁起振衣，而察察之聲又作。客懼，復伏，縮首衾中。覺女復來，連續吹，數數始去。少間，聞靈牀作響，知其復臥。乃從被底漸漸出手得袴，遽就著之，白足奔出。尸亦起，似將逐客。比其離幃，而客已拔關出矣。尸馳從之。客且奔且號，村中人無有警者。欲叩主人之門，又恐遲為所及。遂望邑城路，極力竄去。至東郊，瞥見蘭若，聞木魚聲，乃急撾山門。道人訝其非常，又不即納。旋踵，尸已至，去身盈尺。客窘益甚。門外有白楊，圍四五尺許，因以樹自幛；彼右則左之，彼左則右之。尸益怒。然各寖倦矣。尸頓立。客汗促氣逆，庛樹間。尸暴起，伸兩臂隔樹探撲之。客驚仆。尸捉之不得，抱樹而僵。

道人竊聽良久，無聲，始漸出。見客臥地上。燭之死，然心下絲絲有動氣。負入，終夜始蘇。飲以湯水而問之，客具以狀對。時晨鍾已盡，曉色迷濛，道人觀樹上，果見僵女。大駭，報邑宰。宰親詣質驗。使人拔女手，牢不可開。審諦之，則左右四指，並捲如鉤，入木沒甲。又數人力拔，乃得下，視指穴如鑿孔然。遣役探翁家，則以尸亡客斃，紛紛正譁。役告之故，翁乃從往，舁尸歸。客泣告宰曰：「身四人出，今一人歸，此情何以信鄉里？」宰與之牒，齎送以歸。

噴水

萊陽宋玉叔先生為部曹時，所僦第，甚荒落。一夜，二婢奉太夫人宿廳上，聞院內撲撲有聲，如縫工之噴衣者。太夫人促婢起，穴窗窺視，見一老嫗，短身駝背，白髮如帚，冠一髻，長二尺許，周院環走，竦急作鶴步，行且噴，水出不窮。婢愕返白。太夫人亦驚起，兩婢扶窗下聚觀之。嫗忽逼窗，直噴櫺內；窗紙破裂，三人俱仆，而家人不之知也。東曦既上，家人畢集，叩門不應，方駭。撬扉入，見一主二婢，駢死一室。一婢鬲下猶溫。扶灌之，移時而醒，乃述所見。先生至，哀憤欲死。細窮沒處，掘深三尺餘，漸露白髮；又掘之，得一尸，如所見狀，面肥腫如生。令擊之，骨肉皆爛，皮內盡清水。

瞳人語

長安士方棟，頗有才名，而佻脫不持儀節。每陌上見游女，輒輕薄尾綴之。清明前一日，偶步郊郭。見一小車，朱茀繡幰；青衣數輩，款段以從。內一婢，乘小駟，容光絕美。稍稍近覷之，見車幔洞開，內坐二八女郎，紅妝豔麗，尤生平所未睹。目眩神奪，瞻戀弗舍，或先或後，從馳數里。忽聞女郎呼婢近車側，曰：「為我垂簾下。何處風狂兒郎，頻來窺瞻！」婢乃下簾，怒顧生曰：「此芙蓉城七郎子新婦歸寧，非同田舍娘子，放教秀才胡覷！」言已，掬轍土颺生。生眯目不可開。才一拭視，而車馬已渺，驚疑而返。覺目終不快，倩人啓瞼撥視，則睛上生小翳；經宿益劇，淚簌簌不得止；翳漸大，數日厚如錢；右睛起旋螺，百藥無效。懊悶欲絕，頗思自懺悔。聞光明經能解厄，持一卷，浼人教誦。初猶煩躁，久漸自安。旦晚無事，惟趺坐捻珠。持之一年，萬緣俱淨。

忽聞左目中小語如蠅，曰：「黑漆似，叵耐殺人！」右目中應云：「可同小遨游，出此悶氣。」漸覺兩鼻中，蠕蠕作癢，似有物出，離孔而去。久之乃返，復自鼻入眶中。又言曰：「許時不窺園亭，珍珠蘭遽枯瘠死！」生素喜香蘭，園中多種植，日常灌溉；自失明，久置不問。忽聞其言，遽問妻：「蘭花何使憔悴死？」妻詰其所自知，因告之故。妻趨驗之，花果槁矣。大異之。靜匿房中以俟之，見有小人自生鼻內出，大不及豆，營營然竟出門去。漸遠，遂迷所在。俄，連臂歸，飛上面，如蜂螘之投穴者。如此二三日。又聞左言曰：「隧道迂，還往甚非所便，不如自啓門。」右應云：「我壁子厚，大不易。」左曰：「我試闢，得與而俱。」遂覺左眶內隱似抓裂。有頃，開視，豁見几物。喜告妻。妻審之，則脂膜破小竅，黑睛熒熒，才如劈椒。越一宿，幛盡消。細視，竟重瞳也，但右目旋螺如故，乃知兩瞳人合居一眶矣。生雖一目眇，而較之雙目者，殊更了了。由是益自檢束，鄉中稱盛德焉。

異史氏曰：「鄉有士人，偕二友於途，遙見少婦控驢出其前。戲而吟曰：『有美人兮！』顧二友曰：『驅之！』相與笑騁，俄追及，乃其子婦。心赧氣喪，默不復語。友偽為不知也者，評騭殊褻。士人忸怩，吃吃而言曰：『此長男婦也。』各隱笑而罷。輕薄者往往自侮，良可笑也。至於眯目失明，又鬼神之慘報矣。芙蓉城主，不知何神，豈菩薩現身耶？然小郎君生闢門戶，鬼神雖惡，亦何嘗不許人自新哉。」

畫壁

江西孟龍潭，與朱孝廉客都中。偶涉一蘭若，殿宇禪舍，俱不甚弘敞，惟一老僧掛搭其中。見客入，肅衣出迓，導與隨喜。殿中塑誌公像。兩壁圖繪精妙，人物如生。東壁畫散花天女，內一垂髫者，拈花微笑，櫻脣欲動，眼波將流。朱注目久，不覺神搖意奪，恍然凝想。身忽飄飄，如駕雲霧，已到壁上。見殿閣重重，非復人世。一老僧說法座上，偏袒繞視者甚眾。朱亦雜立其中。少間，似有人暗牽其裾。回顧，則垂髫兒，囅然竟去。履即從之。過曲欄，入一小舍，朱次且不敢前。女回首，舉手中花，遙遙作招狀，乃趨之。舍內寂無人；遽擁之，亦不甚拒，遂與狎好。既而閉戶去，囑勿咳，夜乃復至，如此二日。女伴覺之，共搜得生，戲謂女曰：「腹內小郎已許大，尚髮蓬蓬學處子耶？」共捧簪珥，促令上鬟。女含羞不語。一女曰：「妹妹姊姊，吾等勿久住，恐人不歡。」羣笑而去。生視女，髻雲高簇，鬟鳳低垂，比垂髫時尤豔絕也。四顧無人，漸入猥褻，蘭麝熏心，樂方未艾。

忽聞吉莫靴鏗鏗甚厲，縲鎖鏘然，旋有紛囂騰辨之聲。女驚起，與生竊窺，則見一金甲使者，黑面如漆，綰鎖挈槌，眾女環繞之。使者曰：「全未？」答言：「已全。」使者曰：「如有藏匿下界人，即共出首，勿貽伊戚。」又同聲言：「無。」使者反身愕顧，似將搜匿。女大懼，面如死灰。張惶謂朱曰：「可急匿榻下。」乃啓壁上小扉，猝遁去。朱伏，不敢少息。俄聞靴聲至房內，復出。未幾，煩喧漸遠，心稍安；然戶外輒有往來語論者。朱跼蹐既久，覺耳際蟬鳴，目中火出，景狀殆不可忍，惟靜聽以待女歸，竟不復憶身之何自來也。

時孟龍潭在殿中，轉瞬不見朱，疑以問僧。僧笑曰：「往聽說法去矣。」問：「何處？」曰：「不遠。」少時，以指彈壁而呼曰：「朱檀越何久游不歸？」旋見壁間畫有朱像，傾耳佇立，若有聽察。僧又呼曰：「游侶久待矣！」遂飄忽自壁而下，灰心木立，目瞪足耎。孟大駭，從容問之，蓋方伏榻下，聞叩聲如雷，故出房窺聽也。共視拈花人，螺髻翹然，不復垂髫矣。朱驚拜老僧，而問其故。僧笑曰：「幻由人生，貧道何能解。」朱氣結而不揚，孟心駭而無主。即起，歷階而出。

異史氏曰：「幻由人生，此言類有道者。人有淫心，是生褻境；人有褻心，是生怖境。菩薩點化愚蒙，千幻並作，皆人心所自動耳。老婆心切，惜不聞其言下大悟，披髮入山也。」

山魈

孫太白嘗言：其曾祖肄業於南山柳溝寺。麥秋旋里，經旬始返。啓齋門，則案上塵生，窗間絲滿。命僕糞除，至晚始覺清爽可坐。乃拂榻陳臥具，扃扉就枕。月色已滿窗矣。輾轉移時，萬籟俱寂。忽聞風聲隆隆，山門豁然作響。竊謂寺僧失扃。注念間，風聲漸近居廬，俄而房門闢矣。大疑之，思未定，聲已入屋；又有靴聲鏗鏗然，漸傍寢門，心始怖，俄而寢門闢矣。急視之，一大鬼鞠躬塞入，突立榻前，殆與梁齊。面似老瓜皮色；目光睒閃，繞室四顧；張巨口如盆，齒疏長三寸許；舌動喉鳴，呵喇之聲，響連四壁。公懼極。又念咫尺之地，勢無所逃，不如因而刺之。乃陰抽枕下佩刀，遽拔而斫之，中腹，作石缶聲。鬼大怒，伸巨爪攫公。公少縮。鬼攫得衾，捽之，忿忿而去。公隨衾墮，伏地號呼。家人持火奔集，則門閉如故。排窗入，見狀大駭。扶曳登牀，始言其故。共驗之，則衾夾於寢門之隙。啓扉檢照，見有爪痕如箕，五指著處皆穿。既明，不敢復留，負笈而歸。後問僧人，無復他異。

咬鬼

沈麟生云：其友某翁者，夏月晝寢，矇矓間，見一女子搴簾入，以白布裹首，縗服麻裙，向內室去。疑鄰婦訪內人者；又轉念，何遽以凶服入人家？正自皇惑，女子已出。細審之，年可三十餘，顏色黃腫，眉目蹙蹙然，神情可畏。又逡巡不去，漸逼臥榻。遂偽睡以觀其變。無何，女子攝衣登牀，壓腹上，覺如百鈞重。心雖了了，而舉其手，手如縛；舉其足，足如痿也。急欲號救，而苦不能聲。女子以喙嗅翁面，顴鼻眉額殆遍。覺喙冷如冰，氣寒透骨。翁窘急中，思得計，待嗅至頤頰，當即因而齧之。未幾，果及頤。翁乘勢力齕其顴，齒沒於肉。女負痛身離，且掙且啼。翁齕益力。但覺血液交頤，溼流枕畔。相持正苦，庭外忽聞夫人聲，急呼有鬼，一緩頰而女子已飄忽遁去。夫人奔入，無所見，笑其魘夢之誣。翁述其異，且言有血證焉。相與檢視，如屋漏之水，流枕浹席。伏而嗅之，腥臭異常。翁乃大吐。過數日，口中尚有餘臭云。

捉狐

孫翁者，余姻家清服之伯父也。素有膽。一日，晝臥，彷彿有物登牀，遂覺身搖搖如駕雲霧。竊意無乃魘狐耶？微窺之，物大如貓，黃毛而碧嘴，自足邊來。蠕蠕伏行，如恐翁寤。逡巡附體：著足，足痿；著股，股耎。甫及腹，翁驟起，按而捉之，握其項。物鳴急莫能脫。翁亟呼夫人，以帶縶其腰。乃執帶之兩端，笑曰：「聞汝善化，今注目在此，看作如何化法。」言次，物忽縮其腹，細如管，幾脫去。翁大愕，急力縛之；則又鼓其腹，粗於椀，堅不可下；力稍懈，又縮之。翁恐其脫，命夫人急殺之。夫人張惶四顧，不知刀之所在。翁左顧示以處。比回首，則帶在手如環然，物已渺矣。

莜中怪

長山安翁者，性喜操農功。秋間莜熟，刈堆隴畔。時近村有盜稼者，因命佃人，乘月輦運登場；俟其裝載歸，而自留邏守，遂枕戈露臥。目稍瞑，忽聞有人踐莜根，咋咋作響。心疑暴客。急舉首，則一大鬼，高丈餘，赤髮鬡鬚，去身已近。大怖，不遑他計，踴身暴起，狠刺之。鬼鳴如雷而逝。恐其復來，荷戈而歸。迎佃人於途，告以所見，且戒勿往。眾未深信。越日，曝麥於場，忽聞空際有聲，翁駭曰：「鬼物來矣！」乃奔，眾亦奔。移時復聚，翁命多設弓弩以俟之。翼日，果復來。數矢齊發，物懼而遁。二三日竟不復來。

麥既登倉，禾䕸雜遝，翁命收積為垛，而親登踐實之，高至數尺。忽遙望駭曰：「鬼物至矣！」眾急覓弓矢，物已奔翁。翁仆，齕其額而去。共登視，則去額骨如掌，昏不知人。負至家中，遂卒。後不復見，不知其何怪也。

宅妖

長山李公，大司寇之姪也。宅多妖異。嘗見廈有春凳，肉紅色，甚修潤。李以故無此物，近撫按之，隨手而曲，殆如肉耎。駭而卻走。旋回視，則四足移動，漸入壁中。又見壁間倚白梃，潔澤修長。近扶之，膩然而倒，委蛇入壁，移時始沒。

康熙十七年，王生俊升設帳其家。日暮，燈火初張，生著履臥榻上。忽見小人，長三寸許，自外入，略一盤旋，即復去。少頃，荷二小凳來，設堂中，宛如小兒輩用粱䕸心所製者。又頃之，二小人舁一棺入，僅長四寸許，停置凳上。安厝未已，一女子率廝婢數人來，率細小如前狀。女子簑衣，麻綆束腰際，布裹首；以袖掩口，嚶嚶而哭，聲類巨蠅。生睥睨良久，毛森立，如霜被於體。因大呼，遽走，顛牀下，搖戰莫能起。館中人聞聲畢集，堂中人物杳然矣。

王六郎

許姓，家淄之北郭。業漁。每夜，攜酒河上，飲且漁。飲則酹地，祝云：「河中溺鬼得飲。」以為常。他人漁，迄無所獲；而許獨滿筐。

一夕，方獨酌，有少年來，徘徊其側。讓之飲，慨與同酌。既而終夜不獲一魚，意頗失。少年起曰：「請於下流為君敺之。」遂飄然去。少間，復返，曰：「魚大至矣。」果聞唼呷有聲。舉網而得數頭，皆盈尺。喜極，申謝。欲歸，贈以魚，不受，曰：「屢叨佳醞，區區何足云報。如不棄，要當以為常耳。」許曰：「方共一夕，何言屢也？如肯永顧，誠所甚願；但愧無以為情。」詢其姓字，曰：「姓王，無字；相見可呼王六郎。」遂別。

明日，許貨魚，益沽酒。晚至河干，少年已先在，遂與歡飲。飲數杯，輒為許敺魚。如是半載，忽告許曰：「拜識清揚，情逾骨肉。然相別有日矣。」語甚悽楚。驚問之。欲言而止者再，乃曰：「情好如吾兩人，言之或勿訝耶？今將別，無妨明告：我實鬼也。素嗜酒。沈醉溺死，數年於此矣。前君之獲魚，獨勝於他人者，皆僕之暗敺，以報酹奠耳。明日業滿，當有代者，將往投生。相聚只今夕，故不能無感。」許初聞甚駭；然親狎既久，不復恐怖。因亦欷歔，酌而言曰：「六郎飲此，勿戚也。相見遽違，良足悲惻；然業滿劫脫，正宜相賀，悲乃不倫。」遂與暢飲。因問：「代者何人？」曰：「兄於河畔視之，亭午，有女子渡河而溺者，是也。」聽村雞既唱，灑涕而別。

明日，敬伺河邊，以觀其異。果有婦人抱嬰兒來，及河而墮。兒拋岸上，揚手擲足而啼。婦沈浮者屢矣，忽淋淋攀岸以出，藉地少息，抱兒逕去。當婦溺時，意良不忍，思欲奔救；轉念是所以代六郎者，故止不救。及婦自出，疑其言不驗。抵暮，漁舊處。少年復至，曰：「今又聚首，且不言別矣。」問其故。曰：「女子已相代矣；僕憐其抱中兒，代弟一人，遂殘二命，故舍之。

更代不知何期。或吾兩人之緣未盡耶？」許感歎曰：「此仁人之心，可以通上帝矣。」由此相聚如初。

數日，又來告別。許疑其復有代者。曰：「非也。前一念惻隱，果達帝天。今授為招遠縣鄔鎮土地，來朝赴任。倘不忘故交，當一往探，勿憚修阻。」許賀曰：「君正直為神，甚慰人心。但人神路隔，即不憚修阻，將復如何？」少年曰：「但往，勿慮。」再三叮嚀而去。

許歸，即欲治裝東下。妻笑曰：「此去數百里，即有其地，恐土偶不可以共語。」許不聽，竟抵招遠。問之居人，果有鄔鎮。尋至其處，息肩逆旅，問祠所在。主人驚曰：「得毋客姓為許？」許曰：「然。何見知？」又曰：「得毋客邑為淄？」曰：「然。何見知？」主人不答，遽出。俄而丈夫抱子，媳女窺門，雜沓而來，環如牆堵。許益驚。眾乃告曰：「數夜前，夢神言：淄川許友當即來，可助以資斧。祗候已久。」許亦異之。乃往祭於祠而祝曰：「別君後，寤寐不去心，遠踐曩約。又蒙夢示居人，感篆中懷。愧無腆物，僅有卮酒；如不棄，當如河上之飲。」祝畢，焚錢紙。俄見風起座後，旋轉移時，始散。夜夢少年來，衣冠楚楚，大異平時。謝曰：「遠勞顧問，喜淚交并。但任微職，不便會面，咫尺河山，甚愴於懷。居人薄有所贈，聊酬夙好。歸如有期，尚當走送。」

居數日，許欲歸。眾留殷懇，朝請暮邀，日更數主。許堅辭欲行。眾乃折柬抱襆，爭來致贐，不終朝，饋遺盈橐。蒼頭稚子畢集，祖送出村。欻有羊角風起，隨行十餘里。許再拜曰：「六郎珍重！勿勞遠涉。君心仁愛，自能造福一方，無庸故人囑也。」風盤旋久之，乃去。村人亦嗟訝而返。許歸，家稍裕，遂不復漁。後見招遠人問之，其靈驗如響云。或言：即章丘石坑莊，未知孰是。

異史氏曰：「置身青雲，無忘貧賤，此其所以神也。今日車中貴介，寧復識戴笠人哉？余鄉有林下者，家綦貧。有童稚交，任肥秩。計投之必相周顧。竭力辦裝，奔涉千里，殊失所望；瀉囊貨騎，始得歸。其族弟甚諧，作月令嘲之云：『是月也，哥哥至，貂帽解，傘蓋不張，馬化為驢，靴始收聲。』念此可為一笑。」

偷桃

童時赴郡試，值春節。舊例，先一日，各行商賈，彩樓鼓吹赴藩司，名曰「演春」。余從友人戲矚。

是日游人如堵。堂上四官皆赤衣，東西相向坐。時方稚，亦不解其何官。但聞人語嚌嘈，鼓吹聒耳。忽有一人率披髮童，荷擔而上，似有所白；萬聲洶動，亦不聞為何語。但視堂上作笑聲。即有青衣人大聲命作劇。其人應命方興，問：「作何劇？」堂上相顧數語，吏下宣問所長。答言：「能顛倒生物。」吏以白官。少頃復下，命取桃子。術人聲諾。解衣覆笥上，故作怨狀，曰：「官長殊不了了！堅冰未解，安所得桃？不取，又恐為南面者所怒。奈何！」其子曰：「父已諾之，又焉辭？」術人惆悵良久，乃云：「我籌之爛熟。春初雪積，人間何處可覓？唯王母園中，四時常不凋謝，或有之。必竊之天上，乃可。」子曰：「嘻！天可階而升乎？」曰：「有術在。」乃啓笥，出繩一團，約數十丈，理其端，望空中擲去；繩即懸立空際，若有物以掛之。未幾，愈擲愈高，渺入雲中；手中繩亦盡，乃呼子曰：「兒來！余老憊，體重拙，不能行，得汝一往。」遂以繩授子，曰：「持此可登。」子受繩有難色，怨曰：「阿翁亦大憒憒！如此一綫之繩，欲我附之，以登萬仞之高天。倘中道斷絕，骸骨何存矣！」父又強喝迫之，曰：「我已失口，悔無及。煩兒一行。兒勿苦，倘竊得來，必有百金賞，當為兒娶一美婦。」子乃持索，盤旋而上，手移足隨，如蛛趁絲，漸入雲霄，不可復見。久之，墜一桃，如盌大。術人喜，持獻公堂。堂上傳視良久，亦不知其真偽。忽而繩落地上，術人驚曰：「殆矣！上有人斷吾繩，兒將焉託！」移時，一物墮。視之，其子首也。捧而泣曰：「是必偷桃，為監者所覺。吾兒休矣！」又移時，一足落；無何，肢體紛墮，無復存者。術人大悲。一一拾置笥中而闔之，曰：「老夫止此兒，日從我南北游。今承嚴命，不意罹此奇慘！當負去瘞之。」乃升堂而跪，曰：「為桃故，殺吾子矣！如憐小人而助之葬，當結草以圖報耳。」坐官駭詫，各有賜金。

術人受而纏諸腰，乃扣笥而呼曰：「八八兒，不出謝賞，將何待？」忽一蓬頭僮首抵笥蓋而出，望北稽首，則其子也。以其術奇，故至今猶記之。後聞白蓮教，能為此術，意此其苗裔耶？

種梨

有鄉人貨梨於市，頗甘芳，價騰貴。有道士破巾絮衣，丐於車前。鄉人咄之，亦不去；鄉人怒，加以叱罵。道士曰：「一車數百顆，老衲只丐其一，於居士亦無大損，何怒為？」觀者勸置劣者一枚令去，鄉人執不肯。肆中傭保者，見喋聒不堪，遂出錢市一枚，付道士。道士拜謝。謂眾曰：「出家人不解吝惜。我有佳梨，請出供客。」或曰：「既有之，何不自食？」曰：「吾特需此核作種。」於是掬梨大啗，且盡，把核於手，解肩上鑱，坎地深數寸，納之而覆以土。向市人索湯沃灌。好事者於臨路店索得沸瀋，道士接浸坎處。萬目攢視，見有勾萌出，漸大；俄成樹，枝葉扶疏；倏而花，倏而實，碩大芳馥，纍纍滿樹。道人乃即樹頭摘賜觀者，頃刻向盡。已，乃以鑱伐樹，丁丁良久，乃斷；帶葉荷肩頭，從容徐步而去。

初，道士作法時，鄉人亦雜眾中，引領注目，竟忘其業。道士既去，始顧車中，則梨已空矣。方悟適所俵散，皆己物也。又細視車上一靶亡，是新鑿斷者。心大憤恨。急迹之，轉過牆隅，則斷靶棄垣下，始知所伐梨本，即是物也。道士不知所在，一市粲然。

異史氏曰：「鄉人憒憒，憨狀可掬，其見笑於市人，有以哉。每見鄉中稱素封者，良朋乞米則怫然，且計曰：『是數日之資也。』或勸濟一危難，飯一煢獨，則又忿然計曰：『此十人、五人之食也。』甚而父子兄弟，較盡錙銖。及至淫博迷心，則傾囊不吝；刀鋸臨頸，則贖命不遑。諸如此類，正不勝道，蠢爾鄉人，又何足怪。」

勞山道士

邑有王生，行七，故家子。少慕道，聞勞山多仙人，負笈往游。登一頂，有觀宇，甚幽。一道士坐蒲團上，素髮垂領，而神觀爽邁。叩而與語，理甚玄妙。請師之。道士曰：「恐嬌惰不能作苦。」答言：「能之。」其門人甚眾，薄暮畢集。王俱與稽首，遂留觀中。

凌晨，道士呼王去，授以斧，使隨眾採樵。王謹受教。過月餘，手足重繭，不堪其苦，陰有歸志。一夕歸，見二人與師共酌，日已暮，尚無燈燭。師乃翦紙如鏡，粘壁間。俄頃，月明輝室，光鑑毫芒。諸門人環聽奔走。一客曰：「良宵勝樂，不可不同。」乃於案上取壺酒，分賚諸徒，且囑盡醉。王自思：七八人，壺酒何能遍給？遂各覓盎盂，競飲先釂，惟恐樽盡；而往復挹注，竟不少減。心奇之。俄一客曰：「蒙賜月明之照，乃爾寂飲。何不呼嫦娥來？」乃以箸擲月中。見一美人，自光中出。初不盈尺；至地，遂與人等。纖腰秀項，翩翩作「霓裳舞」。已而歌曰：「仙仙乎，而還乎，而幽我於廣寒乎！」其聲清越，烈如簫管。歌畢，盤旋而起，躍登几上，驚顧之間，已復為箸。三人大笑。又一客曰：「今宵最樂，然不勝酒力矣。其餞我於月宮可乎？」三人移席，漸入月中。眾視三人，坐月中飲，鬚眉畢見，如影之在鏡中。移時，月漸暗；門人然燭來，則道士獨坐而客杳矣。几上肴核尚存。壁上月，紙圓如鏡而已。道士問眾：「飲足乎？」曰：「足矣。」「足宜早寢，勿誤樵蘇。」眾諾而退。王竊忻慕，歸念遂息。

又一月，苦不可忍，而道士並不傳教一術。心不能待，辭曰：「弟子數百里受業仙師，縱不能得長生術，或小有傳習，亦可慰求教之心；今閱兩三月，不過早樵而暮歸。弟子在家，未諳此苦。」道士笑曰：「我固謂不能作苦，今果然。明早當遣汝行。」王曰：「弟子操作多日，師略授小技，此來為不負也。」道士問：「何術之求？」王曰：「每見師行處，牆壁所不能隔，但得此法足矣。」道士笑而允之。乃傳以訣，令自咒畢，呼曰：「入之！」王面牆不敢入。又曰：「試入之。」王果從容入，及牆而阻。道士曰：「俛首驟入，勿逡巡！」王果去牆數步，奔而入；及牆，虛若無物；回視，果在牆外矣。大喜，入謝。道士曰：「歸宜潔持，否則不驗。」遂助資斧遣之歸。抵家，自詡遇仙，堅壁所不能阻。妻不信。王傚其作為，去牆數尺，奔而入，頭觸硬壁，驀然而踣。妻扶視之，額上墳起，如巨卵焉。妻揶揄之。王漸忿，罵老道士之無良而已。

異史氏曰：「聞此事未有不大笑者；而不知世之為王生者，正復不少。今有傖父，喜疢毒而畏藥石，遂有舐癰吮痔者，進宣威逞暴之術，以迎其旨，詒之曰：『執此術也以往，可以橫行而無礙。』初試未嘗不小效，遂謂天下之大，舉可以如是行矣，勢不至觸硬壁而顛蹶不止也。」

長清僧

長清僧某，道行高潔。年八十餘猶健。一日，顛仆不起，寺僧奔救，已圓寂矣。僧不自知死，魂飄去，至河南界。河南有故紳子，率十餘騎，按鷹獵兔。馬逸，墮斃。魂適相值，翕然而合，遂漸蘇。廝僕還問之。張目曰：「胡至此！」眾扶歸。入門，則粉白黛綠者，紛集顧問。大駭曰：「我僧也，胡至此！」家人以為妄，共提耳悟之。僧亦不自申解，但閉目不復有言。餉以脫粟則食，酒肉則拒。夜獨宿，不受妻妾奉。數日後，忽思少步。眾皆喜。既出，少定，即有諸僕紛來，錢簿穀籍，雜請會計。公子託以病倦，悉卸絕之。惟問：「山東長清縣，知之否？」共答：「知之。」曰：「我鬱無聊賴，欲往游矚，宜即治任。」眾謂新瘳，未應遠涉，不聽。翼日遂發。抵長清，視風物如昨。無煩問途，竟至蘭若。弟子數人見貴客至，伏謁甚恭，乃問：「老僧焉往？」答云：「吾師曩已物化。」問墓所。羣導以往，則三尺孤墳，荒草猶未合也。眾僧不知何意。既而戒馬欲歸，囑曰：「汝師戒行之僧，所遺手澤，宜恪守，勿俾損壞。」眾唯唯。乃行。既歸，灰心木坐，了不勾當家務。居數月，出門自遁，直抵舊寺。謂弟子：「我即汝師。」眾疑其謬，相視而笑。乃述返魂之由，又言生平所為，悉符。眾乃信，居以故榻，事之如平日。後公子家屢以輿馬來，哀請之，略不顧瞻。又年餘，夫人遣紀綱至，多所饋遺。金帛皆卻之，惟受布袍一襲而已。友人或至其鄉，敬造之。見其人默然誠篤；年僅而立，而輒道其八十餘年事。

異史氏曰：「人死則魂散，其千里而不散者，性定故耳。予於僧，不異之乎其再生，而異之乎其入紛華靡麗之鄉，而能絕人以逃世也。若眼睛一閃，而蘭麝薰心，有求死不得者矣，況僧乎哉！」

蛇人

東郡某甲，以弄蛇為業。嘗蓄馴蛇二，皆青色：其大者呼之大青，小曰二青。二青額有赤點，尤靈馴，盤旋無不如意。蛇人愛之，異於他蛇。期年，大青死，思補其缺，未暇遑也。一夜，寄宿山寺。既明，啓笥，二青亦渺。蛇人悵恨欲死。冥搜亟呼，迄無影兆。然每值豐林茂草，輒縱之去，俾得自適，尋復還；以此故，冀其自至。坐伺之，日既高，亦已絕望，怏怏遂行。出門數武，聞叢薪錯楚中，窸窣作響。停趾愕顧，則二青來也。大喜，如獲拱璧。息肩路隅，蛇亦頓止。視其後，小蛇從焉。撫之曰：「我以汝為逝矣。小侶而所薦耶？」出餌飼之，兼飼小蛇。小蛇雖不去，然瑟縮不敢食。二青含哺之，宛似主人之讓客者。蛇人又飼之，乃食。食已，隨二青俱入笥中。荷去教之，旋折輒中規矩，與二青無少異，因名之小青。衒技四方，獲利無算。

大抵蛇人之弄蛇也，只以二尺為率；大則過重，輒便更易。——緣二青馴，故未遽棄。又二三年，長三尺餘，臥則笥為之滿，遂決去之。一日，至淄邑東山間，飼以美餌，祝而縱之。既去，頃之復來，蜿蜒笥外。蛇人揮曰：「去之！世無百年不散之筵。從此隱身大谷，必且為神龍，笥中何可以久居也？」蛇乃去。蛇人目送之。已而復返，揮之不去，以首觸笥。小青在中，亦震震而動。蛇人悟曰：「得毋欲別小青耶？」乃發笥。小青逕出，因與交首吐舌，似相告語。已而委蛇並去。方意小青不返，俄而踽踽獨來，竟入笥臥。由此隨在物色，迄無佳者。而小青亦漸大，不可弄。後得一頭，亦頗馴，然終不如小青良。而小青粗於兒臂矣。

先是，二青在山中，樵人多見之。又數年，長數尺，圍如盌；輒出逐人，因而行旅相戒，罔敢出其途。一日，蛇人經其處，蛇暴出如風。蛇人大怖而奔，蛇逐益急。回顧已將及矣。而視其首，朱點儼然，始悟為二青。下擔呼曰：「二青，二青！」蛇頓止。昂首久之，縱身繞蛇人，如昔弄狀。覺其意殊不惡；但軀巨重，不勝其繞，仆地呼禱，乃釋之。又以首觸笥。蛇人悟其意，開笥出小青。二蛇相見，交纏如飴糖狀，久之始開。蛇人乃祝小青：「我久欲與汝別，今有伴矣。」謂二青曰：「原君引之來，可還引之去。更囑一言：深山不乏食飲，勿擾行人，以犯天譴。」二蛇垂頭，似相領受。遽起，大者前，小者後，過處林木為之中分。蛇人竚立望之，不見乃去。自此行人如常，不知其何往也。

異史氏曰：「蛇，蠢然一物耳，乃戀戀有故人之意，且其從諫也如轉圜。獨怪儼然而人也者，以十年把臂之交，數世蒙恩之主，輒思下井復投石焉；又不然，則藥石相投，悍然不顧，且怒而仇焉者，亦羞此蛇也已。」

斫蟒

胡田村胡姓者，兄弟采樵，深入幽谷。遇巨蟒，兄在前，為所吞。弟初駭欲奔；見兄被噬，遂奮怒出樵斧，斫蟒首。首傷而吞不已。然頭雖已沒，幸肩際不能下。弟急極無計，乃兩手持兄足，力與蟒爭，竟曳兄出。蟒亦負痛去。視兄，則鼻耳俱化，奄將氣盡。肩負以行，途中凡十餘息，始至家。醫養半年，方愈。至今面目皆瘢痕，鼻耳處惟孔存焉。噫！農人中，乃有弟弟如此者哉！或言：「蟒不為害，乃德義所感。」信然！

犬姦

青州賈某，客於外，恆經歲不歸。家蓄一白犬，妻引與交。犬習為常。一日，夫至，與妻共臥。犬突入，登榻，嚙賈人竟死。後里舍稍聞之，共為不平，鳴於官。官械婦，婦不肯伏，收之。命縛犬來，始取婦出。犬忽見婦，直前碎衣作交狀。婦始無詞。使兩役解部院，一解人而一解犬。有欲觀其合者，共斂錢賂役，役乃牽聚令交。所止處，觀者常數百人，役以此網利焉。後人犬俱寸磔以死。嗚呼！天地之大，真無所不有矣。然人面而獸交者，獨一婦也乎哉？

異史氏為之判曰：「會於濮上，古所交譏；約於桑中，人且不齒。乃某者，不堪雌守之苦，浪思苟合之歡。夜叉伏牀，竟是家中牝獸；捷卿入竇，遂為被底情郎。雲雨臺前，亂搖續貂之尾；溫柔鄉裏，頻款曳象之腰。銳錐處於皮囊，一縱股而脫穎；留情結於鏃項，甫飲羽而生根。忽思異類之交，直屬匪夷之想。尨吠奸而為奸，妒殘凶殺，律難治以蕭曹；人非獸而實獸，奸穢淫腥，肉不食於豺虎。嗚呼！人奸殺，則擬女以剮；至於狗奸殺，陽世遂無其刑。人不良，則罰人作犬；至於犬不良，陰曹應窮於法。宜支解以追魂魄，請押赴以問閻羅。」

雹神

王公筠蒼，莅任楚中。擬登龍虎山謁天師。及湖，甫登舟，即有一人駕小艇來，使舟中人為通。公見之，貌修偉。懷中出天師刺，曰：「聞騶從將臨，先遣負弩。」公訝其預知，益神之，誠意而往。

天師治具相款。其服役者，衣冠鬚鬣，多不類常人。前使者亦侍其側。少間，向天師細語。天師謂公曰：「此先生同鄉，不之識耶？」公問之。曰：「此即世所傳雹神李左車也。」公愕然改容。天師曰：「適言奉旨雨雹，故告辭耳。」公問：「何處？」曰：「章丘。」公以接壤關切，離席乞免。天師曰：「此上帝玉勅，雹有額數，何能相徇？」公哀不已。天師垂思良久，乃顧而囑曰：「其多降山谷，勿傷禾稼可也。」又囑：「貴客在坐，文去勿武。」神出，至庭中，忽足下生煙，氤氳匝地。俄延踰刻，極力騰起，裁高於庭樹；又起，高於樓閣；霹靂一聲，向北飛去，屋宇震動，筵器擺簸。公駭曰：「去乃作雷霆耶！」天師曰：「適戒之，所以遲遲；不然，平地一聲，便逝去矣。」公別歸，誌其月日，遣人問章丘，是日果大雨雹，溝渠皆滿，而田中僅數枚焉。

狐嫁女

歷城殷天官，少貧，有膽略。邑有故家之第，廣數十畝，樓宇連亙。常見怪異，以故廢無居人；久之，蓬蒿漸滿，白晝亦無敢入者。會公與諸生飲，或戲云：「有能寄此一宿者，共醵為筵。」公躍起曰：「是亦何難！」攜一席往。眾送諸門，戲曰：「吾等暫候之。如有所見，當急號。」公笑云：「有鬼狐，當捉證耳。」遂入。見長莎蔽逕，蒿艾如麻。時值上弦，幸月色昏黃，門戶可辨。摩娑數進，始抵後樓。登月臺，光潔可愛，遂止焉。西望月明，惟啣山一綫耳。坐良久，更無少異，竊笑傳言之訛。席地枕石，臥看牛女。一更向盡，恍惚欲寐。樓下有履聲，籍籍而上。假寐睨之，見一青衣人，挑蓮燈，猝見公，驚而卻退。語後人曰：「有生人在。」下問：「誰也？」答云：「不識。」俄一老翁上，就公諦視，曰：「此殷尚書，其睡已酣。但辦吾事，相公倜儻，或不叱怪。」乃相率入樓。樓門盡闢。移時，往來者益眾。樓上燈輝如晝。公稍稍轉側，作嚏咳。

翁聞公醒，乃出，跪而言曰：「小人有箕箒女，今夜于歸。不意有觸貴人，望勿深罪。」公起，曳之曰：「不知今夕嘉禮，慚無以賀。」翁曰：「貴人光臨，壓除凶煞，幸矣。即煩陪坐，倍益光寵。」公喜，應之。入視樓中，陳設芳麗。遂有婦人出拜，年可四十餘。翁曰：「此拙荊。」公揖之。俄聞笙樂聒耳，有奔而上者，曰：「至矣！」翁趨迎，公亦立俟。少選，籠紗一簇，導新郎入。年可十七八，丰采韶秀。翁命先與貴客為禮。少年目公。公若為儐，執半主禮。次翁婿交拜，已，乃即席。

少間，粉黛雲從，酒胾霧霈，玉椀金甌，光映几案。酒數行，翁喚女奴請小姐來。女奴諾而入。良久不出。翁自起，搴幃促之。俄婢媼輩，擁新人出，環珮璆然，麝蘭散馥。翁命向上拜。起，即坐母側。微目之，翠鳳明璫，容華絕世。既而酌以金爵，大容數斗。公思此物可以持驗同人，陰內袖中。偽醉隱几，頹然而寢。皆曰：「相公醉矣。」居無何，聞新郎告行，笙樂暴作，紛紛下樓而去。已而主人斂酒具，少一爵，冥搜不得。或竊議臥客；翁急戒勿語，惟恐公聞。

移時，內外俱寂，公始起。暗無燈火，惟脂香酒氣，充溢四堵。視東方既白，乃從容出。探袖中，金爵猶在。及門，則諸生先俟，疑其夜出而早入者。公出爵示之。眾駭問，因以狀告。共思此物非寒士所有，乃信之。後舉進士，任於肥丘。有世家朱姓宴公，命取巨觥，久之不至。有細奴掩口與主人語，主人有怒色。俄奉金爵勸客飲。諦視之，款式雕文，與狐物更無殊別。大疑，問所從製。答云：「爵凡八只，大人為京卿時，覓良工監製。此世傳物，什襲已久。緣明府辱臨，適取諸箱簏，僅存其七，疑家人所竊取；而十年塵封如故，殊不可解。」公笑曰：「金杯羽化矣。然世守之珍不可失。僕有一具，頗近似之，當以奉贈。」終筵歸署，揀爵馳送之。主人審視，駭絕。親詣謝公，詰所自來。公乃歷陳顛末。始知千里之物，狐能攝致，而不敢終留也。

嬌娜

孔生雪笠，聖裔也。為人蘊藉，工詩。有執友令天臺，寄函招之。生往，令適卒。落拓不得歸，寓菩陀寺，傭為寺僧抄錄。寺西百餘步，有單先生第。先生故公子，以大訟蕭條，眷口寡，移而鄉居，宅遂曠焉。一日，大雪崩騰，寂無行旅。偶過其門，一少年出，丰采甚都。見生，趨與為禮，略致慰問，即屈降臨。生愛悅之，慨然從入。屋宇都不甚廣，處處悉懸錦幕；壁上多古人書畫。案頭書一冊，籤云：「瑯嬛瑣記。」翻閱一過，俱目所未睹。生以居單第，意為第主，即亦不審官閥。少年細詰行蹤，意憐之，勸設帳授徒。生歎曰：「羈旅之人，誰作曹丘者？」少年曰：「倘不以駑駘見斥，願拜門牆。」生喜，不敢當師，請為友。便問：「宅何久錮？」答曰：「此為單府，曩以公子鄉居，是以久曠。僕皇甫氏，祖居陝。以家宅焚於野火，暫借安頓。」生始知非單。當晚，談笑甚歡，即留共榻。

昧爽，即有僮子熾炭於室。少年先起入內，生尚擁被坐。僮入白：「太公來。」生驚起。一叟入，鬢髮皤然，向生殷謝曰：「先生不棄頑兒，遂肯賜教。小子初學塗鴉，勿以友故，行輩視之也。」已，乃進錦衣一襲，貂帽、襪、履各一事。視生盥櫛已，乃呼酒薦饌。几、榻、裙、衣，不知何名，光彩射目。酒數行，叟興辭，曳杖而去。餐訖，公子呈課業，類皆古文詞，並無時藝。問之，笑云：「僕不求進取也。」抵暮，更酌曰：「今夕盡歡，明日便不許矣。」呼僮曰：「視太公寢未；已寢，可暗喚香奴來。」僮去，先以繡囊將琵琶至。少頃，一婢入，紅妝豔絕。公子命彈湘妃。婢以牙撥勾動，激揚哀烈，節拍不類夙聞。又命以巨觴行酒，三更始罷。次日，早起共讀。公子最惠，過目成詠，二三月後，命筆警絕。相約五日一飲，每飲必招香奴。一夕，酒酣氣熱，目注之。公子已會其意，曰：「此婢為老父所豢養。兄曠邈無家，我夙夜代籌久矣。行當為君謀一佳偶。」生曰：「如果惠好，必如香奴者。」公子笑曰：「君誠『少所見而多所怪』者矣。以此為佳，君願亦易足也。」居半載，生欲翱翔郊郭，至門，則雙扉外扃。問之。公子曰：「家君恐交游紛意念，故謝客耳。」生亦安之。

時盛暑溽熱，移齋園亭。生胸間腫起如桃，一夜如盌，痛楚吟呻。公子朝夕省視，眠食都廢。又數日，創劇，益絕食飲。太公亦至，相對太息。公子曰：「兒前夜思先生清恙，嬌娜妹子能療之。遣人於外祖母處呼令歸，何久不至？」俄僮入白：「娜姑至，姨與松姑同來。」父子疾趨入內。少間，引妹來視生。年約十三四，嬌波流慧，細柳生姿。生望見顏色，嚬呻頓忘，精神為之一爽。公子便言：「此兄良友，不啻胞也，妹子好醫之。」女乃斂羞容，揄長袖，就榻診視。把握之間，覺芳氣勝蘭。女笑曰：「宜有是疾，心脈動矣。然症雖危，可治；但膚塊已凝，非伐皮削肉不可。」乃脫臂上金釧安患處，徐徐按下之。創突起寸許，高出釧外，而根際餘腫，盡束在內，不似前如盌闊矣。乃一手啓羅衿，解佩刀，刃薄於紙，把釧握刃，輕輕附根而割。紫血流溢，沾染牀席。生貪近嬌姿，不惟不覺其苦，且恐速竣割事，偎傍不久。未幾，割斷腐肉，團團然如樹上削下之癭。又呼水來，為洗割處。口吐紅丸，如彈大，著肉上，按令旋轉：才一周，覺熱火蒸騰；再一周，習習作痒；三周已，遍體清涼，沁入骨髓。女收丸入咽，曰：「愈矣！」趨步出。

生躍起走謝，沈痼若失。而懸想容輝，苦不自已。自是廢卷癡坐，無復聊賴。公子已窺之，曰：「弟為兄物色，得一佳偶。」問：「何人？」曰：「亦弟眷屬。」生凝思良久，但云：「勿須。」面壁吟曰：「曾經滄海難為水，除卻巫山不是雲。」公子會其指，曰：「家君仰慕鴻才，常欲附為婚姻。但只一少妹，齒太穉。有姨女阿松，年十八矣，頗不粗陋。如不見信，松姊日涉園亭，伺前廂，可望見之。」生如其教。果見嬌娜偕麗人來，畫黛彎蛾，蓮鉤蹴鳳，與嬌娜相伯仲也。生大悅，請公子作伐。公子翼日自內出，賀曰：「諧矣。」乃除別院，為生成禮。是夕，鼓吹闐咽，塵落漫飛，以望中仙人，忽同衾幄，遂疑廣寒宮殿，未必在雲霄矣。合巹之後，甚愜心懷。

一夕，公子謂生曰：「切磋之惠，無日可以忘之。近單公子解訟歸，索宅甚急。意將棄此而西。勢難復聚，因而離緒縈懷。」生願從之而去。公子勸還鄉閭，生難之。公子曰：「勿慮，可即送君行。」無何，太公引松娘至，以黃金百兩贈生。公子以左右手與生夫婦相把握，囑閉眸勿視。飄然履空，但覺耳際風鳴，久之曰：「至矣。」啓目，果見故里。始知公子非人。喜叩家門。母出非望，又睹美婦，方共忻慰。及回顧，則公子逝矣。松娘事姑孝；豔色賢名，聲聞遐邇。後生舉進士，授延安司李，攜家之任。母以道遠不行。松娘舉一男，名小宦。生以忤直指罷官，罣礙不得歸。偶獵郊野，逢一美少年，跨驪駒，頻頻瞻顧。細視，則皇甫公子也。攬轡停驂，悲喜交至。邀生去，至一村，樹木濃昏，蔭翳天日。入其家，則金漚浮釘，宛然世族。問妹子則嫁，岳母已亡，深相感悼。經宿別去，偕妻同返。嬌娜亦至，抱生子掇提而弄曰：「姊姊亂吾種矣。」生拜謝曩德。笑曰：「姊夫貴矣。創口已合，未忘痛耶？」妹夫吳郎，亦來謁拜。信宿乃去。

一日，公子有憂色，謂生曰：「天降凶殃，能相救否？」生不知何事，但銳自任。公子趨出，招一家俱入，羅拜堂上。生大駭，亟問。公子曰：「余非人類，狐也。今有雷霆之劫。君肯以身赴難，一門可望生全；不然，請抱子而行，無相累。」生矢共生死。乃使仗劍於門，囑曰：「雷霆轟擊，勿動也！」生如所教。果見陰雲晝暝，昏黑如䃜。回視舊居，無復閈閎；惟見高冢巋然，巨穴無底。方錯愕間，霹靂一聲，擺簸山岳；急雨狂風，老樹為拔。生目眩耳聾，屹不少動。忽於繁煙黑絮之中，見一鬼物，利喙長爪，自穴攫一人出，隨煙直上。瞥睹衣履，念似嬌娜。乃急躍離地，以劍擊之，隨手墮落。忽而崩雷暴裂，生仆，遂斃。

少間，晴霽，嬌娜已能自蘇。見生死於旁，大哭曰：「孔郎為我而死，我何生矣！」松娘亦出，共舁生歸。嬌娜使松娘捧其首，兄以金簪撥其齒；自乃撮其頤，以舌度紅丸入，又接吻而呵之。紅丸隨氣入喉，格格作響。移時，醒然而蘇。見眷口滿前，恍如夢寤。於是一門團圞，驚定而喜。生以幽壙不可久居，議同旋里。滿堂交贊，惟嬌娜不樂。生請與吳郎俱，又慮翁媼不肯離幼子，終日議不果。忽吳家一小奴，汗流氣促而至。驚致研詰，則吳郎家亦同日遭劫，一門俱沒。嬌娜頓足悲傷，涕不可止。共慰勸之，而同歸之計遂決。

生入城勾當數日，遂連夜趣裝。既歸，以閒園寓公子，恆反關之；生及松娘至，始發扃。生與公子兄妹，棋酒談讌，若一家然。小宦長成，貌韶秀，有狐意。出游都市，共知為狐兒也。

異史氏曰：「余於孔生，不羨其得豔妻，而羨其得膩友也。觀其容可以忘饑，聽其聲可以解頤。得此良友，時一談宴，則『色授魂與』，尤勝於『顛倒衣裳』矣。」

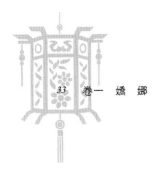

僧孽

張姓暴卒，隨鬼使去，見冥王。王稽簿，怒鬼使誤捉，責令送歸。張下，私浼鬼使，求觀冥獄。鬼導歷九幽，刀山、劍樹，一一指點。末至一處，有一僧扎股穿繩而倒懸之，號痛欲絕。近視，則其兄也。張見之驚哀，問：「何罪至此？」鬼曰：「是為僧，廣募金錢，悉供淫賭，故罰之。欲脫此厄，須其自懺。」張既蘇，疑兄已死。

時其兄居興福寺，因往探之。入門，便聞其號痛聲。入室，見瘡生股間，膿血崩潰，掛足壁上，宛然冥司倒懸狀。駭問其故。曰：「掛之稍可，不則痛徹心腑。」張因告以所見。僧大駭，乃戒葷酒，虔誦經咒。半月尋愈，遂為戒僧。

異史氏曰：「鬼獄渺茫，惡人每以自解；而不知昭昭之禍，即冥冥之罰也。可勿懼哉！」

妖術

于公者，少任俠，喜拳勇，力能持高壺，作旋風舞。崇禎間，殿試在都，僕疫不起，患之。會市上有善卜者，能決人生死，將代問之。既至，未言。卜者曰：「君莫欲問僕病乎？」公駭應之。曰：「病者無害，君可危。」公乃自卜。卜者起卦，愕然曰：「君三日當死！」公驚詫良久。卜者從容曰：「鄙人有小術，報我十金，當代禳之。」公自念，生死已定，術豈能解。不應而起，欲出。卜者曰：「惜此小費，勿悔勿悔！」愛公者皆為公懼，勸罄橐以哀之。公不聽。

倏忽至三日，公端坐旅舍，靜以觀之，終日無恙。至夜，闔戶挑燈，倚劍危坐。一漏向盡，更無死法。意欲就枕，忽聞窗隙窣窣有聲。急視之，一小人荷戈入；及地，則高如人。公捉劍起，急擊之，飄忽未中。遂遽小，復尋窗隙，意欲遁去。公疾斫之，應手而倒。燭之，則紙人，已腰斷矣。公不敢臥，又坐待之。踰時，一物穿窗入，怪獰如鬼。才及地，急擊之，斷而為兩，皆蠕動。恐其復起，又連擊之，劍劍皆中，其聲不耎。審視，則土偶，片片已碎。於是移坐窗下，目注隙中。久之，聞窗外如牛喘，有物推窗櫺，房壁震搖，其勢欲傾。公懼覆壓，計不如出而鬥之，遂割然脫扃，奔而出。見一巨鬼，高與簷齊；昏月中，見其面黑如煤，眼閃爍有黃光；上無衣，下無履，手弓而腰矢。公方駭，鬼則彎矢；公以劍撥矢，矢墮；欲擊之，則又彎矣。公急躍避，矢貫於壁，戰戰有聲。鬼怒甚，拔佩刀，揮如風，望公力劈。公猱進，刀中庭石，石立斷。公出其股間，削鬼中踝，鏗然有聲。鬼益怒，吼如雷，轉身復剁。公又伏身入；刀落，斷公裙。公已及脅下，猛斫之，亦鏗然有聲，鬼仆而僵。公亂擊之，聲硬如柝。燭之，則一木偶，高大如人。弓矢尚纏腰際，刻畫猙獰；劍擊處，皆有血出。公因秉燭待旦。方悟鬼物皆卜人遣之，欲致人於死，以神其術也。

次日，遍告交知，與共詣卜所。卜人遙見公，瞥不可見。或曰：「此翳形術也，犬血可破。」

公如言，戒備而往。卜人又匿如前。急以犬血沃立處，但見卜人頭面，皆為犬血模糊，目灼灼如鬼立，乃執付有司而殺之。

異史氏曰：「嘗謂買卜為一癡，世之講此道而不爽於生死者幾人？卜之而爽，猶不卜也。且即明明告我以死期之至，將復如何？況有借人命以神其術者，其可畏不尤甚耶！」

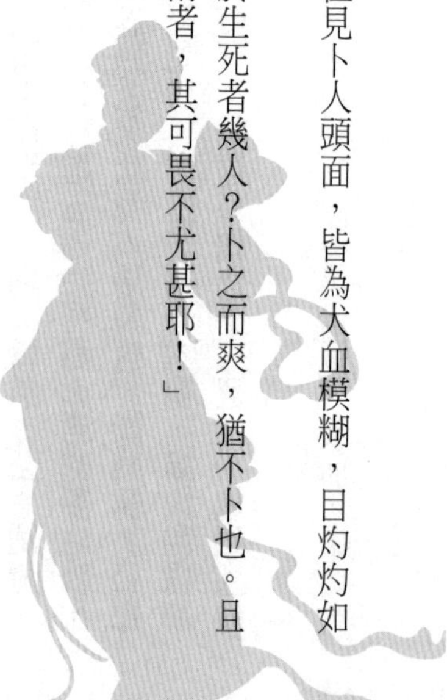

野狗

于七之亂，殺人如麻。鄉民李化龍，自山中竄歸。值大兵宵進，恐罹炎崑之禍，急無所匿，僵臥於死人之叢，詐作尸。兵過既盡，未敢遽出。忽見闕頭斷臂之尸，起立如林。內一尸斷首猶連肩上，口中作語曰：「野狗子來，奈何？」羣尸參差而應曰：「奈何！」俄頃，蹶然盡倒，遂寂無聲。

李方驚顫欲起，有一物來，獸首人身，伏嚙人首，遍吸其腦。李懼，匿首尸下。物來撥李肩，欲得李首。李力伏，俾不可得。物乃推覆尸而移之，首見。李大懼，手索腰下，得巨石如椀，握之。物俯身欲齕。李驟起，大呼，擊其首，中嘴。物嗥如鴟，掩口負痛而奔。吐血道上。就視之，於血中得二齒，中曲而端銳，長四寸餘。懷歸以示人，皆不知其何物也。

三生

劉孝廉，能記前身事。與先文貢兄為同年，嘗歷歷言之。一世為縉紳，行多玷。六十二歲而沒。初見冥王，待以鄉先生禮，賜坐，飲以茶。覷冥王琖中，茶色清澈；己琖中濁如醪。暗疑迷魂湯得勿此耶？乘冥王他顧，以琖就案角瀉之，偽為盡者。

俄頃，稽前生惡錄；怒，命羣鬼捽下，罰作馬。即有厲鬼縶去。行至一家，門限甚高，不可逾。方趦趄間，鬼力楚之，痛甚而蹶。自顧，則身已在櫪下矣。但聞人曰：「驪馬生駒矣，牡也。」心甚明了，但不能言。覺大餒，不得已，就牝馬求乳。逾四五年，體修偉。甚畏撻楚，見鞭則懼而逸。主人騎，必覆障泥，緩轡徐徐，猶不甚苦；惟奴僕圉人，不加韉裝以行，兩踝夾擊，痛徹心腑。於是憤甚，三日不食，遂死。

至冥司，冥王查其罰限未滿，責其規避，剝其皮革，罰為犬。意懊喪，不欲行。羣鬼亂撻之，痛極而竄於野。自念不如死，憤投絕壁，顛莫能起。自顧，則身伏竇中，牝犬舐而腓字之，乃知身已復生於人世矣。稍長，見便液，亦知穢；然嗅之而香，但立念不食耳。為犬經年，常忿欲死，又恐罪其規避。而主人又豢養，不肯戮。乃故嚙主人脫股肉。主人怒，杖殺之。

冥王鞫狀，怒其狂猘，笞數百，俾作蛇。囚於幽室，暗不見天。悶甚，緣壁而上，穴屋而出。自視，則伏身茂草，居然蛇矣。遂矢志不殘生類，饑吞木實。積年餘，每思自盡不可，害人而死又不可；欲求一善死之策而未得也。一日，臥草中，聞車過，遽出當路；車馳壓之，斷為兩。

冥王訝其速至，因匍伏自剖。冥王以無罪見殺，原之，准其滿限復為人，是為劉公。公生而能言，文章書史，過輒成誦。辛酉舉孝廉。每勸人：乘馬必厚其障泥；股夾之刑，勝於鞭楚也。

異史氏曰：「毛角之儔，乃有王公大人在其中；所以然者，王公大人之內，原未必無毛角者在其中也。故賤者為善，如求花而種其樹；貴者為善，如已花而培其本：種者可大，培者可久。

不然，且將負鹽車，受羈馽，與之為馬；不然，且將啗便液，受烹割，與之為犬；又不然，且將披鱗介，葬鶴鸛，與之為蛇。」

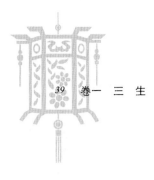

狐入瓶

萬村石氏之婦，祟於狐，患之，而不能遣。扉後有瓶，每聞婦翁來，狐輒遁匿其中。婦窺之熟，暗計而不言。一日，竄入，婦急以絮塞其口；置釜中，燀湯而沸之。瓶熱，狐呼曰：「熱甚！勿惡作劇。」婦不語。號益急，久之無聲。拔塞而驗之，毛一堆，血數點而已。

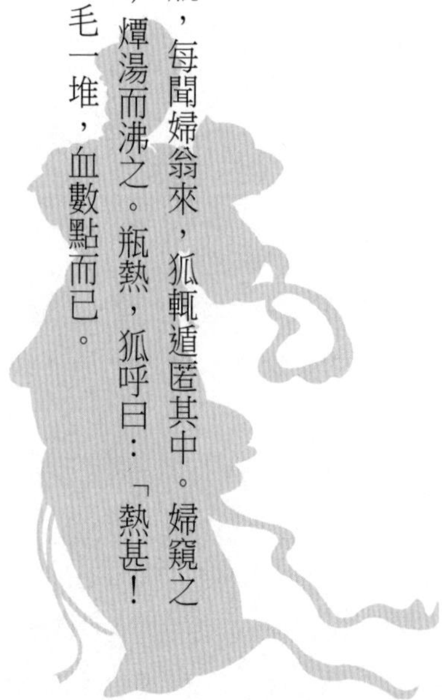

鬼哭

謝遷之變，宦弟皆為賊窟。王學使七襄之宅，盜聚尤眾。城破兵入，掃蕩羣醜，尸填墀，血至充門而流。公入城，扛尸滌血而居。往往白晝見鬼；夜則牀下燐飛，牆角鬼哭。一日，王生皞迪，寄宿公家，聞牀底小聲連呼：「皞迪！皞迪！」已而聲漸大，曰：「我死得苦！」因哭，滿庭皆哭。公聞，仗劍而入，大言曰：「汝不識我王學院耶？」但聞百聲嗤嗤，笑之以鼻。公於是設水陸道場，命釋道懺度之。夜拋鬼飯，則見燐火營營，隨地皆出。先是，閽人王姓者，疾篤，昏不如人者數日矣。是夕，忽欠伸若醒。婦以食進。王曰：「適主人不知何事，施飯於庭，我亦隨眾啗噉。食已方歸，故不饑耳。」由此鬼怪遂絕。豈鈸鐃鐘鼓，燄口瑜伽，果有益耶？

異史氏曰：「邪怪之物，唯德可以已之。當陷城之時，王公勢正烜赫，聞聲者皆股栗；而鬼且揶揄之。想鬼物逆知其不令終耶？普告天下大人先生：出人面猶不可以嚇鬼，願無出鬼面以嚇人也！」

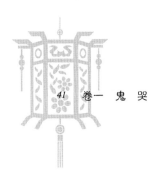

真定女

真定界，有孤女，方六七歲，收養於夫家。相居一二年，夫誘與交而孕。腹膨膨而以為病，告之母。母曰：「動否？」曰：「動。」又益異之。然以其齒太稺，不敢決。未幾，生男。母歎曰：「不圖拳母，竟生錐兒！」

焦螟

董侍讀默庵家，為狐所擾，瓦礫磚石，忽如雹落，家人相率奔匿，待其間歇，乃敢出操作。公患之，假作庭孫司馬第移避之。而狐擾猶故。

一日，朝中待漏，適言其異。大臣或言：關東道士焦螟，居內城，總持勅勒之術，頗有效。公造廬而請之。道士朱書符，使歸粘壁上。狐竟不懼，拋擲有加焉。公復告道士。道士怒，親詣公家，築壇作法。俄見一巨狐，伏壇下。家人受虐已久，啣恨綦深，一婢近擊之。婢忽仆地氣絕。道士曰：「此物猖獗，我尚不能遽服之，女子何輕犯爾爾。」既而曰：「可借鞫狐詞亦得。」戟指咒移時，婢忽起，長跪。道士詰其里居。婢作狐言：「我西域產，入都者一十八輩。」道士曰：「輦轂下，何容爾輩久居？可速去！」狐不答。道士擊案怒曰：「汝欲梗吾令耶？再若遷延，法不汝宥！」狐乃蹙怖作色，願謹奉教。道士又速之。婢又仆絕，良久始蘇。俄見白塊四五團，滾滾如毬，附簷際而行，次第追逐，頃刻俱去。由是遂安。

葉生

淮陽葉生者，失其名字。文章詞賦，冠絕當時；而所如不偶，困於名場。會關東丁乘鶴，來令是邑。見其文，奇之。召與語，大悅。使即官署，受燈火；時賜錢穀恤其家。值科試，公游揚於學使，遂領冠軍。公期望綦切。闈後，索文讀之，擊節稱歎。不意時數限人，文章憎命，榜既放，依然鎩羽。生嗒喪而歸，愧負知己，形銷骨立，癡若木偶。公聞，召之來而慰之。生零涕不已。公憐之，相期考滿入都，攜與俱北。生甚感佩。辭而歸，杜門不出。無何，寢疾。公遺問不絕；而服藥百裹，殊罔所效。

公適以忤上官免，將解任去。函致生，其略云：「僕東歸有日；所以遲遲者，待足下耳。足下朝至，則僕夕發矣。」傳之臥榻。生持書啜泣，寄語來使：「疾革難遽瘥，請先發。」使人返白，公不忍去，徐待之。

踰數日，門者忽通葉生至。公喜，逆而問之。生曰：「以犬馬病，勞夫子久待，萬慮不寧。今幸可從杖履。」公乃束裝戒旦。抵里，命子師事生，夙夜與俱。公子名再昌，時年十六，尚不能文。然絕惠，凡文藝三兩過，輒無遺忘。居之期歲，便能落筆成文。益之公力，遂入邑庠。生以生平所擬舉子業，悉錄授讀。闈中七題，並無脫漏，中亞魁。公一日謂生曰：「君出餘緒，遂使孺子成名。然黃鐘長棄奈何！」生曰：「是殆有命。借福澤為文章吐氣，使天下人知半生淪落，非戰之罪也，願亦足矣。且士得一人知己，可無憾，何必拋卻白紵，乃謂之利市哉。」公以其久客，恐誤歲試，勸令歸省。慘然不樂。公不忍強，囑公子至都為之納粟。公子又捷南宮，授部中主政。攜生赴監，與共晨夕。踰歲，生入北闈，竟領鄉薦。會公子差南河典務，因謂生曰：「此去離貴鄉不遠。先生奮迹雲霄，錦還為快。」生亦喜。擇吉就道，抵淮陽界，命僕馬送生歸。

歸見門戶蕭條，意甚悲惻。逡巡至庭中，妻攜簸具以出，見生，擲具駭走。生悽然曰：「今我貴矣。三四年不覿，何遂頓不相識？」妻遙謂曰：「君死已久，何復言貴？所以久淹君柩者，以家貧子幼耳。今阿大亦已成立，行將卜窀穸。勿作怪異嚇生人。」生聞之，憮然惆悵。逡巡入室，見靈柩儼然，撲地而滅。妻驚視之，衣冠履舄如脫委焉。大慟，抱衣悲哭。子自塾中歸，見結駟於門，審所自來，駭奔告母。母揮涕告訴。又細詢從者，始得顛末。從者返，公子聞之，涕墮垂膺。即命駕哭諸其室；出槖營喪，葬以孝廉禮。又厚遺其子，為延師教讀。言於學使，逾年游泮。

異史氏曰：「魂從知己，竟忘死耶？聞者疑之，余深信焉。同心倩女，至離枕上之魂；千里良朋，猶識夢中之路。而況繭絲蠅迹，嘔學士之心肝；流水高山，通我曹之性命者哉！嗟乎！遇合難期，遭逢不偶。行蹤落落，對影長愁；傲骨嶙嶙，搔頭自愛。歎面目之酸澀，來鬼物之揶揄。頻居康了之中，則鬚髮之條條可醜；一落孫山之外，則文章之處處皆疵。古今痛哭之人，卞和惟爾；顛倒逸羣之物，伯樂伊誰？抱刺於懷，三年滅字；側身以望，四海無家。人生世上，祇須合眼放步，以聽造物之低昂而已。天下之昂藏淪落如葉生其人者，亦復不少，顧安得令威復來，而生死從之也哉？噫！」

四十千

新城王大司馬，有主計僕，家稱素封。忽夢一人奔入，曰：「汝欠四十千，今宜還矣。」問之，不答，逕入內去。既醒，妻產男。知為夙孽，遂以四十千捆置一室，凡兒衣食病藥，皆取給焉。過三四歲，視室中錢，僅存七百。適乳姥抱兒至，調笑於側。因呼之曰：「四十千將盡，汝宜行矣。」言已，兒忽顏色蹙變，項折目張。再撫之，氣已絕矣。乃以餘資治葬具而瘞之，此可為負欠者戒也。

昔有老而無子者，問諸高僧。僧曰：「汝不欠人者，人又不欠汝者，烏得子？」蓋生佳兒，所以報我之緣；生頑兒，所以取我之債。生者勿喜，死者勿悲也。

成仙

文登周生，與成生少共筆硯，遂訂為杵臼交。而成貧，故終歲常依周。以齒則周為長，呼周妻以嫂。節序登堂，如一家焉。周妻生子，產後暴卒。繼聘王氏，成以少故，未嘗請見之也。一日，王氏弟來省姊，宴於內寢。成適至。家人通白，周坐命邀之。成不入，辭去。周移席外舍，追之而還。

甫坐，即有人白別業之僕為邑宰重笞者。先是，黃吏部家牧傭，牛蹊周田，以是相詬。牧傭奔告主，捉僕送官，遂被笞責。周詰得其故，大怒曰：「黃家牧豬奴，何敢爾！其先世為大父服役；促得志，乃無人耶！」氣填吭臆，忿而起，欲往尋黃。成捺而止之曰：「強梁世界，原無皂白。況今日官宰半強寇不操矛弧者耶？」周不聽。成諫止再三，至泣下，周乃止。怒終不釋，轉側達旦。謂家人曰：「黃家欺我，我仇也，姑置之；邑令為朝廷官，非勢家官，縱有互爭，亦須兩造，何至如狗之隨嗾者？我亦呈治其傭，視彼將何處分。」家人悉慫恿之，計遂決，具狀赴宰，宰裂而擲之。周怒，語侵宰。宰慚恚，因逮繫之。

辰後，成往訪周，始知入城訟理。急奔勸止，則已在囹圄矣。頓足無所為計。時獲海寇三名，宰與黃賂囑之，使捏周同黨。據詞申黜頂衣，搒掠酷慘。成入獄，相顧悽酸。謀叩闕。周曰：「身繫重犴，如鳥在籠；雖有弱弟，只足供囚飯耳。」成銳身自任，曰：「是予責也。難而不急，烏用友也！」乃行。周弟贐之，則去已久矣。至都，無門入控。相傳駕將出獵。成預隱木市中；俄駕過，伏舞哀號，遂得准。驛送而下，著部院審奏。時閱十月餘，周已誣服論辟。院接御批，大駭，復提躬讞。黃亦駭，謀殺周。因賂監者，絕其食飲；弟來饋問，苦禁拒之。成又為赴院聲屈，始蒙提問，業已饑餓不起。院臺怒，杖斃監者。黃大怖，納數千金，囑為營脫，以是得矇矓題免。宰以枉法擬流。

周放歸，益肝膽成。成自經訟繫，世情盡灰，招周偕隱。周溺少婦，輒迂笑之。成雖不言，而意甚決。別後，數日不至。周使探諸其家，家人方疑其在周所；兩無所見，始疑。周心知其異，遣人蹤迹之，寺觀壑谷，物色殆遍。時以金帛恤其子。

又八九年，成忽自至，黃巾氅服，岸然道貌。周喜，把臂曰：「君何往，使我尋欲遍？」笑曰：「孤雲野鶴，棲無定所。別後幸復頑健。」周命置酒，略通間闊，欲為變易道裝。成笑不語。周曰：「愚哉！何棄妻孥猶敝屣也？」成笑曰：「不然，人將棄予，其何人之能棄。」問所棲止，答在勞山之上清宮。既而抵足寢，夢成裸伏胸上，氣不得息。訝問何為，殊不答。忽驚而寤，呼成不應；坐而索之，杳然不知所往。定移時，始覺在成榻。駭曰：「昨不醉，何顛倒至此耶！」乃呼家人。家人火之，儼然成也。周故多髭，以手自捋，則疏無幾莖。取鏡自照，訝曰：「成生在此，我何往？」已而大悟，知成以幻術招隱。意欲歸內，弟以其貌異，禁不聽前。周亦無以自明，即命僕馬往尋成。

數日入勞山。馬行疾，僕不能及。休止樹下，見羽客往來甚眾。內一道人目周，周因以成問。道士笑曰：「耳其名矣，似在上清。」言已逕去。周目送之，見一矢之外，又與一人語，亦不數言而去。與言者漸至，乃同社生。見周，愕曰：「數年不晤，人以君學道名山，今尚游戲人間耶？」周述其異。生驚曰：「我適遇之，而以為君也。去無幾時，或當不遠。」周大異，曰：「怪哉！何自己面目覿面而不之識！」僕尋至，急馳之，竟無蹤兆。一望寥闊，進退難以自主。自念無家可歸，遂決意窮追。而怪險不復可騎，遂以馬付僕歸，迤邐自往。遙見一僮獨坐，趨近問程，且告以故。僮自言為成弟子，代荷衣糧，導與俱行，星飯露宿，逴行殊遠。三日始至，又非世之所謂上清。時十月中，山花滿路，不類初冬。僮入報客，成即遽出，始認己形。執手入，置酒讌語。見異彩之禽，馴入不驚，聲如笙簧，時來鳴於座上。心甚異之。然塵俗念切，無意留連。地下有蒲團二，曳與並坐。至二更後，萬慮俱寂，忽似瞥然一盹，身覺與成易位。疑之，自捋頷下，則于思者如故矣。既曙，浩然思返。成固留之。越三日，乃曰：「乞少寐息，早送君行。」甫交睫，聞成呼曰：「行裝已具矣。」遂起從之。所行殊非舊途。覺無幾時，里居已在望中。成坐候路側，俾自歸。周強之不得，因踽踽至家門。叩不能應，思欲越牆，覺身飄似葉，一躍已過。凡踰數重垣，始抵臥室，燈燭熒然，內人未寢，噥噥與人語。舐窗以窺，則妻與一廝僕同杯飲，狀甚狎褻。於是怒火如焚；計將掩執，又恐孤力難勝。遂潛身脫扃而出，奔告成，且乞為助。成慨然從之，直抵內寢。周舉石撾門，內張惶甚。擂愈急，內閉益堅。成撥以劍，劃然頓闢。周奔入，僕衝戶而走。成在門外，以劍擊之，斷其肩臂。周執妻拷訊，乃知被收時即與僕私。周借劍決其首，罥腸庭樹間。乃從成出，尋途而返。

驀然忽醒，則身在臥榻，驚而言曰：「怪夢參差，使人駭懼！」成笑曰：「夢者兄以為真，真者乃以為夢。」周愕而問之。成出劍示之，濺血猶存。周驚怛欲絕，竊疑成譸張為幻。成知其意，乃促裝送之歸。荏苒至里門，乃曰：「疇昔之夜，倚劍而相待者，非此處耶！吾厭見惡濁，請還待君於此；如過晡不來，予自去。」周至家，門戶蕭索，似無居人。還入弟家。弟見兄，雙淚遽墮，曰：「兄去後，盜夜殺嫂，刳腸去，酷慘可悼。於今官捕未獲。」周如夢醒，因以情告，戒勿究。弟錯愕良久。周問其子，乃命老嫗抱至。周曰：「此襁褓物，宗緒所關，弟好視之。兄欲辭人世矣。」遂起，逕出。弟涕泗追挽，笑行不顧。至野外，見成，與俱行。遙回顧曰：「忍事最樂。」弟欲有言，成闊袖一舉，即不可見。悵立移時，痛哭而返。周弟樸拙，不善治家人生產，居數年，家益貧。周子漸長，不能延師，因自教讀。一日，早至齋，見案頭有函書，緘封甚固，簽題「仲氏啓」。審之為兄迹。開視，則虛無所有，祇見爪甲一枚，長二指許。心怪之。以甲置研上。出問家人所自來，並無知者。回視，則研石粲粲，化為黃金。大驚。以試銅鐵，皆然。由此大富。以千金賜成氏子，因相傳兩家有點金術云。

新郎

江南梅孝廉耦長，言其鄉孫公，為德州宰，鞫一奇案。初，村人有為子娶婦者，新人入門，戚里畢賀。飲至更餘，新郎出，見新婦炫裝，趨轉舍後。疑而尾之。宅後有長溪，小橋通之。見新婦渡橋逕去。益疑。呼之不應。遙以手招婿，婿急趁之。相去盈尺，而卒不可及。行數里，入村落。婦止，謂婿曰：「君家寂寞，我不慣住。請與郎暫居妾家數日，便同歸省。」言已，抽簪叩扉軋然，有女僮出應門。婦先入。不得已，從之。既入，則岳父母俱在堂上。謂婿曰：「我女少嬌慣，未嘗一刻離膝下，一旦去故里，心輒戚戚。今同郎來，甚慰係念。居數日，當送兩人歸。」乃為除室，牀褥備具，遂居之。

家中客見新郎久不至，共索之。室中惟新婦在，不知婿之所往。由此遐邇訪問，並無耗息。翁媼零涕，謂其必死。將半載，婦家悼女無偶，遂請於村人父，欲別醮女。村人父益悲，曰：「骸骨衣裳，無可驗證，何知吾兒遂為異物！縱其奄喪，周歲而嫁，當亦未晚，胡為如是急也！」婦父益啣之，訟於庭。孫公怪疑，無所措力，斷令待以三年，存案遣去。

村人子居女家，家人亦大相忻待。每與婦議歸，婦亦諾之，而因循不即行。積半年餘，中心徘徊，萬慮不安。欲獨歸，而婦固留之。一日，合家遑遽，似有急難。倉卒謂婿曰：「本擬三二日遣夫婦偕歸，不意儀裝未備，忽遘閔凶。不得已，即先送郎還。」於是送出門，旋踵急返，周旋言動，頗甚草草。方欲覓途行，回視院宇無存，但見高冢，大驚，尋路急歸。至家，歷言端末，因與投官陳訴。孫公拘婦父諭之，送女于歸，使合巹焉。

靈官

朝天觀道士某，喜吐納之術。有翁假寓觀中，適同所好，遂為玄友。居數年，每至郊祭時，輒先旬日而去，郊後乃返。道士疑而問之。翁曰：「我兩人莫逆，可以實告：我狐也。郊期至，則諸神清穢，我無所容，故行遯耳。」

又一年，及期而去，久不復返。疑之。一日忽至，因問其故。答曰：「我幾不復見子矣！曩欲遠避，心頗怠，視陰溝甚隱，遂潛伏卷甕下。不意靈官糞除至此，瞥為所睹，憤欲加鞭。余懼而逃。靈官追逐甚急。至黃河上，瀕將及矣。大窘無計，竄伏溷中。神惡其穢，始返身去。既出，臭惡沾染，不可復游人世。乃投水自濯訖，又蟄隱穴中，幾百日，垢濁始淨。今來相別，兼以致囑：君亦宜引身他去，大劫將來，此非福地也。」言已，辭去。道士依言別徙。未幾而有甲申之變。

王蘭

利津王蘭，暴病死。閻王覆勘，乃鬼卒之誤勾也。責送還生，則尸已敗。鬼懼罪，謂王曰：「人而鬼也則苦，鬼而仙也則樂。苟樂矣，何必生？」王以為然。鬼曰：「此處一狐，金丹成矣。竊其丹吞之，則魂不散，可以長存，但憑所之，罔不如意。子願之否？」王從之。鬼導去，入一高第，見樓閣渠然，而悄無一人。有狐在月下，仰首望空際。氣一呼，有丸自口中出，直上入於月中；一吸，輒復落，以口承之，則又呼之：如是不已。鬼潛伺其側，俟其吐，急掇於手，付王吞之。狐驚，盛氣相向，見二人在，恐不敵，憤恨而去。

王與鬼別，至其家，妻子見之，咸懼卻走。王告以故，乃漸集。由此在家寢處如平時。其友張姓者，聞而省之，相見，話溫涼。因謂張曰：「我與若家夙貧，今有術，可以致富。子能從我游乎？」張唯唯。曰：「我能不藥而醫，不卜而斷。我欲現身，恐識我者，相驚以怪，附子而行，可乎？」張又唯唯。於是即日趣裝，至山西界。富室有女，得暴疾，眩然瞀瞑。前後藥禳既窮。張造其廬，以術自炫。富翁只此女，常珍惜之，能醫者，願以千金為報。張請視之，從翁入室，見女瞑臥，啓其衾，撫其體，女昏不覺。王私告張曰：「此魂亡也，當為覓之。」張乃告翁：「病雖危，可救。」問：「需何藥？」俱言不須：「女公子魂離他所，業遣神覓之矣。」約一時許，王忽來，具言已得。張乃請翁再入，又撫之。少頃女欠伸，目遽張。翁大喜，撫問。女言：「向戲園中，見一少年郎，挾彈彈雀；數人牽駿馬，從諸其後。急欲奔避，橫被阻止。少年以弓授兒，教兒彈。方羞訶之，便攜兒馬上，累騎而行。笑曰：『我樂與子戲，勿羞也。』數里入山中，我馬上號且罵；少年怒，推墮路旁，欲歸無路。適有一人至，捉兒臂，疾若馳，瞬息至家，忽若夢醒。」翁神之，果貽千金。王夜與張謀，留二百金作路用，餘盡攝去，款門而付其子；又命以三百饋張氏，乃復還。次日與翁別，不見金藏何所，益異之，厚禮而送之。踰數日，張於郊外遇同鄉人賀才。才飲博不事生產，奇貧如丐。聞張得異術，獲金無算，因奔尋之。王勸薄贈令歸。才不改故行，旬日蕩盡，將復覓張。王已知之，曰：「才狂悖，不可與處，只宜賂之使去，縱禍猶淺。」踰日，才果至，強從與俱。張曰：「我固知汝復來。日事酗賭，千金何能滿無底竇？誠改若所為，我百金相贈。」才諾之。張瀉囊授之。才去，以百金在橐，賭益豪；益之狹邪游，揮灑如土。邑中捕役疑而執之，質於官，拷掠酷慘。才實告金所自來。乃遣隸押才捉張。數日創劇，斃於塗。魂不忘張，復往依之，因與王會。一日，聚飲於煙墩，才大醉狂呼，王止之，不聽。適巡方御史過，聞呼搜之，獲張。張懼，以實告。御史怒，笞而牒於神。夜夢金甲人告曰：「查王蘭無辜而死，今為鬼仙。醫亦仁術，不可律以妖魅。今奉帝命，授為清道使。賀才邪蕩，已罰竄鐵圍山。張某無罪，當宥之。」御史醒而異之，乃釋張。張治裝旋里。囊中存數百金，敬以半送王家。王氏子孫以此致富焉。

鷹虎神

郡城東嶽廟，在南郭，大門左右神高丈餘，俗名「鷹虎神」，猙獰可畏。廟中道士任姓，每雞鳴，輒起焚誦。有偷兒預匿廊間，伺道士起，潛入寢室，搜括財物。奈室無長物，惟於薦底得錢三百，納腰中，拔關而出。將登千佛山。南竄許時，方至山下。見一巨丈夫，自山上來，左臂蒼鷹，適與相遇。近視之，面銅青色，依稀似廟門中所習見者。大恐，蹲伏而戰。神詫曰：「盜錢安往！」偷兒益懼，叩不已，神揪令還入廟，使傾所盜錢，跪守之。道士課畢，回顧駭愕。盜歷歷自述。道士收其錢而遣之。

王成

王成，平原故家子。性最懶，生涯日落，惟剩破屋數間，與妻臥牛衣中，交謫不堪。時盛夏燠熱，村外故有周氏園，牆宇盡傾，惟存一亭；村人多寄宿其中，王亦在焉。既曉，睡者盡去；紅日三竿，王始起，逡巡欲歸。見草際金釵一股，拾視之，鐫有細字云：「儀賓府造。」王祖為衡府儀賓，家中故物，多此款式，因把釵躊躇。欻一嫗來尋釵。王雖故貧，然性介，遽出授之。嫗喜，極贊盛德，曰：「釵直幾何，先夫之遺澤也。」問：「夫君伊誰？」答云：「故儀賓王柬之也。」王驚曰：「吾祖也。何以相遇？」嫗亦驚曰：「汝即王柬之之孫耶？我乃狐仙。百年前，與君祖繾綣。君祖沒，老身遂隱。過此遺釵，適入子手，非天數耶！」王亦曾聞祖有狐妻，信其言，便邀臨顧。嫗從之。王呼妻出見，負敗絮，菜色黯焉。嫗歎曰：「嘻！王柬之孫子，乃一貧至此哉！」又顧敗竈無煙。曰：「家計若此，何以聊生？」妻因細述貧狀，嗚咽飲泣。嫗以釵授婦，使姑質錢市米，三日外請復相見。王挽留之。嫗曰：「汝一妻猶不能存活，我在，仰屋而居，復何裨益？」遂逕去。王為妻言其故，妻大怖。王誦其義，使姑事之，妻諾。踰三日，果至，出數金，糴粟麥各石。夜與婦共短榻。婦初懼之；然察其意殊拳拳，遂不之疑。

翼日，謂王曰：「孫勿惰，宜操小生業，坐食烏可長也？」王告以無資。曰：「汝祖在時，金帛憑所取；我以世外人，無需是物，故未嘗多取。積花粉之金四十兩，至今猶存。久貯亦無所用，可將去悉以市葛，刻日赴都，可得微息。」王從之，購五十餘端以歸。嫗命趣裝，計六七日可達燕都。囑曰：「宜勤勿懶，宜急勿緩；遲之一日，悔之已晚！」王敬諾。囊貨就路，中途遇雨，衣履浸濡。王生平未歷風霜，委頓不堪，因暫休旅舍。不意淙淙徹暮，簷雨如繩。過宿，濘益甚。見往來行人，踐淖沒脛，心畏苦之。待至亭午，始漸燥，而陰雲復合，雨又大作。信宿乃行。將近京，傳聞葛價翔貴，心竊喜。入都，解裝客店，主人深惜其晚。先是，南道初通，葛至絕少。貝勒府購致甚急，價頓昂，較常可三倍。前一日，方購足，後來者，並皆失望。主人以故告王。王鬱鬱不得志。越日，葛至愈多，價益下。王以無利不肯售。遲十餘日，計食耗煩多，倍益憂悶。主人勸令賤鬻，改而他圖，從之。虧資十餘兩，悉脫去。早起，將作歸計，啟視囊中，則金亡矣。驚告主人。主人無所為計。或勸鳴官，責主人償。王歎曰：「此我數也，於主人何尤？」主人聞而德之，贈金五兩，慰之使歸。

自念無以見祖母，蹀躞內外，進退維谷。適見鬥鶉者，一賭輒數千；每市一鶉，恆百錢不止。意忽動，計囊中資，僅足販鶉，以商主人。主人亟慫恿之。且約假寓飲食，不取其直。王喜，遂行。購鶉盈儋，復入都。主人喜，賀其速售。至夜，大雨徹曙。天明，衢水如河，淋零猶未休也。居以待晴。連綿數日，更無休止。起視籠中，鶉漸死。王大懼，不知計之所出。越日，死愈多；僅餘數頭，併一籠飼之；經宿往窺，則一鶉僅存。因告主人，不覺涕墮，主人亦為扼腕。王自度金盡罔歸，但欲覓死，主人勸慰之。共往視鶉，審諦之曰：「此似英物。諸鶉之死，未必非此之鬥殺之也。君暇亦無所事，請把之；如其良也，賭亦可以謀生。」王如其教。既馴，主人令持向街頭，賭酒食。鶉健甚，輒贏。主人喜，以金授王，使復與子弟決賭；三戰三勝。半年許，積二十金。心益慰，視鶉如命。

先是，大親王好鶉，每值上元，輒放民間把鶉者入邸相角。主人謂王曰：「今大富宜可立致；所不可知者，在子之命矣。」因告以故，導與俱往。囑曰：「脫敗，則喪氣出耳。倘有萬分一，鶉鬥勝，王必欲市之，君勿應；如固強之，惟予首是瞻，待首肯而後應之。」王曰：「諾。」至邸，則鶉人肩摩於墀下。頃之，王出御殿。左右宣言：「有願鬥者上。」即有一人把鶉，趨而進。王命放鶉，客亦放；略一騰踔，客鶉已敗。王大笑。俄頃，登而敗者數人。主人曰：「可矣。」相將俱登。王相之，曰：「睛有怒脈，此健羽也，不可輕敵。」命取鐵喙者當之。一再騰躍，而王鶉鎩羽。更選其良，再易再敗。王急命取宮中玉鶉。片時把出，素羽如鷺，神駿不凡。王成意餒，跪而求罷，曰：「大王之鶉，神物也，恐傷吾禽，喪吾業矣。」王笑曰：「縱之。脫鬥而死，當厚爾償。」成乃縱之。玉鶉直奔之。而玉鶉方來，則伏如怒雞以待之；玉鶉健啄，則起如翔鶴以擊之；進退頡頏，相持約一伏時。玉鶉漸懈，而其怒益烈，其鬥益急。未幾，雪毛摧落，垂翅而逃。觀者千人，罔不歎羨。王乃索取而親把之，自喙至爪，審周一過。問成曰：「鶉可貨否？」答云：「小人無恆產，與相依為命，不願售也。」王曰：「賜而重直，中人之產可致。頗願之乎？」成俯思良久，曰：「本不樂置；顧大王既愛好之，苟使小人得衣食業，又何求？」王請直，答以千金。王笑曰：「癡男子！此何珍寶而千金直也？」成曰：「大王不以為寶，臣以為連城之璧不過也。」王曰：「如何？」曰：「小人把向市廛，日得數金，易升斗粟，一家十餘食指，無凍餒憂，是何寶如之？」王言：「予不相虧，便與二百金。」成搖首。又增百數。成目視主人，主人色不動。乃曰：「承大王命，請減百價。」王曰：「休矣！誰肯以九百易一鶉者！」成囊鶉欲行。王呼曰：「鶉人來，鶉人來！實給六百，肯則售，否則已耳。」成又目主人，主人仍自若。成心願盈溢，惟恐失時。曰：「以此數售，心實怏怏；但交而不成，則獲戾滋大。無已，即如王命。」王喜，即秤付之。成囊金，拜賜而出。主人懟曰：「我言如何，子乃急自鬻也？再少靳之，八百金在掌中矣。」成歸，擲金案上，請主人自取之，主人不受。又固讓之，乃盤計飯直而受之。王治裝歸，至家，歷述所為，出金相慶。嫗命治良田三百畝，起屋作器，居然世家。嫗早起，使成督耕，婦督織；稍惰，輒訶之。夫婦相安，不敢有怨詞。過三年，家益富。嫗辭欲去。夫婦共挽之，至泣下。嫗亦遂止。旭旦候之，已杳矣。

異史氏曰：「富皆得於勤，此獨得於惰，亦創聞也。不知一貧徹骨，而至性不移，此天所以始棄之而終憐之也。懶中豈果有富貴乎哉！」

青鳳

太原耿氏，故大家，第宅弘闊。後淩夷，樓舍連亙，半曠廢之。因生怪異，堂門輒自開掩，家人恆中夜駭譁。耿患之，移居別墅，留老翁門焉。由此荒落益甚，或聞笑語歌吹聲。

耿有從子去病，狂放不羈。囑翁有所聞見，奔告之。至夜，見樓上燈光明滅，走報生。生欲入觀其異。止之，不聽。門戶素所習識，竟撥蒿蓬，曲折而入。登樓，殊無少異。穿樓而過，聞人語切切。潛窺之，見巨燭雙燒，其明如晝。一叟儒冠南面坐，一媼相對，俱年四十餘。東向一少年，可二十許；右一女郎，裁及笄耳。酒胾滿案，團坐笑語。生突入，笑呼曰：「有不速之客一人來！」羣驚奔匿。獨叟出叱問：「誰何入人閨闥？」生曰：「此我家閨闥，君占之。旨酒自飲，不一邀主人，毋乃太吝？」叟審睇之，曰：「非主人也。」生曰：「我狂生耿去病，主人之從子耳。」叟致敬曰：「久仰山斗！」乃揖生入，便呼家人易饌。生止之。叟乃酌客。生曰：「吾輩通家，座客無庸見避，還祈招飲。」叟呼：「孝兒！」俄少年自外入。叟曰：「此豚兒也。」揖而坐，略審門閥。叟自言：「義君姓胡。」

生素豪，談議風生，孝兒亦倜儻；傾吐間，雅相愛悅。生二十一，長孝兒二歲，因弟之。叟曰：「聞君祖纂塗山外傳，知之乎？」答：「知之。」叟曰：「我塗山氏之苗裔也。唐以後，譜系猶能憶之；五代而上無傳焉。幸公子一垂教也。」生略述塗山女佐禹之功，粉飾多詞，妙緒泉湧。叟大喜，謂子曰：「今幸得聞所未聞。公子亦非他人，可請阿母及青鳳來共聽之，亦令知我祖德也。」孝兒入幃中。少時，媼偕女郎出。審顧之，弱態生嬌，秋波流慧，人間無其麗也。叟指媼云：「此為老荊。」又指女郎：「此青鳳鄙人之猶女也。頗惠，所聞見，輒記不忘，故喚令聽之。」生談竟而飲，瞻顧女郎，停睇不轉。女覺之，輒俯其首。生隱躡蓮鉤，女急斂足，亦無慍怒。生神志飛揚，不能自主，拍案曰：「得婦如此，南面王不易也！」媼見生漸醉，益狂，與女俱起，遽搴幃去。生失望，乃辭叟出。而心縈縈，不能忘情於青鳳也。

至夜，復往，則蘭麝猶芳，而凝待終宵，寂無聲欬。歸與妻謀，欲攜家而居之，冀得一遇。妻不從。生乃自往，讀於樓下。夜方凭几，一鬼披髮入，面黑如漆，張目視生。生笑，染指研墨自塗，灼灼然相與對視。鬼慚而去。次夜，更既深，滅燭欲寢，聞樓後發扃，闢之閛然。生急起窺覘，則扉半啟。俄聞履聲細碎，有燭光自房中出。視之，則青鳳也。驟見生，駭而卻退，遽闔雙扉。生長跽而致詞曰：「小生不避險惡，實以卿故，幸無他人，得一握手為笑，死不憾耳。」女遙語曰：「惓惓深情，妾豈不知，但叔閨訓嚴，不敢奉命。」生固哀之云：「亦不敢望肌膚之親，但一見顏色足矣。」女似肯可，啟關出，捉之臂而曳之。生狂喜，相將入樓下，擁而加諸膝。女曰：「幸有夙分；過此一夕，即相思無用矣。」問：「何故？」曰：「阿叔畏君狂，故化厲鬼以相嚇，而君不動也。今已卜居他所，一家皆移什物赴新居，而妾留守，明日即發。」言已，欲去，云：「恐叔歸。」生強止之，欲與為歡。方持論間，叟掩入。女羞懼無以自容，俛手倚牀，拈帶不語。叟怒曰：「賤婢辱吾門戶！不速去，鞭撻且從其後！」女低頭急去，叟亦出。尾而聽之，訶詬萬端。聞青鳳嚶嚶啜泣。生心意如割，大聲曰：「罪在小生，於青鳳何與？倘宥鳳也，刀鋸鈇鉞，小生願身受之！」良久寂然，生乃歸寢。自此第內絕不復聲息矣。生叔聞而奇之，願售以居，不較直。生喜，攜家口而遷焉。居逾年，甚適，而未嘗須臾忘鳳也。

會清明上墓歸，見小狐二，為犬逼逐。其一投荒竄去，一則皇急道上。望見生，依依哀啼，蔫耳輯首，似乞其援。生憐之，啟裳衿，提抱以歸。閉門，置牀上，則青鳳也。大喜，慰問。女曰：「適與婢子戲，遘此大厄。脫非郎君，必葬犬腹。望無以非類見憎。」生曰：「日切懷思，繫於魂夢。見卿如獲異寶，何憎之云！」女曰：「此天數也，不因顛覆，何得相從？然幸矣，婢子必以妾為已死，可與君堅永約耳。」生喜，另舍舍之。

積二年餘，生方夜讀，孝兒忽入。生輟讀，訝詰所來，孝兒伏地，愴然曰：「家君有橫難，非君莫拯。將自詣懇，恐不見納，故以某來。」問：「何事？」曰：「公子識莫三郎否？」曰：

「此吾年家子也。」孝兒曰：「明日將過。倘攜有獵狐，望君之留之也。」生曰：「樓下之羞，耿耿在念，他事不敢預聞。必欲僕效綿薄，非青鳳來不可！」孝兒零涕曰：「鳳妹已野死三年矣。」生拂衣曰：「既爾，則恨滋深耳！」執卷高吟，殊不顧瞻。孝兒起，哭失聲，掩面而去。生如青鳳所，告以故。女失色曰：「果救之否？」曰：「救則救之；適不之諾者，亦聊以報前橫耳。」女乃喜曰：「妾少孤，依叔成立。昔雖獲罪，乃家範應爾。」生曰：「誠然，但使人不能無介介耳。卿果死，定不相援。」女笑曰：「忍哉！」次日，莫三郎果至，鏤膺虎韔，僕從甚赫。生門逆之。見獲禽甚多，中一黑狐，血殷毛革；撫之，皮肉猶溫。便託裘敝，乞得綴補。莫慨然解贈，生即付青鳳，乃與客飲。客既去，女抱狐於懷，三日而蘇，展轉復化為叟。舉目見鳳，疑非人間。女歷言其情。叟乃下拜，慚謝前愆。喜顧女曰：「我固謂汝不死，今果然矣。」女謂生曰：「君如念妾，還乞以樓宅相假，使妾得以申返哺之私。」生諾之。叟赧然謝別而去，入夜，果舉家來。由此如家人父子，無復猜忌矣。生齋居，孝兒時共談讌。生嫡出子漸長，遂使傅之；蓋循循善教，有師範焉。

畫皮

太原王生，早行，遇一女郎，抱襆獨奔，甚艱於步。急走趁之，乃二八姝麗。心相愛樂。問：「何夙夜踽踽獨行？」女曰：「行道之人，不能解愁憂，何勞相問。」生曰：「卿何愁憂？或可效力，不辭也。」女黯然曰：「父母貪賂，鬻妾朱門。嫡妒甚，朝詈而夕楚辱之，所弗堪也，將遠遁耳。」問：「何之？」曰：「在亡之人，烏有定所。」生言：「敝廬不遠，即煩枉顧。」女喜，從之。生代攜襆物，導與同歸。女顧室無人，問：「君何無家口？」答云：「齋耳。」女曰：「此所良佳。如憐妾而活之，須祕密，勿洩。」生諾之。乃與寢合。使匿密室，過數日而人不知也。生微告妻。妻陳，疑為大家媵妾，勸遣之。生不聽。偶適市，遇一道士，顧生而愕。問：「何所遇？」答言：「無之。」道士曰：「君身邪氣縈繞，何言無？」生又力白。道士乃去，曰：「惑哉！世固有死將臨而不悟者！」生以其言異，頗疑女。轉思明明麗人，何至為妖，意道士借魘禳以獵食者。無何，至齋門，門內杜，不得入，心疑所作，乃踰垝垣。則室門亦閉。躡迹而窗窺之，見一獰鬼，面翠色，齒巉巉如鋸。鋪人皮於榻上，執采筆而繪之；已而擲筆，舉皮，如振衣狀，披於身，遂化為女子。睹此狀，大懼，獸伏而出。急追道士，不知所往。遍迹之，遇於野，長跪乞救。道士曰：「請遣除之。此物亦良苦，甫能覓代者，予亦不忍傷其生。」乃以蠅拂授生，令掛寢門。臨別，約會於青帝廟。生歸，不敢入齋，乃寢內室，懸拂焉。一更許，聞門外戢戢有聲，自不敢窺也，使妻窺之。但見女子來，望拂子不敢進；立而切齒，良久乃去。少時，復來，罵曰：「道士嚇我。終不然，寧入口而吐之耶！」取拂碎之，壞寢門而入。逕登生牀，裂生腹，掬生心而去。妻號。婢入燭之，生已死，腔血狼藉。陳駭涕不敢聲。

明日，使弟二郎奔告道士。道士怒曰：「我固憐之，鬼子乃敢爾！」即從生弟來。女子已失所在。既而仰首四望，曰：「幸遁未遠。」問：「南院誰家？」二郎曰：「小生所舍也。」道士曰：「現在君所。」二郎愕然，以為未有。道士問曰：「曾否有不識者一人來？」答曰：「僕早赴青帝廟，良不知。當歸問之。」去，少頃而返，曰：「果有之，晨間一嫗來，欲傭為僕家操作，室人止之，尚在也。」道士曰：「即是物矣。」遂與俱往。仗木劍，立庭心，呼曰：「孽魅！償我拂子來！」嫗在室，惶遽無色，出門欲遁。道士逐擊之。嫗仆，人皮劃然而脫；化為厲鬼，臥嗥如豬。道士以木劍梟其首；身變作濃煙，匝地作堆。道士出一葫蘆，拔其塞，置煙中，飀飀然如口吸氣，瞬息煙盡。道士塞口入囊。共視人皮，眉目手足，無不備具。道士卷之，如卷畫軸聲，亦囊之，乃別欲去。

陳氏拜迎於門，哭求回生之法。道士謝不能。陳益悲，伏地不起。道士沈思曰：「我術淺，誠不能起死。我指一人，或能之，往求必合有效。」問：「何人？」曰：「市上有瘋者，時臥糞土中。試叩而哀之。倘狂辱夫人，夫人勿怒也。」二郎亦習知之。乃別道士，與嫂俱往。見乞人顛歌道上，鼻涕三尺，穢不可近。陳膝行而前。乞人笑曰：「佳人愛我乎？」陳告之故。又大笑曰：「人盡夫也，活之何為？」陳固哀之。乃曰：「異哉！人死而乞活於我，我閻摩耶？」怒以杖擊陳。陳忍痛受之。市人漸集如堵。乞人咯痰唾盈把，舉向陳吻曰：「食之！」陳紅漲於面，有難色；既思道士之囑，遂強啖焉。覺入喉中，硬如團絮，格格而下，停結胸間。乞人大笑曰：「佳人愛我哉！」遂起行，已，不顧。尾之，入於廟中。迫而求之，不知所在；前後冥搜，殊無端兆，慚恨而歸。既悼夫亡之慘，又悔食唾之羞，俯仰哀啼，但願即死。方欲展血斂尸，家人竚望，無敢近者。陳抱尸收腸，且理且哭。哭極聲嘶，頓欲嘔。覺鬲中結物，突奔而出，不及回首，已落腔中。驚而視之，乃人心也。在腔中突突猶躍，熱氣騰蒸如煙然。大異之。急以兩手合腔，極力抱擠。少懈，則氣氳氳自縫中出。乃裂繒帛急束之。以手撫尸，漸溫。覆以衾裯。中夜啓視，有鼻息矣。天明，竟活。為言：「恍惚若夢，但覺腹隱痛耳。」視破處，痂結如錢，尋愈。

異史氏曰：「愚哉世人！明明妖也，而以為美。迷哉愚人！明明忠也，而以為妄。然愛人之色而漁之，妻亦將食人之唾而甘之矣。天道好還，但愚而迷者不寤耳。何哀也夫！」

賈兒

楚某翁，賈於外。婦獨居，夢與人交；醒而捫之，小丈夫也。察其情，與人異，知為狐。未幾，下牀去，門未開而已逝矣。入暮邀庖媼伴焉。有子十歲，素別榻臥，亦招與俱。夜既深，媼兒皆寐，狐復來。婦喃喃如夢語。媼覺，呼之，狐遂去。自是，身忽忽若有亡。至夜，不敢息燭，戒子睡勿熟。夜闌，兒及媼倚壁少寐，既醒，失婦，意其出遺；久待不至，始疑。媼懼，不敢往覓。兒執火遍燭之，至他室，則母裸臥其中；近扶之，亦不羞縮。自是遂狂，歌哭叫詈，日萬狀。夜厭與人居，另榻寢兒，媼亦遣去。兒每聞母笑語，輒起火之。母反怒訶兒，兒亦不為意，因共壯兒膽。然嬉戲無節，日效杇者，以磚石疊窗上，止之不聽。或去其一石，則滾地作嬌啼，人無敢氣觸之。過數日，兩窗盡塞，無少明。已乃合泥塗壁孔，終日營營，不憚其勞。塗已，無所作，遂把廚刀霍霍磨之。見者皆憎其頑，不以人齒。兒宵分隱刀於懷，以瓢覆燈。伺母囈語，急啓燈，杜門聲喊。久之無異，乃離門，揚言詐作欲搜狀。欻有一物，如狸，突奔門隙。急擊之，僅斷其尾，約二寸許，溼血猶滴。初，挑燈起，母便詬罵，兒若弗聞。擊之不中，懊恨而寢。自念雖不即戮，可以幸其不來。及明，視血迹踰垣而去。迹之，入何氏園中。至夜果絕，兒竊喜。但母癡臥如死。

未幾，賈人歸，就榻問訊。婦嫚罵，視若仇。兒以狀對。翁驚，延醫藥之。婦瀉藥詬罵。潛以藥入湯水雜飲之，數日漸安。父子俱喜。一夜睡醒，失婦所在；父子又覓得於別室。由是復顛，不欲與夫同室處。向夕，竟奔他室。挽之，罵益甚。翁無策，盡扃他扉。婦奔去，則門自闢。翁患之，驅禳備至，殊無少驗。

兒薄暮潛入何氏園，伏莽中，將以探狐所在。月初升，乍聞人語。暗撥蓬科，見二人來飲，一長鬣奴捧壺；衣老椶色。語俱細隱，不甚可辨。移時，聞一人曰：「明日可取白酒一瓻來。」

頃之，俱去，惟長鬣獨留，脫衣臥庭石上。審顧之，四肢皆如人，但尾垂後部。兒欲歸，恐狐覺，遂終夜伏。未明，又聞二人以次復來，噥噥入竹叢中。兒乃歸。翁問所往，答：「宿阿伯家。」適從父入市，見帽肆掛狐尾，乞翁市之。翁不顧。兒牽父衣嬌聒之。翁不忍過拂，市焉。父貿易廛中，兒戲弄其側，乘父他顧，盜錢去，沽白酒，寄肆廊。有舅氏城居，素業獵。兒奔其家。舅他出。妗詰母疾，答云：「連朝稍可。又以耗子嚙衣，怒涕不解，故遣我乞獵藥耳。」妗檢櫝，出錢許，裹付兒。兒少之。妗欲作湯餅啖兒。兒覷室無人，自發藥裹，竊盈掬而懷之。乃趨告妗，俾勿舉火，「父待市中，不遑食也」。遂逕出，隱以藥置酒中。遨游市上，抵暮方歸。父問所在，託在舅家。

兒自是日游廛肆間。一日，見長鬣人亦雜儔中。兒審之確，陰綴繫之。漸與語，詰其居里。答言：「北村。」亦詢兒，兒偽云：「山洞。」長鬣怪其洞居。兒笑曰：「我世居洞府，君固否耶？」其人益驚，便詰姓氏。兒曰：「我胡氏子。曾在何處，見君從兩郎，顧忘之耶？」其人熟審之，若信若疑。兒微啓下裳，少少露其假尾，曰：「我輩混迹人中，但此物猶存，為可恨耳。」其人問：「在市欲何作？」兒曰：「父遣我沽。」其人亦以沽告。兒問：「沽未？」曰：「吾儕多貧，故常竊時多。」兒曰：「此役亦良苦，耽驚憂。」其人曰：「受主人遣，不得不爾。」因問：「主人伊誰？」曰：「即曩所見兩郎兄弟也。一私北郭王氏婦，一宿東村某翁家。翁家兒大惡，被斷尾，十日始瘥，今復往矣。」言已，欲別，曰：「勿誤我事。」兒曰：「竊之難，不若沽之易。我先沽寄廊下，敬以相贈。我囊中尚有餘錢，不愁沽也。」其人愧無以報。兒曰：「我本同類，何靳些須？暇時，尚當與君痛飲耳。」遂與俱去，取酒授之，乃歸。至夜，母竟安寢，不復奔。心知有異，告父同往驗之：則兩狐斃於亭上，一狐死於草中。喙津津尚有血出。酒瓶猶在，持而搖之，未盡也。父驚問：「何不早告？」曰：「此物最靈，一洩，則彼知之。」翁喜曰：「我兒，討狐之陳平也。」於是父子荷狐歸。見一狐禿尾，刀痕儼然。自是遂安。而婦瘠殊甚，心漸明了，但益之嗽，嘔痰輒數升，尋卒。北郭王氏婦，向祟於狐；至是問之，則狐絕而病亦愈。翁由此奇兒，教之騎射。後貴至總戎。

蛇癖

予鄉王蒲令之僕呂奉寧，性嗜蛇。每得小蛇，則全吞之，如啖葱狀。大者，以刀寸寸斷之，始掬以食。嚼之錚錚，血水沾頤。且善嗅，嘗隔牆聞蛇香，急奔牆外，果得蛇盈尺。時無佩刀，先噬其頭，尾尚蜿蜒於口際。

卷　二

金世成

金世成，長山人，素不檢。忽出家作頭陀。類顛，啗不潔以為美。犬羊遺穢於前，輒伏噉之。自號為佛。愚民婦異其所為，執弟子禮者以千萬計。金訶使食矢，無敢違者。創殿閣，所費不貲，人咸樂輸之。邑令南公惡其怪，執而笞之，使修聖廟。門人競相告曰：「佛遭難！」爭募救之。宮殿旬月而成，其金錢之集，尤捷於酷吏之追呼也。

異史氏曰：「予聞金道人，人皆就其名而呼之，謂為『今世成佛』。品至啗穢，極矣。笞之不足辱，罰之適有濟，南令公處法何良也！然學宮圮而煩妖道，亦士大夫之羞矣。」

董生

董生，字遐思，青州之西鄙人。冬月薄暮，展被於榻而熾炭焉。方將篝燈，適友人招飲，遂扃戶去。至友人所，座有醫人，善太素脈，遍診諸客。末顧王生九思及董曰：「余閱人多矣，脈之奇無如兩君者：貴脈而有賤兆，壽脈而有促徵，此非鄙人所敢知也。然而董君實甚。」共驚問之。曰：「某至此亦窮於術，未敢臆決。願兩君自慎之。」二人初聞甚駭，既以為模棱語，置不為意。

半夜，董歸，見齋門虛掩，大疑。醺中自憶，必去時忙促，故忘扃鍵。入室，未遑爇火，先以手入衾中，探其溫否。才一探入，則膩有臥人。大愕，斂手。急火之，竟為姝麗，韶顏稚齒，神仙不殊。狂喜。戲探下體，則毛尾修然。大懼，欲遁。女已醒，出手捉生臂，問：「君何往？」董益懼，戰慄哀求，願仙人憐恕。女笑曰：「何所見而仙我？」董曰：「我不畏首而畏尾。」女又笑曰：「君誤矣。尾於何有？」引董手，強使復探，則髀肉如脂，尻骨童童。笑曰：「何如？醉態矇瞳，不知所見伊何，遂誣人若此。」董固喜其麗，至此益惑，反自咎適然之錯。然疑其所來無因。女曰：「君不憶東鄰之黃髮女乎？屈指移居者，已十年矣。爾時我未笄，君垂髫也。」董恍然曰：「卿周氏之阿瑣耶？」女曰：「是矣。」董曰：「卿言之，我彷彿憶之。十年不見，遂苗條如此！然何遽能來？」女曰：「妾適癡郎四五年，翁姑相繼逝，又不幸為文君。剩妾一身，煢無所依。憶孩時相識者惟君，故來相見就。入門已暮，邀飲者適至，遂潛隱以待君歸。待之既久，足冰肌粟，故借被以自溫耳，幸勿見疑。」董喜，解衣共寢，意殊自得。月餘，漸羸瘦，家人怪問，輒言不自知。久之，面目益支離，乃懼，復造善脈者診之。醫曰：「此妖脈也。前日之死徵驗矣，疾不可為也。」董大哭，不去。醫不得已，為之鍼手灸臍，而贈以藥。囑曰：「如有所遇，力絕之。」董亦自危。既歸，女笑要之。怫然曰：「勿復相糾纏，我行且死！」走不顧。

女大慚，亦怒曰：「汝尚欲生耶！」至夜，董服藥獨寢，甫交睫，夢與女交，醒已遺矣。益恐，移寢於內，妻子火守之。夢如故。窺女子已失所在。積數日，董嘔血斗餘而死。

王九思在齋中，見一女子來，悅其美而私之。詰所自，曰：「妾，遐思之鄰也。渠舊與妾善，不意為狐惑而死。此輩妖氣可畏，讀書人宜慎相防。」王益佩之，遂相歡待。居數日，迷罔病瘠。忽夢董曰：「與君好者狐也。殺我矣，又欲殺我友。我已訴之冥府，洩此幽憤。七日之夜，當炷香室外，勿忘卻。」醒而異之。謂女曰：「我病甚，恐將委溝壑，或勸勿室也。」女曰：「命當壽，室亦生；不壽，勿室亦死也。」坐與調笑。王心不能自持，又亂之。已而悔之，而不能絕。及暮，插香戶上。女來，拔棄之。夜又夢董來，讓其違囑。次夜，暗囑家人，俟寢後潛炷之。女在榻上，忽驚曰：「又置香耶！」王言：「不知。」女急起得香，又折滅之。入曰：「誰教君為此者？」王曰：「或室人憂病，信巫家作厭禳耳。」女彷徨不樂。家人潛窺香滅，又炷之。女忽歎曰：「君福澤良厚。我誤害遐思而奔子，誠我之過。我將與彼就質於冥曹。君如不忘夙好，勿壞我皮囊也。」逡巡下榻，仆地而死。燭之，狐也。猶恐其活，遽呼家人，剝其革而懸焉。王病甚，見狐來曰：「我訴諸法曹。法曹謂董君見色而動，死當其罪；但咎我不當惑人，追金丹去，復令還生。皮囊何在？」曰：「家人不知，已脫之矣。」狐慘然曰：「余殺人多矣，今死已晚；然忍哉君乎！」恨恨而去。王病幾危，半年乃瘥。

齕石

新城王欽文太翁家，有圉人王姓，幼入勞山學道。久之，不火食，惟啖松子及白石。遍體生毛。既數年，念母老歸里，漸復火食，猶啖石如故。向日視之，即知石之甘苦酸鹹，如啖芋然。母死，復入山，今又十七八年矣。

廟鬼

新城諸生王啓後者，方伯中宇公象坤曾孫。見一婦人入室，貌肥黑不揚。笑近坐榻，意甚褻。王拒之，不去。由此坐臥輒見之。而意堅定，終不搖。婦怒，批其頰有聲，而亦不甚痛。婦以帶懸梁上，捽與並縊。王不覺自投梁下，引頸作縊狀。人見其足不履地，挺然立空中，即亦不能死。自是病顛，忽曰：「彼將與我投河矣。」望河狂奔，曳之乃止。如此百端，日常數作，術藥罔效。一日，忽見有武士綰鎖而入，怒叱曰：「樸誠者汝何敢擾！」即縶婦項，自櫺中出。才至窗外，婦不復人形，目電熌，口血赤如盆。憶城隍廟中有泥鬼四，絕類其一焉。於是病若失。

陸 判

陵陽朱爾旦，字小明。性豪放。然素鈍，學雖篤，尚未知名。一日，文社眾飲。或戲之云：「君有豪名，能深夜赴十王殿，負得左廊判官來，眾當醵作筵。」蓋陵陽有十王殿，神鬼皆以木雕，妝飾如生。東廡有立判，綠面赤鬚，貌尤獰惡。或夜聞兩廊拷訊聲。入者，毛皆森豎。故眾以此難朱。朱笑起，逕去。居無何，門外大呼曰：「我請髯宗師至矣！」眾皆起。俄負判入，置几上，奉觴酹之三。眾睹之，瑟縮不安於座。仍請負去。朱又把酒灌地，祝曰：「門生狂率不文，大宗師諒不為怪。荒舍匪遙，合乘興來覓飲，幸勿為畛畦。」乃負之去。次日，眾果招飲。抵暮，半醉而歸，興未闌，挑燈獨酌。忽有人搴簾入，視之，則判官也。朱起曰：「意吾殆將死矣！前夕冒瀆，今來加斧鑕耶？」判啓濃髯微笑曰：「非也。昨蒙高義相訂，夜偶暇，敬踐達人之約。」朱大悅，牽衣促坐，自起滌器爇火。判曰：「天道溫和，可以冷飲。」朱如命，置瓶案上，奔告家人治肴果。妻聞，大駭，戒勿出。朱不聽，立俟治具以出。易琖交酬，始詢姓氏。曰：「我陸姓，無名字。」與談古典，應答如響。問：「知制藝否？」曰：「妍媸亦頗辨之。陰司誦讀，與陽世略同。」陸豪飲，一舉十觥。朱因竟日飲，遂不覺玉山傾頹，伏几醺睡。比醒，則殘燭昏黃，鬼客已去。自是三兩日輒一來，情益洽，時抵足臥。朱獻窗稿，陸輒紅勒之，都言不佳。一夜，朱醉，先寢。陸猶自酌。忽醉夢中，覺臟腑微痛；醒而視之，則陸危坐牀前，破腔出腸胃，條條整理。愕曰：「夙無仇怨，何以見殺？」陸笑云：「勿懼，我為君易慧心耳。」從容納腸已，復合之，末以裹足布束朱腰。作用畢，視榻上亦無血迹。腹間覺少麻木。見陸置肉塊几上，問之。曰：「此君心也。作文不快，知君之毛竅塞耳。適在冥間，於千萬心中，揀得佳者一枚，為君易之，留此以補闕數。」乃起，掩扉去。天明解視，則創縫已合，有綖而赤者存焉。自是文思大進，過眼不忘。數日，又出文示陸。陸曰：「可矣。但君福薄，不能大顯貴，鄉、科而已。」問：「何時？」曰：「今歲必魁。」未幾，科試冠軍，秋闈果中經元。同社生素揶揄之；及見闈墨，相視而驚，細詢始知其異。共求朱先容，願納交陸。陸諾之。眾大設以待之。更初，陸至，赤髯生動，目炯炯如電。眾茫乎無色，齒欲相擊，漸引去。

朱乃攜陸歸飲。既醺，朱曰：「湔腸伐胃，受賜已多。尚有一事欲相煩，不知可否？」陸便請命。朱曰：「心腸可易，面目想亦可更。山荊，予結髮人，下體頗亦不惡，但頭面不甚佳麗。尚欲煩君刀斧，如何？」陸笑曰：「諾，容徐圖之。」過數日，半夜來叩關。朱急起延入。燭之，見襟裹一物。詰之，曰：「君曩所囑，向艱物色。適得一美人首，敬報君命。」朱撥視，頸血猶溼。陸立促急入，勿驚禽犬。朱慮門戶夜扃。陸至，一手推扉，扉自闢。引至臥室，見夫人側身眠。陸以頭授朱抱之；自於靴中出白刃如匕首，按夫人項，著力如切腐狀，迎刃而解，首落枕畔。急於生懷，取美人頭合項上，詳審端正，而後按捺。已而移枕塞肩際，命朱瘞首靜所，乃去。朱妻醒，覺頸間微麻，面頰甲錯；搓之，得血片。甚駭，呼婢汲盥。婢見面血狼藉，驚絕。濯之，盆水盡赤。舉手則面目全非，又駭極。夫人引鏡自照，錯愕不能自解。朱入告之。因反復細視，則長眉掩鬢，笑靨承顴，畫中人也。解領驗之，有紅綫一周，上下肉色，判然而異。

先是吳侍御有女甚美，未嫁而喪二夫，故十九猶未醮也。上元游十王殿。時游人甚雜，內有無賴賊窺而豔之，遂陰訪居里，乘夜梯入；穴寢門，殺一婢於牀下，逼女與淫。女力拒聲喊。賊怒，亦殺之。吳夫人微聞鬧聲，呼婢往視。見尸駭絕。舉家盡起，停尸堂上，置首項側，一門啼號，紛騰終夜。詰旦啓衾，則身在而失其首。遍撻侍女，謂所守不恪，致葬犬腹。侍御告郡。郡嚴限捕賊，三月而罪人弗得。漸有以朱家換頭之異聞吳公者。吳疑之，遣媼探諸其家；入見夫人，駭走以告吳公。公視女尸故存，驚疑無以自決。猜朱以左道殺女，往詰朱。朱曰：「室人夢易其首，實不解其何故。謂僕殺之，則冤也。」吳不信，訟之。收家人鞫之，一如朱言。郡守不能決。朱歸，求計於陸。陸曰：「不難，當使伊女自言之。」吳夜夢女曰：「兒為蘇溪楊大年所賊，無與朱孝廉。彼不豔於其妻，陸判官取兒頭與之易之，是兒身死而頭生也。願勿相仇。」醒告夫人，所夢同。乃言於官。問之，果有楊大年；執而械之，遂伏其罪。吳乃詣朱，請見夫人，由此為翁婿。乃以朱妻首合女尸而葬焉。

朱三入禮闈，皆以場規被放，於是灰心仕進。積三十年，一夕，陸告曰：「君壽不永矣。」問其期，對以五日。「能相救否？」曰：「惟天所命，人何能私？且自達人觀之，生死一耳，何必生之為樂，死之為悲？」朱以為然。即治衣衾棺槨，既竟，盛服而沒。翼日，夫人方扶柩哭，朱忽冉冉自外至。夫人懼。朱曰：「我誠鬼，不異生時。慮爾寡母孤兒，殊戀戀耳。」夫人大慟，涕垂膺。朱依依慰解之。夫人曰：「古有還魂之說，君既有靈，何不再生？」朱曰：「天數不可違也。」問：「在陰司作何務？」曰：「陸判薦我督案務，授有官爵，亦無所苦。」夫人欲再語，朱曰：「陸公與我同來，可設酒饌。」趨而出。夫人依言營備。但聞室中笑飲，亮氣高聲，宛若生前。半夜窺之，窅然已逝。

自是三數日輒一來，時而留宿繾綣，家中事就便經紀。子瑋方五歲，來輒捉抱；至七八歲則燈下教讀。子亦惠，九歲能文，十五入邑庠，竟不知無父也。從此來漸疏，日月至焉而已。又一夕來，謂夫人曰：「今與卿永訣矣。」問：「何往？」曰：「承帝命為太華卿，行將遠赴，事煩途隔，故不能來。」母子持之哭，曰：「勿爾！兒已成立，家計尚可存活，豈有百歲不拆之鸞鳳耶！」顧子曰：「好為人，勿墮父業。十年後一相見耳。」逕出門去，於是遂絕。

後瑋二十五，舉進士，官行人。奉命祭西岳，道經華陰，忽有輿從羽葆，馳衝鹵簿。訝之。審視車中人，其父也。下車哭伏道左。父停輿曰：「官聲好，我目瞑矣。」瑋伏不起。朱促輿行，火馳不顧。去數步，回望，解佩刀遣人持贈。遙語曰：「佩之當貴。」瑋欲追從，見輿馬人從，飄忽若風，瞬息不見。痛恨良久。抽刀視之，製極精工，鐫字一行，曰：「膽欲大而心欲小，智欲圓而行欲方。」瑋後官至司馬。生五子，曰沈，曰潛，曰沕，曰渾，曰深。一夕，夢父曰：「佩刀宜贈渾也。」從之。渾仕為總憲，有政聲。

異史氏曰：「斷鶴續鳧，矯作者妄；移花接木，創始者奇；而況加鑿削於肝腸，施刀錐於頸項者哉？陸公者，可謂媸皮裹妍骨矣。明季至今，為歲不遠，陵陽陸公猶存乎？尚有靈焉否也？為之執鞭，所忻慕焉。」

嬰寧

王子服，莒之羅店人。早孤。絕惠，十四入泮。母最愛之，尋常不令游郊野。聘蕭氏，未嫁而夭，故求凰未就也。

會上元，有舅氏子吳生，邀同眺矚。方至村外，舅家有僕來，招吳去；生見游女如雲，乘輿獨遨。有女郎攜婢，撚梅花一枝，容華絕代，笑容可掬。生注目不移，竟忘顧忌。女過去數武，顧婢曰：「個兒郎目灼灼似賊！」遺花地上，笑語自去。生拾花悵然，神魂喪失，怏怏遂返。至家，藏花枕底，垂頭而睡，不語亦不食。母憂之。醮禳益劇，肌革銳減。醫師診視，投劑發表。忽忽若迷，母撫問所由，默然不答。適吳生來，囑密詰之。吳至榻前，生見之淚下。吳就榻慰解，漸致研詰。生具吐其實，且求謀畫。吳笑曰：「君意亦復癡！此願有何難遂？當代訪之。徒步於野，必非世家。如其未字，事固諧矣；不然，拚以重賂，計必允遂。但得痊瘳，成事在我。」生聞之，不覺解頤。吳出告母，物色女子居里，而探訪既窮，並無蹤緒。母大憂，無所為計。然自吳去後，顏頓開，食亦略進。數日，吳復來。生問所謀。吳紿之曰：「已得之矣。我以為誰何人，乃我姑氏女，即君姨妹行，今尚待聘；雖內戚有婚姻之嫌，實告之，無不諧者。」生喜溢眉宇，問：「居何里？」吳詭曰：「西南山中，去此可三十餘里。」生又付囑再四，吳銳身自任而去。

生由此飲食漸加，日就平復。探視枕底，花雖枯，未便凋落。凝思把玩，如見其人。怪吳不至，折柬招之。吳支托不肯赴招。生恚怒，悒悒不歡。母慮其復病，急為議姻；略與商榷，輒搖首不願。惟日盼吳。吳迄無耗，益怨恨之。轉思三十里非遙，何必仰息他人？懷梅袖中，負氣自往，而家人不知也。伶仃獨步，無可問程，但望南山行去。約三十餘里，亂山合沓，空翠爽肌，寂無人行，只有鳥道。遙望谷底，叢花亂樹中，隱隱有小里落。下山入村，見舍宇無多，皆茅屋，而意甚修雅。北向一家，門前皆絲柳，牆內桃杏尤繁，間以修竹；野鳥格磔其中。意其園亭，不敢遽入。回顧對戶，有巨石滑潔，因據坐少憩。俄聞牆內有女子，長呼「小榮」，其聲嬌細。方佇聽間，一女郎由東而西，執杏花一朵，俛首自簪。舉頭見生，遂不復簪，含笑撚花而入。審視之，即上元途中所遇也。心驟喜。但念無以階進；欲呼姨氏，顧從無還往，懼有訛誤。門內無人可問。坐臥徘徊，自朝至於日昃，盈盈望斷，並忘饑渴。時見女子露半面來窺，似訝其不去者。忽一老媼扶杖出，顧生曰：「何處郎君，聞自辰刻便來，以至於今。意將何為？得勿饑耶？」生急起揖之，答云：「將以盼親。」媼聾聵不聞。又大言之，乃問：「貴戚何姓？」生不能答。媼笑曰：「奇哉！姓名尚自不知，何親可探？我視郎君，亦書癡耳。不如從我來，啖以粗糲；家有短榻可臥。待明朝歸，詢知姓氏，再來探訪，不晚也。」生方腹餒思啗，又從此漸近麗人，大喜。

從媼入，見門內白石砌路，夾道紅花，片片墮階上；曲折而西，又啓一關，豆棚花架滿庭中。肅客入舍，粉壁光如明鏡；窗外海棠枝朵，探入室中；裀籍几榻，罔不潔澤。甫坐，即有人自窗外隱約相窺。媼喚：「小榮！可速作黍。」外有婢子噭聲而應。坐次，具展宗閥。媼曰：「郎君外祖，莫姓吳否？」曰：「然。」媼驚曰：「是吾甥也！尊堂，我妹子。年來以家窶貧，又無三尺男，遂至音問梗塞。甥長成如許，尚不相識。」生曰：「此來即為姨也，匆遽遂忘姓氏。」媼曰：「老身秦姓，並無誕育；弱息僅存，亦為庶產。渠母改醮，遺我鞠養。頗亦不鈍，但少教訓，嬉不知愁。少頃，使來拜識。」未幾，婢子具飯，雛尾盈握。媼勸餐已，婢來斂具。媼曰：「喚寧姑來。」婢應去。良久，聞戶外隱有笑聲。媼又喚曰：「嬰寧，汝姨兄在此。」戶外嗤嗤笑不已。婢推之以入，猶掩其口，笑不可遏。媼瞋目曰：「有客在，咤咤叱叱，是何景象？」女忍笑而立，生揖之。媼曰：「此王郎，汝姨子。一家尚不相識，可笑人也。」生問：「妹子年幾何矣？」媼未能解。生又言之。女復笑不可仰視。媼謂生曰：「我言少教誨，此可見矣。年已十六，呆癡裁如嬰兒。」生曰：「小於甥一歲。」曰：「阿甥已十七矣，得非庚午屬馬者耶？」生首應之。又問：「甥婦阿誰？」答云：「無之。」曰：「如甥才貌，何十七歲猶未聘？嬰寧亦無姑家，極相匹敵；惜有內親之嫌。」生無語，目注嬰寧，不遑他瞬。婢向女小語云：「目灼灼，賊腔未改！」女又大笑，顧婢曰：「視碧桃開未？」遽起，以袖掩口，細碎連步而出。至門外，笑聲始縱。媼亦起，喚婢襆被，為生安置。曰：「阿甥來不易，宜留三五日，遲遲送汝歸。如嫌幽悶，舍後有小園，可供消遣；有書可讀。」

次日，至舍後，果有園半畝，細草鋪氈，楊花糝逕；有草舍三楹，花木四合其所。穿花小步，聞樹頭蘇蘇有聲，仰視，則嬰寧在上。見生來，狂笑欲墮。生曰：「勿爾，墮矣！」女且下且笑，不能自止。方將及地，失手而墮，笑乃止。生扶之，陰捘其腕。女笑又作，倚樹不能行，良久乃罷。生俟其笑歇，乃出袖中花示之。女接之曰：「枯矣。何留之？」曰：「此上元妹子所遺，故存之。」問：「存之何意？」曰：「以示相愛不忘也。自上元相遇，凝思成疾，自分化為異物；不圖得見顏色，幸垂憐憫。」女曰：「此大細事，至戚何所靳惜？待郎行時，園中花，當喚老奴來，折一巨綑負送之。」生曰：「妹子癡耶？」「何便是癡？」曰：「我非愛花，愛撚花之人耳。」女曰：「葭莩之情，愛何待言。」生曰：「我所謂愛，非瓜葛之愛，乃夫妻之愛。」女曰：「有以異乎？」曰：「夜共枕席耳。」女俛思良久，曰：「我不慣與生人睡。」語未已，婢潛至，生惶恐遁去。少時，會母所。母問：「何往？」女答以園中共話。媼曰：「飯熟已久，有何長言，周遮乃爾？」女曰：「大哥欲我共寢。」言未已，生大窘，急目瞪之，女微笑而止。幸媼不聞，猶絮絮究詰，生急以他詞掩之。因小語責女。女曰：「適此語不應說耶？」生曰：「此背人語。」女曰：「背他人，豈得背老母。且寢處亦常事，何諱之？」生恨其癡，無術可悟之。

食方竟，家中人捉雙衛來尋生。先是，母待生久不歸，始疑；村中搜覓幾遍，竟無蹤兆。因往詢吳。吳憶曩言，因教於西南山村尋覓。凡歷數村，始至於此。生出門，適相值，便入告媼，且請偕女同歸。媼喜曰：「我有志，匪伊朝夕。但殘軀不能遠涉；得甥攜妹子去，識認阿姨，大好！」呼嬰寧。寧笑至。媼曰：「有何喜，笑輒不輟？若不笑，當為全人。」因怒之以目。乃曰：「大哥欲同汝去，可便裝束。」又餉家人酒食，始送之出曰：「姨家田產豐裕，能養冗人。到彼且勿歸，小學詩禮，亦好事翁姑。即煩阿姨，為汝擇一良匹。」二人遂發。至山坳，回顧，猶依稀見媼倚門北望也。

　　抵家，母睹姝麗，驚問為誰。生以姨女對。母曰：「前吳郎與兒言者，詐也。我未有姊，何以得甥？」問女，女曰：「我非母出。父為秦氏，沒時，兒在褓中，不能記憶。」母曰：「我一姊適秦氏，良確；然殂謝已久，那得復存？」因審詰面龐、誌贅，一一符合。又疑曰：「是矣。然亡已多年，何得復存？」疑慮間，吳生至，女避入室。吳詢得故，惘然久之。忽曰：「此女名嬰寧耶？」生然之。吳亟稱怪事。問所自知，吳曰：「秦家姑去世後，姑丈鰥居，祟於狐，病瘠死。狐生女名嬰寧，繃臥牀上，家人皆見之。姑丈沒，狐猶時來；後求天師符粘壁間，狐遂攜女去。將勿此耶？」彼此疑參，但聞室中吃吃，皆嬰寧笑聲。母曰：「此女亦太憨生。」吳請面之。母入室，女猶濃笑不顧。母促令出，始極力忍笑，又面壁移時，方出。才一展拜，翻然遽入，放聲大笑。滿室婦女，為之粲然。

　　吳請往觀其異，就便執柯。尋至村所，廬舍全無，山花零落而已。吳憶姑葬處，彷彿不遠；然墳壠湮沒，莫可辨識，詫歎而返。母疑其為鬼。入告吳言，女略無駭意；又弔其無家，亦殊無悲意，孜孜憨笑而已。眾莫之測。母令與少女同寢止。昧爽即來省問，操女紅精巧絕倫。但善笑，禁之亦不可止；然笑處嫣然，狂而不損其媚，人皆樂之。鄰女少婦，爭承迎之。母擇吉將為合巹，而終恐為鬼物，竊於日中窺之，形影殊無少異。

　　至日，使華妝行新婦禮；女笑極不能俯仰，遂罷。生以其憨癡，恐漏洩房中隱事；而女殊密祕，不肯道一語。每值母憂怒，女至，一笑即解。奴婢小過，恐遭鞭楚，輒求詣母共話；罪婢投見，恆得免。而愛花成癖，物色遍戚黨；竊典金釵，購佳種，數月，階砌藩溷，無非花者。庭後有木香一架，故鄰西家。女每攀登其上，摘供簪玩。母時遇見，輒訶之。女卒不改。一日，西人子見之，凝注傾倒。女不避而笑。西人子謂女意己屬，心益蕩。女指牆底笑而下，西人子謂示約處，大悅。及昏而往，女果在焉，就而淫之，則陰如錐刺，痛徹於心，大號而踣。細視，非女，則一枯木臥牆邊，所接乃水淋竅也。鄰父聞聲，急奔研問，呻而不言。妻來，始以實告。爇火燭竅，見中有巨蠍，如小蟹然。翁碎木捉殺之。負子至家，半夜尋卒。鄰人訟生，訐發嬰寧妖異。邑宰素仰生才，稔知其篤行士，謂鄰翁訟誣，將杖責之。生為乞免，遂釋而出。母謂女曰：「憨狂爾爾，早知過喜而伏憂也。邑令神明，幸不牽累；設鶻突官宰，必逮婦女質公堂，我兒何顏見戚里？」女正色，矢不復笑。母曰：「人罔不笑，但須有時。」而女由是竟不復笑，雖故逗，亦終不笑；然竟日未嘗有戚容。

一夕，對生零涕。異之。女哽咽曰：「曩以相從日淺，言之恐致駭怪。今日察姑及郎，皆過愛無有異心，直告或無妨乎？妾本狐產。母臨去，以妾託鬼母，相依十餘年，始有今日。妾又無兄弟，所恃者惟君。老母岑寂山阿，無人憐而合厝之，九泉輒為悼恨。君倘不惜煩費，使地下人消此怨恫，庶養女者不忍溺棄。」生諾之，然慮墳冢迷於荒草。女但言無慮。刻日，夫妻輿櫬而往。女於荒煙錯楚中，指示墓處，果得媪尸，膚革猶存。女撫哭哀痛。舁歸，尋秦氏墓合葬焉。是夜，生夢媪來稱謝，寤而述之。女曰：「妾夜見之，囑勿驚郎君耳。」生恨不邀留。女曰：「彼鬼也，生人多，陽氣勝，何能久居？」生問小榮，曰：「是亦狐，最黠。狐母留以視妾，每攝餌相哺，故德之常不去心。昨問母，云已嫁之。」由是歲值寒食，夫妻登秦墓，拜掃無缺。女逾年，生一子，在懷抱中，不畏生人，見人輒笑，亦大有母風云。

異史氏曰：「觀其孜孜憨笑，似全無心肝者；而牆下惡作劇，其黠孰甚焉。至悽戀鬼母，反笑為哭，我嬰寧殆隱於笑者矣。竊聞山中有草，名『笑矣乎』，嗅之，則笑不可止。房中植此一種，則合歡、忘憂，並無顏色矣；若解語花，正嫌其作態耳。」

聶小倩

甯采臣，浙人。性慷爽，廉隅自重。每對人言：「生平無二色。」適赴金華，至北郭，解裝蘭若。寺中殿塔壯麗；然蓬蒿沒人，似絕行蹤。東西僧舍，雙扉虛掩；惟南一小舍，扃鍵如新。又顧殿東隅，修竹拱把，階下有巨洩，野藕已花。意甚樂其幽杳。會學使案臨，城舍價昂，思便留止，遂散步以待僧歸。日暮，有士人來，啓南扉。甯趨為禮，且告以意。士人曰：「此間無房主，僕亦僑居。能甘荒落，旦晚惠教，幸甚。」甯喜，藉藁代牀，支板作几，為久客計。是夜，月明高潔，清光似水，二人促膝殿廊，各展姓字。士人自言：「燕姓，字赤霞。」甯疑為赴試諸生，而聽其音聲，殊不類浙。詰之，自言：「秦人。」語甚樸誠。既而相對詞竭，遂拱別歸寢。

甯以新居，久不成寐。聞舍北喁喁，如有家口。起伏北壁石窗下，微窺之。見短牆外一小院落，有婦可四十餘；又一媼衣黕緋，插蓬沓，鮐背龍鍾，偶語月下。婦曰：「小倩何久不來？」媼云：「殆好至矣。」婦曰：「將無向姥姥有怨言否？」曰：「不聞，但意似蹙蹙。」婦曰：「婢子不宜好相識！」言未已，有一十七八女子來，彷彿豔絕。媼笑曰：「背地不言人，我兩個正談道，小妖婢悄來無迹響。幸不訾著短處。」又曰：「小娘子端好是畫中人，遮莫老身是男子，也被攝魂去。」女曰：「姥姥不相譽，更阿誰道好？」婦人女子又不知何言。甯意其鄰人眷口，寢不復聽。又許時，始寂無聲。

方將睡去，覺有人至寢所。急起審顧，則北院女子也。驚問之。女笑曰：「月夜不寐，願修燕好。」甯正容曰：「卿防物議，我畏人言；略一失足，廉恥道喪。」女云：「夜無知者。」甯又咄之。女逡巡若復有詞。甯叱：「速去！不然，當呼南舍生知。」女懼，乃退。至戶外復返，以黃金一鋌置褥上。甯掇擲庭墀，曰：「非義之物，污吾囊橐！」女慚，出，拾金自言曰：「此漢當是鐵石。」

詰旦，有蘭溪生攜一僕來候試，寓於東廂，至夜暴亡。足心有小孔，如錐刺者，細細有血出。俱莫知故。經宿，僕一死，症亦如之。向晚，燕生歸，甯質之，燕以為魅。甯素抗直，頗不在意。宵分，女子復至，謂甯曰：「妾閱人多矣，未有剛腸如君者。君誠聖賢，妾不敢欺。小倩，姓聶氏，十八夭殂，葬寺側，輒被妖物威脅，歷役賤務；靦顏向人，實非所樂。今寺中無可殺者，恐當以夜叉來。」甯駭求計。女曰：「與燕生同室可免。」問：「何不惑燕生？」曰：「彼奇人也，不敢近。」問：「迷人若何？」曰：「狎昵我者，隱以錐刺其足，彼即茫若迷，因攝血以供妖飲；又或以金，非金也，乃羅刹鬼骨，留之能截取人心肝：二者，凡以投時好耳。」甯感謝。問戒備之期，答以明宵。臨別泣曰：「妾墮玄海，求岸不得。郎君義氣干雲，必能拔生救苦。倘肯囊妾朽骨，歸葬安宅，不啻再造。」甯毅然諾之。因問葬處，曰：「但記取白楊之上，有烏巢者是也。」言已出門，紛然而滅。

明日，恐燕他出，早詣邀致。辰後具酒饌，留意察燕。既約同宿，辭以性癖耽寂。甯不聽，強攜臥具來。燕不得已，移榻從之。囑曰：「僕知足下丈夫，傾風良切。要有微衷，難以遽白。幸勿翻窺篋襆，違之，兩俱不利。」甯謹受教。既而各寢。燕以箱篋置窗上，就枕移時，齁如雷吼。甯不能寐。近一更許，窗外隱隱有人影。俄而近窗來窺，目光睒閃。甯懼，方欲呼燕，忽有物裂篋而出，耀若匹練，觸折窗上石櫺，欻然一射，即遽斂入，宛如電滅。燕覺而起，甯偽睡以觀之。燕捧篋檢徵，取一物，對月嗅視，白光晶瑩，長可二寸，逕韭葉許。已而數重包固，仍置破篋中。自語曰：「何物老魅，直爾大膽，致壞篋子。」遂復臥。甯大奇之，因起問之，且以所見告。燕曰：「既相知愛，何敢深隱。我，劍客也。若非石櫺，妖當立斃；雖然，亦傷。」問：「所緘何物？」曰：「劍也。適嗅之，有妖氣。」甯欲觀之。慨出相示，熒熒然一小劍也。於是益厚重燕。

明日，視窗外，有血迹。遂出寺北，見荒墳纍纍，果有白楊，烏巢其顛。迨營謀既就，趣裝欲歸。燕生設祖帳，情義殷渥。以破革囊贈甯，曰：「此劍袋也，寶藏可遠魑魅。」甯欲從受其術。曰：「如君信義剛直，可以為此；然君猶富貴中人，非此道中人也。」甯乃託有妹葬此，發掘女骨，斂以衣衾，賃舟而歸。甯齋臨野，因營墳葬諸齋外。祭而祝曰：「憐卿孤魂，葬近蝸居，歌哭相聞，庶不見陵於雄鬼。一甌漿水飲，殊不清旨，幸不為嫌。」祝畢而返，後有人呼曰：「緩待同行！」回顧，則小倩也。歡喜謝曰：「君信義，十死不足以報。請從歸，拜識姑嫜，媵御無悔。」審諦之，肌映流霞，足翹細筍，白晝端相，嬌豔尤絕。遂與俱至齋中。囑坐少待，先入白母。母愕然。時甯妻久病，母戒勿言，恐所駭驚。言次，女已翩然入，拜伏地下。甯曰：「此小倩也。」母驚顧不遑。女謂母曰：「兒飄然一身，遠父母兄弟。蒙公子露覆，澤被髮膚，願執箕帚，以報高義。」母見其綽約可愛，始敢與言，曰：「小娘子惠顧吾兒，老身喜不可已。但生平只此兒，用承祧緒，不敢令有鬼偶。」女曰：「兒實無二心。泉下人，既不見信於老母，請以兄事，依高堂，奉晨昏，如何？」母憐其誠，允之。即欲拜嫂，母辭以疾，乃止。女即入廚下，代母尸饔，入房穿榻，似熟居者。

日暮，母畏懼之，辭使歸寢，不為設牀褥。女窺知母意，即竟去。過齋欲入，卻退，徘徊戶外，似有所懼。生呼之。女曰：「室有劍氣畏人。向道途之不奉見者，良以此故。」甯悟為革囊，取懸他室。女乃入，就燭下坐。移時，殊不一語。久之，問：「夜讀否？妾少誦楞嚴經，今強半遺忘。浼求一卷，夜暇，就兄正之。」甯諾。又坐，默然，二更向盡，不言去。甯促之。愀然曰：「異域孤魂，殊怯荒墓。」甯曰：「齋中別無牀寢，且兄妹亦宜遠嫌。」女起，容顰蹙而欲啼，足恇儴而懶步，從容出門，涉階而沒。甯竊憐之。欲留宿別榻，又懼母嗔。女朝旦朝母，捧匜沃盥，下堂操作，無不曲承母志。黃昏告退，輒過齋頭，就燭誦經。覺甯將寢，始慘然出。

先是，甯妻病廢，母劬不可堪；自得女，逸甚。心德之。日漸稔，親愛如己出，竟忘其為鬼；不忍晚令去，留與同臥起。女初來未嘗食飲，半年漸啜稀飦。母子皆溺愛之，諱言其鬼，人亦不之辨也。無何，甯妻亡。母陰有納女意，然恐於子不利。女微窺之，乘間告母曰：「居年餘，當知兒肝鬲。為不欲禍行人，故從郎君來。區區無他意，只以公子光明磊落，為天人所欽矚，實欲依贊三數年，借博封誥，以光泉壤。」母亦知無惡，但懼不能延宗嗣。女曰：「子女惟天所授。郎君註福籍，有亢宗子三，不以鬼妻而遂奪也。」母信之，與子議。甯喜，因列筵告戚黨。或請覿新婦，女慨然華妝出，一堂盡眙，反不疑其鬼，疑為仙。由是五黨諸內眷，咸執贄以賀，爭拜識之。女善畫蘭梅，輒以尺幅酬答，得者藏什襲以為榮。

一日，俛頸窗前，怊悵若失。忽問：「革囊何在？」曰：「以卿畏之，故緘置他所。」曰：「妾受生氣已久，當不復畏，宜取掛牀頭。」甯詰其意，曰：「三日來，心怔忡無停息，意金華妖物，恨妾遠遁，恐旦晚尋及也。」甯果攜革囊來。女反復審視，曰：「此劍仙將盛人頭者也。敝敗至此，不知殺人幾何許！妾今日視之，肌猶粟慄。」乃懸之。次日，又命移懸戶上。夜對燭坐，約甯勿寢。欻有一物，如飛鳥墮。女驚匿夾幙間。甯視之，物如夜叉狀，電目血舌，睒閃攫拏而前。至門卻步；逡巡久之，漸近革囊，以爪摘取，似將抓裂。囊忽格然一響，大可合簣；恍惚有鬼物，突出半身，揪夜叉入，聲遂寂然，囊亦頓縮如故。甯駭詫。女亦出，大喜曰：「無恙矣！」共視囊中，清水數斗而已。

後數年，甯果登進士。女舉一男。納妾後，又各生一男，皆仕進有聲。

義鼠

楊天一言：見二鼠出，其一為蛇所吞；其一瞪目如椒，似甚恨怒，然遙望不敢前。蛇果腹，蜿蜒入穴。方將過半，鼠奔來，力嚼其尾。蛇怒，退身出。鼠故便捷，欻然遁去。蛇追不及而返。及入穴，鼠又來，嚼如前狀。蛇入則來，蛇出則往，如是者久。蛇出，吐死鼠於地上。鼠來嗅之，啾啾如悼息，啣之而去。友人張歷友為作「義鼠行」。

地震

　　康熙七年六月十七日戌刻，地大震。余適客稷下，方與表兄李篤之對燭飲。忽聞有聲如雷，自東南來，向西北去。眾駭異，不解其故。俄而几案擺簸，酒杯傾覆；屋梁椽柱，錯折有聲。相顧失色。久之，方知地震，各疾趨出。見樓閣房舍，仆而復起；牆傾屋塌之聲，與兒啼女號，喧如鼎沸。人眩暈不能立，坐地上，隨地轉側。河水傾潑丈餘，雞鳴犬吠滿城中。踰一時許，始稍定。視街上，則男女裸聚，競相告語，並忘其未衣也。後聞某處井傾仄，不可汲；某家樓臺南北易向；棲霞山裂；沂水陷穴，廣數畝。此真非常之奇變也。

　　有邑人婦，夜起溲溺，回則狼啣其子。婦急與狼爭。狼一緩頰，婦奪兒出，攜抱中。狼蹲不去。婦大號。鄰人奔集，狼乃去。婦驚定作喜，指天畫地，述狼啣兒狀，己奪兒狀。良久，忽悟一身未著寸縷，乃奔。此與地震時男婦兩忘者，同一情狀也。人之惶急無謀，一何可笑！

海公子

東海古迹島，有五色耐冬花，四時不凋。而島中古無居人，人亦罕到之。登州張生，好奇，喜游獵。聞其佳勝，備酒食，自棹扁舟而往。至則花正繁，香聞數里；樹有大至十餘圍者。反復留連，甚慊所好。開尊自酌，恨無同游。忽花中一麗人來，紅裳眩目，略無倫比。見張，笑曰：「妾自謂興致不凡，不圖先有同調。」張驚問何人。曰：「我膠娼也，適從海公子來。彼尋勝翱翔，妾以艱於步履，故留此耳。」張方苦寂，得美人，大悅，招坐共飲。女言詞溫婉，蕩人神志，張愛好之。恐海公子來，不得盡歡，因挽與亂。女忻從之。

相狎未已，忽聞風肅肅，草木偃折有聲。女急推張起，曰：「海公子至矣。」張束衣愕顧，女已失去。旋見一大蛇，自叢樹中出，粗於巨筩。張懼，幛身大樹後，冀蛇不睹。蛇近前，以身繞人並樹，糾纏數匝；兩臂直束胯間，不可少屈。昂其首，以舌刺張鼻。鼻血下注，流地上成窪，乃俯就飲之。張自分必死，忽憶腰中佩荷囊，有毒狐藥，因以二指夾出，破裹堆掌中；又側頸自顧其掌，令血滴藥上，頃刻盈把。蛇果就掌吸飲。飲未及盡，遽伸其體，擺尾若霹靂聲，觸樹，樹半體崩落，蛇臥地如梁而斃矣。張亦眩，莫能起，移時方蘇，載蛇而歸。大病月餘。疑女子亦蛇精也。

丁前溪

丁前溪，諸城人。富有錢穀。游俠好義，慕郭解之為人。御史行臺按訪之。丁亡去，至安丘，遇雨，避身逆旅。雨日中不止。有少年來，館穀豐隆；既而昏暮，止宿其家，莝豆飼畜，給食周至。問其姓字，少年云：「主人楊姓，我其內姪也。主人好交游，適他出，家惟娘子在。貧不能厚客給，幸能垂諒。」問：「主人何業？」則家無資產，惟日設博場，以謀升斗。次日，雨仍不止，供給弗懈。至暮，剉芻；芻束溼，頗極參差。丁怪之。少年曰：「實告客；家貧無以飼畜，適娘子撤屋上茅耳。」丁益異之，謂其意在得直。天明，付之金，不受；強付少年持入。俄出，仍以反客，云：「娘子言：我非業此獵食者。主人在外，嘗數日不攜一錢；客至吾家，何遂索償乎？」丁歎贊而別。囑曰：「我諸城丁某，主人歸，宜告之。暇幸見顧。」數年無耗。

值歲大饑，楊困甚，無所為計。妻漫勸詣丁，從之。至諸，通姓名於門者。丁茫不憶，申言始憶之。跚履而出，揖客入。見其衣敝踵決，居之溫室，設筵相款，寵禮異常。明日，為製冠服，表裏溫暖。楊義之；而內顧增憂，褊心不能無少望。居數日，殊不言贈別。楊意甚亟，告丁曰：「顧不敢隱，僕來時，米不滿升。今過蒙推解，固樂；妻子如何矣！」丁曰：「是無煩慮，已代經紀矣。幸舒意少留，當助資斧。」走伻招諸博徒，使楊坐而乞頭，終夜得百金，乃送之還。歸見室人，衣履鮮整，小婢侍焉。驚問之。妻言：「自若去後，次日即有車徒齎送布帛菽粟，堆積滿屋，云是丁客所贈。又婢十指，為妾驅使。」楊感不自已。由此小康，不屑舊業矣。

異史氏曰：「貧而好客，飲博浮蕩者優為之；最異者，獨其妻耳。受之施而不報，豈人也哉？然一飯之德不忘，丁其有焉。」

海大魚

海濱故無山。一日，忽見峻嶺重疊，綿亙數里，眾悉駭怪。又一日，山忽他徙，化而烏有。

相傳海中大魚，值清明節，則攜眷口往拜其墓，故寒食時多見之。

張老相公

張老相公，晉人。適將嫁女，攜眷至江南，躬市匳妝。舟抵金山，張先渡江，囑家人在舟，勿熯羶腥。蓋江中有黿怪，聞香輒出，壞舟吞行人，為害已久。張去，家人忘之，炙肉舟中。忽巨浪覆舟，妻女皆沒。

張回棹，悼恨欲死。因登金山謁寺僧，詢黿之異，將以仇黿。僧聞之，駭言：「吾儕日與習近，懼為禍殃，惟神明奉之，祈勿怒；時斬牲牢，投以半體，則躍吞而去。誰復能相仇哉！」張聞，頓思得計。便招鐵工，起爐山半，治赤鐵，重百餘斤。審知所常伏處，使二三健男子，以大鉗舉投之。黿躍出，疾吞而下。少時，波涌如山。頃之，浪息，則黿死已浮水上矣。行旅寺僧並快之，建張老相公祠，肖像其中，以為水神，禱之輒應。

水莽草

水莽，毒草也。蔓生似葛，花紫類扁豆。誤食之，立死，即為水莽鬼。俗傳此鬼不得輪迴，必再有毒死者，始代之。以故楚中桃花江一帶，此鬼尤多云。

楚人以同歲生者為同年，投刺相謁，呼庚兄庚弟，子姪呼庚伯，習俗然也。有祝生造其同年某，中途燥渴思飲。俄見道旁一媼，張棚施飲，趨之。媼承迎入棚，給奉甚殷。嗅之有異味，不類茶茗。置不飲，起而出。媼急止客，便喚：「三娘，可將好茶一杯來。」俄有少女，捧茶自棚後出。年約十四五，姿容豔絕，指環臂釧，晶瑩鑑影。生受琖神馳，嗅其茶，芳烈無倫。吸盡再索。覷媼出，戲捉纖腕，脫指環一枚。女頳頰微笑，生益惑。略詰門戶。女曰：「郎暮來，妾猶在此也。」生求茶葉一撮，並藏指環而去。至同年家，覺心頭作惡，疑茶為患，以情告某。某駭曰：「殆矣！此水莽鬼也。先君死於是。是不可救，且為奈何？」生大懼，出茶葉驗之，真水莽草也。又出指環，兼述女子情狀。

某懸想曰：「此必寇三娘也！」生以其名確符，問何故知。曰：「南村富室寇氏女，夙有豔名。數年前，誤食水莽而死，必此為魅。」或言受魅者，若知鬼姓氏，求其故襠，煮服可痊。某急詣寇所，實告以情，長跪哀懇。寇以其將代女死故，靳不與。某忿而返，以告生。生亦切齒恨之，曰：「我死，必不令彼女脫生！」某舁送之，將至家門而卒。母號涕葬之。遺一子，甫周歲。妻不能守柏舟節，半年改醮去。母留孤自哺，劬瘁不堪，朝夕悲啼。一日，方抱兒哭室中，生悄然忽入。母大駭，揮涕問之。答云：「兒地下聞母哭，甚愴於懷，故來奉晨昏耳。兒雖死，已有家室，即同來分母勞，母其勿悲。」母問：「兒婦何人？」曰：「寇氏坐聽兒死，兒甚恨之。死後欲尋三娘，而不知其處；近遇某庚伯，始相指示。兒往，則三娘已投生任侍郎家；兒馳去，強捉之來。今為兒婦，亦相得，頗無苦。」移時，門外一女子入，華妝豔麗，伏地拜母。生曰：「此寇三娘也。」雖非生人，母視之，情懷差慰。生便遣三娘操作。三娘雅不習慣，然承順殊憐人。由此居故室，遂留不去。女請母告諸家。生意勿告；而母承女意，卒告之。寇家翁媼，聞而大駭。命車疾至，視之，果三娘，相向哭失聲。女勸止之。媼視生家良貧，意甚憂悼。女曰：「人已鬼，又何厭貧？祝郎母子，情義拳拳，兒固已安之矣。」因問：「茶媼誰也？」曰：「彼倪姓。自慚不能惑行人，故求兒助之耳。今已生於郡城賣漿者之家。」因顧生曰：「既婿矣，而不拜岳，妾復何心？」生乃投拜。女便入廚下，代母執炊，供翁媼。媼視之悽心，既歸，即遣兩婢來，為之服役；金百斤、布帛數十匹，酒胾不時饋送，小阜祝母矣。寇亦時招歸寧。居數日，輒曰：「家中無人，宜早送兒還。」或故稽之，則飄然自歸。翁乃代生起夏屋，營備臻至。然生終未嘗至翁家。

一日，村中有中水莽毒者，死而復蘇，相傳為異。生曰：「是我活之也。彼為李九所害，我為之驅其鬼而去之。」母曰：「汝何不取人以自代？」曰：「兒深恨此等輩，方將盡驅除之，何屑此為！且兒事母最樂，不願生也。」由是中毒者，往往具豐筵，禱諸其庭，輒有效。

積十餘年，母死。生夫婦亦哀毀，但不對客，惟命兒縗麻擗踊，教以禮儀而已。葬母後，又二年餘，為兒娶婦。婦，任侍郎之孫女也。先是，任公妾生女數月而殤。後聞祝生之異，遂命駕其家，訂翁婿焉。至是，遂以孫女妻其子，往來不絕矣。一日，謂子曰：「上帝以我有功人世，策為『四瀆牧龍君』。今行矣。」俄見庭下有四馬，駕黃幨車，馬四股皆鱗甲。夫妻盛裝出，同登一輿。子及婦皆泣拜，瞬息而渺。是日，寇家見女來，拜別翁媼，亦如生言。媼泣挽留。女曰：「祝郎先去矣。」出門遂不復見。其子名鶚，字離塵，請諸寇翁，以三娘骸骨與生合葬焉。

造畜

魘昧之術，不一其道，或投美餌，紿之食之，則人迷罔，相從而去，俗名曰「打絮巴」，江南謂之「扯絮」。小兒無知，輒受其害。又有變人為畜者，名曰「造畜」。此術江北猶少，河以南輒有之。揚州旅店中，有一人牽驢五頭，暫縶櫪下，云：「我少選即返。」兼囑：「勿令飲啖。」遂去。驢暴日中，蹄齧殊喧。主人牽著涼處。驢見水，奔之；遂縱飲之。一滾塵，化為婦人。怪之，詰其所由，舌強而不能答。乃匿諸室中。既而驢主至，驅五羊於院中，驚問驢之所在。主人曳客坐，便進餐飲，且云：「客姑飯，驢即至矣。」主人出，悉飲五羊，輾轉皆為童子。陰報郡，遣役捕獲，遂械殺之。

鳳陽士人

鳳陽一士人，負笈遠游。謂其妻曰：「半年當歸。」十餘月，竟無耗問。妻翹盼綦切。一夜，才就枕，紗月搖影，離思縈懷。方反側間，有一麗人，珠鬟絳帔，搴帷而入，笑問：「姊姊，得無欲見郎君乎？」妻急起應之。麗人邀與共往。妻憚修阻，麗人但請無慮。即挽女手出，並踏月色，約行一矢之遠。覺麗人行迅速，女步履艱澀，呼麗人少待，將歸著複履。麗人牽坐路側，自乃捉足，脫履相假。女喜著之，幸不鑿枘。復起從行，健步如飛。

移時，見士人跨白騾來。見妻大驚，急下騎，問：「何往？」女曰：「將以探君。」又顧問麗者伊誰。女未及答，麗人掩口笑曰：「且勿問訊。娘子奔波匪易；郎君星馳夜半，人畜想當俱殆。妾家不遠，且請息駕，早旦而行，不晚也。」顧數武之外，即有村落，遂同行，入一庭院，麗人促睡婢起供客，曰：「今夜月色皎然，不必命燭，小臺石榻可坐。」士人縶蹇檐梧，乃即坐。麗人曰：「履大不適於體，途中頗累贅否？歸有代步，乞賜還也。」女稱謝付之。

俄頃，設酒果，麗人酌曰：「鸞鳳久乖，圓在今夕；濁醪一觴，敬以為賀。」士人亦執琖酬報。主客笑言，履舄交錯。士人注視麗者，屢以游詞相挑。夫妻乍聚，並不寒暄一語。麗人亦美目流情，妖言隱謎。女惟默坐，偽為愚者。久之漸醺，二人語益狎。又以巨觥勸客，士人以醉辭，勸之益苦。士人笑曰：「卿為我度一曲，即當飲。」麗人不拒，即以牙杖撫提琴而歌曰：「黃昏卸得殘妝罷，窗外西風冷透紗。聽蕉聲，一陣一陣細雨下。何處與人閒磕牙？望穿秋水，不見還家，潸潸淚似麻。又是想他，又是恨他，手拿著紅繡鞋兒占鬼卦。」歌竟，笑曰：「此市井里巷之謠，不足污君聽；然因流俗所尚，姑效顰耳。」音聲靡靡，風度狎褻。士人搖惑，若不自禁。少間，麗人偽醉離席；士人亦起，從之而去。久之不至。婢子乏疲，伏睡廊下。女獨坐，塊然無侶，中心憤恚，頗難自堪。思欲遁歸，而夜色微茫，不憶道路。輾轉無以自主，因起而覲之。裁近其窗，則斷雲零雨之聲，隱約可聞。又聽之，聞良人與己素常猥褻之狀，盡情傾吐。女至此，手顫心搖，殆不可過，念不如出門竄溝壑以死。憤然方行，忽見弟三郎乘馬而至，遽便下問。女具以告。三郎大怒，立與姊回，直入其家，則室門扃閉，枕上之語猶喁喁也。三郎舉巨石如斗，拋擊窗櫺，三五碎斷。內大呼曰：「郎君腦破矣！奈何！」女聞之，愕然大哭，謂弟曰：「我不謀與汝殺郎君，今且若何！」三郎撐目曰：「汝嗚嗚促我來；甫能消此胸中惡，又護男兒、怨弟兄，我不慣與婢子供指使！」返身欲去。女牽衣曰：「汝不攜我去，將何之！」三郎揮姊仆地，脫體而去。女頓驚寤，始知其夢。越日，士人果歸，乘白騾。女異之而未言。士人是夜亦夢，所見所遭，述之悉符，互相駭怪。既而三郎聞姊夫遠歸，亦來省問。語次，謂士人曰：「昨宵夢君歸，今果然，亦大異。」士人笑曰：「幸不為巨石所斃。」三郎愕然問故，士以夢告。三郎大異之。蓋是夜，三郎亦夢遇姊泣訴，憤激投石也。三夢相符，但不知麗人何許耳。

耿十八

新成耿十八，病危篤，自知不起。謂妻曰：「永訣在旦晚耳。我死後，嫁守由汝，請言所志。」妻默不語。耿固問之，且云：「守固佳，嫁亦恆情。明言之，庸何傷？行與子訣。子守，我心慰；子嫁，我意斷也。」妻乃慘然曰：「家無儋石，君在猶不給，何以能守？」耿聞之，遽握妻臂，作恨聲曰：「忍哉！」言已而沒，手握不可開。妻號。家人至，兩人攀指，力擘之，始開。

耿不自知其死，出門，見小車十餘兩，兩各十人，即以方幅書名字，粘車上。御人見耿，促登車。耿視車中已有九人，並己而十。又視粘單上，己名最後。車行咋咋，響震耳際，亦不自何往。俄至一處，聞人言曰：「此思鄉地也。」聞其名，疑之。又聞御人偶語云：「今日剸三人。」耿又駭。及細聽其言，悉陰間事，乃自悟曰：「我豈不作鬼物耶！」頓念家中，無復可懸念，惟老母臘高，妻嫁後，缺於奉養；念之，不覺涕漣。又移時，見有臺，高可數仞，游人甚夥；囊頭械足之輩，嗚咽而下上，聞人言為「望鄉臺」。諸人至此，俱踏轅下，紛然競登。御人或撻之、或止之，獨至耿，則促令登。登數十級，始至顛頂。翹首一望，則門閭庭院，宛在目中。但內室隱隱，如籠煙霧，悽惻不自勝。

回顧，一短衣人立肩下，即以姓氏問耿。耿具以告。其人亦自言為東海匠人。見耿零涕，問：「何事不了於心？」耿又告之。匠人謀與越臺而遁。耿懼冥追，匠人固言無妨。耿又慮臺高傾跌，匠人但令從己。遂先躍，耿果從之。及地，竟無恙。喜無覺者。視所乘車，猶在臺下。二人急奔。數武，忽自念名字粘車上，恐不免執名之追；遂反身近車，以手指染唾，塗去己名，始復奔，移口坌息，不敢少停。

少間，入里門，匠人送諸其室。驀睹己尸，醒然而蘇。覺乏疲躁渴，驟呼水。家人大駭，與之水，飲至石餘。乃驟起，作揖拜狀；既而出門拱謝，方歸。歸則僵臥不轉。家人以其行異，疑非真活；然漸觀之，殊無他異。稍稍近問，始歷歷言本末。問：「出門何故？」曰：「別匠人也。」「飲水何多？」曰：「初為我飲，後乃匠人飲也。」投之湯羹，數日而瘥。由此厭薄其妻，不復共枕席云。

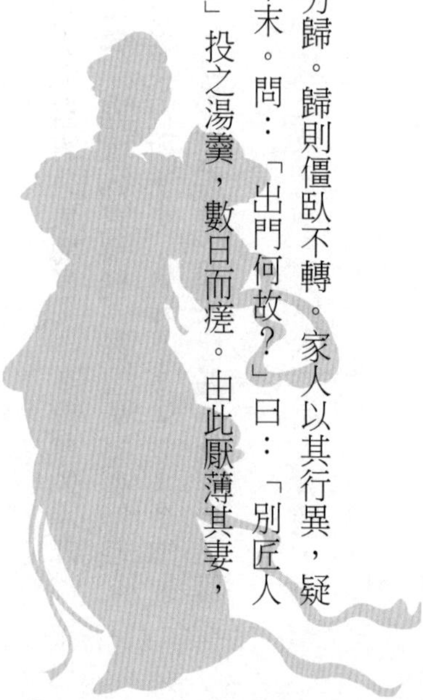

珠兒

常州民李化，富有田產。年五十餘，無子。一女名小惠，容質秀美，夫妻最憐愛之。十四歲，暴病夭殂，冷落庭幃，益少生趣。始納婢，經年餘，生一子，視如拱璧，名之珠兒。兒漸長，魁梧可愛。然性絕癡，五六歲尚不辨菽麥；言語蹇澀。李亦好而不知其惡。會有眇僧，募緣於市，輒知人閨闥，於是相驚以神；且云，能生死禍福人。幾十百千，執名以索，無敢違者。詣李募百緡，李難之。給十金，不受；漸至三十金。僧厲色曰：「必百緡，缺一文不可！」李亦怒，收金遽去。僧忿然而起，曰：「勿悔，勿悔！」無何，珠兒心暴痛，巴刮牀席，色如土灰。李懼，將八十金詣僧乞救。僧笑曰：「多金大不易！然山僧何能為？」李歸而兒已死。李慟甚，以狀愬邑宰。宰拘僧訊鞫，亦辨給無情詞。笞之，似擊鞔革。令搜其身，得木人二、小棺一、小旗幟五。宰怒，以手疊訣舉示之。僧乃懼，自投無數。宰不聽，杖殺之。李叩謝而歸。

時已曛暮，與妻坐牀上。忽一小兒，偃儴入室，曰：「阿翁行何疾？極力不能得追。」視其體貌，當得七八歲。李驚，方將詰問，則見其若隱若現，恍惚如煙霧，宛轉間，已登榻坐。李推下之，墮地無聲。曰：「阿翁何乃爾！」瞥然復登。李懼，與妻俱奔。兒呼阿父、阿母，嘔啞不休。李入妾室，急闔其扉；還顧，兒已在膝下。李駭問何為。答曰：「我蘇州人，姓詹氏。六歲失怙恃，不為兄嫂所容，逐居外祖家。偶戲門外，為妖僧迷殺桑樹下，驅使如倀鬼，冤閉窮泉，不得脫化。幸賴阿翁昭雪，願得為子。」李曰：「人鬼殊途，何能相依？」兒曰：「但除斗室，為兒設牀褥，日澆一杯冷漿粥，餘都無事。」李從之。兒喜，遂獨臥室中。晨來出入閨闥如家生。聞妾哭子聲，問：「珠兒死幾日矣？」答以七日。曰：「天嚴寒，尸當不腐。試發冢啟視，如未損壞，兒當得活。」李喜，與兒去，開穴驗之，軀殼如故。方此忉怛，回視，失兒所在。異之，舁尸歸。方置榻上，目已瞥動；少頃呼湯，湯已而汗，汗已遂起。羣喜珠兒復生，又加之慧黠便利，迥異曩昔。但夜間僵臥，毫無氣息，共轉側之，冥然若死。眾大愕，謂其復死；天將明，始若夢醒。羣就問之。答云：「昔從妖僧時，有兒等二人，其一名哥子。昨追阿父不及，蓋在後與哥子作別耳。今在冥間，為姜員外作義嗣，亦甚優游。夜分，固來邀兒戲。適以白鼻騧送兒歸。」

母因問：「在陰司見珠兒否？」曰：「珠兒已轉生矣。渠與阿翁無父子緣，不過金陵嚴子方，來討百十千債負耳。」初，李販於金陵，欠嚴貨價未償，而嚴翁死，此事人無知者。李聞之大駭。母問：「兒見惠姊否？」兒曰：「不知，再去當訪之。」又二三日，謂母曰：「惠姊在冥中大好，嫁得楚江王小郎子，珠翠滿頭髻；一出門，便十百作呵殿聲。」母曰：「何不一歸寧？」曰：「人既死，都與骨肉無關切。倘有人細述前生，方豁然動念耳。昨託姜員外，夤緣見姊。姊姊呼我坐珊瑚牀上。與言父母懸念，渠都如眠睡。兒云：『姊在時，喜繡並蒂花，翦刀刺手爪，血涴綾子上，姊就刺作赤水雲。今母猶掛牀頭壁，顧念不去心。姊忘之乎？』姊始悽感，云：『會須白郎君，歸省阿母。』」母問其期，答言不知。一日謂母：「姊行且至，僕從大繁，當多備漿酒。」少間，奔入室，曰：「姊來矣！」移榻中堂，曰：「姊姊且憩坐，少悲啼。」諸人悉無所見。兒率人焚紙酹飲於門外，反曰：「騶從暫令去矣。姊言：『昔日所覆綠錦被，曾為燭花燒一點如豆大，尚在否？』」母曰：「在。」即啓笥出之。兒曰：「姊命我陳舊閨中。乏疲，且小臥，翼日再與阿母言。」東鄰趙氏女，故與惠為繡閣交。是夜，忽夢惠幞頭紫帔來相望，言笑如平生。且言：「我今異物，父母覿面，不啻河山。將借妹子與家人共話，勿須驚恐。」質明，方與母言，忽仆地悶絕。踰刻始醒，向母曰：「小惠與阿嬸別幾年矣，頓鬖鬖白髮生！」母駭曰：「兒病狂耶？」女拜別即出。母知其異，從之。直達李所，抱母哀啼。母驚不知所謂。女曰：「兒昨歸，頗委頓，未遑一言。兒不孝，中途棄高堂，勞父母哀念，罪何可贖！」母頓悟，乃哭。已而問曰：「聞兒今貴，甚慰母心。但汝棲身王家，何遂能來？」女曰：「郎君與兒極燕好，姑舅亦相撫愛，頗不謂妒醜。」惠生時，好以手支頤；女言次，輒作故態，神情宛似。未幾，珠兒奔入曰：「接姊者至矣。」女乃起，拜別泣下，曰：「兒去矣。」言訖，復踣，移時乃蘇。

後數月，李病劇，醫藥罔效。兒曰：「旦夕恐不救也！二鬼坐牀頭，一執鐵杖子，一挽苧麻繩，長四五尺許，兒晝夜哀之不去。」母哭，乃備衣衾。既暮，兒趨入曰：「雜人婦，且避去，姊夫來視阿翁。」俄頃，鼓掌而笑。母問之，曰：「我笑二鬼，聞姊夫來，俱匿牀下如龜鼈。」又少時，望空道寒暄，問姊起居。既而拍手曰：「二鬼奴哀之不去，至此大快！」乃出至門外，卻回，曰：「姊夫去矣。二鬼被鎖馬鞅上。阿父當即無恙。姊夫言：歸白大王，為父母乞百年壽也。」一家俱喜。至夜，病良已，數日尋瘥。

延師教兒讀。兒甚惠，十八入邑庠，猶能言冥間事。見里中病者，輒指鬼祟所在，以火爇之，往往得瘳。後暴病，體膚青紫，自言鬼神責我綻露，由是不復言。

小官人

太史某公，忘其姓氏。晝臥齋中，忽有小鹵簿，出自堂陬。馬大如蛙，人細於指。小儀仗以數十隊；一官冠皂紗，著繡襆，乘肩輿，紛紛出門而去。公心異之，竊疑睡眼之訛。頓見一小人，返入舍，攜一氈包，大如拳，竟造牀下。白言：「家主人有不腆之儀，敬獻太史。」言已，對立，即又不陳其物。少間，又自笑曰：「戔戔微物，想太史亦當無所用，不如即賜小人。」太史頷之。忻然攜之而去。後不復見。惜太史中餒，不曾詰所自來。

胡四姐

尚生，泰山人。獨居清齋。會值秋夜，銀河高耿，明月在天，徘徊花陰，頗存遐想。忽一女子踰垣來，笑曰：「秀才何思之深？」生就視，容華若仙。驚喜擁入，窮極狎昵。自言：「胡氏，名三姐。」問其居第，但笑不言。生亦不復置問，惟相期永好而已。自此，臨無虛夕。一夜，與生促膝燈幕，生愛之，矚盼不轉。女笑曰：「眈眈視妾何為？」曰：「我視卿如紅藥碧桃，即竟夜視，不為厭也。」三姐曰：「妾陋質，遂蒙青盼如此；若見吾家四妹，不知如何顛倒。」生益傾動，恨不一見顏色，長跽哀請。

踰夕，果偕四姐來。年方及笄，荷粉露垂，杏花煙潤，嫣然含笑，媚麗欲絕。生狂喜，引坐。三姐與生同笑語；四姐惟手引繡帶，俛首而已。未幾，三姐起別，妹欲從行。生曳之不釋，顧三姐曰：「卿卿煩一致聲！」三姐乃笑曰：「狂郎情急矣！妹子一為少留。」四姐無語，姊遂去。二人備盡歡好。既而引臂替枕，傾吐生平，無復隱諱。四姐自言為狐。生依戀其美，亦不之怪。四姐因言：「阿姊狠毒，業殺三人矣。惑之，罔不斃者。妾幸承溺愛，不忍見滅亡，當早絕之。」生懼，求所以處。四姐曰：「妾雖狐，得仙人正法，當書一符粘寢門，可以卻之。」遂書之。既曉，三姐來，見符卻退，曰：「婢子負心，傾意新郎，不憶引綫人矣。汝兩人合有夙分，余亦不相仇；但何必爾？」乃逕去。數日，四姐他適，約以隔夜。

是日，生偶出門眺望，山下故有槲林，蒼莽中，出一少婦，亦頗風韻。近謂生曰：「秀才何必日沾沾戀胡家姊妹？渠又不能以一錢相贈。」即以一貫授生，曰：「先持歸，貰良醞；我即攜小肴饌來，與君為歡。」生懷錢歸，果如所教。少間，婦果至，置几上燔雞、鹹彘肩各一，即抽刀子縷切為臠；釃酒調謔，歡洽異常。繼而滅燭登牀，狎情蕩甚。既曙始起。方坐牀頭，捉足易舄，忽聞人聲；傾聽，已入幃幕，則胡姊妹也。婦乍睹，倉皇而遁，遺舄於牀。二女逐叱曰：「騷狐！何敢與人同寢處！」追去，移時始返。四姐怨生曰：「君不長進，與騷狐相匹偶，不可復近！」遂悻悻欲去。生惶恐自投，情詞哀懇。三姊從旁解免，四姐怒稍釋，由此相好如初。

一日，有陝人騎驢造門曰：「吾尋妖物，匪伊朝夕，乃今始得之。」生父以其言異，訊所由來。曰：「小人日泛煙波，游四方，終歲十餘月，常八九離桑梓，被妖物蠱殺吾弟。歸甚悼恨，誓必尋而殄滅之。奔波數千里，殊無迹兆。今在君家。不翦，當有繼吾弟亡者。」時生與女密邇，父母微察之，聞客言，大懼，延入，令作法。出二瓶。列地上，符咒良久。有黑霧四團，分投瓶中。客喜曰：「全家都到矣。」遂以豬脬裹瓶口，緘封甚固。生父亦喜，堅留客飯。

生心惻然，近瓶竊視，聞四姐在瓶中言：「坐視不救，君何負心？」生益感動。急啓所封，而結不可解。四姐又曰：「勿須爾，但放倒壇上旗，以鍼刺脬作空，予即出矣。」生如其請。果見白氣一絲，自孔中出，凌霄而去。客出，見旗橫地，大驚曰：「遁矣！此必公子所為。」搖瓶俯聽，曰：「幸只亡其一；此物合不死，猶可赦。」乃攜瓶別去。

後生在野，督傭刈麥，遙見四姐坐樹下。生近就之，執手慰問。且曰：「別後十易春秋，今大丹已成。但思君之念未忘，故復一拜問。」生欲與偕歸。女曰：「妾今非昔比，不可以塵情染，後當復見耳。」言已，不知所在。又二十年餘，生適獨居，見四姐自外至。生喜與語。女曰：「我今名列仙籍，本不應再履塵世。但感君情，敬報撤瑟之期。可早處分後事；亦勿悲憂；妾當度君為鬼仙，亦無苦也。」乃別而去。至日，生果卒。尚生乃友人李文玉之戚好，嘗親見之。

祝翁

濟陽祝村有祝翁者，年五十餘，病卒。家人入室理縗絰，忽聞翁呼甚急。羣奔集靈寢，則見翁已復活。羣喜慰問。翁但謂媼曰：「我適去，拚不復返。行數里，轉思拋汝一副老皮骨在兒輩手，寒熱仰人，亦無復生趣，不如從我去。故復歸，欲偕爾同行也。」咸以其新蘇妄語，殊未深信。翁又言之。媼云：「如此亦復佳。但方生，如何便得死？」翁揮之曰：「是不難。家中俗務，可速作料理。」媼笑不去，翁又促之。乃出戶外，延數刻而入，紿之曰：「處置安妥矣。」翁命速妝。媼不去，翁催益急。媼不忍拂其意，遂裙妝以出。媳女皆匿笑。翁移首於枕，手拍令臥。媼曰：「子女皆在，雙雙挺臥，是何景象？」翁搥牀曰：「並死有何可笑！」子女見翁躁急，共勸媼姑從其意。媼如言，並枕僵臥，家人又共笑之。俄視媼笑容忽斂，又漸而兩眸俱合，久之無聲，儼如睡去。眾始近視，則膚已冰而鼻無息矣。視翁亦然，始共驚怛。康熙二十一年，翁弟婦傭於畢刺史之家，言之甚悉。

異史氏曰：「翁其夙有畸行與？泉路茫茫，去來由爾，奇矣！且白頭者欲其去則呼令去，抑何其暇也！人當屬纊之時，所最不忍訣者，牀頭之暱人耳；苟廣其術，則賣履分香，可以不事矣。」

猪婆龍

猪婆龍產於西江。形似龍而短，能橫飛；常出沿江岸撲食鵝鴨。或獵得之，則貨其肉於陳、柯。此二姓皆友諒之裔，世食猪婆龍肉，他族不敢食也。一客自江右來，得一頭，縶舟中。一日，泊舟錢塘，縛稍懈，忽躍入江。俄傾，波濤大作，估舟傾沉。

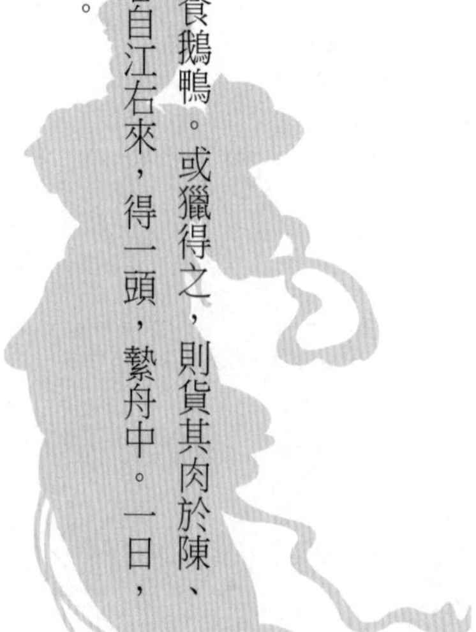

某　公

陝右某公，辛丑進士。能記前身。嘗言前生為士人，中年而死。死後見冥王判事，鼎鐺油鑊，一如世傳。殿東隅，設數架，上搭豬羊犬馬諸皮。簿吏呼名，或罰作馬，或罰作豬；皆裸之，於架上取皮被之。俄至公，聞冥王曰：「是宜作羊。」鬼取一白羊皮來，捺覆公體。吏白：「是曾拯一人死。」王檢籍覆視，示曰：「免之。惡雖多，此善可贖。」鬼又褫其毛革。革已粘體，不可復動，兩鬼捉臂按胸，力脫之，痛苦不可名狀；皮片斷裂，不得盡脫。既脫，近肩處，猶粘羊皮大如掌。公既生，背上有羊毛叢生，翦去復出。

快刀

明末，濟屬多盜。邑各置兵，捕得輒殺之。章丘盜尤多。有一兵佩刀甚利，殺輒導窾。一日，捕盜十餘名，押赴市曹。內一盜識兵，逡巡告曰：「聞君刀最快，斬首無二割。求殺我！」兵曰：「諾。其謹依我，無離也。」盜從之刑處，出刀揮之，豁然頭落。數步之外，猶圓轉而大贊曰：「好快刀！」

俠女

顧生，金陵人。博於材藝，而家綦貧。又以母老，不忍離膝下，惟日為人書畫，受贄以自給。行年二十有五，伉儷猶虛。對戶舊有空第，一老嫗及少女，稅居其中。以其家無男子，故未問其誰何。一日，偶自外入，見女郎自母房中出，年約十八九，秀曼都雅，世罕其匹，見生不甚避，而意凜如也。生入問母。母曰：「是對戶女郎，就吾乞刀尺，適言其家亦只一母。此女不似貧家產。問其何為不字，則以母老為辭。明日當往拜其母，便風以意；倘所望不奢，兒可代養其母。」明日造其室，其母一聾媼耳。視其室，並無隔宿糧。問所業，則仰女十指。徐以同食之謀試之，媼意似納，而轉商其女；女默然，意殊不樂。母乃歸。詳其狀而疑之曰：「女子得非嫌吾貧乎？為人不言亦不笑，豔如桃李，而冷如霜雪，奇人也！」母子猜歎而罷。

一日，生坐齋頭，有少年來求畫。姿容甚美，意頗儇佻。詰所自，以「鄰村」對。嗣後三兩日輒一至。稍稍稔熟，漸以嘲謔；生狎抱之，亦不甚拒，遂私焉。由此往來暱甚。會女郎過，少年目送之，問為誰，對以「鄰女」。少年曰：「豔麗如此，神情一何可畏？」少間，生入內。母曰：「適女子來乞米，云不舉火者經日矣。此女至孝，貧極可憫，宜少周恤之。」生從母言，負斗米款門達母意。女受之，亦不申謝。日嘗至生家，見母作衣履，便代縫紉；出入堂中，操作如婦。生益德之。每獲饋餌，必分給其母，女亦略不置齒頰。母適疽生隱處，宵旦號咷。女時就榻省視，為之洗創敷藥，日三四作。母意甚不自安，而女不厭其穢。母曰：「唉！安得新婦如兒，而奉老身以死也！」言訖悲哽，女慰之曰：「郎子大孝，勝我寡母孤女什百矣。」母曰：「牀頭蹀躞之役，豈孝子所能為者？且身已向暮，旦夕犯霧露，深以祧續為憂耳。」言間，生入。母泣曰：「虧娘子良多！汝無忘報德。」生伏拜之。女曰：「君敬我母，我勿謝也；君何謝焉？」於是益敬愛之。然其舉止生硬，毫不可干。

一日，女出門，生目注之。女忽回首，嫣然而笑。生喜出意外，趨而從諸其家。挑之，亦不拒，忻然交歡。已，戒生曰：「事可一而不可再！」生不應而歸。明日，又約之，女厲色不顧而去。日頻來，時相遇，並不假以詞色。少游戲之，則冷語冰人。忽於空處問生：「日來少年誰也？」生告之。女曰：「彼舉止態狀，無禮於妾頻矣。以君之狎暱，故置之。請更寄語：再復爾，是不欲生也已！」生至夕，以告少年，且曰：「子必慎之，是不可犯！」少年曰：「既不可犯，君何犯之？」生白其無。曰：「如其無，則猥褻之語，何以達君聽哉？」生不能答。少年曰：「亦煩寄告：假惺惺勿作態；不然，我將遍播揚。」生甚怒之，情見於色，少年乃去。一夕方獨坐，女忽至，笑曰：「我與君情緣未斷，寧非天數！」生狂喜而抱於懷，欻聞履聲籍籍，兩人驚起，則少年推扉入矣。生驚問：「子胡為者？」笑曰：「我來觀貞潔人耳。」顧女曰：「今日不怪人耶？」女眉豎頰紅，默不一語。急翻上衣，露一革囊，應手而出，而尺許晶瑩匕首也。少年見之，駭而卻走。追出戶外，四顧渺然。女以匕首望空抛擲，戛然有聲，燦若長虹；俄一物墮地作響。生急燭之，則一白狐，身首異處矣。大駭。女曰：「此君之孌童也。我固恕之，奈渠定不欲生何！」收刃入囊。生曳令入，曰：「適妖物敗意，請來宵。」出門逕去。次夕，女果至，遂共綢繆。詰其術，女曰：「此非君所知。宜須慎祕，洩恐不為君福。」又訂以嫁娶，曰：「枕席焉，提汲焉，非婦伊何也？業夫婦矣，何必復言嫁娶乎？」生曰：「將勿憎吾貧耶？」曰：「君固貧，妾富耶？今宵之聚，正以憐君貧耳。」臨別囑曰：「苟且之行，不可以屢。當來，我自來；不當來，相強無益。」後相值，每欲引與私語，女輒走避；然衣綻炊薪，悉為紀理，不啻婦也。

積數月，其母死，生竭力葬之。女由是獨居。生意孤寢可亂，踰垣入，隔窗頻呼，迄不應。視其門，則空室扃焉。竊疑女有他約。夜復往，亦如之。遂留佩玉於窗間而去之。越日，相遇於母所。既出，而女尾其後曰：「君疑妾耶？人各有心，不可以告人。今欲使君無疑，烏得可？然一事煩急為謀。」問之，曰：「妾體孕已八月矣，恐旦晚臨盆。『妾身未分明』，能為君生之，不能為君育之。可密告母，覓乳媼，偽為討螟蛉者，勿言妾也。」生諾，以告母。母笑曰：「異哉此女！聘之不可，而顧私於我兒。」喜從其謀以待之。又月餘，女數日不至。母疑之，往探其門，蕭蕭閉寂。叩良久，女始蓬頭垢面自內出。啓而入之，則復闔之。入其室，則呱呱者在牀上矣。母驚問：「誕幾時矣？」答云：「三日。」捉繃席而視之，則男也，且豐頤而廣額。喜曰：「兒已為老身育孫子，伶仃一身，將焉所託？」女曰：「區區隱衷，不敢掬示老母。俟夜無人，可即抱兒去。」母歸與子言，竊共異之。夜往抱子歸。

更數夕，夜將半，女忽款門入，手提革囊，笑曰：「我大事已了，請從此別。」急詢其故，曰：「養母之德，刻刻不去諸懷。向云『可一而不可再』者，以相報不在牀笫也。為君貧不能婚，將為君延一綫之續。本期一索而得，不意信水復來，遂至破戒而再。今君德既酬，妾志亦遂，無憾矣。」問：「囊中何物？」曰：「仇人頭耳。」檢而窺之，鬚髮交而血模糊。駭絕，復致研詰。曰：「向不與君言者，以機事不密，懼有宣洩。今事已成，不妨相告：妾浙人。父官司馬，陷於仇，彼籍吾家。妾負老母出，隱姓名，埋頭項，已三年矣。所以不即報者，徒以有母在；母去，又一塊肉累腹中：因而遲之又久。曩夜出非他，道路門戶未稔，恐有訛誤耳。」言已，出門，又囑曰：「所生兒，善視之。君福薄無壽，此兒可光門閭。夜深不得驚老母，我去矣！」方悽然欲詢所之，女一閃如電，瞥爾間遂不復見。生歎惋木立，若喪魂魄。明以告母，相為歎異而已。後三年，生果卒。子十八舉進士，猶奉祖母以終老云。

異史氏曰：「人必室有俠女，而後可以畜孌童也。不然，爾愛其艾豭，彼愛爾婁豬矣！」

酒友

車生者，家不中資。而耽飲，夜非浮三白不能寢也，以故牀頭樽常不空。一夜睡醒，轉側間，似有人共臥者，意是覆裳墮耳。摸之，則茸茸有物，似貓而巨；燭之，狐也，酣醉而大臥。視其瓶，則空矣。因笑曰：「此我酒友也。」不忍驚，覆衣加臂，與之共寢。留燭以觀其變。半夜，狐欠伸。生笑曰：「美哉睡乎！」啓覆視之，儒冠之俊人也。起拜榻前，謝不殺之恩。生曰：「我癖於麴蘖，而人以為癡；卿，我鮑叔也。如不見疑，當為糟丘之良友。」曳登榻，復寢。且言：「卿可常臨，無相猜。」狐諾之。生既醒，則狐已去。乃治旨酒一盛，耑伺狐。

抵夕，果至，促膝歡飲。狐量豪善諧，於是恨相得晚。狐曰：「屢叨良醞，何以報德？」生曰：「斗酒之歡，何置齒頰！」狐曰：「雖然，君貧士，杖頭錢大不易。當為君少謀酒資。」明夕，來告曰：「去此東南七里，道側有遺金，可早取之。」詰旦而往，果得二金，乃市佳肴，以佐夜飲。狐又告曰：「院後有窖藏，宜發之。」如其言，果得錢百餘千，喜曰：「囊中已自有，莫漫愁沽矣。」狐曰：「不然，轍中水胡可以久掬？合更謀之。」異日，謂生曰：「市上蕎價廉，此奇貨可居。」從之，收蕎四十餘石。人咸非笑之。未幾，大旱，禾豆盡枯，惟蕎可種；售種，息十倍。由此益富，治沃田二百畝。但問狐，多種麥則麥收，多種黍則黍收，一切種植之早晚，皆取決於狐。日稔密，呼生妻以嫂，視子猶子焉。後生卒，狐遂不復來。

蓮香

桑生，名曉，字子明，沂州人。少孤，館於紅花埠。桑為人靜穆自喜，日再出，就食東鄰，餘時堅坐而已。東鄰生偶至戲曰：「君獨居不畏鬼狐耶？」笑答曰：「丈夫何畏鬼狐？雄來吾有利劍，雌者尚當開門納之。」鄰生歸，與友謀，梯妓於垣而過之，彈指叩扉。生窺問其誰，妓自言為鬼。生大懼，齒震震有聲。妓逡巡自去。鄰生早至生齋，生述所見，且告將歸。鄰生鼓掌曰：「何不開門納之？」生頓悟其假，遂安居如初。積半年，一女子夜來叩齋。生意友人之復戲也，啓門延入，則傾國之姝。驚問所來。曰：「妾蓮香，西家妓女。」埠上青樓故多，信之。息燭登牀，綢繆甚至。自此三五宿輒一至。

一夕，獨坐凝思，一女子翩然入。生意其蓮，承逆與語。覿面殊非，年僅十五六，嚲袖垂髫，風流秀曼，行步之間，若還若往。大愕，疑為狐。女曰：「妾良家女，姓李氏。慕君高雅，幸能垂盼。」生喜。握其手，冷如冰，問：「何涼也？」曰：「幼質單寒，夜蒙霜露，那得不爾！」既而羅襦衿解，儼然處子。女曰：「妾為情緣，葳蕤之質，一朝失守。不嫌鄙陋，願常侍枕席。房中得無有人否？」生云：「無他，只一鄰娼，顧不常至。」女曰：「當謹避之。妾不與院中人等，君祕勿洩。彼來我往，彼往我來可耳。」雞鳴欲去，贈繡履一鉤，曰：「此妾下體所著，弄之足寄思慕。然有人慎勿弄也！」受而視之，翹翹如解結錐，心甚愛悅。越夕無人，便出審玩。女飄然忽至，遂相款昵。自此每出履，則女必應念而至。異而詰之。笑曰：「適當其時耳。」

一夜蓮來，驚曰：「郎何神氣蕭索？」生言：「不自覺。」蓮便告別，相約十日。去後，李來恆無虛夕。問：「君情人何久不至？」因以相約告。李笑曰：「君視妾何如蓮香美？」曰：「可稱兩絕。但蓮卿肌膚溫和。」李變色曰：「君謂雙美，對妾云爾。渠必月殿仙人，妾定不及。」因而不歡。乃屈指計，十日之期已滿，囑勿漏，將竊窺之。次夜，蓮香果至，笑語甚洽。及寢，大駭曰：「殆矣！十日不見，何益憊損？保無有他遇否？」生詢其故。曰：「妾以神氣驗之，脈拆拆如亂絲，鬼症也。」次夜，李來，生問：「窺蓮香何似？」曰：「美矣。妾固謂世間無此佳人，果狐也。去，吾尾之，南山而穴居。」生疑其妒，漫應之。踰夕，戲蓮香曰：「余固不信，或謂卿狐者。」蓮亟問：「是誰所云？」笑曰：「我自戲卿。」蓮曰：「狐何異於人？」曰：「惑之者病，甚則死，是以可懼。」蓮香曰：「不然。如君之年，房後三日，精氣可復，縱狐何害？設旦旦而伐之，人有甚於狐者矣。天下病尸瘵鬼，寧皆狐蠱死耶？雖然，必有議我者。」生力白其無，蓮詰益力。生不得已，洩之。蓮曰：「我固怪君憊也。然何遽至此？得勿非人乎？君勿言，明宵，當如渠之窺妾者。」

是夜李至，裁三數語，聞窗外嗽聲，急亡去。蓮入曰：「君殆矣！是真鬼物！暱其美而不速絕，冥路近矣！」生意其妒，默不語。蓮曰：「固知君不忘情，然不忍視君死。明日，當攜藥餌，為君以除陰毒。幸病蒂尤淺，十日恙當已。請同榻以視痊可。」次夜，果出刀圭藥啖生。頃刻，洞下三兩行，覺臟腑清虛，精神頓爽。心雖德之，然終不信為鬼。蓮香夜夜同衾偎生；生欲與合，輒止之。數日後，膚革充盈。欲別，殷殷囑絕李。生謬應之。及閉戶挑燈，輒捉履傾想。李忽至。數日隔絕，頗有怨色。生曰：「彼連宵為我作巫醫，請勿為懟，情好在我。」李稍懌。生枕上私語曰：「我愛卿甚，乃有謂卿鬼者。」李結舌良久，罵曰：「必淫狐之惑君聽也！若不絕之，妾不來矣！」遂嗚嗚飲泣。生百詞慰解，乃罷。隔宿，蓮香至，知李復來，怒曰：「君必欲死耶！」生笑曰：「卿何相妒之深？」蓮益怒曰：「君種死根，妾為若除之，不妒者將復何如？」生託詞以戲曰：「彼云前日之病，為狐祟耳。」蓮乃歎曰：「誠如君言，君迷不悟，萬一不虞，妾百口何以自解？請從此辭。百日後當視君於臥榻中。」留之不可，怫然逕去。由是於李夙夜必偕。約兩月餘，覺大困頓。初猶自寬解；日漸羸瘠，惟飲饘粥一甌。欲歸就奉養，尚戀戀不忍遽去。因循數日，沈綿不可復起。鄰生見其病憊，日遣館僮饋給食飲。生至是疑李，因謂李曰：「吾悔不聽蓮香之言，一至於此！」言訖而瞑。移時復蘇，張目四顧，則李已去，自是遂絕。生羸臥空齋，思蓮香如望歲。

一日，方凝想間，忽有搴簾入者，則蓮香也。臨榻哂曰：「田舍郎，我豈妄哉！」生哽咽良久，自言知罪，但求拯救。蓮曰：「病入膏肓，實無救法。姑來永訣，以明非妒。」生大悲曰：「枕底一物，煩代碎之。」蓮搜得履，持就燈前，反復展玩。李女欻入，卒見蓮香，返身欲遁。蓮以身閉門，李窘急不知所出。生責數之，李不能答。蓮笑曰：「妾今始得與阿姨面相質。昔謂郎君舊疾，未必非妾致，今竟何如？」李俛首謝過。蓮曰：「佳麗如此，乃以愛結仇耶？」李即投地隕泣，乞垂憐救。蓮遂扶起，細詰生平。曰：「妾，李通判女，早夭，瘞於牆外。已死春蠶，遺絲未盡。與郎偕好，妾之願也；致郎於死，良非素心。」蓮曰：「聞鬼物利人死，以死後可常聚，然否？」曰：「不然！兩鬼相逢，並無樂處；如樂也，泉下少年郎豈少哉！」蓮曰：「癡哉！夜夜為之，人且不堪，而況於鬼？」李問：「狐能死人，何術獨否？」蓮曰：「是採補者流，妾非其類。故世有不害人之狐，斷無不害人之鬼，以陰氣盛也。」生聞其語，始知鬼狐皆真，幸習常見慣，頗不為駭。但念殘息如絲，不覺失聲大痛。蓮顧問：「何以處郎君者？」李赧然遜謝。蓮笑曰：「恐郎強健，醋娘子要食楊梅也。」李斂衽曰：「如有醫國手，使妾得無負郎君，便當埋首地下，敢復靦然於人世耶！」蓮解囊出藥，曰：「妾早知有今，別後採藥三山，凡三閱月，物料始備，瘵蠱至死，投之無不蘇者。然症何由得，仍以何引，不得不轉求效力。」問：「何需？」曰：「櫻口中一點香唾耳。我一丸進，煩接口而唾之。」李暈生頤頰，俯首轉側而視其履。蓮戲曰：「妹所得意惟履耳！」李益慚，俯仰若無所容。蓮曰：「此平時熟技，今何吝焉？」遂以丸納生吻，轉促逼之，李不得已唾之。蓮曰：「再！」又唾之。凡三四唾，丸已下咽。少間，腹殷然如雷鳴，復納一丸，自乃接脣而布以氣。生覺丹田火熱，精神煥發。蓮曰：「癒矣！」李聽雞鳴，徬徨別去。蓮以新瘥，尚須調攝，就食非計；因將戶外反關，偽示生歸，以絕交往，日夜守護之。李亦每夕必至，給奉殷勤，事蓮猶姊，蓮亦深憐愛之。居三月，生健如初。李遂數夕不至；偶至，一望即去。相對時，亦悒悒不樂。蓮常留與共寢，必不肯。生追出，提抱以歸，身輕若芻靈。女不得遁，遂著衣偃臥，踡其體不盈二尺。蓮益憐之，陰使生狎抱之，而撼搖亦不得醒。生睡去；覺而索之，已杳。後十餘日，更不復至。生懷思殊切，恆出履共弄。蓮曰：「窈娜如此，妾見猶憐，何況男子！」生曰：「昔日弄履則至，心固疑之，然終不料其鬼。今對履思容，實所愴惻。」因而泣下。

先是，富室張姓有女子燕兒，年十五，不汗而死。終夜復蘇，起顧欲奔。張扃戶，不得出。女自言：「我通判女魂。感桑郎眷注，遺舄猶存彼處。我真鬼耳，錮我何益？」以其言有因，詰其至此之由。女低徊反顧，茫不自解。或有言桑生病歸者，女執辨其誣。家人大疑。東鄰生聞之，踰垣往窺，見生方與美人對語；掩入逼之，張惶間已失所在。鄰生駭詰。生笑曰：「向固與君言，雌者則納之耳。」鄰生述燕兒之言。生乃啓關，將往偵探，苦無由。張母聞生果未歸，益奇之。故使傭媼索履，生遂出以授。燕兒得之喜。試著之，鞋小於足者盈寸，大駭。攬鏡自照，忽恍然悟己之借軀以生也者，因陳所由。母始信之。女鏡面大哭曰：「當日形貌，頗堪自信，每見蓮姊，猶增慚怍。今反若此，人也不如其鬼也！」把履號咷，勸之不解。蒙衾僵臥。食之，亦不食，體膚盡腫；凡七日不食，卒不死，而腫漸消；覺饑不可忍，乃復食。數日，遍體瘙癢，皮盡脫。晨起，睡舄遺墮，索著之，則碩大無朋矣。因試前履，肥瘦脗合，乃喜。復自鏡，則眉目頤頰，宛肖生平，益喜。盥櫛見母，見者盡眙。

蓮香聞其異，勸生媒通之；而以貧富懸邈，不敢遽進。會媼初度，因從其子婿行，往為壽。媼睹生名，故使燕兒窺簾認客。生最後至，女驟出，捉袂，欲從與俱歸。母訶譙之，始慚而入。生審視宛然，不覺零涕，因拜伏不起。媼扶之，不以為侮。生出，浼女舅執柯，媼議擇吉贅生。生歸告蓮香，且商所處。蓮悵然良久，便欲別去。生大駭泣下。蓮曰：「君行花燭於人家，妾從而往，亦何形顏？」生謀先與旋里而後迎燕，蓮乃從之。生以情白張。張聞其有室，怒加誚讓。燕兒力白之，乃如所請。至日，生往親迎。家中備具，頗甚草草；及歸，則自門達堂，悉以罽毯貼地，百千籠燭，燦列如錦。蓮香扶新婦入青廬，搭面既揭，歡若生平。蓮陪巹飲，因細詰還魂之異。燕曰：「爾日抑鬱無聊，徒以身為異物，自覺形穢。別後憤不歸墓，隨風漾泊。每見生人則羨之。晝憑草木，夜則信足浮沈。偶至張家，見少女臥牀上，近附之，未知遂能活也。」蓮聞之，默默若有所思。

逾兩月，蓮舉一子。產後暴病，日就沈綿。捉燕臂曰：「敢以孽種相累，我兒即若兒。」燕泣下，姑慰藉之。為召巫醫，輒卻之。沈痼彌留，氣如懸絲。生及燕兒皆哭。忽張目曰：「勿爾！子樂生，我樂死。如有緣，十年後可復得見。」言訖而卒。啓衾將斂，尸化為狐。生不忍異視，厚葬之。子名狐兒，燕撫如己出。每清明，必抱兒哭諸其墓。後生舉於鄉，家漸裕。而燕苦不育。狐兒頗慧，然單弱多疾。燕每欲生置媵。一日，婢忽白：「門外一嫗，攜女求售。」燕呼入。卒見，大驚曰：「蓮姊復出耶！」生視之，真似，亦駭。問：「年幾何？」答云：「十四。」「聘金幾何？」曰：「老身只此一塊肉，但俾得所，妾亦得噉飯處，後日老骨不至委溝壑，足矣。」生優價而留之。燕握女手，入密室，撮其頷而笑曰：「汝識我否？」答言：「不識。」詰其姓氏，曰：「妾韋姓。父徐城賣漿者，死三年矣。」燕屈指停思，蓮死恰十有四載。又審視女，儀容態度，無一不神肖者。乃拍其頂而呼曰：「蓮姊，蓮姊！十年相見之約，當不欺吾。」女忽如夢醒，豁然曰：「咦！」熟視燕兒。生笑曰：「此『似曾相識燕歸來』也。」女泫然曰：「是矣。聞母言，妾生時便能言，以為不祥，犬血飲之，遂昧宿因。今日始如夢寤。娘子其恥於為鬼之李妹耶？」共話前生，悲喜交至。一日，寒食，燕曰：「此每歲妾與郎君哭姊日也。」遂與親登其墓，荒草離離，木已拱矣。女亦太息。燕謂生曰：「妾與蓮姊兩世情好，不忍相離，宜令白骨同穴。」生從其言，啓李家得骸，舁歸而合葬之。親朋聞其異，吉服臨穴，不期而會者數百人。余庚戌南游至沂，阻雨，休於旅舍。有劉生子敬，其中表親，出同社王子章所撰桑生傳，約萬餘言，得卒讀。此其崖略耳。

異史氏曰：「嗟乎！死者而求其生，生者又求其死，天下所難得者，非人身哉？奈何具此身者，往往而置之，遂至覥然而生不如狐，泯然而死不如鬼。」

阿寶

粵西孫子楚，名士也。生有枝指。性迂訥，人誑之，輒信為真。或值座有歌妓，則必遙望卻走。或知其然，誘之來，使妓狎逼之，則赬顏徹頸，汗珠珠下滴。因共為笑。遂貌其呆狀，相郵傳作醜語，而名之「孫癡」。

邑大賈某翁，與王侯埒富。姻戚皆貴冑。有女阿寶，絕色也。日擇良匹，大家兒爭委禽妝，皆不當翁意。生時失儷，有戲之者，勸其通媒。生殊不自揣，果從其教。翁素耳其名，而貧之。媒媼將出，適遇寶，問之，以告。女戲曰：「渠去其枝指，余當歸之。」媼告生。生曰：「不難。」媒去，生以斧自斷其指，大痛徹心，血益傾注，濱死。過數日，始能起，往見媒而示之。媼驚，奔告女。女亦奇之。戲請再去其癡。生聞而譁辯，自謂不癡；然無由見而自剖。轉念阿寶未必美如天人，何遂高自位置如此？由是曩念頓冷。

會值清明，俗於是日，婦女出游，輕薄少年，亦結隊隨行，恣其月旦。有同社數人，強邀生去。或嘲之曰：「莫欲一觀可人否？」生亦知其戲己；然以受女揶揄故，亦思一見其人，忻然隨眾物色之。遙見有女子憩樹下，惡少年環如牆堵。眾曰：「此必阿寶也。」趨之，果寶。審諦之，娟麗無雙。少傾，人益稠。女起，遽去。眾情顛倒，品頭題足，紛紛若狂；生獨默然。及眾他適，回視，生猶癡立故所，呼之不應。羣曳之曰：「魂隨阿寶去耶？」亦不答。眾以其素訥，故不為怪，或推之，或挽之，以歸。至家，直上牀臥，終日不起，冥如醉，喚之不醒。家人疑其失魂，招於曠野，莫能效。強拍問之，則矇矓應云：「我在阿寶家。」及細詰之，又默不語。家人惶惑莫解。初，生見女去，意不忍舍，覺身已從之行，漸傍其衿帶間，人無呵者。遂從女歸，坐臥依之，夜輒與狎，甚相得；然覺腹中奇餒，思欲一返家門，而迷不知路。女每夢與人交，問其名，曰：「我孫子楚也。」心異之，而不可以告人。生臥三日，氣休休若將澌滅。家人大恐，託人婉告翁，欲一招魂其家。翁笑曰：「平昔不相往還，何由遺魂吾家？」家人固哀之，翁始允。巫執故服、草薦以往。女詰得其故，駭極，不聽他往，直導入室，任招呼而去。巫歸至門，生榻上已呻。既醒，女室之香奩什具，何色何名，歷言不爽。女聞之，益駭，陰感其情之深。

生既離牀寢，坐立凝思，忽忽若忘。每伺察阿寶，希幸一再遘之。浴佛節，聞將降香水月寺，遂早旦往候道左，目眩睛勞。日涉午，女始至。自車中窺見生，以摻手搴簾，凝睇不轉。生益動，尾從之。女忽命青衣來詰姓字。生殷勤自展，魂益搖。車去，始歸。歸復病，冥然絕食，夢中輒呼寶名。每自恨魂不復靈。家舊養一鸚鵡，忽斃，小兒持弄於牀。生自念倘得身為鸚鵡，振翼可達女室。心方注想，身已翩然鸚鵡，遽飛而去，直達寶所。女喜而撲之，鎖其肘，飼以麻子。大呼曰：「姐姐勿鎖！我孫子楚也！」女大駭，解其縛，亦不去。女祝曰：「深情已篆中心。今已人禽異類，姻好何可復圓？」鳥云：「得近芳澤，於願已足。」他人飼之不食，女自飼之則食。女坐，則集其膝；臥，則依其牀。如是三日。女甚憐之。陰使人瞷生，生則僵臥氣絕，已三日，但心頭未冰耳。女又祝曰：「君能復為人，當誓死相從。」鳥云：「誑我。」女乃自矢。鳥側目若有所思。少間，女束雙彎，解履牀下，鸚鵡驟下，啣履飛去。女急呼之，飛已遠矣。女使嫗往探，則生已寤。家人見鸚鵡啣繡履來，墮地死，方共異之。生既蘇，即索履。眾莫知故。適嫗至，入視生，問履所在。生曰：「是阿寶信誓物。藉口相覆：小生不忘金諾也。」嫗反命。女益奇之，故使婢洩其情於母。母審之確，乃曰：「此子才名亦不惡，但有相如之貧。擇數年得婿若此，恐將為顯者笑。」女以履故，矢不他。翁嫗從之。馳報生。生喜，疾頓瘳。翁議贅諸家。女曰：「婿不可久處岳家；況郎又貧，久益為人賤。兒既諾之，處蓬茆而甘，藜藿不怨也。」生乃親迎成禮，相逢如隔世歡。

自是家得匳妝，小阜，頗增物產。而生癡於書，不知理家人生業；女善居積，亦不以他事累生。居三年，家益富。生忽病消渴，卒。女哭之痛，淚眼不晴，至絕眠食。勸之不納，乘夜自經。婢覺之，急救而醒，終亦不食。三日，集親黨，將以殮生。聞棺中呻以息，啓之，已復活。自言：

「見冥王，以生平樸誠，命作部曹。忽有人白：『孫部曹之妻將至。』王稽鬼錄，言：『此未應便死。』又白：『不食三日矣。』王顧謂：『感汝妻節義，姑賜再生。』因使馭卒控馬送余還。」由此體漸平。值歲大比，入闈之前，諸少年玩弄之，共擬隱僻之題七，引生僻處與語，言：「此某家關節，敬祕相授。」生信之，晝夜揣摩，制成七藝。眾隱笑之。時典試者慮熟題有蹈襲弊，力反常經，題紙下，七藝皆符。生以是掄魁。明年，舉進士，授詞林。上聞異，召問之。生具啓奏。上大嘉悅。後召見阿寶，賞賚有加焉。

異史氏曰：「性癡則其志凝：故書癡者文必工，藝癡者技必良；世之落拓而無成者，皆自謂不癡者也。且如粉花蕩產，盧雉傾家，顧癡人事哉！以是知慧黠而過，乃是真癡；彼孫子何癡乎！」

九山王

曹州李姓者，邑諸生。家素饒。而居宅故不甚廣；舍後有園數畝，荒置之。一日，有叟來稅屋，出直百金。李以無屋為辭。叟曰：「請受之，但無煩慮。」李不喻其意，姑受之，以覲其異。越日，村人見輿馬眷口入李家，紛紛甚夥，共疑李第無安頓所，問之。李殊不自知，歸而察之，並無迹響。過數日，叟忽來謁。且云：「庇宇下已數晨夕。事事都草創，起爐作竈，未暇一修客子禮。今遣小女輩作黍，幸一垂顧。」李從之。則入園中，欻見舍宇華好，嶄然一新。入室，陳設芳麗。酒鼎沸於廊下，茶煙裊於廚中。俄而行酒薦饌，備極甘旨。時見庭下少年人往來甚眾。又聞兒女喁喁，幕中作笑語聲。家人婢僕，似有數十百口。李心知其狐。

席終而歸，陰懷殺心。每入市，市硝硫，積數百斤，暗布園中殆滿。驟火之，燄亙霄漢，如黑靈芝，燔臭灰瞇不可近；但聞鳴啼嗥動之聲，嘈雜聒耳。既熄，入視。則死狐滿地，焦頭爛額者，不可勝計。方閱視間，叟自外來，顏色慘慟，責李曰：「夙無嫌怨；荒園歲報百金，非少；何忍遂相族滅？此奇慘之仇，無不報者！」忿然而去。疑其擲礫為殃，而年餘無少怪異。時順治初年，山中羣盜竊發，嘯聚萬餘人，官莫能捕。生以家口多，日憂離亂。適村中來一星者，自號「南山翁」，言人休咎，了若目睹，名大譟。李召至家，求推甲子。翁愕然起敬，曰：「此真主也！」李聞大駭，以為妄。翁正容固言之。李疑信半焉。乃曰：「豈有白手受命而帝者乎？」翁謂：「不然。自古帝王，類多起於匹夫，誰是生而天子者？」生惑之，前席而請。翁毅然以「臥龍」自任。請先備甲冑數千具、弓弩數千事。李慮人莫之歸。翁曰：「臣請為大王連諸山，深相結。使譁言者謂大王真天子，山中士卒，宜必響應。」李喜，遣翁行。發藏鏹，造甲冑。翁數日始還，曰：「借大王威福，加臣三寸舌，諸山莫不願執鞭靮，從戲下。」浹旬之間，果歸命者數千人。於是拜翁為軍師；建大纛，設彩幟若林；據山立柵，聲勢震動。邑令率兵來討，翁指揮羣寇，大破之。今懼，告急於兗。兗兵遠涉而至，翁又伏寇進擊，兵大潰，將士殺傷者甚眾。勢益震，黨以萬計，因自立為「九山王」。翁患馬少，會都中解馬赴江南，遣一旅要路篡取之。由是「九山王」之名大譟。加翁為「護國大將軍」。高臥山巢，公然自負，以為黃袍之加，指日可俟矣。東撫以奪馬故，方將進剿；又得兗報，乃發精兵數千，與六道合圍而進。軍旅旌旗，彌滿山谷。「九山王」大懼，召翁謀之，則不知所往。「九山王」窘急無術，登山而望曰：「今而知朝廷之勢大矣！」山破，被擒，妻孥戮之。始悟翁即老狐，蓋以族滅報李也。

異史氏曰：「夫人擁妻子，閉門科頭，何處得殺？——即殺，亦何由族哉？狐之謀亦巧矣。而壤無其種者，雖溉不生；彼其殺狐之殘，方寸已有盜根，故狐得長其萌而施之報。今試執途人而告之曰：『汝為天子！』未有不駭而走者。明明導以族滅之為，而猶樂聽之，妻子為戮，又何足云？然人之聽匪言也，始聞之而怒，繼而疑，又繼而信；迨至身名俱殞，而始悟其誤也，大率類此矣。」

遵化署狐

諸城丘公為遵化道，署中故多狐。最後一樓，綏綏者族而居之，以為家。時出殃人，遣之益熾。官此者惟設牲禱之，無敢迕。丘公涖任，聞而怒之。狐亦畏公剛烈，化一嫗告家人曰：「幸白大人：勿相仇。容我三日，將攜細小避去。」公聞，亦嘿不言。次日，閱兵已，戒勿散，使盡扛諸營巨炮驟入，環樓千座並發；數仞之樓，頃刻摧為平地，革肉毛血，自天雨而下。但見濃塵毒霧之中，有白氣一縷，冒烟沖空而去。眾望之曰：「逃一狐矣。」而署中自此平安。

後二年，公遣幹僕賷銀如干數赴都，將謀遷擢。事未就，姑窖藏於班役之家。忽有一叟詣闕聲屈，言妻子橫被殺戮；又訐公剋削軍糧，夤緣當路，現頓某家，可以驗證。奉旨押驗。至班役家，冥搜不得。叟惟以一足點地。悟其意，發之，果得金；金上鐫有「某郡解」字。已而覓叟，則失所在。執鄉里姓名以求其人，竟亦無之。公由此罹難。乃知叟即逃狐也。

異史氏曰：「狐之祟人，可誅甚矣。然服而舍之，亦以全吾仁。公可云疾之已甚者矣。抑使關西為此，豈百狐所能仇哉！」

張誠

豫人張氏者，其先齊人。明末齊大亂，妻為北兵掠去。張常客豫，遂家焉。娶於豫，生子訥。無何，妻卒，又娶繼室，生子誠。繼室牛氏悍，每嫉訥，奴畜之，啖以惡草具。使樵，日責柴一肩；無則撻楚詬詛，不可堪。隱畜甘脆餌誠，使從塾師讀。

誠漸長，性孝友，不忍兄劬，陰勸母。母弗聽。一日，訥入山樵，未終，值大風雨，避身巖下，雨止而日已暮。腹中大餒，遂負薪歸。母驗之少，怒不與食；饑火燒心，入室僵臥。誠自塾中來，見兄嗒然，問：「病乎？」曰：「餓耳。」問其故，以情告。誠愀然便去。移時，懷餅來餌兄。兄問其所自來。曰：「余竊麪倩鄰婦為之，但食勿言也。」訥食之。囑弟曰：「後勿復然，事洩累弟。且日一啗，饑當不死。」誠曰：「兄故弱，烏能多樵！」次日，食後，竊赴山，至兄樵處。兄見之，驚問：「將何作？」答曰：「將助樵采。」問：「誰之遣？」曰：「我自來耳。」兄曰：「無論弟不能樵，縱或能之，且猶不可。」於是速之歸。誠不聽，以手足斷柴助兄。且云：「明日當以斧來。」兄近止之。見其指已破，履已穿。悲曰：「汝不速歸，我即以斧自剄死！」誠乃歸。兄送之半途，方復回。樵既歸，詣塾，囑其師曰：「吾弟年幼，宜閉之。山中虎狼多。」師曰：「午前不知何往，業夏楚之。」歸謂誠曰：「不聽吾言，遭笞責矣。」誠笑曰：「無之。」明日，懷斧又去。兄駭曰：「我固謂子勿來，何復爾？」誠不應，刈薪且急，汗交頤不少休。約足一束，不辭而返。師又責之，乃實告之。師歎其賢，遂不之禁。兄屢止之，終不聽。

一日，與數人樵山中，欻有虎至。眾懼而伏。虎竟啣誠去。虎負人行緩，為訥追及，訥力斧之，中胯。虎痛狂奔，莫可尋逐，痛哭而返。眾慰解之，哭益悲。曰：「吾弟，非猶夫人之弟；況為我死，我何生焉！」遂以斧自刎其項。眾急救之，入肉者已寸許，血溢如湧，眩瞀殞絕。眾駭，裂之衣而約之，羣扶而歸。母哭罵曰：「汝殺吾兒，欲劙頸以塞責耶！」訥呻云：「母勿煩惱。弟死，我定不生！」置榻上，創痛不能眠，惟晝夜依壁坐哭。父恐其亦死，時就榻少哺之，牛輒詬責，訥遂不食，三日而斃。村中有巫走無常者，訥途遇之，緬訴曩苦。因詢弟所，巫言不聞，遂反身導訥去。至一都會，見一皂衫人，自城中出，巫要遮代問之。皂衫人於佩囊中檢牒審顧，男婦百餘，並無犯而張者。巫疑在他牒。皂衫人曰：「此路屬我，何得差逮。」訥不信，強巫入內城。城中新鬼、故鬼，往來憧憧，亦有故識，就問，迄無知者。忽共譁言：「菩薩至！」仰見雲中，有偉人，毫光徹上下，頓覺世界通明。巫賀曰：「大郎有福哉！菩薩幾十年一入冥司，拔諸苦惱，今適值之。」便捽訥跪。眾鬼囚紛紛籍籍，合掌齊誦慈悲救苦之聲，鬨騰震地。菩薩以楊柳枝遍灑甘露，其細如塵。俄而霧收光斂，遂失所在。訥覺頸上沾露，斧處不復作痛。巫乃導與俱歸。望見里門，始別而去。訥死二日，豁然竟蘇，悉述所遇，謂誠不死。母以為撰造之誣，反詬罵之。訥負屈無以自伸，而摸創痕良瘥。自力起，拜父曰：「行將穿雲入海往尋弟；如不可見，終此身勿望返也。願父猶以兒為死。」翁引空處與泣，無敢留之。訥乃去。每於衝衢訪弟耗；途中資斧斷絕，丐而行。逾年，達金陵，懸鶉百結，傴僂道上。偶見十餘騎過，走避道側。內一人如官長，年四十已來，健卒怒馬，騰踔前後。一少年乘小駟，屢視訥。訥以其貴公子，未敢仰視。少年停鞭少駐，忽下馬，呼曰：「非吾兄耶！」訥舉首審視，誠也。握手大痛，失聲。誠亦哭曰：「兄何漂落以至於此？」訥言其情，誠益悲。騎者並下問故，以白官長。官命脫騎載訥，連轡歸諸其家，始詳詰之。初，虎啣誠去，不知何時置路側，臥途中經宿。適張別駕自都中來，過之，見其貌文，憐而撫之，漸蘇。言其里居，則相去已遠。因載與俱歸。又藥敷傷處，數日始痊。別駕無長君，子之。蓋適從游矚也。誠具為兄告。言次，別駕入，訥拜謝不已。誠入內，捧帛衣出，進兄，乃置酒燕敘。別駕問：「貴族在豫，幾何丁壯？」訥曰：「無有。父少齊人，流寓於豫。」別駕曰：「僕亦齊人。貴里何屬？」答曰：「曾聞父言，屬東昌轄。」驚曰：「我同鄉也！何故遷豫？」訥曰：「明季清兵入境，掠前母去。父遭兵燹，蕩無家室。先賈於西道，往來頗稔，故止焉。」又驚問：「君家尊何名？」訥告之。別駕瞠而視，俛首若疑，疾趨入內。無何，太夫人出。共羅拜，已，問訥曰：「汝是張炳之之孫耶？」曰：「然。」太夫人大哭，謂別駕曰：「此汝弟也。」訥兄弟莫能解。太夫人曰：「我適汝父三年，流離北去，身屬黑固山半年，生汝兄。又半年，固山死，汝兄補秩旗下遷此官。今解任矣。每刻刻念鄉井，遂出籍，復故譜。屢遣人至齊，殊無所覓耗，何知汝父西徙哉！」乃謂別駕曰：「汝以弟為子，折福死矣！」別駕曰：「曩問誠，誠未嘗言齊人，想幼稚不憶耳。」乃以齒序：別駕四十有一，為長；誠十六，最少；訥二十二，則伯而仲矣。別駕得兩弟，甚歡，與同臥處，盡悉離散端由，將作歸計。太夫人恐不見容。別駕曰：「能容則共之；否則析之。天下豈有無父之國？」

於是鬻宅辦裝，刻日西發。既抵里，訥及誠先馳報父。父自訥去，妻亦尋卒；塊然一老鰥，形影自吊。忽見訥人，暴喜，怳怳以驚；又睹誠，喜極，不復作言，潸潸以涕；又告以別駕母子至，翁輟泣愕然，不能喜，亦不能悲，蚩蚩以立。未幾，別駕入，拜已；太夫人把翁相向哭。既見婢媼厮卒，內外盈塞，坐立不知所為。誠不見母，問之，方知已死，號嘶氣絕，食頃始蘇。別駕出資，建樓閣；延師教兩弟；馬騰於槽，人喧於室，居然大家矣。

異史氏曰：「余聽此事至終，涕凡數墮：十餘歲童子，斧薪助兄，慨然曰：『王覽固再見乎！』於是一墮。至虎啣誠去，不禁狂呼曰：『天道憒憒如此！』於是一墮。及兄弟猝遇，則喜而亦墮；轉增一兄，又益一悲，則為別駕墮。一門團圞，驚出不意，喜出不意，無從之涕，則為翁墮也。不知後世亦有善涕如某者乎？」

汾州狐

汾州判朱公者，居廨多狐。公夜坐，有女子往來燈下。初謂是家人婦，未遑顧瞻；及舉目，竟不相識，而容光豔絕。心知其狐，而愛好之，遽呼之來。女停履笑曰：「厲聲加人，誰是汝婢媼耶？」朱笑而起，曳坐謝過。遂與款密，久如夫妻之好。忽謂曰：「君秩當遷，別有日矣。」問：「何時？」答曰：「目前。但賀者在門，弔者即在閭，不能官也。」三日，遷報果至。次日即得太夫人訃音。公解任，欲與偕旋。狐不可。送之河上。強之登舟。女曰：「君自不知，狐不能過河也。」朱不忍別，戀戀河畔。女忽出，言將一謁故舊。移時歸，即有客來答拜。女別室與語。客去乃來，曰：「請便登舟，妾送君渡。」朱曰：「向言不能渡，今何以渡？」曰：「曩所謁非他，河神也。妾以君故，特請之。彼限我十天往復，故可暫依耳。」遂同濟。至十日，果別而去。

巧娘

廣東有縉紳傅氏，年六十餘。生一子，名廉。甚慧，而天閹，十七歲，陰裁如蠶。遐邇聞知，無以女女者。自分宗緒已絕，晝夜憂怛，而無如何。

廉從師讀。師偶他出，適門外有猴戲者，廉觀之，廢學焉。度師將至而懼，遂亡去。離家數里，見一白衣女郎，偕小婢出其前。女一回首，妖麗無比。蓮步蹇緩，廉趨過之。女回顧婢曰：「試問郎君，得毋欲如瓊乎？」婢果呼問。廉詰其何為。女曰：「倘之瓊也，有尺一書，煩便道寄里門。老母在家，亦可為東道主。」廉出本無定向，念浮海亦得，因諾之。女出書付婢，婢轉付生。問其姓名居里，云：「華姓，居秦女村，去北郭三四里。」生附舟便去。至瓊州北郭，日已曛暮。問秦女村，迄無知者。望北行四五里，星月已燦，芳草迷目，曠無逆旅，窘甚。見道側墓，思欲傍墳棲止，大懼虎狼。因攀樹猱升，蹲踞其上。聽松聲謖謖，宵蟲哀奏，中心忐忑，悔至如燒。

忽聞人聲在下，俯瞰之，庭院宛然；一麗人坐石上，雙鬟挑畫燭，分侍左右。麗人左顧曰：「今夜月白星疏，華姑所贈團茶，可烹一琖，賞此良夜。」生意其鬼魅，毛髮直豎，不敢少息。忽婢子仰視曰：「樹上有人！」女驚起曰：「何處大膽兒，暗來窺人！」生大懼，無所逃隱，遂盤旋下，伏地乞宥。女近臨一睇，反恚為喜，曳與並坐。睨之，年可十七八，姿態豔絕。聽其言，亦土音。問：「郎何之？」答云：「為人作寄書郵。」女曰：「野多暴客，露宿可虞。不嫌蓬蓽，願就稅駕。」邀生入。室惟一榻，命婢展兩被其上。生自慚形穢，願在下牀。女笑曰：「佳客相逢，女元龍何敢高臥？」生不得已，遂與共榻，而惶恐不敢自舒。未幾，女暗中以纖手探入，輕捻脛股。生偽寐，若不覺知。又未幾，啓衾入，搖生，迄不動。女便下探隱處。乃停手悵然，悄悄出衾去。俄聞哭聲。生惶愧無以自容，恨天公之缺陷而已。女呼婢篝燈。婢見啼痕，驚問所苦。

女搖首曰：「我歎吾命耳。」婢立榻前，眈望顏色。女曰：「可喚郎醒，遣放去。」生聞之，倍益慚怍；且懼宵半，茫茫無所復之。

籌念間，一婦人排闥入。婢曰：「華姑來。」微窺之，年約五十餘，猶風格。見女未睡，便致詰問。女未答。又視榻上有臥者，遂問：「共榻何人？」婢代答：「夜一少年郎，寄此宿。」婦笑曰：「不知巧娘諧花燭。」見女啼淚未乾，驚曰：「合巹之夕，悲啼不倫；將勿郎君粗暴也？」女不言，益悲。婦欲捋衣視生，一振衣，書落榻上。婦取視，駭曰：「我女筆意也！」拆讀歎咤。女問之。婦云：「是三姐家報，言吳郎已死，煢無所依，且為奈何！」女曰：「彼固云為人寄書，幸未遣之去。」婦呼生起，究詢書所自來。生備述之。婦曰：「遠煩寄書，當何以報？」又熟視生，笑問：「何迕巧娘？」生言：「不自知罪。」又詰女。女歎曰：「自憐生適閹寺，沒奔椓人，是以悲耳。」婦顧生曰：「慧黠兒，固雄而雌者耶？是我之客，不可久溷他人。」遂導生入東廂，探手於袴而驗之。笑曰：「無怪巧娘零涕；然幸有根蒂，猶可為力。」挑燈遍翻箱簏，得黑丸，授生，令即吞下，祕囑勿吪，乃出。生獨臥籌思，不知藥醫何症。將比五更，初醒，覺臍下熱氣一縷，直沖隱處，蠕蠕然似有物垂股際；自探之，身已偉男。心驚喜，如乍膺九錫。

檽色才分，婦入，以炊餅納生室，叮囑耐坐，反關其戶。出語巧娘曰：「郎有寄書勞，將留招三娘來，與訂姊妹交。且復閉置，免人厭惱。」乃出門去。生回旋無聊，時近門隙，如鳥窺籠。望見巧娘，輒欲招呼自呈，慚訥而止。延及夜分，婦始攜女歸。發扉曰：「悶煞郎君矣！三娘可來拜謝。」途中人逡巡入，向生斂衽。婦命相呼以兄妹。巧娘笑曰：「姊妹亦可。」並出堂中，團坐置飲。飲次，巧娘戲問：「寺人亦動心佳麗否？」生曰：「跛者不忘履，盲者不忘視。」相與粲然。巧娘以三娘勞頓，迫令安置。婦顧三娘，俾與生俱。三娘羞暈不行。婦曰：「此丈夫而巾幗者，何畏之？」敦促偕去。私囑生曰：「陰為吾婿，陽為吾子，可也。」生喜，捉臂登牀，發硎新試，其快可知。既於枕上問女：「巧娘何人？」曰：「鬼也。才色無匹，而時命蹇落。適毛家小郎子，病閹，十八歲而不能人，因邑邑不暢，齎恨如冥。」生驚，疑三娘亦鬼。女曰：「實告君，妾非鬼，狐耳。巧娘獨居無偶，我母子無家，借廬棲止。」生大愕。女云：「無懼，雖故鬼狐，非相禍者。」由此日共談讌。雖知巧娘非人，而心愛其娟好，獨恨自獻無隙。生蘊藉，善詼噱，頗得巧娘憐。一日，華氏母子將他往，復閉生室中。生悶氣，繞室隔扉呼巧娘。巧娘命婢，歷試數鑰，乃得啓。生附耳請間。巧娘遣婢去。生挽就寢榻，偎向之。女戲掬臍下，曰：「惜可兒此處闕然。」語未竟，觸手盈握。驚曰：「何前之渺渺，而遽纍然！」生笑曰：「前羞見客，故縮；今以誚謗難堪，聊作蛙怒耳。」遂相綢繆。已而恚曰：「今乃知閉戶有因。昔母子流蕩棲無所，假廬居之。三娘從學刺繡，妾曾不少祕惜；乃妒忌如此！」生勸慰之，且以情告。巧娘終啣之。生曰：「密之，華姑囑我嚴。」語未及已，華姑掩入。二人惶遽方起。華姑瞋目，問：「誰啓扉？」巧娘笑逆自承。華姑益怒，聒絮不已。巧娘故哂曰：「阿姥亦大笑人！是丈夫而巾幗者，何能為？」三娘見母與巧娘苦相抵，意不自安，以一身調停兩間，始各拗怒為喜。巧娘言雖憤烈，然自是屈意事三娘。但華姑晝夜閑防，兩情不得自展，眉目含情而已。

一日，華姑謂生曰：「吾兒姊妹皆已奉事君。念居此非計，君宜歸告父母，早訂永約。」即治裝促生行。二女相向，容顏悲惻，而巧娘尤不可堪，淚滾滾如斷貫珠，殊無已時。華姑排止之。便曳生出。至門外，則院宇無存，但見荒冢。華姑送至舟上，曰：「君行後，老身攜兩女僦屋於貴邑。倘不忘夙好，李氏廢園中，可待親迎。」生乃歸。時傅父覓子不得，正切焦慮，見子歸，喜出非望。生略述崖末，兼至華氏之訂。父曰：「妖言何足聽信？汝尚能生還者，徒以閹廢故；不然，死矣！」生曰：「彼雖異物，情亦猶人；況又慧麗，娶之亦不為戚黨笑。」父不言，但嗤之。生乃退而技癢，不安其分，輒私婢；漸至白晝宣淫，意欲駭聞翁媼。一日，為小婢所窺，奔告母。母不信，薄觀之，始駭。呼婢研究，盡得其狀。喜極，逢人宣暴，以示子不閹，將論婚於世族。生私白母：「非華氏不娶。」母曰：「世不乏美婦人，何必鬼物？」生曰：「兒非華姑，無以知人道，背之不祥。」傅父從之，遣一僕一嫗往觀之。出東郭四五里，尋李氏園。見敗垣竹樹中，縷縷有炊煙。嫗下乘，直造其闥，則母子拭几濯溉，似有所伺。嫗拜致主命。見三娘，驚曰：「此即吾家小主婦耶？我見猶憐，何怪公子魂思而夢繞之。」便問阿姊。華姑歎曰：「是我假女，三日前，忽殂謝去。」因以酒食餉嫗及僕。嫗歸，備道三娘容止，父母皆喜。末陳巧娘死耗，生惻惻欲涕。至親迎之夜，見華姑親問之。答云：「已投生北地矣。」生欷歔久之。迎三娘歸，而終不能忘情巧娘，凡有自瓊來者，必召見問之。或言秦女墓夜聞鬼哭。生詫其異，入告三娘。三娘沈吟良久，泣下曰：「妾負姊矣！」詰之，答云：「妾母子來時，實未使聞。茲之怨啼，將無是姊？向欲相告，恐彰母過。」生聞之，悲已而喜。即命輿，宵晝兼程，馳詣其墓。叩墓木而呼曰：「巧娘！巧娘！某在斯。」俄見女郎綳嬰兒，自穴中出，舉首酸嘶，怨望無已。生亦涕下。探懷問誰氏子，巧娘曰：「是君之遺孽也，誕三月矣。」生歎曰：「誤聽華姑言，使母子埋憂地下，罪將安辭！」乃與同輿，航海而歸。抱子告母。母視之，體貌豐偉，不類鬼物，益喜。二女諧和，事姑孝。後傅父病，延醫來。巧娘曰：「疾不可為，魂已離舍。」督治冥具，既竣而卒。兒長，絕肖父；尤慧，十四游泮。高郵翁紫霞，客於廣而聞之。地名遺脫，亦未知所終矣。

吳令

吳令某公，忘其姓字，剛介有聲。吳俗最重城隍之神，木肖之，被錦藏機如生。值神壽節，則居民斂資為會，輦游通衢；建諸旗幢雜鹵簿，森森部列，鼓吹行且作，闐闐咽咽然，一道相屬也。習以為俗，歲無敢懈。公出，適相值，止而問之。居民以告。又詰知所費頗奢。公怒，指神而責之曰：「城隍實主一邑。如冥頑無靈，則淫昏之鬼，無足奉事；其有靈，則物力宜惜，何得以無益之費，耗民脂膏？」言已，曳神於地，笞之二十。從此習俗頓革。

公清正無私，惟少年好戲。居年餘，偶於廨中梯簷探雀鷇，失足而墮，折股，尋卒。人聞城隍祠中，公大聲喧怒，似與神爭，數日不止。吳人不忘公德，羣集祝而解之，別建一祠祠公，聲乃息。祠亦以城隍名，春秋祀之，較故神尤著。吳至今有二城隍云。

口技

村中來一女子，年二十有四五。攜一藥囊，售其醫。有問病者，女不能自為方，俟暮夜問諸神。晚潔斗室，閉置其中。眾繞門窗，傾耳寂聽；但竊竊語，莫敢欬。內外動息俱冥。至夜許，忽聞簾聲。女在內曰：「九姑來耶？」一女子答云：「來矣。」又曰：「臘梅從九姑耶？」似一婢答云：「來矣。」三人絮語間雜，刺刺不休。俄聞簾鉤復動，女曰：「六姑至矣。」亂言曰：「春梅亦抱小郎子來耶？」一女曰：「拗哥子！嗚嗚不睡，定要從娘子來。身如百鈞重，負累煞人！」旋聞女子殷勤聲，九姑問訊聲，六姑寒暄聲，二婢慰勞聲，小兒喜笑聲，一齊嘈雜。即聞女子笑曰：「小郎君亦大好耍，遠迢迢抱貓兒來。」既而聲漸疏，簾又響，滿室俱譁，曰：「四姑來何遲也？」有一小女子細聲答曰：「路有千里且溢，與阿姑走爾許時始至。阿姑行且緩。」遂各各道溫涼聲，並移坐聲，喚添坐聲，參差並作，喧繁滿室，食頃始定。即聞女子問病。九姑以為宜得參，六姑以為宜得芪，四姑以為宜得朮。參酌移時，即聞九姑喚筆硯。無何，折紙戢戢然，拔筆擲帽丁丁然，磨墨隆隆然；既而投筆觸几，震震作響，便聞撮藥包裹蘇蘇然。頃之，女子推簾，呼病者授藥並方。反身入室，即聞三姑作別，三婢作別，小兒啞啞，貓兒唔唔，又一時並起。九姑之聲清以越，六姑之聲緩以蒼，四姑之聲嬌以婉，以及三婢之聲，各有態響，聽之了了可辨。羣訝以為真神。而試其方，亦不甚效。此即所謂口技，特借之以售其術耳。然亦奇矣！

昔王心逸嘗言：「在都偶過市廛，聞絃歌聲，觀者如堵。近窺之，則見一少年曼聲度曲。並無樂器，惟以一指捺頰際，且捺且謳；聽之鏗鏗，與絃索無異。」亦口技之苗裔也。

狐聯

焦生，章丘石虹先生之叔弟也。讀書園中。宵分，有二美人來，顏色雙絕。一可十七八，一約十四五，撫几展笑。焦知其狐，正色拒之。長者曰：「君髯如戟，何無丈夫氣？」焦曰：「僕生平不敢二色。」女笑曰：「迂哉！子尚守腐局耶？下元鬼神，凡事皆以黑為白，況牀笫間瑣事乎？」焦又咄之。女知不可動，乃云：「君名下士，妾有一聯，請為屬對，能對我自去：戊戌同體，腹中只欠一點。」焦凝思不就。女笑曰：「名士固如此乎？我代對之可矣：己巳連蹤，足下何不雙挑。」一笑而去。長山李司寇言之。

濰水狐

濰邑李氏有別第。忽一翁來稅居，歲出直金五十，諾之。既去無耗，李囑家人別租。翼日，翁至，曰：「租宅已有關說，何欲更僦他人？」李白所疑。翁曰：「我將久居是；所以遲遲者，以涓吉在十日之後耳。」因先納一歲之直，曰：「終歲空之，勿問也。」李送出，問期，翁告之。過期數日，亦竟渺然。及往觀之，則雙扉內閉，炊煙起而人聲雜矣。訝之，投刺往謁。翁趨出，逆而入，笑語可親。既歸，遣人饋遺其家；翁犒賜豐隆。又數日，李設筵邀翁，款洽甚歡。問其居里，以秦中對。李訝其遠。翁曰：「貴鄉福地也。秦中不可居，大難將作。」時方承平，置未深問。越日，翁折柬報居停之禮，供帳飲食，備極侈麗。李益驚，疑為貴官。翁以交好，因自言為狐。李駭絕，逢人輒道。邑縉紳聞其異，日結駟於門，願納交翁，翁無不傴僂接見。漸而郡官亦時還往。獨邑令求通，輒辭以故。令又託主人先容，翁辭。李詰其故。翁離席近客而私語曰：「君自不知，彼前身為驢，今雖儼然民上，乃飲醴而亦醉者也。僕固異類，羞與為伍。」李乃託詞告令，謂狐畏其神明，故不敢見。令信之而止。此康熙十一年事。未幾，秦罹兵燹。狐能前知，信矣。

異史氏曰：「驢之為物龐然也。一怒則踶趹嗥嘶，眼大於盎，氣粗於牛；不惟聲難聞，狀亦難見。倘執束芻而誘之，則帖耳輯首，喜受羈勒矣。以此居民上，宜其飲醴而亦醉也。願臨民者，以驢為戒，而求齒於狐，則德日進矣。」

紅玉

廣平馮翁有一子，字相如。父子俱諸生。翁年近六旬，性方鯁，而家屢空。數年間，媼與子婦又相繼逝，井臼自操之。一夜，相如坐月下，忽見東鄰女自牆上來窺。視之，美。近之，微笑。招以手，不來亦不去。固請之，乃梯而過，遂共寢處。問其姓名，曰：「妾鄰女紅玉也。」生大愛悅，與訂永好。女諾之。夜夜往來，約半年許。翁夜起，聞女子含笑語，窺之，見女。怒，喚生出，罵曰：「畜產所為何事！如此落寞，尚不刻苦，乃學浮蕩耶？人知之，喪汝德；人不知，促汝壽！」生跪自投，泣言知悔。翁叱女曰：「女子不守閨戒，既自玷，而又以玷人。倘事一發，當不僅貽寒舍羞！」罵已，憤然歸寢。女流涕曰：「親庭罪責，良足愧辱！我二人緣分盡矣！」生曰：「父在不得自專。卿如有情，尚當含垢為好。」女言辭決絕，生乃灑涕。女止之曰：「妾與君無媒妁之言，父母之命，踰牆鑽隙，何能白首？此處有一佳偶，可聘也。」告以貧。女曰：「來宵相俟，妾為君謀之。」次夜，女果至，出白金四十兩贈生。曰：「去此六十里，有吳村衛氏，年十八矣，高其價，故未售也。君重啗之，必合諧允。」言已，別去。

生乘間語父，欲往相之。而隱饋金不敢告。翁自度無資，以是故，止之。生又婉言：「試可乃已。」翁頷之。生遂假僕馬，詣衛氏。衛故田舍翁。生呼出引與閒語。衛知生望族，又見儀采軒豁，心許之，而慮其靳於資。生聽其詞意吞吐，會其旨，傾囊陳几上。衛乃喜，浼鄰生居間，書紅箋而盟焉。生入拜媼。居室偪側，女依母自幛。微睨之。雖荊布之飾，而神情光豔，心竊喜。衛借舍款婿，便言：「公子無須親迎。待少作衣妝，即合舁送去。」生與期而歸。詭告翁，言衛愛清門，不責資。翁亦喜。至日，衛果送女至。女勤儉，有順德，琴瑟甚篤。踰二年，舉一男，名福兒。會清明抱子登墓，遇邑紳宋氏。宋官御史，坐行賕免。居林下，大煽威虐。是日亦上墓歸，見女豔之。問村人，知為生配。料馮貧士，誘以重賂，冀可搖，使家人風示之。生驟聞，怒形於色；既思勢不敵，斂怒為笑，歸告翁。大怒，奔出，對其家人，指天畫地，詬罵萬端。家人鼠竄而去。宋氏亦怒，竟遣數人入生家，毆翁及子，洶若沸鼎。女聞之，棄兒於牀，披髮號救。羣篡舁之，鬨然便去。父子傷殘，吟呻在地，兒呱呱啼室中。鄰人共憐之，扶之榻上。經日，生杖而能起。翁忿不食，嘔血尋斃。生大哭，抱子興詞，上至督撫，訟幾徧，卒不得直。後聞婦不屈死，益悲。冤塞胸吭，無路可伸。每思要路刺殺宋，而慮其扈從繁，兒又罔託。日夜哀思，雙睫為不交。忽一丈夫弔諸其室，虬髯闊頷，曾與無素。挽坐，欲問邦族。客遽曰：「君有殺父之仇，奪妻之恨，而忘報乎？」生疑為宋人之偵，姑偽應之。客怒眦欲裂，遽出曰：「僕以君人也；今乃知不足齒之傖！」生察其異，跪而挽之，曰：「誠恐宋人餂我。今實佈腹心：僕之臥薪嘗膽者，固有日矣，但憐此褓中物，恐墜宗祧。君義士，能為我杵臼否？」客曰：「此婦人女子之事，非所能。君所欲託諸人者，請自任之；所欲自任者，願得而代庖焉。」生聞，崩角在地。客不顧而出。生追問姓字，曰：「不濟，不任受怨；濟，亦不任受德。」遂去。生懼禍及，抱子亡去。至夜，宋家一門俱寢，有人越重垣入，殺御史父子三人，及一媳一婢。宋家具狀告官。官大駭。宋執謂相如，於是遣役捕生，生遁不知所之，於是情益真。宋僕同官役諸處冥搜。夜至南山，聞兒啼，迹得之，繫縲而行。兒啼愈嗔，羣奪兒拋棄之。生冤憤欲絕。見邑令，問：「何殺人？」生曰：「冤哉！某以夜死，我以晝出，且抱呱呱者，何能踰垣殺人？」令曰：「不殺人，何逃乎？」生詞窮，不能置辯，乃收諸獄。生泣曰：「我死無足惜，孤兒何罪？」令曰：「汝殺人子多矣；殺汝子，何怨？」生既褫革，屢受梏慘，卒無詞。令是夜方臥，聞有物擊牀，震震有聲，大懼而號。舉家驚起，集而燭之，一短刀，銛利如霜，剁牀入木者寸餘，牢不可拔。令睹之，魂魄喪失。荷戈遍索，竟無蹤迹。心竊餒，又以宋人死，無可畏懼，乃詳諸憲，代生解免，竟釋生。生歸，甕無升斗，孤影對四壁。幸鄰人憐饋食飲，苟且自度。念大仇已報，則囅然喜；思慘酷之禍，幾於滅門，則淚潸潸墮；及思半生貧徹骨，宗支不續，則於無人處，大哭失聲，不復能自禁。如此半年，捕禁益懈。乃哀邑令，求判還衛氏之骨。及葬而歸，悲怛欲死，輾轉空牀，竟無生路。

忽有款門者，凝神寂聽，聞一人在門外，譨譨與小兒語。生急起窺觀，似一女子。扉初啓，便問：「大冤昭雪，可幸無恙？」其聲稔熟，而倉卒不能追憶。燭之，則紅玉也。挽一小兒，嬉笑跨下。生不暇問，抱女嗚哭，女亦慘然。既而推兒曰：「汝忘爾父耶？」兒牽女衣，目灼灼視生。細審之，福兒也。大驚，泣問：「兒那得來？」女曰：「實告君：昔言鄰女者，妾也。妾實狐。適宵行，見兒啼谷中，抱養於秦。聞大難既息，故攜來與君團聚耳。」生揮涕拜謝，兒在女懷，如依其母，竟不復能識父矣。天未明，女即遽起。問之，答曰：「奴欲去。」生裸跪牀頭，涕不能仰。女笑曰：「妾逛君耳。今家道新創，非夙興夜寐不可。」乃翦莽擁篲，類男子操作。生憂貧乏，不自給。女曰：「但請下帷讀，勿問盈歉，或當不殍餓死。」遂出金治織具；租田數十畝，僱傭耕作。荷鑱誅茅，牽蘿補屋，日以為常。里黨聞婦賢，益樂資助之。約半年，人煙騰茂，類素封家。生曰：「灰燼之餘，卿白手再造矣。然一事未就安妥，如何？」詰之，答曰：「試期已迫，巾服尚未復也。」女笑曰：「妾前以四金寄廣文，已復名在案。若待君言，誤之已久。」生益神之。是科遂領鄉薦。時年三十六，腴田連阡，夏屋渠渠矣。女嫋娜如隨風欲飄去，而操作過農家婦；雖嚴冬自苦，而手膩如脂。自言三十八歲，人視之，常若二十許人。

異史氏曰：「其子賢，其父德，故其報之也俠。非特人俠，狐亦俠也。遇亦奇矣！然官宰悠悠，豎人毛髮，刀震震入木，何惜不略移牀上半尺許哉？使蘇子美讀之，必浮白曰：『惜乎擊之不中！』」

龍

北直界有墮龍入村。其行重拙，入某紳家。其戶僅可容軀，塞而入。家人盡奔。登樓譁譟，銃炮轟然。龍乃出。門外停貯潦水，淺不盈尺。龍入，轉側其中，身盡泥塗；極力騰躍，尺餘輒墮。泥蟠三日，蠅集鱗甲。忽大雨，乃霹靂拏空而去。

房生與友人登牛山，入寺游矚。忽椽間一黃磚墮，上盤一小蛇，細裁如蚓。忽旋一周，如指；又一周，已如帶。共驚，知為龍，羣趨而下。方至山半，聞寺中霹靂一聲，天上黑雲如蓋，一巨龍夭矯其中，移時而沒。

章丘小相公莊，有民婦適野，值大風，塵沙撲面。覺一目眯，如含麥芒，揉之吹之，迄不癒。啓瞼而審視之，睛固無恙，但有赤綫蜿蜒於肉分。或曰：「此蟄龍也。」婦憂懼待死。積三月餘，天暴雨，忽巨霆一聲，裂眦而去。婦無少損。

袁宣四言：「在蘇州值陰晦，霹靂大作。眾見龍垂雲際，鱗甲張動，爪中摶一人頭，鬚眉畢見；移時，入雲而沒。亦未聞有失其頭者。」

卷三

江中

王聖俞南游，泊舟江心。既寢，視月明如練，未能寐，使童僕為之按摩。忽聞舟頂如小兒行，踏蘆蓆作響，遠自舟尾來，漸近艙戶。慮為盜，急起問童。童亦聞之。問答間，見一人伏舟頂上，垂首窺艙內。大愕，按劍呼諸僕，一舟俱醒。告以所見。或疑錯誤。俄響聲又作。羣起四顧，渺然無人，惟疏星皎月，漫漫江波而已。眾坐舟中。旋見青火如燈狀，突出水面，隨水浮游；漸近舡，則火頓滅。即有黑人驟起，屹立水上，以手攀舟而行。眾譟曰：「必此物也！」欲射之。方開弓，則遽伏水中，不可見矣。問舟人。舟人曰：「此古戰場，鬼時出沒，其無足怪。」

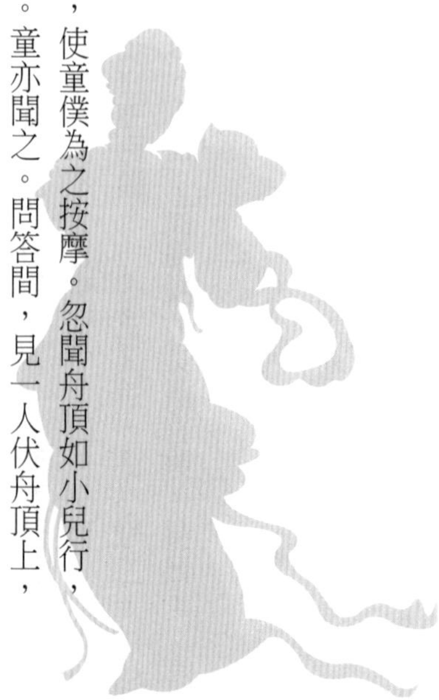

魯公女

招遠張于旦，性疏狂不羈。讀書蕭寺。時邑令魯公，三韓人。有女好獵。生活遇諸野，見其風姿娟秀，著錦貂裘，跨小驪駒，翩然若畫。歸憶容華，極意欽想。後聞女暴卒，悼歎欲絕。魯以家遠，寄靈寺中，即生讀所。生敬禮如神明，朝必香，食必祭。每酹而祝曰：「睹卿半面，長繫夢魂；不圖玉人，奄然物化。今近在咫尺，而邈若河山，恨如何也！然生有拘束，死無禁忌，九泉有靈，當珊珊而來，慰我傾慕。」日夜祝之，幾半月。一夕，挑燈夜讀，忽舉首，則女子含笑立燈下。生驚起致問。女曰：「感君之情，不能自已，遂不避私奔之嫌。」生大喜，遂共歡好。自此無虛夜。謂生曰：「妾生好弓馬，以射麞殺鹿為快，罪孽深重，死無歸所。如誠心愛妾，煩代誦金剛經一藏數，生生世世不忘也。」生敬受教，每夜起，即柩前捻珠諷誦。偶值節序，欲與偕歸。女憂足弱，不能跋履。生請抱負以行，女笑從之。如抱嬰兒，殊不重累。遂以為常。考試亦載與俱。然行必以夜。生將赴秋闈，女曰：「君福薄，徒勞馳驅。」遂聽其言而止。

積四五年，魯罷官，貧不能輿其櫬，將就窆之，苦無葬地。生乃自陳：「某有薄壤近寺，願葬女公子。」魯公喜。生又力為營葬。魯德之，而莫解其故。魯去，二人綢繆如平日。一夜，側倚生懷，淚落如豆，曰：「五年之好，於今別矣！受君恩義，數世不足以酬！」生驚問之。曰：「蒙惠及泉下人，經咒藏滿，今得生河北盧戶部家。如不忘今日，過此十五年，八月十六日，煩一往會。」生泣下曰：「生三十餘年矣；又十五年，將就木焉，會將何為？」女亦泣曰：「願為奴婢以報。」少間曰：「君送妾六七里。此去多荊棘，妾衣長難度。」乃抱生項，生送至通衢。見路旁車馬一簇，馬上或一人，或二人；車上或三人、四人、十數人不等；獨一鈿車，繡纓朱幰，僅一老媼在焉。見女至，呼曰：「來乎？」女應曰：「來矣。」乃回顧生云：「盡此，且去；勿忘所言。」生諾。女子行近車，媼引手上之，展軨即發，車馬闐咽而去。

生悵悵而歸，誌時日於壁。因思經咒之效，持誦益虔。夢神人告曰：「汝志良嘉，但須要到南海去。」問：「南海多遠？」曰：「近在方寸地。」醒而會其旨，念切菩提，修行倍潔。三年後，次子明、長子政，相繼擢高科。生雖暴貴，而善行不替。夜夢青衣人邀去，見宮殿中坐一人，如菩薩狀，逆之曰：「子為善可喜。惜無修齡，幸得請於上帝矣。」生伏地稽首。喚起，賜坐；飲以茶，味芳如蘭。又令童子引去，使浴於洩。洩水清潔，游魚可數，入之而溫，掬之有荷葉香。移時，漸入深處，失足而陷，過涉滅頂。驚寤。異之。由此身益健，目益明。自捋其鬚，白者盡簌簌落；又久之，黑者亦落。面紋亦漸舒。至數月後，頷禿面童，宛如十五六時。輒兼好游戲事，亦猶童。過飾邊幅，二子輒匡救之。

未幾，夫人以老病卒，子欲為求繼室於朱門。生曰：「待吾至河北來而後娶。」屈指已及約期，遂命僕馬至河北。訪之，果有盧戶部。先是，盧公生一女，生而能言，長益慧美，父母最鍾愛之。貴家委禽，女輒不欲。怪問之，具述生前約。共計其年，大笑曰：「癡婢！張郎計今年已半百，人事變遷，其骨已朽；縱其尚在，髮童而齒豁矣。」女不聽。母見其志不搖，與盧公謀，戒閽人勿通客，過期以絕其望。未幾，生至，閽人拒之。退返旅舍，悵恨無所為計。閒游郊郭，因循而暗訪之。女謂生負約，涕不食。母言：「渠不來，必已殂謝；即不然，背盟之罪，亦不在汝。」女不語，但終日臥。盧患之，亦思一見生之為人，乃託游遨，遇生於野。視之，少年也，訝之。班荊略談，甚倜儻。公喜，邀至其家。方將探問，盧即遽起，囑客暫獨坐，匆匆入內，告女。女喜，自力起。窺審其狀不符，零涕而返，怨父欺罔。公力白其是。女無言，但泣不止。公出，意緒懊喪，對客殊不款曲。生問：「貴族有為戶部者乎？」公漫應之。首他顧，似不屬客。生覺其慢，辭出。女啼數日而卒。

生夜夢女來，曰：「下顧者果君耶？年貌殊異，覿面遂致違隔。妾已憂憤死。煩向土地祠速招我魂，可得活，遲則無及矣。」既醒，急探盧氏之門，果有女亡二日矣。生大慟，進而弔諸其室。已而以夢告盧。盧從其言，招魂而歸。啓其衾，撫其尸，呼而祝之。俄聞喉中咯咯有聲。忽見朱櫻乍啓，墜痰塊如冰。扶移搨上，漸復吟呻。盧公悅，肅客出，置酒宴會。細展官閥，知其巨家，益喜。擇吉成禮。居半月，攜女而歸。盧送至家，半年乃去。夫婦居室，儼如小偶，不知者，多誤以子婦為姑嫜焉。盧公逾年卒。子最幼，為豪強所中傷，家產幾盡。生迎養之，遂家焉。

道士

韓生，世家也。好客。同村徐氏，常飲於其座。會宴集，有道士托鉢門上。家人投錢及粟，皆不受；亦不去。家人怒，歸不顧。韓聞擊剝之聲甚久，詢之家人，以情告。言未已，道士竟入。韓招之坐。道士向主客皆一舉手，即坐。略致研詰，始知其初居村東破廟中。韓曰：「何日棲鶴東觀，竟不聞知，殊缺地主之禮。」答曰：「野人新至，無交游。聞居士揮霍，深願求飲焉。」韓命舉觴。道士能豪飲。徐見其衣服垢敝，頗偃蹇，不甚為禮；韓亦海客遇之。道士傾飲二十餘杯，乃辭而去。自是每宴會，道士輒至，遇食則食，遇飲則飲，韓亦稍厭其頻。飲次，徐嘲之曰：「道長日為客，寧不一作主？」道士笑曰：「道人與居士等，惟雙肩承一喙耳。」徐慚不能對。道士曰：「雖然，道人懷誠久矣，會當竭力作杯水之酬。」飲畢，囑曰：「翌午幸賜光寵。」次日，相邀同往，疑其不設。行去，道士已候於途；且語且步，已至寺門。入門，則院落一新，連閣雲蔓。大奇之，曰：「久不至此，創建何時？」道士答：「峻工未久。」比入其室，陳設華麗，世家所無。二人肅然起敬。甫坐，行酒下食，皆二八狡童，錦衣朱履。酒饌芳美，備極豐渥。飯已，另有小進。珍果多不可名，貯以水晶玉石之器，光照几榻。酌以玻璃琖，圍尺許。道士曰：「喚石家姊妹來。」童去少時，二美人入，一細長，如弱柳；一身短，齒最稚；媚曼雙絕。道士即使歌以侑酒。少者拍板而歌，長者和以洞簫，其聲清細。既闋，道士懸爵促釂，又命遍酌。顧問：「美人久不舞，尚能之否？」遂有僮僕展氍毹於筵下，兩女對舞，長衣亂拂，香塵四散；舞罷，斜倚畫屏。二人心曠神飛，不覺醺醉。道士亦不顧客，舉杯飲盡，起謂客曰：「姑煩自酌，我稍憩，即復來。」即去。南屋壁下，設一螺鈿之牀，女子為施錦裀，扶道士臥。道士乃曳長者共寢，命少者立牀下為之爬搔。二人睹此狀，頗不平。徐乃大呼：「道士不得無禮。」往將撓之。道士急起而遁。見少女猶立牀下，乘醉拉向北榻，公然擁臥。視牀上美人，尚眠繡榻。顧韓曰：

「君何太迂？」韓乃逕登南榻，欲與狎褻，而美人睡去，撥之不轉。因抱與俱寢。天明，酒夢俱醒，覺懷中冷物冰人；視之，則抱長石臥青階下。急視徐，徐尚未醒；見其枕遺屙之石，酣寢敗廁中。蹵起，互相駭異。四顧，則一庭荒草，兩間破屋而已。

胡氏

直隸有巨家，欲延師。忽一秀才，踵門自薦。主人延。詞語開爽，遂相知悅。秀才自言胡氏。遂納贄館之。胡課業良勤，淹洽非下士等。然時出游，輒昏夜始歸；扃閉儼然，不聞款叩而已在室中矣。遂相驚以狐。然察胡意固不惡，優重之，不以怪異廢禮。

胡知主人有女，求為姻好，屢示意，主人偽不解。一日，胡假而去。次日，有客來謁，縶黑衛於門。主人逆而入。年五十餘，衣履鮮潔，意甚恬雅。既坐，自達，始知為胡氏作冰。主人默然，良久曰：「僕與胡先生，交已莫逆，何必婚姻？且息女已許字矣，煩代謝先生。」客曰：「確知令愛待聘，何拒之深？」再三言之，而主人不可。客有慚色，曰：「胡亦世族，何遽不如先生？」主人直告曰：「實無他意，但惡非其類耳。」客聞之怒；主人亦怒，相侵益亟。客起抓主人；主人命家人杖逐之，客乃遁。遺其驢，視之，毛黑色，批耳修尾，大物也。牽之不動；驅之則隨手而蹶，嚶嚶然草蟲耳。

主人以其言忿，知必相仇，戒備之。次日，果有狐兵大至：或騎或步，或戈或弩，馬嘶人沸，聲勢洶洶。主人不敢出。狐聲言火屋，主人益懼。有健者，率家人譟出，飛石施箭，兩相沖擊，互有夷傷。狐漸靡，紛紛引去。遺刀地上，亮如霜雪；近拾之，則高粱葉也。眾笑曰：「技只此耳。」然恐其復至，益備之。明日，眾方聚語，忽一巨人，自天而降：高丈餘，身橫數尺；揮大刀如門，逐人而殺。羣操矢石亂擊之，顛踣而斃，則芻靈耳。眾益易之。狐三日不復來，眾亦少懈。主人適登廁，俄見狐兵，張弓挾矢而至，亂射之；集矢於臀。大懼，急喊眾奔鬥，狐方去。拔矢視之，皆蒿梗。如此月餘，去來不常，雖不甚害，而日日戒嚴，主人患苦之。

一日，胡生率眾至。主人身出，胡望見，避於眾中。主人呼之，不得已，乃出。主人曰：「僕自謂無失禮於先生，何故興戎？」羣狐欲射，胡止之。主人近握其手，邀入故齋，置酒相款。從容曰：「先生達人，當相見諒。以我情好，寧不樂附婚姻？但先生車馬、宮室，多不與人同，弱女相從，即先生當知其不可。且諺云：『瓜果之生摘者，不適於口。』先生何取焉？」胡大慚。主人曰：「無傷，舊好故在。如不以塵濁見棄，在門牆之幼子，年十五矣，願得坦腹牀下。不知有相若者否？」胡喜曰：「僕有弱妹，少公子一歲，頗不陋劣。以奉箕帚，如何？」主人起拜，胡答拜。於是酬酢甚歡，前郤俱忘。命羅酒漿，遍犒從者，上下歡慰。乃詳問里居，將以奠雁。胡辭之。日暮繼燭，醺醉乃去。由是遂安。

年餘，胡不至。或疑其約妄，而主人堅待之。又半年，胡忽至。既道溫涼已，乃曰：「妹子長成矣。請卜良辰，遣事翁姑。」主人喜，即同定期而去。至夜，果有輿馬送新婦至。奩妝豐盛，設室中幾滿。新婦見姑嫜，溫麗異常。主人大喜。胡生與一弟來送女，談吐俱風雅，又善飲。天明乃去。新婦且能預知年歲豐凶，故謀生之計，皆取則焉。胡生兄弟，以及胡媼，時來望女，人人皆見之。

戲術

有桶戲者，桶可容升；無底，中空，亦如俗戲。戲人以二席置街上，持一升入桶中；旋出，即有白米滿升，傾注席上；又取又傾，頃刻兩席皆滿。然後一一量入，畢而舉之，猶空桶。奇在多也。

利津李見田，在顏鎮閒游陶場，欲市巨甕，與陶人爭直，不成而去。至夜，窯中未出者六十餘甕，啓視一空。陶人大驚，疑李，踵門求之。李謝不知。固哀之，乃曰：「我代汝出窰，一甕不損，在魁星樓下非與？」如言往視，果一一俱在。樓在鎮之南山，去場三里餘。傭工運之，三日乃盡。

丐僧

濟南一僧，不知何許人。赤足衣百衲，日於芙蓉、明湖諸館，誦經抄募。與以酒食、錢、粟，皆弗受；叩所需，又不答。終日未嘗見其餐飯。或勸之曰：「師既不茹葷酒，當募山村僻巷中，何日日往來於羶鬧之場？」僧合眸諷誦，睫毛長指許，若不聞。少選，又語之。僧遽張目厲聲曰：「要如此化！」又誦不已。久之，自出而去，或從其後，固詰其必如此之故，走不應。叩之數四，又厲聲曰：「非汝所知！老僧要如此化！」積數日，忽出南城，臥道側，如僵，三日不動。居民恐其餓死，貽累近郭，因集勸他徙。欲飯，飯之；欲錢，錢之。僧瞑然不應。羣搖而語之。僧怒，於衲中出短刀，自剖其腹；以手入內，理腸於道，而氣隨絕。眾駭，告郡，稾葬之。異日為犬所穴，席見。踏之似空；發視之，席封如故，猶空繭然。

伏狐

太史某，為狐所魅，病瘠。符禳既窮，乃乞假歸，冀可逃避。太史行，而狐從之。大懼，無所為謀。一日，止於涿門外，有鈴醫，自言能伏狐。太史延之入。投以藥，則房中術也。促令服訖，入與狐交，銳不可當。狐辟易，哀而求罷；不聽，進益勇。狐展轉營脫，苦不得去。移時無聲，視之，現狐形而斃矣。

昔余鄉某生者，素有嫪毒之目，自言生平未得一快意。夜宿孤館，四無鄰。忽有奔女，扉未啓而已入；心知其狐，亦忻然樂就狎之。衿襦甫解，貫革直入。狐驚痛，啼聲吱然，如鷹脫韝，穿窗而出。某猶望窗外作狎暱聲，哀喚之，冀其復回，而已寂然矣。此真討狐之猛將也！宜榜門驅狐，可以為業。

蟄　龍

於陵曲銀臺公，讀書樓上。值陰雨晦暝，見一小物，有光如螢，蠕蠕而行，過處，則黑如蚰迹，漸盤卷上，卷亦焦。意為龍，乃捧卷送之。至門外，持立良久，蠖曲不少動。公曰：「將無謂我不恭？」執卷返，仍置案上，冠帶長揖送之。方至簷下，但見昂首乍伸，離卷橫飛，其聲嗤然，光一道如縷。數步外，回首向公，則頭大於甕，身數十圍矣。又一折反，霹靂震驚，騰霄而去。回視所行處，蓋曲曲自書笥中出焉。

蘇仙

高公明圖知郴州時，有民女蘇氏，浣衣於河。河中有巨石，女踞其上。有苔一縷，綠滑可愛，浮水漾動，繞石三匝。女視之心動。既歸而娠，腹漸大。母私詰之，女以情告。母不能解。數月，竟舉一子。欲寘隘巷，女不忍也，藏諸櫝而養之。遂矢志不嫁，以明其不二也。然不夫而孕，終以為羞。

兒至七歲，未嘗出以見人。兒忽謂母曰：「兒漸長，幽禁何可長也?去之，不為母累。」問所之。曰：「我非人種，行將騰霄昂壑耳。」女泣詢歸期。答曰：「待母屬纊，兒始來。去後，倘有所需，可啓藏兒櫝索之，必能如願。」言已，拜母竟去。出而望之，已杳矣。女告母，母大奇之。女堅守舊志，與母相依，而家益落。偶缺晨炊，仰屋無計。忽憶兒言，往啓櫝，果得米，賴以舉火。由是有求輒應。逾三年，母病卒；一切葬具，皆取給於櫝。

既葬，女獨居三十年，未嘗窺戶。一日，鄰婦乞火者，見其兀坐空閨，語移時始去。居無何，忽見彩雲繞女舍，亭亭如蓋，中有一人盛服立，審視，則蘇女也。迴翔久之，漸高不見。鄰人共疑之。窺諸其室，見女靚妝凝坐，氣則已絕。眾以其無歸，議為殯殮。忽一少年入，丰姿俊偉，向眾申謝。鄰人向亦竊知女有子，故不之疑。少年出金葬母，植二桃於墓，乃別而去。數步之外，足下生雲，不可復見。後桃結實甘芳，居人謂之「蘇仙桃樹」，年年華茂，更不衰朽。官是地者，每攜實以饋親友。

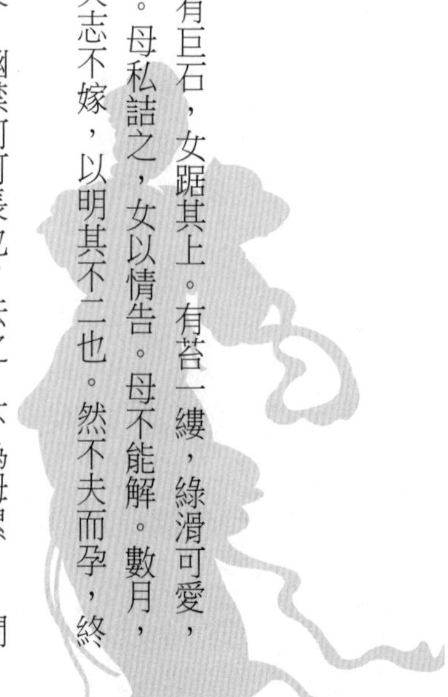

李伯言

李生伯言，沂水人。抗直有肝膽。忽暴病，家人進藥，卻之曰：「吾病非藥餌可療。陰司閻羅缺，欲吾暫攝其篆耳。死勿埋我，宜待之。」是日果死。

騶從導去，入一宮殿，進冕服；隸胥祗候甚肅。案上簿書叢沓。一宗，江南某，稽生平所私良家女八十二人。鞫之，佐證不誣。按冥律，宜炮烙。堂下有銅柱，高八九尺，圍可一抱；空其中而熾炭焉，表裏通赤。羣鬼以鐵蒺藜撻驅使登，手移足盤而上。甫至頂，則煙氣飛騰，崩然一響如爆竹，人乃墮；團伏移時，始復蘇。又撻之，爆墮如前。三墮，則匝地如煙而散，不復能成形矣。

又一起，為同邑王某，被婢父訟盜占生女。王即生姻家。先是一人賣婢，王知其所來非道，而利其直廉，遂購之。至是王暴卒。越日，其友周生遇於途，知為鬼，奔避齋中。王亦從入。周懼而祝，問所欲為。王曰：「煩作見證於冥司耳。」驚問：「何事？」曰：「余婢實價購之，今被誤控。此事君親見之，惟借季路一言，無他說也。」周固拒之。王出曰：「恐不由君耳。」未幾，周果死，同赴閻羅質審。李見王，隱存左袒意。忽見殿上火生，燄燒梁棟。李大駭，側足立。吏急進曰：「陰曹不與人世等，一念之私不可容。急消他念，則火自熄。」李斂神寂慮，火頓滅。已而鞫狀，王與婢父反復相苦。問周，周以實對。王以故犯論笞。笞訖，遣人俱送回生。周與王皆三日而蘇。

李視事畢，輿馬而返。中途見闕頭斷足者數百輩，伏地哀鳴。停車研詰，則異鄉之鬼，思踐故土，恐關隘阻隔，乞求路引。李曰：「余攝任三日，已解任矣，何能為力？」眾曰：「南村胡生，將建道場，代囑可致。」李諾之。至家，騶從都去，李乃蘇。

胡生字水心，與李善，聞李再生，便詣探省。李遽問：「清醮何時？」胡訝曰：「兵燹之後，妻孥瓦全，向與室人作此願心，未向一人道也，何知之？」李具以告。胡歎曰：「閨房一語，遂播幽冥，可懼哉！」乃敬諾而去。次日，如王所，王猶憊臥。見李，肅然起敬，申謝佑庇。李曰：「法律不能寬假。今幸無恙乎？」王云：「已無他症，但笞瘡膿潰耳。」又二十餘日始痊；臀肉腐落，瘢痕如杖者。

異史氏曰：「陰司之刑，慘於陽世；責亦苛於陽世。然關說不行，則受殘酷者不怨也。誰謂夜臺無天日哉？第恨無火燒臨民之堂廨耳！」

黃九郎

何師參，字子蕭，齋於苕溪之東，門臨曠野。薄暮偶出，見婦人跨驢來，少年從其後。婦約五十許，意致清越。轉視少年，年可十五六，丰采過於姝麗。何生素有斷袖之癖，睹之，神出於舍；翹足目送，影滅方歸。

次日，早伺之。落日冥濛，少年始過。生曲意承迎，笑問所來。答以「外祖家」。生請過齋少憩，辭以不暇；固曳之，乃入。略坐興辭，堅不可挽。生挽手送之，殷囑便道相過。少年唯唯而去。生由是凝思如渴，往來眺注，足無停趾。一日，日啣半規，少年歘至。大喜，要入，命館童行酒。問其姓字，答曰：「黃姓，第九。童子無字。」問：「過往何頻？」曰：「家慈在外祖家，常多病，故數省之。」酒數行，欲辭去。生捉臂遮留，下管鑰。九郎無如何，赬顏復坐。挑燈共語，溫若處子；而詞涉游戲，便含羞，面向壁。未幾，引與同衾。九郎不許，堅以睡惡為辭。強之再三，乃解上下衣。著袴臥牀上。生滅燭；少時，移與同枕，曲肘加髀而狎抱之，苦求私暱。九郎怒曰：「以君風雅士，故與流連；乃此之為，是禽處而獸愛之也！」未幾，晨星熒熒，九郎逕去。

生恐其遂絕，復伺之，蹀躞凝盼，目穿北斗。過數日，九郎始至，喜逆謝過；強曳入齋，促坐笑語，竊幸其不念舊惡。無何，解屨登牀，又撫哀之。九郎曰：「纏綿之意，已鏤肺膈，然親愛何必在此？」生甘言糾纏，但求一親玉肌。九郎從之。生俟其睡寐，潛就輕薄。九郎醒，攬衣遽起，乘夜遁去。生邑邑若有所失，忘啜廢枕，日漸委悴。惟日使齋童邏偵焉。一日，九郎過門，即欲逕去。童牽衣入之。見生清癯，大駭，慰問。生實告以情，淚涔涔隨聲零落。九郎細語曰：「區區之意，實以相愛無益於弟，而有害於兄，故不為也。君既樂之，僕何惜焉？」生大悅。九郎去後，病頓減，數日平復。九郎果至，遂相繾綣。曰：「今勉承君意，幸勿以此為常。」既而曰：「欲有所求，肯為力乎？」問之，答曰：「母患心痛，惟太醫齊野王先天丹可療。君與善，當能求之。」生諾之。臨去又囑。生入城求藥，及暮付之。九郎喜，上手稱謝。又強與合。九郎曰：「勿相糾纏；請為君圖一佳人，勝弟萬萬矣。」生問誰何。九郎曰：「有表妹，美無倫。倘能垂意，當執柯斧。」生微笑不答。九郎懷藥便去。

三日乃來，復求藥。生恨其遲，詞多誚讓。九郎曰：「本不忍禍君，故疏之；既不蒙見諒，請勿悔焉。」由是燕會無虛夕。凡三日必一乞藥，齊怪其頻，曰：「此藥未有過三服者，胡久不瘥？」因裹三劑並授之。又顧生曰：「君神色黯然，病乎？」曰：「無。」脈之，驚曰：「君有鬼脈，病在少陰，不自慎者殆矣！」歸語九郎。九郎歎曰：「良醫也！我實狐，久恐不為君福。」生疑其誑，藏其藥，不以盡予，慮其弗至也。居無何，果病。延齊診視，曰：「曩不實言，今魂氣已游墟莽，秦緩何能為力？」九郎日來省侍，曰：「不聽吾言，果至於此！」生尋卒。九郎痛哭而去。

先是，邑有某太史，少與生共筆硯；十七歲擢翰林。時秦藩貪暴，而賂通朝士，無有言者。公抗疏劾其惡，以越俎免。藩陞是省中丞，日伺公隙。公少有英稱，曾邀叛王青盼，因購得舊所往來札，脅公。公懼，自經。夫人亦投繯死。公越宿忽醒曰：「我何子蕭也。」詰之，所言皆何家事，方悟其借軀返魂。留之不可，出奔舊舍。撫疑其詐，必欲排陷之，使人索千金於公。公偽諾而憂悶欲絕。

忽通九郎至，喜共話言，悲歡交集。既欲復狎。九郎曰：「君有三命耶？」公曰：「余悔生勞，不如死逸。」因訴冤苦。九郎悠憂以思。少間曰：「幸復生聚。君曠無偶，前言表妹，慧麗多謀，必能分憂。」公欲一見顏色。曰：「不難。明日將取伴老母，此道所經。君偽為弟也兄者，我假渴而求飲焉。君曰『驢子亡』，則諾也。」計已而別。明日亭午，九郎果從女郎經門外過。公拱手絮絮與語。略睨女郎，娥眉秀曼，誠仙人也。九郎索茶，公請入飲。九郎曰：「三妹勿訝，此兄盟好，不妨少休止。」扶之而下，繫驢於門而入。公自起瀹茗。因目九郎曰：「君前言不足以盡。今得死所矣！」女似悟其言之為己者，離榻起立，嚶喔而言曰：「去休！」公外顧曰：「驢子其亡！」九郎火急馳出。公擁女求合。女顏色紫變，窘若囚拘。大呼九兄，不應。曰：「君自有婦，何喪人廉恥也？」公自陳無室。女曰：「能矢山河，勿令秋扇見捐，則惟命是聽。」公乃誓以皦日。女不復拒。事已，九郎至。女色然怒讓之。九郎曰：「此何子蕭，昔之名士，今之太史。與兄最善，其人可依。即聞諸妗氏，當不相見罪。」日向晚，公邀遮不聽去。女恐姑母駭怪。九郎銳身自任，跨驢逕去。居數日，有婦攜婢過，年四十許，神情意致，雅似三娘。公呼女出窺，果母也。瞥睹女，怪問：「何得在此？」女慚不能對。公邀入，拜而告之。母笑曰：「九郎雅氣，胡再不謀？」女自入廚下，設食供母，食已乃去。公得麗偶，頗快心期；而惡緒縈懷，恆蹙蹙有憂色。女問之，公緬述顛末。女笑曰：「此九兄一人可得解，君何憂？」公詰其故。女曰：「聞撫公溺聲歌而比頑童，此皆九兄所長也。投所好而獻之，怨可消，仇亦可復。」公慮九郎不肯。女曰：「但請哀之。」越日，公見九郎來，肘行而逆之。九郎驚曰：「兩世之交，但可自效，頂踵所不敢惜。何忽作此態向人？」公具以謀告。九郎有難色。女曰：「妾失身於郎，誰實為之？脫令中途彫喪，焉置妾也？」九郎不得已，諾之。

公陰與謀，馳書與所善之王太史，而致九郎焉。王會其意，大設，招撫公飲。命九郎飾女郎，作天魔舞，宛然美女。撫惑之，亟請於王，欲以重金購九郎，惟恐不得當。王故沈思以難之。遲之又久，始將公命以進。撫喜，前隙頓釋。自得九郎，動息不相離；侍妾十餘，視同塵土。九郎飲食供具如王者；賜金萬計。半年，撫公病。九郎知其去冥路近也，遂輦金帛，假歸公家。既而撫公薨。九郎出資，起屋置器，畜婢僕，母子及妗並家焉。九郎出，輿馬甚都，人不知其狐也。余有「笑判」，並志之：

男女居室，為夫婦之大倫；燥溼互通，乃陰陽之正竅。迎風待月，尚有蕩檢之譏；斷袖分桃，難免掩鼻之醜。人必力士，鳥道乃敢生開；洞非桃源，漁篙寧許誤入？今某從下流而忘返，舍正路而不由。雲雨未興，輒爾上下其手；陰陽反背，居然表裏為奸。華洩置無用之鄉，謬說老僧入定；蠻洞乃不毛之地，遂使眇帥稱戈。繫赤兔於轅門，如將射戟；探大弓於國庫，直欲斬關。或是監內黃鱣，訪知交於昨夜；分明王家朱李，索鑽報於來生。彼黑松林戎馬頓來，固相安矣；設黃龍府潮水忽至，何以禦之？宜斷其鑽刺之根，兼塞其送迎之路。

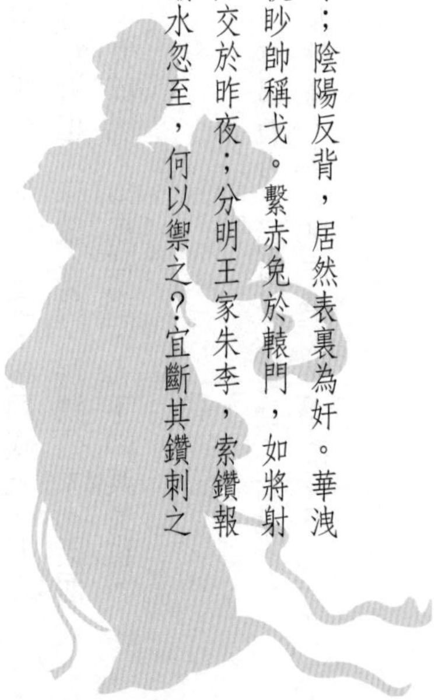

金陵女子

沂水居民趙某，以故自城中歸，見女子白衣哭路側，甚哀。睨之，美。悅之，凝注不去。女垂涕曰：「夫夫也，路不行而顧我！」趙曰：「我以曠野無人，而子哭之慟，實愴於心。」女曰：「夫死無路，是以哀耳。」趙勸其復擇良匹。曰：「渺此一身，其何能擇？如得所託，媵之可也。」趙忻然自薦，女從之。趙以去家遠，將覓代步。女曰：「無庸。」乃先行，飄若仙奔。至家，操井臼甚勤。

積二年餘，謂趙曰：「感君戀戀，猥相從，忽已三年，今宜且去。」趙曰：「曩言無家，今焉往？」曰：「彼時漫為是言耳，何得無家？身父貨藥金陵。倘欲再晤，可載藥往，可助資斧。」趙經營，為貰輿馬。女辭之，出門逕去；追之不及，瞬息遂杳。

居久之，頗涉懷想，因市藥詣金陵。寄貨旅邸，訪諸衢市。忽藥肆一翁望見，曰：「婿至矣。」延之入。女方浣裳庭中，見之不言亦不笑，浣不輟。趙啣恨遽出。翁又曳之返。女不顧如初。翁命治具作飯，謀厚贈之。女止之曰：「渠福薄，多將不任；宜少慰其苦辛，再檢十數醫方與之，便吃著不盡矣。」翁問所載藥，女云：「已售之矣，直在此。」翁乃出方付金，送趙歸。試其方，有奇驗。沂水尚有能知其方者。以蒜臼接茅簷雨水，洗瘊贅，其方之一也，良效。

湯公

湯公名聘，辛丑進士。抱病彌留。忽覺下部熱氣，漸升而上：至股則足死；至腹則股又死；至心，心之死最難。凡自童稚以及瑣屑久忘之事，都隨心血來，一潮過。如一善，則心中清淨寧帖；一惡，則懊憹煩燥，似油沸鼎中，其難堪之狀，口不能肖似之。猶憶七八歲時，曾探雀雛而斃之，只此一事，心頭熱血潮湧，食頃方過。直待平生所為，一一潮盡，乃覺熱氣縷縷然，穿喉入腦，自頂顛出，騰上如炊，踰數十刻期，魂乃離竅，忘軀殼矣。

而渺渺無歸，漂泊郊路間。一巨人來，高幾盈尋，掇拾之，納諸袖中。入袖，則疊肩壓股，其人甚夥，薅腦悶氣，殆不可過。公頓思惟佛能解厄，因宣佛號，才三四聲，飄墮袖外。巨人復納之。三納三墮，巨人乃去之。

公獨立徬徨，未知何往之善。憶佛在西土，乃遂西。無何，見路側一僧趺坐，趨拜問途。僧曰：「凡士子生死錄，文昌及孔聖司之，必兩處銷名，乃可他適。」公問其居，僧示以途，奔赴。無幾，至聖廟，見宣聖南面坐，拜禱如前。宣聖言：「名籍之落，仍得帝君。」因指以路。公又趨之。見一殿閣，如王者居。俯身入，果有神人，如世所傳帝君像。伏祝之。帝君檢名曰：「汝心誠正，宜復有生理。但皮囊腐矣，非菩薩莫能為力。」因指示令急往。公從其教。俄見茂林修竹，殿宇華好。入，見螺髻莊嚴，金容滿月；瓶浸楊柳，翠碧垂煙。公肅然稽首，拜述帝君言。菩薩難之。公哀禱不已。旁有尊者白言：「菩薩施大法力，撮土可以為肉，折柳可以為骨。」菩薩即如所請，手斷柳枝，傾瓶中水，合淨土為泥，拍附公體。使童子攜送靈所，推而合之。棺中呻動，家人駭集。扶而出之，霍然病已。計氣絕已斷七矣。

閻羅

萊蕪秀才李中之，性直諒不阿。每數日，輒死去，僵然如尸，三四日始醒。或問所見，則隱祕不洩。時邑有張生者，亦數日一死。語人曰：「李中之，閻羅也。余至陰司，亦其屬曹。」其門殿對聯，俱能述之。或問：「李昨赴陰司何事？」張曰：「不能具述。惟提勘曹操，笞二十。」

異史氏曰：「阿瞞一案，想更數十閻羅矣。畜道、劍山，種種具在，宜得何罪，不勞挹取；乃數千年不決，何也？豈以臨刑之囚，快於速割，故使之求死不得也？異已！」

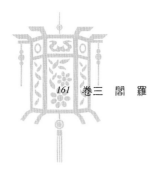

連瑣

楊于畏，移居泗水之濱。齋臨曠野，牆外多古墓，夜聞白楊蕭蕭，聲如濤湧。夜闌秉燭，方復悽斷。忽牆外有人吟曰：「玄夜淒風卻倒吹，流螢惹草復沾幃。」反復吟誦，其聲哀楚。聽之，細婉似女子。疑之。明日，視牆外，並無人迹。惟有紫帶一條，遺荊棘中；拾歸置諸窗上。向夜二更許，又吟如昨。楊移杌登望，吟頓輟。悟其為鬼，然心向慕之。

次夜，伏伺牆頭。一更向盡，有女子珊珊自草中出，手扶小樹，低首哀吟。楊微嗽，女忽入荒草而沒。楊由是伺諸牆下，聽其吟畢，乃隔壁而續之曰：「幽情苦緒何人見？翠袖單寒月上時。」久之，寂然。楊乃入室。方坐，忽見麗者自外來，斂衽曰：「君子固風雅士，妾乃多所畏避。」楊喜，拉坐。瘦怯凝寒，若不勝衣，問：「何居里，久寄此間？」答曰：「妾隴西人，隨父流寓。十七暴疾殂謝，今二十餘年矣。九泉荒野，孤寂如鶩。所吟，乃妾自作，以寄幽恨者。思久不屬；蒙君代續，歡生泉壤。」楊欲與歡。蹙然曰：「夜臺朽骨，不比生人，如有幽歡，促人壽數。妾不忍禍君子也。」楊乃止。戲以手探胸，則雞頭之肉，依然處子。又欲視其裙下雙鉤。女俯首笑曰：「狂生太囉唣矣！」楊把玩之，則見月色錦襪，約綵綫一縷。更視其一，則紫帶繫之。問：「何不俱帶？」曰：「昨宵畏君而避，不知遺落何所。」楊曰：「為卿易之。」遂即窗上取以授女。女驚問何來，因以實告。乃去綫束帶。既翻案上書，忽見連昌宮詞。慨然曰：「妾生時最愛讀此。今視之，殆如夢寐！」與談詩文，慧黠可愛。翦燭西窗，如得良友。自此每夜但聞微吟，少頃即至。輒囑曰：「君祕勿宣。妾少膽怯，恐有惡客見侵。」楊諾之。兩人歡同魚水，雖不至亂，而閨閣之中，誠有甚於畫眉者。女每於燈下為楊寫書，字態端媚。又自選宮詞百首，錄誦之。使楊治棋枰，購琵琶。每夜教楊手談。不則挑弄絃索，作「蕉窗零雨」之曲，酸人胸臆；楊不忍卒聽，則為「曉苑鶯聲」之調，頓覺心懷暢適。挑燈作劇，樂輒忘曉，視窗上有曙色。則張惶遁去。

一日，薛生造訪，值楊晝寢。視其室，琵琶、棋局具在，知非所善。又翻書得宮詞，見字迹端好，益疑之。楊醒，薛問：「戲具何來？」答：「欲學之。」又問詩卷，託以假諸友人。薛反覆檢玩，見最後一葉細字一行云：「某月日連瑣書。」笑曰：「此是女郎小字。何相欺之甚？」楊大窘，不能置詞。薛詰之益苦，楊不以告。薛卷挾，楊益窘，遂告之。薛求一見。楊因述所囑。薛仰慕殷切；楊不得已，諾之。夜分，女至，為致意焉。女怒曰：「所言伊何？乃已喋喋向人！」楊以實情自白。女曰：「與君緣盡矣！」楊百詞慰解，終不歡，起而別去，曰：「妾暫避之。」明日，薛來，楊代致其不可。薛疑支託，暮與窗友二人來，淹留不去，故撓之，恆終夜譁，大為楊生白眼，而無如何。眾見數夜杳然，寖有去志，喧囂漸息。忽聞吟聲，共聽之，悽婉欲絕。薛方傾耳神注，內一武生王某，掇巨石投之，大呼曰：「作態不見客，甚得好句，嗚嗚惻惻，使人悶損！」吟頓止。眾甚怨之。楊恚憤見於詞色。次日，始共引去。楊獨宿空齋，冀女復來，而殊無影迹。逾二日，女忽至。泣曰：「君致惡賓，幾嚇煞妾！」楊謝過不遑。女遽出曰：「妾固謂緣分盡也，從此別矣。」挽之已渺。由是月餘，更不復至。楊思之，形銷骨立，莫可追挽。一夕，方獨酌，忽女子搴幃入。楊喜極曰：「卿見宥耶？」女涕垂膺，默不一言。亟問之，欲言復忍，曰：「負氣去，又急而求人，難免愧恧。」楊再三研詰，乃曰：「不知何處來一齷齪隸，逼充媵妾。顧念清白裔，豈屈身輿臺之鬼？然一綫弱質，烏能抗拒？君如齒妾在琴瑟之數，必不聽自為生活。」楊大怒，憤將致死；但慮人鬼殊途，不能為力。女曰：「來夜早眠，妾邀君夢中耳。」於是復共傾談，坐以達曙。

女臨去，囑勿晝眠，留待夜約。楊諾之。因於午後薄飲，乘醺登榻，蒙衣偃臥。忽見女來，授以佩刀，引手去。至一院宇，方闔門語，聞有人掿石撾門。女驚曰：「仇人至矣！」楊啓戶驟出，見一人赤帽青衣，蝟毛繞喙。怒咄之。隸橫目相仇，言詞凶謾。楊大怒，奔之。隸捉石以投，驟如急雨，中楊腕，不能握刃，方危急所，遙見一人，腰矢野射。審視之，王生也。大號乞救。

王生張弓急至，射之中股；再射之，殪。楊喜感謝。王問故，具告之。王自喜前罪可贖，遂與共入女室。女戰惕羞縮，遙立不作一語。案上有小刀，長僅尺餘，而裝以金玉；出諸匣，光芒鑑影。王歎贊不釋手。與楊略話，見女慚懼可憐，乃出，分手去。楊亦自歸，越牆而仆，於是驚寤，聽村雞已亂鳴矣。覺腕中痛甚；曉而視之，則皮肉赤腫。亭午，王生來，便言夜夢之奇。楊曰：「未夢射否？」王怪其先知。楊出手示之，且告以故。王憶夢中顏色，恨不真見。自幸有功於女，復請先容。夜間，女來稱謝。楊歸功王生，遂達誠懇。女曰：「將伯之助，義不敢忘，然彼赳赳，妾實畏之。」既而曰：「彼愛妾佩刀。刀實妾父出使粵中，百金購之。妾愛而有之，纏以金絲，瓣以明珠。大人憐妾夭亡，用以殉葬。今願割愛相贈，見刀如見妾也。」次日，楊致此意。王大悅。至夜，女果攜刀來，曰：「囑伊珍重，此非中華物也。」由是往來如初。

積數月，忽於燈下，笑而向楊，似有所語，面紅而止者三。生抱問之，答曰：「久蒙眷愛，妾受生人氣，日食煙火，白骨頓有生意。但須生人精血，可以復活。」楊笑曰：「卿自不肯，豈我故惜之？」女云：「交接後，君必有念餘日大病，然藥之可癒。」遂與為歡。既而著衣起，又曰：「尚須生血一點，能拚痛以相愛乎？」楊取利刃刺臂出血；女臥榻上，便滴臍中。乃起曰：「妾不來矣。君記取百日之期，視妾墳前，有青鳥鳴於樹頭，即速發冢。」楊謹受教。出門又囑曰：「慎記勿忘，遲速皆不可！」乃去。

越十餘日，楊果病，腹脹欲死。醫師投藥，下惡物如泥，浹辰而癒。計至百日，使家人荷鍤以待。日既夕，果見青鳥雙鳴。楊喜曰：「可矣。」乃斬荊發壙，見棺木已朽，而女貌如生。摩之微溫。蒙衣舁歸，置暖處，氣咻咻然，細於屬絲。漸進湯酏，半夜而蘇。每謂楊曰：「二十餘年如一夢耳。」

單道士

韓公子，邑世家。有單道士，工作劇，公子愛其術，以為座上客。單與人行坐，輒忽不見。公子欲傳其法，單不肯。公子固懇之。單曰：「我非吝吾術，恐壞吾道也。所傳而君子則可；不然，有借此以行竊者矣。公子固無慮此，然或出見美麗而悅，隱身入人閨闥，是濟惡而宣淫也。不敢從命。」公子不能強，而心怒之，陰與僕輩謀撻辱之。恐其遁匿，因以細灰布麥場上；思左道能隱形，而履處必有印迹，可隨印處急擊之。於是誘單往，使人執牛鞭立撻之。單忽不見，灰上果有履迹，左右亂擊，頃刻已迷。

公子歸，單亦至。謂諸僕曰：「吾不可復居矣！向勞服役，今且別，當有以報。」袖中出旨酒一盛，又探得肴一簋，並陳几上。陳已，復探；凡十餘探，案上已滿。遂邀眾飲，俱醉。一一仍內袖中。韓聞其異，使復作劇。單於壁上畫一城，以手推撾，城門頓闢。因將囊衣篋物，悉擲門內，乃拱別曰：「我去矣。」躍身入城，城門遂合，道士頓杳。

後聞在青州市上，教兒童畫墨圈於掌，逢人戲抛之，隨所抛處，或面或衣，圈輒脫去，落印其上。又聞其善房中術，能令下部吸燒酒，盡一器。公子嘗面試之。

白于玉

吳青庵，筠，少知名。葛太史見其文，每嘉歎之。託相善者邀至其家，領其言論丰采。曰：「焉有才如吳生，而長貧賤者乎？」因俾鄰好致之曰：「使青庵奮志雲霄，當以息女奉巾櫛。」時太史有女絕美。生聞大喜，確自信。既而秋闈被黜，使人謂太史：「富貴所固有，不可知者遲早耳。請待我三年不成而後嫁。」於是刻志益苦。

一夜，月明之下，有秀才造謁，白晳短鬚，細腰長爪。詰所來，自言：「白氏，字于玉。」略與傾談，豁人心胸。悅之，留同止宿。遲明欲去，生囑便道頻過。白感其情殷，願即假館，約期而別。至日，先一蒼頭送炊具來。少間，白至，乘駿馬如龍。生另舍舍之。白命奴牽馬去。

遂共晨夕，忻然相得。生視所讀書，並非常所見聞，亦絕無時藝。訝而問之。白笑曰：「士各有志，僕非功名中人也。」夜每招生飲，出一卷授生，皆吐納之術，多所不解，因以迂緩置之。他日謂生曰：「曩所授，乃『黃庭』之要道，仙人之梯航。」生笑曰：「僕所急不在此。且求仙者必斷絕情緣，使萬念俱寂，僕病未能也。」白問：「何故？」生以宗嗣為慮。白曰：「胡久不娶？」笑曰：「『寡人有疾，寡人好色。』」白亦笑曰：「『王請無好小色。』所好何如？」生具以情告。白疑未必真美。生曰：「此遐邇所共聞，非小生之目賤也。」白微哂而罷。

次日，忽促裝言別。生悽然與語，刺刺不能休。白乃命童子先負裝行。兩相依戀。俄見一青蟬鳴落案間，白辭曰：「輿已駕矣，請自此別。如相憶，拂我榻而臥之。」方欲再問，轉瞬間，白小如指，翩然跨蟬背上，嘲哳而飛，杳入雲中。生乃知其非常人，錯愕良久，悵悵自失。

踰數日，細雨忽集，思白綦切。視所臥榻，鼠迹碎瑣；慨然掃除，設席即寢。無何，見白家童來相招，忻然從之。俄有桐鳳翔集，童捉謂生曰：「黑逕難行，可乘此代步。」生慮細小不能勝任，童曰：「試乘之。」生如所請，寬然殊有餘地，童亦附其尾上；戛然一聲，凌升空際。未幾，見一朱門。童先下，扶生亦下。問：「此何所？」曰：「此天門也。」門邊有巨虎蹲伏。生駭俱，童一身障之。見處處風景，與世殊異。童導入廣寒宮，內以水晶為階，行人如在鏡中。桂樹兩章，參空合抱；花氣隨風，香無斷際。亭宇皆紅窗，時有美人出入，冶容秀骨，曠世並無其儔。童言：「王母宮佳麗尤勝。」然恐主人伺久，不暇留連，導與趨出。移時，見白生候於門。握手入，見簷外清水白沙，涓涓流溢；玉砌雕闌，殆疑桂闕。甫坐，即有二八妖鬟，來薦香茗。少間，命酌。有四麗人，斂衽鳴璫，給事左右。才覺背上微癢，麗人即纖指長甲，探衣代搔。生覺心神搖曳，罔所安頓。既而微醺，漸不自持，笑顧麗人，兜搭與語。美人輒笑避。白令度曲侑觴。一衣絳綃者，引爵向客，便即筵前，宛轉清歌。諸麗者笙管敖曹，嗚嗚雜和。既闋，一衣翠裳者，亦酌亦歌。尚有一紫衣人，與一淡白軟綃者，吃吃笑，暗中互讓不肯前。白令一酌一唱。紫衣人便來把琖。生託接杯，戲撓纖腕。女笑失手，酒杯傾墮。白譙訶之。女拾杯含笑，俛首細語云：「冷如鬼手馨，強來捉人臂。」白大笑，罰令自歌且舞。舞已，衣淡白者又飛一觥，生辭不能釂。女捧酒有愧色，乃強飲之。

細視四女，風致翩翩，無一非絕世者。遽謂主人曰：「人間尤物，僕求一而難之；君集羣芳，能令我真個銷魂否？」白笑曰：「足下意中自有佳人，此何足當巨眼之顧？」生曰：「吾今乃知所見之不廣也。」白乃盡招諸女，俾自擇。生顛倒不能自決。白以紫衣人有把臂之好，遂使襆被奉客。既而衾枕之愛，極盡綢繆。生索贈，女脫金腕釧付之。忽童入曰：「仙凡路殊，君宜即去。」女急起遁去。生問主人，童曰：「早詣待漏，去時囑送客耳。」生悵然從之，復尋舊途。將及門，回視童子，不知何時已去。虎哮驟起，生驚竄而去。望之無底，而足已奔墮。

一驚而寤，則朝暾已紅。方將振衣，有物膩然墮褥間，視之，釧也。心益異之。由是前念灰冷，每欲尋赤松游，而尚以胤續為憂。過十餘月，晝寢方酣，夢紫衣姬自外至，懷中繃嬰兒曰：「此君骨肉。天上難留此物，敬持送君。」乃寢諸牀，牽衣覆之，匆匆欲去。生強與為歡，乃曰：「前一度為合巹，今一度為永訣，百年夫婦，盡於此矣。君倘有志，或有見期。」生醒，見嬰兒臥襆褥間，繃以告母。母喜，傭媼哺之，取名夢仙。

生於是使人告太史，身已將隱，令別擇良匹。太史不肯。生固以為辭。太史告女。女曰：「遠近無不知兒身許吳郎矣，今改之，是二天也。」因以此意告生。生曰：「我不但無志於功名，兼絕情於燕好。所以不即入山者，徒以有老母在。」太史又以商女。女曰：「吳郎貧，我甘其藜藿；吳郎去，我事其姑嫜：定不他適！」使人三四返，迄無成謀，遂諏日備車馬妝奩，嬪於生家。生感其賢，敬愛臻至。女事姑孝，曲意承順，過貧家女。踰二年，母亡，女質奩作具，罔不盡禮。

生曰：「得卿如此，吾何憂！顧念一人得道，拔宅飛昇。余將遠逝，一切付之於卿。」女坦然，殊不挽留。生遂去。女外理生計，內訓孤兒，井井有法。夢仙漸長，聰慧絕倫。十四歲，以神童領鄉薦；十五入翰林。每褒封，不知母姓氏，封葛母一人而已。值霜露之辰，輒問父所，母具告之。遂欲棄官往尋。母曰：「汝父出家，今已十有餘年，想已仙去，何處可尋？」

後奉旨祭南岳，中途遇寇。窘急中，一道人仗劍入，寇盡披靡，圍始解。德之，饋以金，不受。出書一函，付囑曰：「余有故人，與大人同里，煩一致寒暄。」問：「何姓名？」答曰：「王林。」因憶村中無此名，道士曰：「草野微賤，貴官自不識耳。」臨行，出一金釧曰：「此閨閣物，道人拾此，無所用處，即以奉報。」視之，嵌鏤精絕。

懷歸以授夫人。夫人愛之，命良工依式配造，終不及其精巧。遍問村中，並無王林其人者。私發其函，上云：「三年鸞鳳，分拆各天；葬母教子，端賴卿賢。無以報德，奉藥一丸；剖而食之，可以成仙。」後書「琳娘夫人妝次」。讀畢，不解何人，持以告母。母執書以泣。曰：「此汝父家報也。琳，我小字。」始恍然悟「王林」為拆白謎也。悔恨不已。又以釧示母。母曰：「此汝母遺物。而翁在家時，嘗以相示。」又視丸，如豆大。喜曰：「我父仙人，啖此必能長生。」母不遽吞，受而藏之。

會葛太史來視甥，女誦吳生書，便進丹藥為壽。太史剖而分食之。頃刻，精神煥發。太史時年七旬，龍鍾頗甚；忽覺筋力溢於膚革，遂棄輿而步，其行健速，家人坌息始能及焉。踰年，都城有回祿之災，火終日不熄。夜不敢寐，畢集庭中。見火勢拉雜，寖及鄰舍。一家徊徨，不知所計。忽夫人臂上金釧，戛然有聲，脫臂飛去。望之，大可數畝；團覆宅上，形如月闌；釧口降東南隅，歷歷可見。眾大愕。俄頃，火自西來，近闌則斜越而東。迨火勢既遠，竊意釧亡不可復得；忽見紅光乍斂，釧錚然墮足下。都中延燒民舍數萬間，左右前後，並為灰燼，獨吳第無恙，惟東南一小閣，化為烏有，即釧口漏覆處也。葛母年五十餘，或見之，猶似二十許人。

夜叉國

交州徐姓，泛海為賈。忽被大風吹去。開眼至一處，深山蒼莽。冀有居人，遂纜船而登，負糗腊焉。方入，見兩崖皆洞口，密如蜂房；內隱有人聲。至洞外，佇足一窺，中有夜叉二，牙森列戟，目閃雙燈，爪劈生鹿而食。驚散魂魄，急欲奔下；則夜叉已顧見之，輟食執入。二物相語，如鳥獸鳴，爭裂徐衣，似欲啗噉。徐大懼，取橐中糗糒，並牛脯進之。分啗甚美。復翻徐橐。徐搖手以示其無。夜叉怒，又執之。徐哀之曰：「釋我。我舟中有釜甑可烹飪。」夜叉不解其語，仍怒。徐再與手語，夜叉似微解。從至舟，取具入洞，束薪燃火，煮其殘鹿，熟而獻之。二物啗之喜。夜以巨石杜門，似恐徐遁。徐曲體遙臥，深懼不免。天明，二物出，又杜之。少頃，攜一鹿來付徐。徐剝革，於深洞處流水，汲煮數釜。俄有數夜叉至，羣集吞啗訖，共指釜，似嫌其小。過三四日，一夜叉負一大釜來，似人所常用者。於是羣夜叉各致狼麋。既熟，呼徐同啗。居數日，夜叉漸與徐熟，出亦不施禁錮，聚處如家人。徐漸能察聲知意，輒效其音，為夜叉語。夜叉益悅，攜一雌來妻徐。徐初畏懼，莫敢伸；雌自開其股就徐，徐乃與交，雌大歡悅。每留肉餌徐，若琴瑟之好。

一日，諸夜叉早起，項下各掛明珠一串，更番出門，若伺貴客狀。命徐多煮肉。徐以問雌，雌云：「此天壽節。」雌出謂眾夜叉曰：「徐郎無骨突子。」眾各摘其五，並付雌；雌又自解十枚；共得五十之數，以野苧為繩，穿掛徐項。徐視之，一珠可直百十金。俄頃俱出。徐煮肉畢，雌來邀去，云：「接天王。」至一大洞，廣闊數畝。中有石，滑平如几；四圍俱有石座；上一座蒙一豹革，餘皆以鹿。夜叉二三十輩，列坐滿中。少頃，大風揚塵，張惶都出。見一巨物來，亦類夜叉狀，竟奔入洞，踞坐愕顧。羣隨入，東西列立，悉仰其首，以雙臂作十字交。大夜叉按頭點視，問：「臥眉山眾，盡於此乎？」羣鬨應之。顧徐曰：「此何來？」雌以「婿」對，眾又讚其烹調。即有二三夜叉，奔取熟肉陳几上。大夜叉掬啗盡飽，極贊嘉美，且責常供。又顧徐云：「骨突子何短？」眾曰：「初來未備。」物於項上摘取珠串，脫十枚付之；俱大如指頂，圓如彈丸。雌急接，代徐穿掛，徐亦交臂作夜叉語謝之。物乃去，躡風而行，其疾如飛。眾始享其餘食而散。

居四年餘，雌忽產，一胎而生二雄一雌，皆人形，不類其母。眾夜叉皆喜其子，輒共拊弄。一日，皆出攫食，惟徐獨坐。忽別洞來一雌，欲與徐私，徐不肯。夜叉怒，撲徐踣地上。徐妻自外至，暴怒相搏，齕斷其耳。少頃，其雄亦歸，解釋令去。自此雌每守徐，動息不相離。又三年，子女俱能行步，徐輒教以人言，漸能語，啁啾之中，有人氣焉，雖童也，而奔山如履坦途。與徐依依有父子意。

一日，雌與一子一女出，半日不歸。而北風大作。徐惻然念故鄉；攜子至海岸，見故舟猶存，謀與同歸。子欲告母，徐止之。父子登舟，一晝夜達交。至家，妻已醮。出珠二枚，售金盈兆，家頗豐。子取名彪，十四五歲，能舉百鈞，粗莽好鬥。交帥見而奇之，以為千總。值邊亂，所向有功。十八為副將。

時一商泛海，亦遭風飄至臥眉。方登岸，見一少年，視之而驚。知為中國人，便問居里。商以告。少年曳入幽谷一小石洞，洞外皆叢棘；且囑勿出。去移時，挾鹿肉來啖商。自言：「父亦交人。」商問之，而知為徐，商在客中嘗識之。因曰：「我故人也。今其子為副將。」少年不解何名。商曰：「此中國之官名。」又問：「何以為官？」曰：「出則輿馬，入則高堂；上一呼而下百諾；見者側目視，側足立：此名為官。」少年甚歆動。商曰：「既尊君在交，何久淹此？」少年以情告。商勸南旋。曰：「余亦常作是念。但母非中國人，言貌殊異；且同類覺之，必見殘害，用是輾轉。」乃出曰：「待北風起，我來送汝行。煩於父兄處，寄一耗問。」商伏洞中幾半年。時自棘中外窺，見山中輒有夜叉往還；大懼，不敢少動。一日，北風策策，少年忽至，引與急竄。囑曰：「所言勿忘卻。」商應之。又以肉置几上，商乃歸。

逕抵交，達副總府，備述所見。彪聞而悲，欲往尋之。父慮海濤妖藪，險惡難犯，力阻之。彪撫膺痛哭，父不能止。乃告交帥，攜兩兵至海內。逆風阻舟，擺簸海中者半月。四望無涯，咫尺迷悶，無從辨其南北。忽而湧波接漢，乘舟傾覆。彪落海中，逐浪浮沈。久之，被一物曳去；至一處，竟有舍宇。彪視之，一物如夜叉狀。彪乃作夜叉語。夜叉驚訊之，彪乃告以所往。夜叉喜曰：「臥眉，我故里也。唐突可罪！君離故道已八千里。此去為毒龍國，向臥眉非路。」乃覓舟來送彪。夜叉在水中推行如矢，瞬息千里，過一宵，已達北岸。見一少年，臨流瞻望。彪知山無人類，疑是弟；近之，果弟。因執手哭。既而問母及妹，並云健安。彪欲偕往，弟止之，倉忙便去。回謝夜叉，則已去。未幾，母妹俱至，見彪俱哭。彪告其意。母曰：「恐去為人所凌。」彪曰：「兒在中國甚榮貴，人不敢欺。」歸計已決，苦逆風難渡。母子方徊徨間，忽見布帆南動，其聲瑟瑟。彪喜曰：「天助吾也！」相繼登舟，波如箭激；三日抵岸，見者皆奔。彪向三人脫分袍褲。抵家，母夜叉見翁怒罵，恨其不謀。徐謝過不遑。家人拜見主母，無不戰慄。彪勸母學作華言，衣錦，厭粱肉，乃大忻慰。母女皆男兒裝，類滿制。數月稍辨語言。弟妹亦漸白皙。

弟曰豹，妹曰夜兒，俱強有力。彪恥不知書，教弟讀。豹最慧，經史一過輒了。又不欲操儒業；仍使挽強弩，馳怒馬，登武進士第，聘阿游擊女。夜兒以異種，無與為婚。會標下袁守備失偶，強妻之。夜兒開百石弓，百餘步射小鳥，無虛落。袁每征，輒與妻俱。歷任同知將軍，奇勳半出於閨門。豹三十四歲掛印。母嘗從之南征，每臨巨敵，輒擐甲執銳，為子接應，見者莫不辟易。詔封男爵。豹代母疏辭，封夫人。

異史氏曰：「夜叉夫人，亦所罕聞，然細思之而不罕也：家家牀頭有個夜叉在。」

小髻

長山居民某，暇居，輒有短客來，久與扳談。素不識其生平，頗注疑念。客曰：「三數日，將便徙居，與君比鄰矣。」過四五日，又曰：「今已同里，旦晚可以承教。」問：「喬居何所？」亦不詳告，但以手北指。自是，日輒一來，時向人假器具；或吝不與，則自失之。羣疑其狐。村北有古冢，陷不可測，意必居此。共操兵杖往。伏聽之，久無少異。一更向盡，聞穴中戢戢然，似數十百人作耳語。眾寂不動。俄而尺許小人，連遱而出，至不可數。眾譟起，並擊之。杖杖皆火，瞬息四散。惟遺一小髻，如胡桃殼然，紗飾而金綫。嗅之，騷臭不可言。

西僧

兩僧自西域來，一赴五臺，一卓錫泰山。其服色言貌，俱與中國殊異。自言：「歷火燄山，山重重，氣熏騰若爐竈。凡行必於雨後，心凝目注，輕迹步履之；誤蹴山石，則飛燄騰灼焉。又經流沙河，河中有水晶山，峭壁插天際，四面瑩澈，似無所隔。又有隘，可容單車；二龍交角對口，把守之。過者先拜龍；龍許過，則口角自開。龍色白，鱗鬣皆如晶然。」僧言：「途中歷十八寒暑矣。離西土者十有二人，至中國僅存其二。西土傳中國名山四：一泰山，一華山，一五臺，一落伽也。相傳山上遍地皆黃金，觀音、文殊猶生。能至其處，則身便是佛，長生不死。」

聽其所言狀，亦猶世人之慕西土也。倘有西游人，與東渡者中途相值，各述所有，當必相視失笑，兩免跋涉矣。

老饕

邢德，澤州人，綠林之傑也。能挽強弩，發連矢，稱一時絕技。而生平落拓，不利營謀，出門輒虧其資。兩京大賈，往往喜與邢俱，途中恃以無恐。

會冬初，有二三估客，薄假以資，邀同販鬻；邢復自罄其囊，將並居貨。有友善卜，因詣之。友占曰：「此爻為『悔』，所操之業，即不母而子亦有損焉。」邢不樂，欲中止；而諸客強速之行。至都，果符所占。

臘將半，匹馬出都門。自念新歲無資，倍益怏悶。時晨霧濛濛，暫趨臨路店，解裝覓飲。見一頒白叟，共兩少年，酌北牖下。一僮侍，黃髮蓬蓬然。邢於南座，對叟休止。僮行觴，誤翻柈具，污叟衣。少年怒，立摘其耳。捧巾持帨，代叟揩試。既見僮手拇俱有鐵箭鐶，厚半寸；每一鐶，約重二兩餘。食已，叟命少年，於革囊中，探出鏹物，堆纍几上，稱秤握算，可飲數杯時，始緘裹完好。少年於櫪中牽一黑跛騾來，扶叟乘之；僮亦跨羸馬相從，出門去。兩少年各腰弓矢，捉馬俱出。

邢窺多金，窮睛旁睨，饞焰若炙，輟飲，急尾之。視叟與僮猶款段於前，乃下道斜馳出叟前，緊啣關弓，怒相向。叟俯脫左足靴，微笑云：「而不識得老饕也？」邢滿引一矢去。叟仰臥鞍上，伸其足，開兩指如箝，夾矢住。笑曰：「技但止此，何須而翁手敵？」邢怒，出其絕技，一矢剛發，後矢繼至。叟手掇一，似未防其連珠；後矢直貫其口，踣然而墮，啣矢僵眠。僮亦下。邢喜，謂其已斃，近臨之。叟吐矢躍起，鼓掌曰：「初會面，何便作此惡劇？」邢大驚，馬亦駭逸。以此知叟異，不敢復返。

走三四十里，值方面綱紀，囊物赴都；要取之，略可千金，意氣始得揚。方疾鶩間，聞後有蹄聲；回首，則僮易跛騾來，駛若飛。叱曰：「男子勿行！獵取之貨，宜少瓜分。」邢曰：「汝識『連珠箭邢某』否？」僮云：「適已承教矣。」邢以僮貌不揚，又無弓矢，易之。一發三矢，連遻不斷，如羣隼飛翔。僮殊不忙迫，手接二，口啣一。笑曰：「如此技藝，辱寞煞人！乃翁偬遽，未暇尋得弓來；此物亦無用處，請即擲還。」遂於指上脫鐵鐶，穿矢其中，以手力擲，嗚嗚風鳴。邢急撥以弓；弦適觸鐵鐶，鏗然斷絕，弓亦綻裂。邢驚絕。未及覷避，矢過貫耳，不覺翻墜。僮下騎，便將搜括。邢以弓臥撻之。僮奪弓去，拗折為兩；又折為四，拋置之。已，乃一手握邢兩臂，一足踏邢兩股；臂若縛，股若壓，極力不能少動。腰中束帶雙疊，可駢三指許；僮以一手捏之，隨手斷如灰燼。取金已，乃超乘，作一舉手，致聲「孟浪」，霍然逕去。

邢歸，卒為善士。每向人述往事不諱。此與劉東山事蓋彷彿焉。

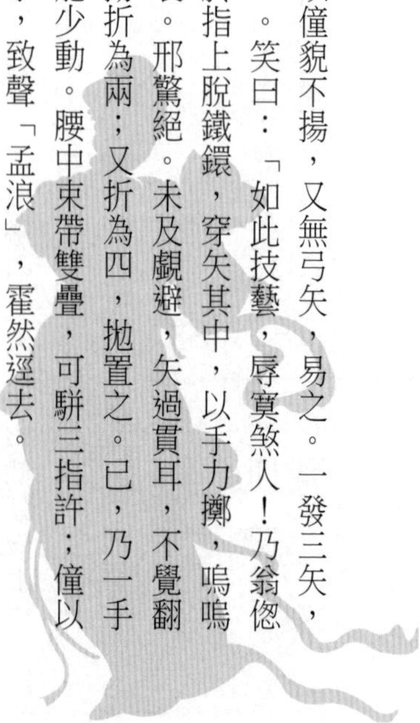

連城

喬生，晉寧人。少負才名。年二十餘，猶偃蹇。為人有肝膽。與顧生善；顧卒，時恤其妻子。邑宰以文相契重；宰終於任，家口淹滯不能歸，生破產扶柩，往返二千餘里。以故士林益重之，而家由此益替。

史孝廉有女，字連城，工刺繡，知書。父嬌愛之。出所刺「倦繡圖」，徵少年題詠，意在擇婿。生獻詩云：「慵鬟高髻綠婆娑，早向蘭窗繡碧荷；刺到鴛鴦魂欲斷，暗停針綫蹙雙蛾。」又贊挑繡之工云：「繡綫挑來似寫生，幅中花鳥自天成；當年織錦非長技，幸把迴文感聖明。」女得詩喜，對父稱賞。父貧之。女逢人輒稱道；又遣媼矯父命，贈金以助燈火。生歎曰：「連城我知己也！」傾懷結想，如饑思啗。

無何，女許字於鹺賈之子王化成，生始絕望；然夢魂中猶佩戴之。未幾，女病瘵，沈痼不起。有西域頭陀自謂能療；但須男子膺肉一錢，擣合藥屑。史使人詣王家告婿。婿笑曰：「癡老翁，欲我剜心頭肉也！」使返。史乃言於人曰：「有能割肉者妻之。」生聞而往，自出白刃，刲膺授僧。血濡袍袴，僧敷藥始止。合藥三丸。三日服盡，疾若失。史將踐其言，先告王。王怒，欲訟官。史乃設筵招生，以千金列几上。曰：「重負大德，請以相報。」因具白背盟之由。生怫然曰：「僕所以不愛膺肉者，聊以報知己耳，豈貨肉哉！」拂袖而歸。女聞之，意良不忍，托媼慰諭之。且云：「以彼才華，當不久落。天下何患無佳人？我夢不祥，三年必死，不必與人爭此泉下物也。」生告媼曰：「『士為知己者死』，不以色也。誠恐連城未必真知我，但得真知我，不諧何害？」媼代女郎矢誠自剖。生曰：「果爾，相逢時，當為我一笑，死無憾！」媼既去，踰數日，生偶出，遇女自叔氏歸，睨之。女秋波轉顧，啓齒嫣然。生大喜曰：「連城真知我者！」

會王氏來議吉期，女前症又作，數月尋死。生往臨弔，一痛而絕。史舁送其家。生自知已死，亦無所戚，出村去，猶冀一見連城。遙望南北一道，行人連緒如蟻，因亦混身雜迹其中。俄頃，入一廨署，值顧生，驚問：「君何得來？」即把手將送令歸。生太息，言：「心事殊未了。」顧曰：「僕在此典牘，頗得委任。倘可效力，不惜也。」生問連城。顧即導生旋轉多所，見連城與一白衣女郎，泪睫慘黛，藉坐廊隅。見生至，驟起似喜，略問所來。生曰：「卿死，僕何敢生！」連城泣曰：「如此負義人，尚不吐棄之，身殉何為？然已不能許君今生，願矢來世耳。」生告顧曰：「有事君自去，僕樂死不願生矣。但煩稽連城託生何里，行與俱去耳。」顧諾而去。白衣女郎問生何人，連城為緬述之。女郎聞之，若不勝悲。連城告生曰：「此妾同姓，小字賓娘，長沙史太守女。一路同來，遂相憐愛。」生視之，意態憐人。方欲研問，而顧已返，向生賀曰：「我為君平章已確，即教小娘子從君返魂，好否？」兩人各喜。方將拜別，賓娘大哭曰：「姊去，我安歸？乞垂憐救，妾為姊捧帨耳。」連城悽然，無所為計，轉謀生。生又哀顧。顧難之，峻辭以為不可。生固強之。乃曰：「試妄為之。」去食頃而返，搖手曰：「何如！誠萬分不能為力矣！」賓娘聞之，宛轉嬌啼，惟依連城肘下，恐其即去。慘怛無術，相對默默；而睹其愁顏戚容，使人肺腑酸柔。顧生憤然曰：「請攜賓娘去。脫有愆尤，小生拚身受之！」賓娘乃喜，從生出。生憂其道遠無侶。賓娘曰：「妾從君去，不願歸也。」生曰：「卿大癡矣。不歸，何以得活也？他日至湖南，勿復走避，為幸多矣。」適有兩媪攝牒赴長沙，生屬賓娘，泣別而去。

途中，連城行蹇緩，里餘輒一息；凡十餘息，始見里門。連城曰：「重生後，懼有反覆。請索妾骸骨來，妾以君家生，當無悔也。」生然之。偕歸生家。女惕惕若不能步，生佇待之。女曰：「妾至此，四肢搖搖，似無所主。志恐不遂，尚宜審謀，不然，生後何能自由？」相將入側廂中。嘿定少時，連城笑曰：「君憎妾耶？」生驚問其故。赧然曰：「恐事不諧，重負君矣。請先以鬼報也。」生喜，極盡歡戀。因徘徊不敢遽生，寄廂中者三日。連城曰：「諺有之：『醜婦終須見姑嫜。』戚戚於此，終非久計。」乃促生入。才至靈寢，豁然頓蘇。家人驚異，進以湯水。生乃使人要史來，請得連城之尸，自言能活之。史喜，從其言。方舁入室，視之已醒。告父曰：「兒已委身喬郎矣，更無歸理。如有變動，但仍一死！」史歸，遣婢往役給奉。王聞，具詞申理。官受賂，判歸王。生憤懣欲死，亦無奈之。連城至王家，忿不飲食，惟乞速死。室無人，則帶懸梁上。越日，益憊，殆將奄逝。王懼，送歸史。史復舁歸生。王知之，亦無如何，遂安焉。連城起，每念賓娘，欲遣信探之，以道遠而艱於往。一日，家人進曰：「門有車馬。」夫婦出視，則賓娘已至庭中矣。相見悲喜。太守親詣送女，生延入。太守曰：「小女子賴君復生，誓不他適，今從其志。」生叩謝如禮。孝廉亦至，敘宗好焉。生名年，字大年。

異史氏曰：「一笑之知，許之以身，世人或議其癡；彼田橫五百人，豈盡愚哉。此知希之貴，賢豪所以感結而不能自已也。顧茫茫海內，遂使錦繡才人，僅傾心於峨眉之一笑也。悲夫！」

霍生

文登霍生，與嚴生少相狎，長相謔也。口給交禦，惟恐不工。霍有鄰嫗，曾與嚴妻導產。偶與霍婦語，言其私處有兩贅疣。婦以告霍。霍與同黨者謀，窺嚴將至，故竊語云：「某妻與我最昵。」眾故不信。霍因捏造端末，且云：「如不信，其陰側有雙疣。」嚴止窗外，聽之既悉，不入逕去。至家，苦掠其妻；妻不服，搒益殘。妻不堪虐，自經死。霍始大悔，然亦不敢向嚴而白其誣矣。

嚴妻既死，其鬼夜哭，舉家不得寧焉。無何，嚴暴卒，鬼乃不哭。霍婦夢女子披髮大叫曰：「我死得良苦，汝夫妻何得歡樂耶！」既醒而病，數日尋卒。霍亦夢女子指數詬罵，以掌批其吻。驚而寤，覺脣際隱痛，捫之高起，三日而成雙疣，遂為痼疾。不敢大言笑；啓吻太驟，則痛不可忍。

異史氏曰：「死能為厲，其氣冤也。私病加於脣吻，神而近於戲矣。」

邑王氏與同窗某狎。其妻歸寧，王知其驢善驚，先伏叢莽中，伺婦至，暴出；驢驚婦墮，惟一僮從，不能扶婦乘。王乃殷勤抱控甚至，婦亦不識誰何。王揚揚以此得意，謂僮逐驢去，因得私其婦於莽中，述衵袴履甚悉。某聞，大慚而去。少間，自窗隙中，見某一手握刃，一手捉妻來，意甚怒惡。大懼，踰垣而逃。某從之。追二三里地，不及，始返。王盡力極奔，肺葉開張，以是得吼疾，數年不癒焉。

汪士秀

汪士秀，廬州人。剛勇有力，能舉石舂。父子善蹴鞠。父四十餘，過錢塘沒焉。積八九年，汪以故詣湖南，夜泊洞庭。時望月東升，澄江如練。方眺矚間，忽有五人自湖中出，攜大席，平鋪水面，略可半畝。紛陳酒饌，饌器磨觸作響，然聲溫厚，不類陶瓦。已而三人踐席坐，二人侍飲。坐者一衣黃，二衣白；頭上巾皆皂色，峩峩然下連肩背，制絕奇古，而月色微茫，不甚可晰。侍者俱褐衣；其一似童，其一似叟也。但聞黃衣人曰：「今夜月色大佳，足供快飲。」白衣者曰：「此夕風景，大似廣利王宴梨花島時。」三人互勸，引釂競浮白。但語略小，即不可聞。舟人隱伏，不敢動息。汪細審侍者叟，酷類父；而聽其言，又非父聲。

二漏將殘，忽一人曰：「趁此明月，宜一擊毬為樂。」即見僮汲水中，取一圓出，大可盈抱，中如水銀滿貯，表裏通明。坐者盡起。黃衣人呼叟共蹴之。蹴起丈餘，光搖搖射人眼。俄而砉然遠起，飛墮舟中。汪技癢，極力踏去，覺異常輕軟。踏猛似破，騰尋丈；中有漏光，下射如虹，蚩然疾落；又如經天之彗，直投水中，滾滾作沸泡聲而滅。席中共怒曰：「何物生人，敗我清興！」叟笑曰：「不惡不惡，此吾家流星拐也。」白衣人嗔其語戲，怒曰：「都方厭惱，老奴何得作歡？便同小烏皮捉得狂子來；不然，脛股當有椎吃也！」汪計無所逃，即亦不畏，捉刀立舟中。倏見僮叟操兵來。汪注視，真其父也。疾呼：「阿翁！兒在此。」叟大駭，相顧悽斷。僮即反身去。叟曰：「兒急作匿，不然都死矣。」言未已，三人忽已登舟。面皆漆黑，睛大於榴。攫叟出。汪力與奪，搖舟斷纜。汪以刀截其臂落，黃衣者乃逃。一白衣人奔汪；汪剁其顱，墮水有聲，鬨然俱沒。方謀夜渡，旋見巨喙出水面，深若井。四面湖水奔注，砰砰作響。俄一噴湧，則浪接星斗，萬舟簸盪。湖人大恐。舟上有石鼓二，皆重百斤。汪舉一以投，激水雷鳴，浪漸消；又投其一，風波悉平。汪疑父為鬼。叟曰：「我固未嘗死也。溺江者十九人，皆為妖物所食；我以蹋圓得全。物得罪於錢塘君，故移避洞庭耳。三人魚精，所蹴魚胞也。」父子聚喜，中夜擊棹而去。天明，見舟中有魚翅，逕四五尺許，乃悟是夜間所斷臂也。

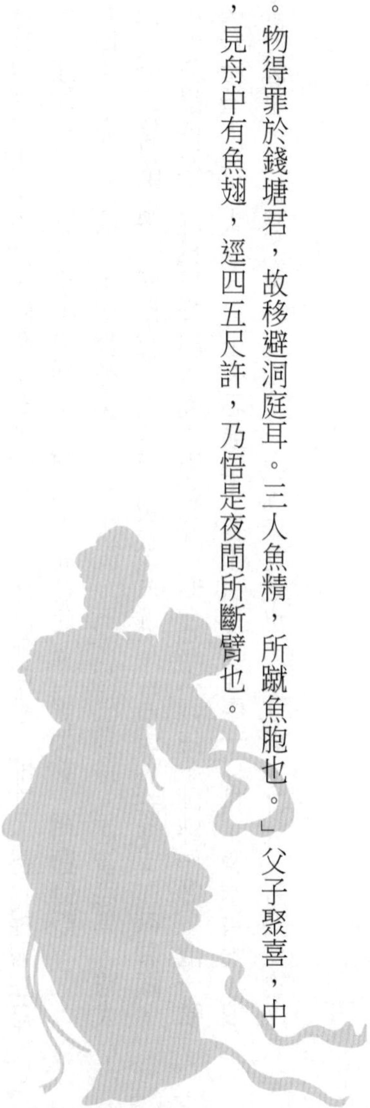

故諸葛城，有商士禹者，士人也。以醉謔忤邑豪。豪嗾家奴亂捶之。舁歸而死。禹二子，長曰臣，次曰禮。一女曰三官，年十六；出閣有期，以父故不果。兩兄出訟，經歲不得結。婿家遣人參母，請從權畢姻事。母將許之。女進曰：「焉有父尸未寒而行吉禮？彼獨無父母乎？」婿家聞之，漸而止。無何，兩兄訟不得直，負屈歸。舉家悲憤。兄弟謀留父尸，張再訟之本。三官曰：「人被殺而不理，時事可知矣。天將為汝兄弟專生一閻羅包老耶？骨骸暴露，於心何忍矣。」二兄服其言，乃葬父。葬已，三官夜遁，不知所往。母慚怍，惟恐婿家知，不敢告族黨，但囑二子冥冥偵察之。幾半年，杳不可尋。

會豪誕辰，招優為戲。優人孫淳攜二弟子往執役。其一王成，姿容平等，而音詞清澈，羣贊賞焉。其一李玉，貌韶秀如好女。呼令歌，辭以不稔；強之，所度曲半雜兒女俚謠，合座為之鼓掌。孫大慚，白主人：「此子從學未久，只解行觴耳。幸勿罪責。」即命行酒。玉往來給奉，善覷主人意向。豪悅之。酒闌人散，留與同寢。玉代豪拂榻解履，殷勤周至。醉語狎之，但有展笑。豪惑益甚，盡遣諸僕去，獨留玉。玉伺諸僕去，闔扉下楗焉。諸僕就別室飲。

移時，聞廳事中格格有聲。一僕往觀之，見室內冥黑，寂不聞聲。行將旋踵，忽有響聲甚厲，如懸重物而斷其索。亟問之，並無應者。呼眾排闥入，則主人身首兩斷；玉自經死，繩絕墮地上，梁間頸際，殘綆儼然。眾大駭，傳告內闥，羣集莫解。眾移玉尸於庭，覺其襪履，虛若無足；解之，則素舄如鉤，蓋女子也。益駭。呼孫淳詰之。淳駭極，不知所對。但云：「玉月前投作弟子，願從壽主人，實不知從來。」以其服凶，疑是商家刺客。暫以二人邏守之。女貌如生；撫之，肢體溫軟。二人竊謀淫之。一人抱尸轉側，方將緩其結束，忽腦如物擊，口血暴注，頃刻已死。其一大驚，告眾。眾敬若神明焉。且以告郡。郡官問臣及禮，並言：「不知。但妹亡去，已半載矣。」俾往驗視，果三官。官奇之，判二兄領葬，勅豪家勿仇。

異史氏曰：「家有女豫讓而不知，則兄之為丈夫者可知矣。然三官之為人，即蕭蕭易水，亦將羞而不流；況碌碌與世浮沈者耶！願天下閨中人，買絲繡之，其功德當不減於奉壯繆也。」

于江

鄉民于江，父宿田間，為狼所食。江時年十六，得父遺履，悲恨欲死。夜俟母寢，潛持鐵槌去，眠父所，冀報父仇。少間，一狼來，逡巡嗅之。江不動。無何，搖尾掃其額，又漸俯首舐其股。江迄不動。既而歡躍直前，將齕其領。江急以錘擊狼腦，立斃。起置草中。少間，又一狼來，如前狀。又斃之。以至中夜，杳無至者。

忽小睡，夢父曰：「殺二物，足洩我恨。然首殺我者，其鼻白；此都非是。」江醒，堅臥以伺之。既明，無所復得。欲曳狼歸，恐驚母，遂投諸眢井而歸。至夜復往，亦無至者。如此三四夜。忽一狼來齧其足，曳之以行。行數步，棘刺肉，石傷膚。江若死者。狼乃置之地上，意將齕腹。江驟起錘之，仆；又連錘之，斃。細視之，真白鼻也。大喜，負之以歸，始告母。母泣從去，探眢井，得二狼焉。

異史氏曰：「農家者流，乃有此英物耶？義烈發於血誠，非直勇也。智亦異焉。」

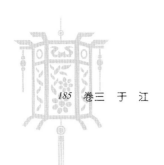

小二

滕邑趙旺，夫妻奉佛，不茹葷血，鄉中有「善人」之目。家稱小有。一女小二，絕慧美。趙珍愛之。年六歲，使與兄長春，並從師讀，凡五年而熟五經焉。同窗丁生，字紫陌，長於女三歲，文采風流，頗相傾愛。私以意告母，求婚趙氏。趙期以女字大家，故弗許。

未幾，趙惑於白蓮教：徐鴻儒既反，一家俱陷為賊。小二知書善解，凡紙兵豆馬之術，一見輒精。小女子師事徐者六人，惟二稱最，因得盡傳其術。趙以女故，大得委任。時丁年十八，游滕泮矣，而不肯論婚，意不忘小二也。潛亡去，投徐麾下。女見之喜，優禮逾於常格。女以徐高足，主軍務；晝夜出入，父母不得閒。

丁每宵見，嘗斥絕諸役，輒至三漏。丁私告曰：「小生此來，卿知區區之意否？」女云：「不知。」丁曰：「我非妄意攀龍，所以故，實為卿耳。左道無濟，只取滅亡，卿慧人，不念此乎？能從我亡，則寸心誠不負矣。」女憮然為間，豁然夢覺，曰：「背親而行，不義，請告。」二人入陳利害，趙不悟，曰：「我師神人，豈有舛錯？」

女知不可諫，乃易髫而髻。出二紙鳶，與丁各跨其一；鳶肅肅展翼，似鶼鶼之鳥，比翼而飛。質明，抵萊蕪界。女以指撚鳶項，忽即斂墮。遂收鳶；更以雙衛，馳至山陰里，託為避亂者，僦屋而居。二人草草出，嗇於裝，薪儲不給。丁甚憂之。假粟比舍，莫肯貸以升斗。女無愁容，但質簪珥。閉門靜對，猜燈謎，憶亡書，以是角低昂；負者，駢二指擊腕臂焉。

西鄰翁姓，綠林之雄也。一日，獵歸。女曰：「富以其鄰，我何憂？暫假千金，其與我乎！」丁以為難。女曰：「我將使彼樂輸也。」乃翦紙作判官狀，置地下，覆以雞籠。然後握丁登榻，煮藏酒，檢周禮為觴政：任言是某冊第幾葉，第幾人，即共翻閱。其人得食傍、水傍、酉傍者飲；得酒部者倍之。既而女適得「酒人」，丁以巨觥引滿促釂。女乃祝曰：「若借得金來，君當得飲部。」丁翻卷，得「鼈人」。女大笑曰：「事已諧矣！」滴瀝授爵。丁不服。女曰：「君是水族，宜作鼈飲。」方喧競所，聞籠中嘎嘎。女起曰：「至矣。」啓籠驗視，則布囊中有巨金纍纍充溢。丁不勝愕喜。後翁家媼抱兒來戲，竊言：「主人初歸，篝燈夜坐。地忽暴裂，深不可底。一判官自內出，言：『我地府司隸也。太山帝君會諸冥曹，造暴客惡錄，須銀燈千架，架計重十兩；施百架，則消滅罪愆。』主人駭懼，焚香叩禱，奉以千金。判官荏苒而入，地亦遂合。」夫妻聽其言，故嘖嘖詫異之。

而從此漸購牛馬，蓄廝婢，自營宅第。里無賴子窺其富，糾諸不逞，踰垣劫丁。丁夫婦始自夢中醒，則編菅爇照，寇集滿屋。二人執丁；又一人探手女懷。女袒而起，戟指而呵曰：「止，止！」盜十三人，皆吐舌呆立，癡若木偶。女始著袴下榻；呼集家人，一一反接其臂，逼令供吐明悉。乃責之曰：「遠方人埋頭澗谷，冀得相扶持；何不仁至此！緩急人所時有，窘急者不妨明告，我豈積殖自封者哉？豺狼之行，本合盡誅；但吾所不忍，姑釋去，再犯不宥！」諸盜叩謝而去。居無何，鴻儒就擒，趙夫婦妻子俱被夷誅；生齎金往贖長春之幼子以歸。兒時三歲，養為己出，使從姓丁，名之承祧。於是里中人漸知為白蓮教戚裔。適蝗害稼，女以紙鳶數百翼放田中，蝗遠避，不入其隴，以是得無恙。里人共嫉之，羣首於官，以為鴻儒餘黨。官啖其富，肉視之，收丁。丁以重賂啗令，始得免。

女曰：「貨殖之來也苟，固宜有散亡。然蛇蠍之鄉，不可久居。」因賤售其業而去之，止於益都之西鄙。女為人靈巧，善居積，經紀過於男子。嘗開琉璃廠，每進工人而指點之，一切碁燈，其奇式幻采，諸肆莫能及，以故直昂得速售。居數年，財益稱雄。而女督課婢僕嚴，食指數百無冗口。暇輒與丁烹茗著棋，或觀書史為樂。錢穀出入，以及婢僕業，凡五日一課；女自持籌，丁為之點籍唱名數焉。勤者賞賚有差；惰者鞭撻罰膝立。是日給假不夜作，夫妻設肴酒，呼婢輩度俚曲為笑。女明察如神，人無敢欺。而賞輒浮於其勞，故事易辦。村中二百餘家，凡貧者俱量給資本，鄉以此無游惰。值大旱，女令村人設壇於野，乘輿夜出，禹步作法，甘霖傾注，五里內悉獲沾足。人益神之。女出未嘗障面，村人皆見之。或少年羣居，私議其美；及覿面逢之，俱肅肅無敢仰視者。每秋日，村中童子不能耕作者，授以錢，使采荼薊；幾二十年，積滿樓屋。人竊非笑之。會山左大饑，人相食；女乃出菜，雜粟贍饑者，近村賴以全活，無逃亡焉。

異史氏曰：「二所為，殆天授，非人力也。然非一言之悟，騈死已久。由是觀之，世抱非常之才，而誤入匪僻以死者，當亦不少。焉知同學六人中，遂無其人乎？使人恨不遇丁生耳。」

庚娘

金大用，中州舊家子也。聘尤太守女，字庚娘，麗而賢。逑好甚敦。以流寇之亂，家人離逷，金攜家南竄。途遇少年，亦偕妻以逃者，自言廣陵王十八，願為前驅。金喜，行止與俱。至河上，女隱告金曰：「勿與少年同舟，彼屢顧我，目動而色變，中叵測也。」金諾之。王殷勤，覓巨舟，代金運裝，劬勞臻至。金不忍卻。又念其攜有少婦，應亦無他。婦與庚娘同居，意度亦頗溫婉。王坐舡頭上，與櫓人傾語，似其熟識戚好。

未幾，日落，水程迢遞，漫漫不辨南北。金四顧幽險，頗涉疑怪。頃之，皎月初升，見彌望皆蘆葦。既泊，王邀金父子出戶一豁。乃乘間擠金入水。金父見之，欲號。舟人以篙築之，亦溺。生母聞聲出窺，又築溺之。王始喊救。母出時，庚娘在後，已微窺之。既聞一家盡溺，即亦不驚。但哭曰：「翁姑俱沒，我安適歸！」王入勸：「娘子勿憂，請從我至金陵。家中田廬，頗足贍給，保無虞也。」女收涕曰：「得如此，願亦足矣。」王大悅，給奉良殷。既暮，曳女求歡。女託體姅，王乃就婦宿。

初更既盡，夫婦喧競，不知何由。但聞婦曰：「若所為，雷霆恐碎汝顱矣！」王乃撾婦。婦呼云：「便死休！誠不願為殺人賊婦！」王吼怒，捽婦出。便聞骨董一聲，遂譁言婦溺矣。未幾，抵金陵，導庚娘至家，登堂見媼。媼訝非故婦。王言：「婦墮水死，新娶此耳。」歸房，又欲犯之。庚娘笑曰：「三十許男子，尚未經人道耶？市兒初合卺，亦須一杯薄漿酒；汝家沃饒，當即不難。清醒相對，是何體段？」王喜，具酒對酌。庚娘執爵，勸酬殷懇。王漸醉，辭不飲。庚娘引巨椀，強媚勸之。王不忍拒，又飲之。於是酣醉，裸脫促寢。庚娘撤器滅燭，託言溲溺。出房，以刀入，暗中以手索王項，王猶捉臂作昵聲。庚娘力切之，不死，號而起；又揮之，始殪。媼彷彿有聞，趨問之，女亦殺之。王弟十九覺焉。庚娘知不免，急自刎。刀鈍鈌不可入，啓戶而奔。

十九逐之，已投洩中矣。呼告居人，救之已死，色麗如生。共驗王尸，見窗上一函，開視，則女備述其冤狀。羣以為烈，謀斂資作殯。天明，集視者數千人；見其容，皆朝拜之。終日間，得金百，於是葬諸南郊。好事者，為之珠冠袍服，瘞藏豐滿焉。

初，金生之溺也，浮片板上，得不死。將曉至淮上，為小舟所救。舟蓋富民尹翁專設以拯溺者。金既蘇，詣翁申謝。翁優厚之，留教其子。金以不知親耗，將往探訪，故不決。俄白：「撈得死叟及媼。」金疑是父母，奔驗果然。翁代營棺木。生方哀慟，又白：「拯一溺婦，自言金生其夫。」生揮涕驚出，女子已至，殊非庚娘，乃王十八婦也。向金大哭，請勿相棄。金曰：「我方寸已亂，何暇謀人？」婦益悲。尹其故，喜為天報，勸金納婦。金以居喪為辭，且將復仇，懼細弱作累。婦曰：「如君言，脫庚娘猶在，將以報仇居喪去之耶？」翁以其言善，請暫代收養，金乃許之。卜葬翁媼，婦縗絰哭泣，如喪翁姑。

既葬，金懷刃托鉢，將赴廣陵。婦止之曰：「妾唐氏，祖居金陵，與豺子同鄉。前言廣陵者，詐也。且江湖水寇，半伊同黨，仇不能復，祇取禍耳。」金徘徊不知所謀。忽傳女子誅仇事，洋溢河渠，姓名甚悉。金聞之一快，然益悲。辭婦曰：「幸不污辱。家有烈婦如此，何忍負心再娶？」婦以業有成說，不肯中離，願自居於媵妾。會有副將軍袁公，與尹有舊，適將西發，過尹；見生，大相知愛，請為記室。無何，流寇犯順，袁有大勳；金以參機務，敘勞，授游擊以歸。夫婦始成合巹之禮。

居數日，攜婦詣金陵，將以展庚娘之墓。暫過鎮江，欲登金山。漾舟中流，欻一艇過，中有一嫗及少婦，怪少婦頗類庚娘。舟疾過，婦自窗中窺金，神情益肖。驚疑不敢追問，急呼曰：「看羣鴨兒飛上天耶！」少婦聞之，亦呼云：「饞猧兒欲吃貓子腥耶！」蓋當年閨中之隱謔也。金大驚，反棹近之，真庚娘。青衣扶過舟，相抱哀哭，傷感行旅。唐氏以嫡禮見庚娘。庚娘驚問，金始備述其由。庚娘執手曰：「同舟一話，心常不忘，不圖吳越一家矣。蒙代葬翁姑，所當首謝，何以此禮相向？」乃以齒序，唐少庚娘一歲，妹之。

先是，庚娘既葬，自不知歷幾春秋。忽一人呼曰：「庚娘，汝夫不死，尚當重圓。」遂如夢醒。捫之，四面皆壁，始悟身死已葬。只覺悶悶，亦無所苦。有惡少窺其葬具豐美，發冢破棺，方將搜括，見庚娘猶活，相共駭懼。庚娘恐其害己，哀之曰：「幸汝輩來，使我得睹天日。頭上簪珥，悉將去。願鬻我為尼，更可少得直。我亦不洩也。」盜稽首曰：「娘子貞烈，神人共欽。小人輩不過貧乏無計，作此不仁。但無漏言幸矣。何敢鬻作尼！」庚娘曰：「此我自樂之。」又一盜曰：「鎮江耿夫人，寡而無子，若見娘子，必大喜。」庚娘謝之。自拔珠飾，悉付盜。盜不敢受；固與之，乃共拜受。遂載去，至耿夫人家，託言舡風所迷。耿夫人，巨家，寡媼自度。見庚娘大喜，以為己出。適母子自金山歸也。庚娘緬述其故。金乃登舟拜母，母款之若婿。邀至家，留數日始歸。後往來不絕焉。

異史氏曰：「大變當前，淫者生之，貞者死焉。生者裂人眥，死者雪人涕耳。至如談笑不驚，手刃仇讎，千古烈丈夫中，豈多匹儔哉！誰謂女子，遂不可比蹤彥雲也？」

宮夢弼

柳芳華，保定人。財雄一鄉，慷慨好客，座上常百人。急人之急，千金不靳。賓友假貸常不還。惟一客宮夢弼，陝人，生平無所乞請。每至，輒經歲。詞旨清灑，柳與寢處時最多。柳子名和，時總角，叔之，宮亦喜與和戲。每和自塾歸，輒與發貼地磚，埋石子偽作埋金為笑。屋五架，掘藏幾遍。眾笑其行稚，而和獨悅愛之，尤較諸客昵。後十餘年，家漸虛，不能供多客之求，於是客漸稀；然十數人徹宵談讌，猶是常也。年既暮，日益落，尚割畝得直，以備雞黍。和亦揮霍，學父結小友，柳不之禁。無何，柳病卒，至無以治凶具。宮乃自出囊金，為柳經紀。和益德之。事無大小，悉委宮叔。宮時自外入，必袖瓦礫，至室則拋擲暗陬，更不解其何意。和每對宮憂貧。宮曰：「子不知作苦之難。無論無金；即授汝千金，可立盡也。男子患不自立，何患貧？」一日，辭欲歸。和泣囑速返，宮諾之，遂去。和貧不自給，典質漸空。日望宮至，以為經理，而宮滅迹匿影，去如黃鶴矣。

先是，柳生時，為和論親於無極黃氏，素封也。後聞柳貧，陰有悔心。柳卒，訃告之，即亦不弔；猶以道遠曲原之。和服除，母遣自詣岳所，定婚期，冀黃憐顧。比至，黃聞其衣履穿敝，斥門者不納。寄語云：「歸謀百金，可復來；不然，請自此絕。」和聞言痛哭。對門劉媼，憐而進之食，贈錢三百，慰令歸。母亦哀憤無策。因念舊客負欠者十常八九，俾擇富貴者求助焉。和曰：「昔之交我者為我財耳。使兒駟馬高車，假千金，亦即匪難；如此景象，誰猶念曩恩、憶故好耶？且父與人金資，曾無契保，責負亦難憑也。」母固強之。和從教。凡二十餘日，不能致一文；惟優人李四，舊受恩恤，聞其事，義贈一金。母子痛哭，自此絕望矣。

黃女已及笄，聞父絕和，竊不直之。黃欲女別適。女泣曰：「柳郎非生而貧者也。使富倍他日，豈仇我者所能奪乎？今貧而棄之，不仁！」黃不悅，曲諭百端，女終不搖。翁媼並怒，旦夕

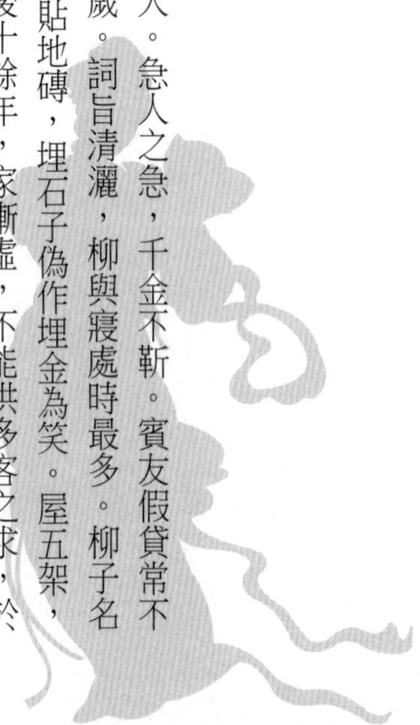

唾罵之，女亦安焉。無何，夜遭寇劫，黃夫婦炮烙幾死，家中席捲一空。荏苒三載，家益零替。有西賈聞女美，願以五十金致聘。黃利而許之，將強奪其志。女察知其謀，毀裝塗面，乘夜遁去，丐食於途。閱兩月，始達保定，訪和居址，直造其家。母以為乞人婦，故咄之。女嗚咽自陳。母把手泣曰：「兒何形骸至此耶！」女又慘然而告以故。母子俱哭。便為盥沐，顏色光澤，眉目煥映。母子俱喜。然家三口，日僅一啗。母泣曰：「吾母子固應爾；所憐者，負吾賢婦！」女笑慰之曰：「新婦在乞人中，稔其況味，今日視之，覺有天堂地獄之別。」母為解頤。

女一日入閒舍中，見斷草叢叢，無隙地；漸入內室，塵埃積中，暗陬有物堆積，蹴之迕足，拾視皆朱提。驚走告和。和同往驗視，則宮往日所拋瓦礫，盡為白金。因念兒時常與瘞石室中，得毋皆金？而故第已典於東家。急贖歸。斷磚殘缺，所藏石子儼然露焉，頗覺失望；及發他磚，則燦燦皆白鏹也。頃刻間，數巨萬矣。由是贖田產，市奴僕，門庭華好過昔日。因自奮曰：「若不自立，負我宮叔！」刻志下帷，三年中鄉選。乃躬齎白金往酬劉媼。鮮衣射目；僕十餘輩，皆騎怒馬如龍。媼僅一屋，和便坐榻上。人譁馬騰，充溢里巷。黃翁自女失亡，西賈逼退聘財，業已耗去殆半，售居宅，始得償。以故困窘如和曩日。聞舊婿烜耀，閉戶自傷而已。媼沽酒備饌款和，因述女賢，且惜女遁。問和娶否。和曰：「娶矣。」食已，強媼往視新婦，載與俱歸。至家，女華妝出，羣婢簇擁若仙。相見大駭，遂敘往舊，殷問父母起居。居數日，款洽優厚，製好衣，上下一新，始送令返。

媼詣黃許報女耗，兼致存問。夫婦大驚。媼勸往投女，黃有難色。既而凍餒難堪，不得已如保定。既到門，見閈閎峻麗，閽人怒目張，終日不得通。一婦人出，黃溫色卑詞，告以姓氏，求暗達女知。少間，婦出，導入耳舍。曰：「娘子極欲一覲；然恐郎君知，尚候隙也。翁幾時來此？得毋饑否？」黃因訴所苦。婦人以酒一盛、饌二簋，出置黃前。又贈五金，曰：「郎君宴房中，娘子恐不得來。明旦，宜早去，勿為郎聞。」黃諾之。早起趣裝，則管鑰未啓，止於門中，坐襆囊以待。忽譁主人出。黃將斂避，和已睹之，怪問誰何，家人悉無以應。和怒曰：「是必奸宄！可執赴有司。」眾應聲出，短綆綳緊樹間。黃慚懼不知置詞。未幾，昨夕婦出，跪曰：「是某舅氏。以前夕來晚，故未告主人。」和命釋縛。婦送出門，曰：「忘囑門者，遂致參差。娘子言：相思時，可使老夫人偽為賣花者，同劉媪來。」黃諾，歸述於媪。媪念女若渴，以告劉媪，媪果與俱至和家。凡啓十餘關，始達女所。女著帔頂髻，珠翠綺紈，散香氣撲人；嚶嚀一聲，大小婢媪，奔入滿側，移金椅牀，置雙夾膝。慧婢瀹茗；各以隱語道寒暄，相視淚熒。至晚，除室安二媪，裀褥溫軟，並昔年富時所未經。居三五日，女意殷渥。媪輒引空處，泣白前非。女曰：「我子母有何過不忘；但郎忿不解，妨他聞也。」每和至，便走匿。一日，方促膝坐，和遽入，見之，怒詬曰：「何物村媪，敢引身與娘子接坐！宜撮鬢毛令盡！」劉媪急進曰：「此老身瓜葛，王嫂賣花者，幸勿罪責。」和乃上手謝過。即坐曰：「姥來數日，我大忙，未得展敘。黃家老畜產尚在否？」笑云：「都佳，但是貧不可過。官人大富貴，何不一念翁婿情也？」和擊桌曰：「曩年非姥憐賜一甌粥，更何得旋鄉土！今欲得而寢處之，何念焉！」言致忿際，輒頓足起罵。女恚曰：「彼即不仁，是我父母。我迢迢遠來，手皴瘃，足趾皆穿，亦自謂無負郎君；何乃對子罵父，使人難堪？」和始斂怒，起身去。黃媪愧喪無色，辭欲歸。女以二十金私付之。

既歸，曠絕音問，女深以為念。和乃遣人招之。夫妻至，慚怍無以自容。和謝曰：「舊歲辱臨，又不明告，遂使開罪良多。」黃但唯唯。和為更易衣履。留月餘，黃心終不自安，數告歸。和遺白金百兩曰：「西賈五十金，我今倍之。」黃汗顏受之。和以輿馬送還，暮歲稱小豐焉。

異史氏曰：「雍門泣後，朱履杳然，令人憤氣杜門，不欲復交一客。然良朋葬骨，化石成金，不可謂非慷慨好客之報也。閨中人坐享高奉，儼然如嬪嬙，非貞異如黃卿，孰克當此而無愧者乎？造物之不妄降福澤也如是。」鄉有富者，居積取盈，搜算入骨。窖鏹數百，惟恐人知，故衣敗絮、啗糠粃以示貧。親友偶來，亦曾無作雞黍之事。或言其家不貧，便瞋目作怒，其仇如不共戴天。暮年，日餐榆屑一升，臂上皮摺垂一寸長，而所窖終不肯發。後漸尪羸。瀕死，兩子環問之，猶未遽告；迨覺果危急，欲告子，子至，已舌蹇不能聲，惟爬抓心頭，呵呵而已。死後，子孫不能具棺木，遂藁葬焉。嗚呼！若窖金而以為富，則大帑數千萬，何不可指為我有哉？愚已！

鸲鹆

王汾濱言：其鄉有養八哥者，教以語言，甚狎習，出游必與之俱，相將數年矣。一日，將過絳州，去家尚遠，而資斧已罄。其人愁苦無策。鳥云：「何不售我？送我王邸，當得善價，不愁歸路無資也。」其人云：「我安忍。」鳥言：「不妨。主人得價疾行，待我城西二十里大樹下。」其人從之。

攜至城，相問答，觀者漸眾。有中貴見之，聞諸王。王召入，欲買之。其人曰：「小人相依為命，不願賣。」王問鳥：「汝願住否？」言：「願住。」王喜。鳥又言：「給價十金，勿多予。」王益喜，立畀十金。其人故作懊恨狀而去。王與鳥言，應對便捷。呼肉啖之。食已，鳥曰：「臣要浴。」王命金盆貯水，開籠令浴。浴已，飛簷間，梳翎抖羽，尚與王喋喋不休。頃之，羽燥。翩躚而起，操晉聲曰：「臣去呀！」顧盼已失所在。王及內侍，仰面咨嗟。急覓其人，則已渺矣。後有往秦中者，見其人攜鳥在西安市上。畢載積先生記。

劉海石

劉海石，蒲臺人，避亂於濱州。時十四歲，與濱州生劉滄客同函丈，因相善，訂為昆季。無何，海石失怙恃，奉喪而歸，音問遂闕。滄客家頗裕，年四十，生二子：長子吉，十七歲，為邑名士；次子亦慧。滄客又內邑中倪氏女，大嬖之。後半年，長子患腦痛卒，夫妻大慘。無幾何，妻病又卒；踰數月，長媳又死；而婢僕之喪亡，且相繼也：滄客哀悼，殆不能堪。

一日，方坐愁間，忽閽人通海石至。滄客喜，急出門迎以入。方欲展寒溫，海石忽驚曰：「兄有滅門之禍，不知耶？」滄客愕然，莫解所以。海石曰：「久失聞問，竊疑近況未必佳也。」滄客泫然，因以狀對。海石欷歔。既而笑曰：「災殃未艾，余初為兄弔也。然幸而遇僕，請為兄賀。」滄客曰：「久不晤，豈近精『越人術』耶？」海石曰：「是非所長。陽宅風鑑，頗能習之。」滄客喜，便求相宅。海石入宅，內外遍觀之。已而請睹諸眷口；滄客從其教，使子媳婢妾，俱見於堂。滄客一一指示。

至倪，海石仰天而視，大笑不已。眾方驚疑，但見倪女戰慄無色；身暴縮短，僅二尺餘。海石以界方擊其首，作石缶聲。海石揪其髮，檢腦後，見白髮數莖，欲拔之。女縮項跪啼，言即去，但求勿拔。海石怒曰：「汝凶心尚未死耶？」就項後拔去之。女隨手而變，黑色如貍。眾大駭。海石掇納袖中，顧子婦曰：「媳受毒已深，背上當有異，請驗之。」婦羞，不肯袒示。劉子固強之，見背上白毛，長四指許。海石以針挑出，曰：「此毛已老，七日即不可救。」又視劉子，亦有毛，裁二指。曰：「似此可月餘死耳。」滄客以及婢僕，並刺之。曰：「僕適不來，一門無噍類矣。」問：「此何物？」曰：「亦狐屬。吸人神氣以為靈，最利人死。」滄客曰：「久不見君，何能神異如此！無乃仙乎？」笑曰：「特從師習小技耳，何遽云仙。」問其師，答云：「山石道人。適此物，我不能死之，將歸獻俘於師。」言已，告別。覺袖中空空，駭曰：「亡之矣！尾末有大毛未去，今已遁去。」眾俱駭然。海石曰：「領毛已盡，不能化人，只能化獸，遁當不遠。」於是入室而相其貓，出門而嗾其犬，皆曰無之。啓圈笑曰：「在此矣。」滄客視之，多一豕，聞海石笑，遂伏，不敢少動。提耳捉出，視尾上白毛一莖，硬如針。方將檢拔，而豕轉側哀鳴，不聽拔。海石曰：「汝造孽既多，拔一毛猶不肯耶？」執而拔之，隨手復化為貍。納袖欲出。滄客苦留，乃為一飯。問後會，曰：「此難預定。我師立願弘，常使我等遨世上，拔救眾生，未必無再見時。」

及別後，細思其名，始悟曰：「海石殆仙矣。『山石』合一『岩』字，蓋呂仙諱也。」

諭鬼

青州石尚書茂華為諸生時，郡門外有大淵，不雨亦不涸。邑中獲大寇數十名，刑於淵上。鬼聚為祟，經過者被輒曳入。一日，有某甲正遭困厄，忽聞羣鬼惶竄曰：「石尚書至矣！」未幾，公至，甲以狀告。公以堊灰題壁示云：「石某為禁約事：照得厥念無良，致嬰雷霆之怒；所謀不軌，遂遭鈇鉞之誅。只宜返罔兩之心，爭相懺悔；庶幾洗髑髏之血，脫此沈淪。爾乃生已極刑，死猶聚惡。跳踉而至，披髮成羣；躑躅以前，搏膺作厲。黃泥塞耳，輒逞鬼子之凶；白晝為妖，幾斷行人之路！彼丘陵三尺外，管轄由人；豈乾坤兩大中，凶頑任爾？諭後各宜潛蹤，勿猶怙惡。無定河邊之骨，靜待輪迴；金閨夢裏之魂，還踐鄉土。如蹈前愆，必貽後悔！」自此鬼患遂絕，淵亦尋乾。

泥鬼

余鄉唐太史濟武，數歲時，有表親某，相攜戲寺中。太史童年磊落，膽即最豪，見廡中泥鬼，睜琉璃眼，甚光而巨，愛之，陰以指抉取，懷之而歸。既抵家，某暴病不語。移時忽起，厲聲曰：「何故掘我睛！」譟叫不休。眾莫之知，太史始言所作。家人乃祝曰：「童子無知，戲傷尊目，行奉還也。」乃大言曰：「如此，我便當去。」言訖，仆地遂絕，良久而蘇，問其所言，茫不自覺。乃送睛仍安鬼眶中。

異史氏曰：「登堂索睛，土偶何其靈也。顧太史抉睛，而何以遷怒於同游？蓋以玉堂之貴，而且至性觥觥，觀其上書北闕，拂袖南山，神且憚之，而況鬼乎？」

夢別

王春李先生之祖，與先叔祖玉田公交最善。一夜，夢公至其家，黯然相語。問：「何來？」曰：「僕將長往，故與君別耳。」問：「何之？」曰：「遠矣。」遂出。送至谷中，見石壁有裂罅，便拱手作別，以背向罅，逡巡倒行而入，呼之不應，因而驚寤。及明，以告太公敬一，且使備弔具。曰：「玉田公捐舍矣！」太公請先探之，信，而後弔之。不聽，竟以素服往。至門，則提旛掛矣。嗚呼！古人於友，其死生相信如此；喪輿待巨卿而行，豈妄哉！

犬燈

韓光祿大千之僕，夜宿廈間，見樓上有燈，如明星。未幾，熒熒飄落，及地化為犬。睨之，轉舍後去，急起，潛尾之，入園中，化為女子。心知其狐，還臥故所。俄，女子自後來，僕佯寐以觀其變。女俯而撼之。僕偽作醒狀，問其為誰。女不答。僕曰：「樓上燈光非子也耶？」女曰：「既知之，何問焉？」遂共宿止，晝別宵會，以為常。主人知之，使二人夾僕臥；二人既醒，則身臥牀下，亦不知墮自何時。主人益怒，謂僕曰：「來時，當捉之來；不然，則有鞭楚！」僕不敢言，諾而退。因念：捉之難；不捉，懼罪。展轉無策。忽憶女子一小紅衫，密著其體，未肯暫脫，必其要害，執此可以脅之。夜分，女至，問：「主人囑汝捉我乎？」曰：「良有之。但我兩人情好，何肯此為？」及寢，陰搊其衫。女急啼，力脫而去。從此遂絕。後僕自他方歸，遙見女子坐道周；至前，則舉袖障面。僕下騎，呼曰：「何作此態？」女乃起，握手曰：「我謂子已忘舊好矣。既戀戀有故人意，情尚可原。前事出於主命，亦不汝怪也。但緣分已盡，今設小酌，請入為別。」時秋初，高粱正茂。女攜與俱入，則中有巨第。繫馬而入，廳堂中酒肴已列。甫坐，羣婢行炙。日將暮，僕有事，欲覆主命，遂別。既出，則依然田隴耳。

番僧

釋體空言：「在青州，見二番僧，像貌奇古；耳綴雙環，被黃布，鬚髮鬈如。自言從西域來。聞太守重佛，謁之。太守遣二隸，送詣叢林。和尚靈轡，不甚禮之。執事者見其人異，私款之，止宿焉。或問：『西域多異人，羅漢得無有奇術否？』其一囅然笑，出手於袖，掌中托小塔，高裁盈尺，玲瓏可愛。壁上最高處，有小龕，僧擲塔其中，矗然端立，無少偏倚。視塔上有舍利放光，照耀一室。少間，以手招之，仍落掌中。其一僧乃袒臂，伸左肱，長可六七尺，而右肱縮無有矣；轉伸右肱，亦如左狀。」

狐妾

萊蕪劉洞九，官汾州。獨坐署中，聞亭外笑語漸近。入室，則四女子：一四十許，一可三十，一二十四五已來，末後一垂髫者。並立几前，相視而笑。劉固知官署多狐，置不顧。少間，垂髫者出一紅巾，戲拋面上，劉拾擲窗間，仍不顧。四女一笑而去。

一日，年長者來，謂劉曰：「舍妹與君有緣，願無棄葑菲。」劉漫應之。女遂去。俄偕一婢，擁垂髫兒來，俾與劉並肩坐。曰：「一對好鳳侶，今夜諧花燭。勉事劉郎，我去矣。」劉諦視，光豔無儔，遂與燕好。詰其行蹤。女曰：「妾固非人，而實人也。妾，前官之女，蠱於狐，奄忽以死，窆園內。眾狐以術生我，遂飄然若狐。」劉因以手探尻際。女覺之，笑曰：「君將無謂狐有尾耶？」轉身云：「請試捫之。」自此，遂留不去，每行坐與小婢俱。家人俱尊以小君禮。婢媼參謁，賞賚甚豐。

值劉壽辰，賓客煩多，共三十餘筵，須庖人甚眾；先期牒拘，僅一二到者。劉不勝恚。女知之，便言：「勿憂。庖人既不足用，不如並其來者遣之。妾固短於才，然三十席亦不難辦。」劉喜，命以魚肉薑桂，悉移內署。家中人但聞刀砧聲，繁碎不絕。門內設一几，行炙者置柈其上；轉視，則肴俎已滿。托去復來，十餘人絡繹於道，取之不竭。末後，行炙人來索湯餅。內言曰：「主人未嘗預囑，咄嗟何以辦？」既而曰：「無已，其假之。」少頃，呼取湯餅。視之，三十餘碗，蒸騰几上。客既去，乃謂劉曰：「可出金資，償某家湯餅。」劉使人將直去。則其家失湯餅，方共驚異；使至，疑始解。一夕，夜酌，偶思山東苦醁。女請取之。遂出門去。移時返曰：「門外一甖，可供數日飲。」劉視之，果得酒，真家中甕頭春也。

越數日，夫人遣二僕如汾。途中一僕曰：「聞狐夫人犒賞優厚，此去得賞金，可買一裘。」女在署已知之，向劉曰：「家中人將至。可恨傖奴無禮，必報之。」明日，僕甫入城，頭大痛，至署，抱首號呼，共擬進醫藥。劉笑曰：「勿須療，時至當自瘥。」眾疑其獲罪小君。僕自思，初來未解裝，罪何由得？無所告訴，漫膝行而哀之。簾中語曰：「爾謂夫人，則亦已耳，何謂狐也？」僕乃悟，叩不已。又曰：「既欲得裘，何得復無禮？」已而曰：「汝瘉矣。」言已，僕病若失。僕拜欲出，忽自簾中擲一裹出，曰：「此一羔羊裘也，可將去。」僕解視，得五金。劉問家中消息，僕言都無事，惟夜失藏酒一甖，稽其時日，即取酒夜也。羣憚其神，呼之「聖仙」，劉為繪小像。

時張道一為提學使，聞其異，以桑梓誼詣劉，欲乞一面。女拒之。劉示以像，張強攜而去。歸懸座右，朝夕祝之云：「以卿麗質，何之不可？乃托身於鬖鬖之老！下官殊不惡於洞九，何不一惠顧？」女在署忽謂劉曰：「張公無禮，當小懲之。」一日，張方祝，似有人以界方擊額，崩然甚痛。大懼，反卷。劉詰之，使隱其故而詭對之。劉笑曰：「主人額上得毋痛否？」使不能欺，以實告。

無何，婿亓生來，請覲之。女固辭。亓請之堅。劉曰：「婿非他人，何拒之深？」女曰：「婿相見，必當有以贈之；渠望我奢，自度不能滿其志，故適不欲見耳。」既固請之，乃許以十日見。及期，亓入，隔簾揖之，少致存問。儀容隱約，不敢審諦。既退，數步之外，輒回眸注盼。但聞女言曰：「阿婿回首矣！」言已，大笑，烈烈如鴞鳴。亓聞之，脛股皆軟，搖搖然若喪魂魄。既出，坐移時，始稍定。乃曰：「適聞笑聲，如聽霹靂，竟不覺身為己有。」少頃，婢以女命，贈亓二十金。亓受之，謂婢曰：「聖仙日與丈人居，寧不知我素性揮霍，不慣使小錢耶？」女聞之曰：「我固知其然。囊底適罄；向結伴至汴梁，其城為河伯占據，庫藏皆沒水中，入水各得些須，何能飽無饜之求？且我縱能厚饋，彼福薄亦不能任。」

女凡事能先知；遇有疑難，與議，無不剖。一日，並坐，忽仰天大驚曰：「大劫將至，為之奈何！」劉驚問家口，曰：「餘悉無恙，獨二公子可慮。此處不久將為戰場，君當求差遠去，庶免於難。」劉從之，乞於上官，得解餉雲貴間。道里遼遠，聞者弔之；而女獨賀。無何，姜瓖叛，汾州沒為賊窟。劉仲子自山東來，適遭其變，遂被害。城陷，官僚皆罹於難，惟劉以公出得免。

盜平，劉始歸。尋以大案罣誤，貧至饔飧不給；而當道者又多所需索，因而窘憂欲死。女曰：「勿憂，牀下三千金，可資用度。」劉大喜，問：「竊之何處？」曰：「天下無主之物，取之不盡，何庸竊乎。」劉借謀得脫歸，女從之。後數年忽去，紙裹數事留贈，中有喪家掛門之小幡，長二寸許，羣以為不祥。劉尋卒。

雷曹

樂雲鶴、夏平子，二人少同里，長同齋，相交莫逆。夏少慧，十歲知名。樂虛心事之，夏相規不勸，樂文思日進，由是名並著。而潦倒場屋，戰輒北。無何，夏遘疫卒，家貧不能葬，樂銳身自任之。遺襁褓子及未亡人，樂以時恤諸其家；每得升斗，必析而二之，夏妻子賴以活。於是士大夫益賢樂。樂恆產無多，又代夏生憂內顧，家計日蹙。乃歎曰：「文如平子，尚碌碌以沒，而況於我！人生富貴須及時，戚戚終歲，恐先狗馬填溝壑，負此生矣，不如早自圖也。」於是去讀而賈。操業半年，家資小泰。

一日，客金陵，休於旅舍。見一人頎然而長，筋骨隆起，彷徨座側，色黯淡，有戚容。樂問：「欲得食耶？」其人亦不語。樂推食之，則以手掬啗，頃刻已盡。樂又益以兼人之饌，食復盡。遂命主人割豚肩，堆以蒸餅，又盡數人之餐。始果腹而謝曰：「三年以來，未嘗如此飫飽。」樂曰：「君固壯士，何飄泊若此？」曰：「罪嬰天譴，不可說也。」問其里居，曰：「陸無屋，水無舟，朝村而暮郭耳。」樂整裝欲行，其人相從，戀戀不去。樂辭之。告曰：「君有大難，吾不忍忘一飯之德。」樂異之，遂與偕行。途中曳與同餐。辭曰：「我終歲僅數餐耳。」益奇之。次日，渡江，風濤暴作，估舟盡覆，樂與其人悉沒江中。俄風定，其人負樂踏波出，登客舟，又破浪去；少時，挽一船至，扶樂入，囑樂臥守，復躍入江，以兩臂夾貨出，擲舟中；又入之：數入數出，列貨滿舟。樂謝曰：「君生我亦良足矣，敢望珠還哉！」檢視貨財，並無亡失。益喜，驚為神人，放舟欲行。其人告退，樂苦留之，遂與共濟。樂笑云：「此一厄也，只失一金簪耳。」其人欲復尋之。樂方勸止，已投水中而沒。驚愕良久，忽見含笑而出，以簪授樂曰：「幸不辱命。」江上人罔不駭異。

樂與歸，寢處共之，每十數日始一食，食則啖嚼無算。一日，又言別，樂固挽之。適晝晦欲雨，聞雷聲。樂曰：「雲間不知何狀？雷又是何物？安得至天上視之，此疑乃可解。」其人笑曰：「君欲作雲中游耶？」少時，樂倦甚，伏榻假寐。既醒，覺身搖搖然，不似榻上；開目，則在雲氣中，周身如絮。驚而起，暈如舟上。踏之，軟無地。仰視星斗，在眉目間。遂疑是夢。細視星嵌天上，如老蓮實之在蓬也，大者如甕，次如瓿，小如盎盂。以手撼之，大者堅不可動；小星動搖，似可摘而下者。遂摘其一，藏袖中。撥雲下視，則銀河蒼茫，見城郭如豆。愕然自念：設一脫足，此身何可復問。俄見二龍夭矯，駕縵車來。尾一掉，如鳴牛鞭。車上有器，圍皆數丈，貯水滿之。有數十人，以器掬水，遍灑雲間。忽見樂，共怪之。樂審所與壯士在焉，語眾曰：「是吾友也。」因取一器授樂，令灑。時苦旱，樂接器排雲，約望故鄉，盡情傾注。未幾，謂樂曰：「我本雷曹，前誤行雨，罰謫三載；今天限已滿，請從此別。」乃以駕車之繩萬尺擲前，使握端縋下。樂危之。其人笑言：「不妨。」樂如其言，飂飂然瞬息及地。視之，則墮立村外。繩漸收入雲中，不可見矣。

時久旱，十里外，雨僅盈指，獨樂里溝澮皆滿。歸探袖中，摘星仍在。出置案上，黯黝如石；入夜，則光明煥發，映照四壁。益寶之，什襲而藏。每有佳客，出以照飲。正視之，則條條射目。一夜，妻坐對握髮，忽見星光漸小如螢，流動橫飛。妻方怪咤，已入口中，咯之不出，竟已下咽。愕奔告樂，樂亦奇之。既寢，夢夏平子來，曰：「我少微星也。君之惠好，在中不忘。又蒙自上天攜歸，可云有緣。今為君嗣，以報大德。」樂三十無子，得夢甚喜。自是妻果娠；及臨蓐，光耀滿室，如星在几上時，因名「星兒」。機警非常，十六歲，及進士第。

異史氏曰：「樂子文章名一世，忽覺蒼蒼之位置我者不在是，遂棄毛錐如脫屣，此與燕頷投筆者，何以少異？至雷曹感一飯之德，少微酬良友之知，豈神人之私報恩施哉，乃造物之公報賢豪耳。」

賭符

韓道士，居邑中之天齊廟。多幻術，共名之「仙」。先子與最善，每適城，輒造之。一日，與先叔赴邑，擬訪韓，適遇諸途。韓付鑰曰：「請先往啓門坐，少旋我即至。」乃如其言。詣廟發扃，則韓已坐室中。諸如此類。

先是，有敝族人嗜博賭，因先子亦識韓。值大佛寺來一僧，專事樗蒲，賭甚豪。族人見而悅之，罄資往賭，大虧；心益熱，典質田產，復往，終夜盡喪。邑邑不得志，便道詣韓，精神慘淡，言語失次。韓問之，具以實告。韓笑云：「常賭無不輸之理。倘能戒賭，我為汝覆之。」族人曰：「倘得珠還合浦，花骨頭當鐵杵碎之！」韓乃以紙書符，授佩衣帶間。囑曰：「但得故物即已，勿得隴復望蜀也。」又付千錢，約贏而償之。族人大喜而往。僧驗其資，易之，不屑與賭。族人強之，請以一擲為期。僧笑而從之。乃以千錢為孤注。僧擲之無所勝負，族人接色，一擲成采；僧復以兩千為注，又敗；漸增至十餘千，明明梟色，呵之，皆成盧雉：計前所輸，頃刻盡覆。陰念再贏數千亦更佳，乃復博，則色漸劣；心怪之，起視帶上，則符已亡矣，大驚而罷。載錢歸廟，除償韓外，追而計之，並末後所失，適符原數也。已乃愧謝失符之罪。韓笑曰：「已在此矣。固囑勿貪，而君不聽，故取之。」

異史氏曰：「天下之傾家者，莫速於博；天下之敗德者，亦莫甚於博。入其中者，如沈迷海，將不知所底矣。夫商農之人，具有本業；詩書之士，尤惜分陰。負耒橫經，固成家之正路；清談薄飲，猶寄興之生涯。爾乃狎比淫朋，纏綿永夜。傾囊倒篋，懸金於嶮巇之天；呵雉呼盧，乞靈於淫昏之骨。盤旋五木，似走圓珠；手握多張，如擎團扇。左覷人而右顧己，望穿鬼子之睛；陽示弱而陰用強，費盡罔兩之技。門前賓客待，猶戀戀於場頭；舍上火烟生，尚眈眈於盆裏。忘餐廢寢，則久入成迷；舌敝脣焦，則相看似鬼。迨夫全軍盡沒，熱眼空窺。視局中則叫號濃焉，技癢英雄之臆；顧橐底而貫索空矣，灰寒壯士之心。引頸徘徊，覺白手之無濟；垂頭蕭索，始玄夜以方歸。幸交謫之人眠，恐驚犬吠；苦久虛之腹餓，敢怨羹殘。既而鬻子質田，冀還珠於合浦；不意火灼毛盡，終撈月於滄江。及遭敗後我方思，已作下流之物；試問賭中誰最善？羣指無袴之公。甚而枵腹難堪，遂棲身於暴客；搔頭莫度，至仰給於香匳。嗚呼！敗德喪行，傾產亡身，孰非博之一途致之哉！」

阿霞

文登景星者，少有重名。與陳生比鄰而居，齋隔一短垣。一日，陳暮過荒落之墟，聞女子啼松柏間；近臨，則樹橫枝有懸帶，若將自經。陳詰之，揮涕而對曰：「母遠去，託妾於外兄。不圖狼子野心，畜我不卒。伶仃如此，不如死！」言已，復泣。陳解帶，勸令適人。女慮無可託者。陳請暫寄其家，女從之。既歸，挑燈審視，丰韻殊絕。大悅，欲亂之。女厲聲抗拒，紛紜之聲，達於間壁。景生踰垣來窺，陳乃釋女。女見景，凝眸停諦，久乃奔去。二人共逐之，不知去向。

景歸，闔戶欲寢，則女子盈盈自房中出。驚問之，答曰：「彼德薄福淺，不可終託。」景大喜。詰其姓氏，曰：「妾祖居於齊。為齊姓，小字阿霞。」入以游詞，笑不甚拒，遂與寢處。齋中多友人來往，女恆隱閉深房。過數日，曰：「妾姑去，此處煩雜，困人甚。繼今，請以夜卜。」問：「家何所？」曰：「正不遠耳。」遂早去，夜果復來，歡愛綦篤。又數日，謂景曰：「我兩人情好雖佳，終屬苟合。家君宦游西疆，明日將從母去，容即乘間稟命，而相從以終焉。」問：「幾日別？」約以旬終。既去，景思齋居不可常；移諸內，又慮妻妒。計不如出妻。志既決，妻至輒詬厲，妻不堪其辱，涕欲死。景曰：「死恐見累，請蚤歸。」遂促妻行。妻啼曰：「從子十年，未嘗有失德，何決絕如此！」景不聽，逐愈急。妻乃出門去。自是堊壁清塵，引領翹待；不意信杳青鸞，如石沈海。妻大歸後，數浼知交，請復於景，景不納；遂適夏侯氏。夏侯里居，與景接壤，以田畔之故，世有隙。景聞之，益大恚恨。然猶冀阿霞復來，差足自慰。

越年餘，並無蹤緒。會海神壽，祠內外士女雲集，景亦在。遙見一女，甚似阿霞。景近之，入於人中；從之，出於門外；又從之，飄然竟去。景追之不及，恨悒而返。後半載，適行於途，見一女郎，著朱衣，從蒼頭，鞚黑衛來。望之，霞也。因問從人：「娘子為誰？」答言：「南村鄭公子繼室。」又問：「娶幾時矣？」曰：「半月耳。」景思，得毋誤耶？女郎聞語，回眸一睇，景視，真霞。見其已適他姓，憤填胸臆，大呼：「霞娘！何忘舊約？」從人聞呼主婦，欲奮老拳。女急止之。啓幛紗謂景曰：「負心人何顏相見？」景曰：「卿自負僕，僕何嘗負卿？」女曰：「負夫人甚於負我！結髮者如是，而況其他？向以祖德厚，名列桂籍，故委身相從；今以棄妻故，冥中削爾祿秩，今科亞魁王昌，即替汝名者也。我已歸鄭君，無勞復念。」景俯首帖耳，口不能道一詞。視女子，策蹇去如飛，悵恨而已。

是科，景落第，亞魁果王氏昌名。鄭亦捷。景以是得薄倖名。四十無偶，家益替，恆趁食於親友家。偶詣鄭，鄭款之，留宿焉。女窺客，見而憐之。問鄭曰：「堂上客，非景慶雲耶？」問所自識，曰：「未適君時，曾避難其家，亦深得其豢養。彼行雖賤，而祖德未斬；且與君為故人，亦宜有綈袍之義。」鄭然之，易其敗絮，留以數日。夜分欲寢，有婢持金廿餘金贈景。女在窗外言曰：「此私貯，聊酬夙好，可將去，覓一良匹。幸祖德厚，尚足及子孫。無復喪檢，以促餘齡。」景感謝之。既歸，以十餘金買縉紳家婢，甚醜悍。舉一子，後登兩榜。鄭官至吏部郎。既沒，女送葬歸，啓輿則虛無人矣，始知其非人也。噫！人之無良，舍其舊而新是謀，卒之卵覆而鳥亦飛，天之所報亦慘矣！

李司鑑

李司鑑，永年舉人也。於康熙四年九月二十八日，打死其妻李氏。地方報廣平，行永年查審。司鑑在府前，忽於肉架下，奪一屠刀，奔入城隍廟，登戲臺上，對神而跪。自言：「神責我不當聽信奸人，在鄉黨顛倒是非，著我割耳。」遂將左耳割落，拋臺下。又言：「神責我不應騙人銀錢，著我剁指。」遂將左指剁去。又言：「神責我不當姦淫婦女，使我割腎。」遂自閹，昏迷僵仆。時總督朱雲門題參革褫究擬，已奉俞旨，而司鑑已伏冥誅矣。邸抄。

五羖大夫

河津暢體元，字汝玉。為諸生時，夢人呼為「五羖大夫」，喜為佳兆。及遇流寇之亂，盡剝其衣，閉置空室。時冬月，寒甚，暗中摸索，得數羊皮護體，僅不至死。質明，視之，恰符五數。啞然自笑神之戲己也。後以明經授雒南知縣。畢載積先生志。

毛狐

農子馬天榮，年二十餘。喪偶，貧不能娶。偶芸田間，見少婦盛妝，踐禾越陌而過，貌赤色，致亦風流。馬疑其迷途，顧四野無人，戲挑之。婦亦微納。欲與野合。笑曰：「青天白日，寧宜為此。子歸，掩門相候，昏夜我當至。」馬不信。婦矢之。馬乃以門戶向背具告之，婦乃去。夜分，果至，遂相悅愛。覺其膚肌嫩甚；火之，膚赤薄如嬰兒，細毛遍體，異之。又疑其蹤迹無據，自念得非狐耶？遂戲相詰。婦亦自認不諱。馬曰：「既為仙人，自當無求不得。既蒙繾綣，寧不以數金濟我貧？」婦諾之。次夜來，馬索金。婦故愕曰：「適忘之。」將去，馬又囑。至夜，問：「所乞或勿忘耶？」婦笑，請以異日。踰數日，馬復索。婦笑向袖中出白金二錠，約五六金，翹邊細紋，雅可愛玩。馬喜，深藏於櫝。積半歲，偶需金，因持示人。人曰：「是錫也。」以齒齕之，應口而落。馬大駭，收藏而歸。至夜，婦至，憤致誚讓。婦笑曰：「子命薄，真金不能任也。」一笑而罷。

馬曰：「聞狐仙皆國色，殊亦不然。」婦曰：「吾等皆隨人現化。子且無一金之福，落雁沈魚，何能消受？以我蠢陋，固不足以奉上流；然較之大足駝背者，即為國色。」過數月，忽以三金贈馬，曰：「子屢相索，我以子命不應有藏金。今媒聘有期，請以一婦之資相饋，亦借以贈別。」馬自白無聘婦之說。婦曰：「一二日，自當有媒來。」馬問：「所言姿貌何如？」曰：「子思國色，自當是國色。」馬曰：「此即不敢望。但三金何能買婦？」婦曰：「此月老註定，非人力也。」馬問：「何遽言別？」曰：「戴月披星，終非了局。使君自有婦，搪塞何為？」天明而去。授黃末一刀圭，曰：「別後恐病，服此可療。」

次日，果有媒來。先詰女貌，答：「在妍媸之間。」「聘金幾何？」「約四五數。」馬不難其價，而必欲一親見其人。媒恐良家子不肯衒露。既而約與俱去，相機因便。既至其村，媒先往，使馬待諸村外。久之，來曰：「諧矣。余表親與同院居，適往見女，坐室中。請即偽為謁表親者而過之，咫尺可相窺也。」馬從之。果見女子坐堂中，伏體於牀，倩人爬背。馬趨過，掠之以目，貌誠如媒言。及議聘，並不爭直；但求一二金，妝女出閣。馬益廉之，乃納金，並酬媒氏及書券者，計三兩已盡，亦未多費一文。擇吉迎女歸，入門，則胸背皆駝，項縮如龜，下視裙底，蓮舡盈尺。乃悟狐言之有因也。

異史氏曰：「隨人現化，或狐女之自為解嘲；然其言福澤，良可深信。余每謂：非祖宗數世之修行，不可以博高官；非本身數世之修行，不可以得佳人。信因果者，必不以我言為河漢也。」

翩翩

羅子浮，邠人。父母俱早世。八九歲，依叔大業。業為國子左廂，富有金繒而無子，愛子浮若己出。十四歲，為匪人誘去作狹邪游。會有金陵娼，僑寓郡中，生悅而惑之。娼返金陵，生竊從遁去。居娼家半年，牀頭金盡，大為姊妹行齒冷。然猶未遽絕之。無何，廣創潰臭，沾染牀席，逐而出。丐於市，市人見輒遙避。自恐死異域，乞食西行；日三四十里，漸至邠界。又念敗絮膿穢，無顏入里門，尚趦趄近邑間。

日既暮，欲趨山寺宿。遇一女子，容貌若仙。近問：「何適？」生以實告。女曰：「我出家人，居有山洞，可以下榻，頗不畏虎狼。」生喜，從去。入深山中，見一洞府。入則門橫溪水，石梁駕之。又數武，有石室二，光明徹照，無須燈燭。命生解懸鶉，浴於溪流。曰：「濯之，創當瘉。」又開幛拂褥促寢，曰：「請即眠，當為郎作袴。」乃取大葉類芭蕉，翦綴作衣。生臥視之。製無幾時，摺疊牀頭，曰：「曉取著之。」乃與對榻寢。生浴後，覺創瘍無苦。既醒，摸之，則痂厚結矣。詰旦，將興，心疑蕉葉不可著。取而審視，則綠錦滑絕。少間，具餐。女取山葉呼作餅，食之，果餅；又翦作雞、魚，烹之皆如真者。室隅一罌，貯佳醞，輒復取飲；少減，則以溪水灌益之。數日，創痂盡脫，就女求宿。女曰：「輕薄兒！甫能安身，便生妄想！」生云：「聊以報德。」遂同臥處，大相歡愛。

一日，有少婦笑入，曰：「翩翩小鬼頭快活死！薛姑子好夢，幾時做得？」女迎笑曰：「花城娘子，貴趾久弗涉，今日西南風緊，吹送來也！小哥子抱得未？」曰：「又一小婢子。」女笑曰：「花娘子瓦窨哉！那弗將來？」曰：「方嗚之，睡卻矣。」於是坐以款飲。又顧生曰：「小郎君焚好香也。」生視之，年廿有三四，綽有餘妍。心好之。剝果誤落案下，俯假拾果，陰捻翹鳳；花城他顧而笑，若不知者。生方怳然神奪，頓覺袍袴無溫；自顧所服，悉成秋葉。幾駭絕。

危坐移時，漸變如故。竊幸二女之弗見也。少頃，酬酢間，又以指搔纖掌。城坦然笑謔，殊不覺知。突突怔忡間，衣已化葉，移時始復變。由是漸顏息慮，不敢妄想。城笑曰：「而家小郎子，大不端好！若弗是醋葫蘆娘子，恐跳迹入雲霄去。」女亦哂曰：「薄倖兒，便直得寒凍殺！」相與鼓掌。花城離席曰：「小婢醒，恐啼腸斷矣。」女亦起曰：「貪引他家男兒，不憶得小江城啼絕矣。」花城既去，懼貽誚責；女卒晤對如平時。居無何，秋老風寒，霜零木脫，女乃收落葉，蓄旨御冬。顧生肅縮，乃持襆掇拾洞口白雲，為絮複衣，著之，溫煖如襦，且輕鬆常如新綿。

逾年，生一子，極惠美。日在洞中弄兒為樂。然每念故里，乞與同歸。女曰：「妾不能從；不然，君自去。」因循二三年，兒漸長，遂與花城訂為姻好。生每以叔老為念。女曰：「阿叔臘故大高，幸復強健，無勞懸耿。待保兒婚後，去住由君。」女在洞中，輒取葉寫書教兒讀，兒過目即了。女曰：「此兒福相，放教入塵寰，無憂至臺閣。」未幾，兒年十四。花城親詣送女。女華妝至，容光照人。夫妻大悅，舉家讌集。翩翩扣釵而歌曰：「我有佳兒，不羨貴官。我有佳婦，不羨綺紈。今夕聚首，皆當喜歡。為君行酒，勸君加餐。」既而花城去，與兒夫婦對室居。新婦孝，依依膝下，宛如所生。生又言歸。女曰：「子有俗骨，終非仙品；兒亦富貴中人，可攜去，我不誤兒生平。」新婦思別其母，花城已至。兒女戀戀，涕各滿眶。兩母慰之曰：「暫去，可復來。」翩翩乃翦葉為驢，令三人跨之以歸。

大業已老歸林下，意姪已死，忽攜佳孫美婦歸，喜如獲寶。入門，各視所衣，悉蕉葉；破之，絮蒸蒸騰去。乃並易之。後生思翩翩，偕兒往探之，則黃葉滿逕，洞口雲迷，零涕而返。

異史氏曰：「翩翩、花城，殆仙者耶？餐葉衣雲，何其怪也！然幃幄誹謔，狎寢生雛，亦復何殊於人世？山中十五載，雖無『人民城郭』之異；而雲迷洞口，無迹可尋，睹其景況，真劉、阮返棹時矣。」

黑獸

聞李太公敬一言：「某公在瀋陽，宴集山顛。俯瞰山下，有虎啣物來，以爪穴地，瘞之而去。使人探所瘞，得死鹿。乃取鹿而虛掩其穴。少間，虎導一黑獸至，毛長數寸。虎前驅，若邀尊客。既至穴，獸眈眈蹲伺。虎探穴失鹿，戰伏不敢少動。獸怒其誑，以爪擊虎額，虎立斃，獸亦逕去。」

異史氏曰：「獸不知何名。然問其形，殊不大於虎，而何延頸受死，懼之如此其甚哉？凡物各有所制，理不可解。如獮最畏狨：遙見之，則百十成羣，羅而跪，無敢遁者。凝睛定息，聽狨至，以爪遍揣其肥瘠；肥者則以片石誌顛頂。獮戴石而伏，悚若木雞，惟恐墮落。狨揣志已，乃次第按石取食，餘始哄散。余嘗謂貪吏似狨，亦且揣民之肥瘠而志之，而裂食之；而民之戢耳聽食，莫敢喘息，蚩蚩之情，亦猶是也。可哀也夫！」

卷四

余德

武昌尹圖南，有別第，嘗為一秀才稅居。半年來，亦未嘗過問。一日，遇諸其門，年最少，而容儀裘馬，翩翩甚都。趨與語，即又蘊藉可愛。異之。歸語妻。妻遣婢託遺問以窺其室。室有麗姝，美豔逾於仙人；一切花石服玩，俱非耳目所經。尹不測其何人。詣門投謁，適值他出。翼日，即來答拜。展其刺呼，始知余姓德名。語次，細審官閥，言殊隱約。固詰之，則曰：「欲相還往，僕不敢自絕。應知非寇竊逋逃者，何須逼知來歷？」尹謝之。命酒款宴，言笑甚歡。向暮，有兩崑崙捉馬挑燈，迎導以去。

明日，折簡報主人。尹至其家，見屋壁俱用明光紙裱，潔如鏡。金狻猊爇異香。一碧玉瓶，插鳳尾孔雀羽各二，各長二尺餘。一水晶瓶，浸粉花一樹，不知何名，亦高二尺許，垂枝覆几外；葉疏花密，含苞未吐；花狀似溼蝶斂翼；蒂即如鬚。筵間不過八簋，而豐美異常。既，命童子擊鼓催花為令。鼓聲既動，則瓶中花顫顫欲折；俄而蝶翅漸張；既而鼓歇，淵然一聲，蒂鬚頓落，即為一蝶，飛落尹衣。余笑起，飛一巨觥；酒方引滿，蝶亦颺去。頃之，鼓又作，兩蝶飛集余冠。余笑云：「作法自斃矣。」亦引二觥。三鼓既終，花亂墮，翩翩而下，惹袖沾衿。鼓僮笑來指數：尹得九籌，余四籌。尹已薄醉，不能盡籌，強引三爵，離席亡去。由是益奇之。然其為人寡交與，每闔門居，不與國人通弔慶。尹逢人輒宣播；聞其異者，爭交歡余，門外冠蓋相望。余頗不耐，忽辭主人去。去後，尹入其家，空庭灑掃無纖塵；燭淚堆擲青階下；窗間零帛斷綫，指印宛然。惟舍後遺一小白石缸，可受石許。尹攜歸，貯水養朱魚。經年，水清如初貯。後為傭保移石，誤碎之。水蓄並不傾瀉。視之，缸宛在，捫之虛軟。手入其中，則水隨手洩；出其手，則復合。冬月亦不冰。一夜，忽結為晶，魚游如故。尹畏人知，常置密室，非子婿不以示也。久之漸播，索玩者紛錯於門。臘夜，忽解為水，陰溼滿地，魚亦渺然。其舊缸殘石猶存。忽有道士踵門求之，尹出以示。道士曰：「此龍宮蓄水器也。」尹述其破而不洩之異。道士曰：「此缸之魂也。」殷殷然乞得少許。問其何用。曰：「以屑合藥，可得永壽。」予一片，歡謝而去。

楊千總

畢民部公即家起備兵洮岷時，有千總楊化麟來迎。冠蓋在途，偶見一人遺便路側。楊關弓欲射之。公急呵止。楊曰：「此奴無禮，合小怖之。」乃遙呼曰：「遺屙者！奉贈一股會稽藤簪綰髻子。」即飛矢去，正中其髻。其人急奔，便液污地。

瓜異

康熙二十六年六月，邑西村民圃中，黃瓜上復生蔓，結西瓜一枚，大如椀。

青梅

白下程生，性磊落，不為畛畦。一日，自外歸，緩其束帶，覺帶端沈沈，若有物墮。視之，無所見。宛轉間，有女子從衣後出，掠髮微笑，麗絕。程疑其鬼。女曰：「妾非鬼，狐也。」程曰：「倘得佳人，鬼且不懼，而況於狐。」遂與狎。二年，生一女，小字青梅。每謂程：「勿娶，我且為君生男。」程信之，遂不娶。戚友共誚姍之。程志奪，聘湖東王氏。狐聞之，怒。就女乳之，委於程曰：「此汝家賠錢貨，生之殺之，俱由爾；我何故代人作乳媼乎！」出門逕去。

青梅長而慧；貌韶秀，酷肖其母。既而程病卒，王再醮去。青梅寄食於堂叔；叔蕩無行，欲鬻以自肥。適有王進士者，方候銓於家，聞其慧，購以重金，使從女阿喜服役。喜年十四，容華絕代。見梅忻悅，與同寢處。梅亦善候伺，能以目聽，以眉語，由是一家俱憐愛之。

邑有張生，字介受。家窶貧，無恆產，稅居王第。性純孝；制行不苟；又篤於學。青梅偶至其家，見生據石啗糠粥；入室與生母絮語，見案上具豚蹄焉。時翁臥病，生入，抱父而私。便液污衣，翁覺之而自恨；生掩其迹，急出自濯，恐翁知。梅以此大異之。歸述所見，謂女曰：「吾家客，非常人也。娘子不欲得良匹則已；欲得良匹，張生其人也。」女恐父厭其貧。梅曰：「不然，是在娘子。如以為可，妾潛告，使求伐焉。夫人必召商之；但應之曰『諾』也，則諧矣。」女恐終貧為天下笑。梅曰：「妾自謂能相天下士，必無謬誤。」明日，往告張媼。媼大驚，謂其言不祥。梅曰：「小姐聞公子而賢之也，妾故窺其意以為言。冰人往，我兩人袒焉，計合允遂。縱其否也，於公子何辱乎？」媼曰：「諾。」乃託侯氏賣花者往。夫人聞之而笑，以告王。王亦大笑。喚女至，述侯氏意。女未及答，青梅亟贊其賢，決其必貴。夫人又問曰：「此汝百年事。如能啜糠覈也，即為汝允之。」女俯首久之，顧壁而答曰：「貧富命也。倘命之厚，則貧無幾時；而不貧者無窮期矣。或命之薄，彼錦繡王孫，其無立錐者豈少哉？是在父母。」初，王之商女也，將以博笑；及聞女言，心不樂曰：「汝欲適張氏耶？」女不答；再問，再不答。怒曰：「賤骨了不長進！欲攜筐作乞人婦，寧不羞死！」女漲紅氣結，含涕引去；媒亦遂奔。

青梅見不諧，欲自謀。過數日，夜詣生。生方讀，驚問所來；詞涉吞吐。生正色卻之。梅泣曰：「妾良家子，非淫奔者；徒以君賢，故願自託。」生曰：「卿愛我，謂我賢也。昏夜之行，自好者不為，而謂賢者為之乎？夫始亂之而終成之，君子猶曰不可；況不能成，彼此何以自處？」梅曰：「萬一能成，肯賜援拾否？」生曰：「得人如卿，又何求？但有不可如何者三，故不敢輕諾耳。」曰：「若何？」曰：「卿不能自主，則不可如何；即能自主，我父母不樂，則不可如何；即樂之，而卿之身直必重，我貧不能措，則尤不可如何。卿速退，瓜李之嫌可畏也！」梅臨去，又囑曰：「君倘有意，乞共圖之。」生諾。

梅歸，女詰所往，遂跪而自投。女怒其淫奔，將施撲責。梅泣白無他，因而實告。女歎曰：「不苟合，禮也；必告父母，孝也；不輕然諾，信也：有此三德，天必祐之，其無患貧也已。」既而曰：「子將若何？」曰：「嫁之。」女笑曰：「癡婢能自主耶？」曰：「不濟，則以死繼之！」女曰：「我必如所願。」梅稽首而拜之。又數日，謂女曰：「曩而言之戲乎，抑果欲慈悲耶？果爾，則尚有微情，並祈垂憐焉。」女問之，答曰：「張生不能致聘，婢又無力可以自贖，必取盈焉，嫁我猶不嫁也。」女沈吟曰：「是非我之能為力矣。我曰嫁汝，且恐不得當；而曰必無取直焉，是大人所必不允，亦余所不敢言也。」青梅聞之，泣數行下，但求憐拯。女思良久，曰：「無已，我私蓄數金，當傾囊相助。」梅拜謝，因潛告張。張母大喜，多方乞貸，共得如干數，藏待好音。會王授曲沃宰，喜乘間告母曰：「青梅年已長，今將蒞任，不如遣之。」夫人固以青梅太黠，恐導女不義，每欲嫁之，而恐女不樂也，聞女言甚喜。踰兩日，有傭保婦白張氏意。王笑曰：「是只合偶婢子，前此何妄也！然鬻媵高門，價當倍於曩昔。」女急進曰：「青梅侍我久，賣為妾，良不忍。」王乃傳語張氏，仍以原金署券，以青梅嬪於生。

入門，孝翁姑，曲折承順，尤過於生，而操作更勤，饜糠粃不為苦。由是家中無不愛重青梅。

梅又以刺繡作業，售且速，賈人候門以購，惟恐弗得。得資稍可御窮。且勸勿以內顧誤讀，經紀皆自任之。因主人之任，往別阿喜。喜見之，泣曰：「子得所矣，我固不如。」梅曰：「是何人之賜，而敢忘之？然以為不如婢子，恐促婢子壽。」遂泣相別。

王如晉，半載，夫人卒，停柩寺中。又二年，王坐行賕免，罰贖萬計，漸貧不能自給，從者逃散。是時，疫大作，王染疾亦卒。惟一媪從女。未幾，媪又卒。女伶仃益苦。有鄰媪勸之嫁，女曰：「能為我葬雙親者，從之。」媪憐之，贈以斗米而去。半月復來，曰：「我為娘子極力，事難合也；貧者不能為而葬，富者又嫌子為陵夷嗣，奈何！尚有一策，但恐不能從也。」女曰：「若何？」曰：「此間有李郎，欲覓側室，倘見姿容，即遣厚葬，必當不惜。」女大哭曰：「我縉紳裔而為人妾耶！」媪無言，遂去。日僅一餐，延息待價。居半年，益不可支。一日，媪至。女泣告曰：「困頓如此，每欲自盡，猶戀戀而苟活者，徒以有兩柩在。己將轉溝壑，誰收親骨者？故思不如依汝所言也。」媪於是即導李來，微窺女，大悅。即出金營葬，雙櫬具舉。已，乃載女去，入參冢室。冢室故悍妒，李初未敢言妾，但託買婢。及見女，暴怒，杖逐而出，不聽入門。

女披髮零涕，進退無所。有老尼過，邀與同居。女喜，從之。至庵中，拜求祝髮。尼不可，曰：「我視娘子，非久臥風塵者。庵中陶器脫粟，粗可自支，姑寄此以待之。時至，子自去。」居無何，市中無賴窺女美，輒打門游語為戲，尼不能制止。女號泣欲自死。尼往求吏部某公揭示嚴禁，惡少始稍斂迹。後有夜穴寺壁者，尼警呼始去。因復告吏部，捉得首惡者，送郡笞責，始漸安。又年餘，有貴公子過庵，見女驚絕，強尼通殷勤，又以厚賂啗尼。尼婉語之曰：「渠簪纓胄，不甘媵御。公子且歸，遲遲當有以報命。」既去，女欲乳藥求死。夜夢父來，疾首曰：「我不從汝志，致汝至此，悔之已晚！但緩須臾勿死，夙願尚可復酬。」女異之。天明，盥已，尼望之而驚曰：「睹子面，濁氣盡消，橫逆不足憂也。福且至，勿忘老身矣。」語未已，聞扣戶聲。女失色，意必貴家奴。尼啟扉果然。奴驟問所謀。尼甘語承迎，但請緩以三日。奴述主言，事若無成，俾尼自復命。尼唯唯敬應，謝令去。女大悲，又欲自盡。尼止之。女慮三日復來，無詞可應。尼曰：「有老身在，斬殺自當之。」

次日，方晡，暴雨翻盆，忽聞數人撾戶大譁。女意變作，驚怯不知所為。尼冒雨啓關，見有肩輿停駐；女奴數輩，捧一麗人出；僕從煊赫，冠蓋甚都。驚問之，云：「是司李內眷，暫避風雨。」導入殿中，移榻肅坐。家人婦羣奔禪房，各尋休憩。入室見女，豔之，走告夫人。無何，雨息，夫人起，請窺禪舍。尼引入，睹女駭絕，凝眸不瞬；女亦顧盼良久。夫人非他，蓋青梅也。各失聲哭，因道行蹤。蓋張翁病故，生起復後，連捷授司李。生先奉母之任，後移諸眷口。女歎曰：「今日相看，何啻霄壤！」梅笑曰：「幸娘子挫折無偶，天正欲我兩人完聚耳。倘非阻雨，何以有此邂逅？此中具有鬼神，非人力也。」乃取珠冠錦衣，催女易妝。女俯首徘徊，尼從中贊勸之。女慮同居其名不順。梅曰：「昔日自有定分，婢子敢忘大德！試思張郎，豈負義者？」強妝之，別尼而去。抵任，母子皆喜。女拜曰：「今無顏見母。」母笑慰之。因謀涓吉合巹，女曰：「庵中但有一絲生路，亦不肯從夫人至此。倘念舊好，得受一廬，可容蒲團足矣。」梅笑而不言。及期，抱豔妝來。女左右不知所可。俄聞樂鼓大作，女亦無以自主。梅率婢媼強衣之，挽扶而出。見生朝服而拜，遂不覺盈盈而亦拜也。梅曳入洞房，曰：「虛此位以待君久矣。」又顧生曰：「今夜得報恩，可好為之。」返身欲去。女捉其裾，梅笑云：「勿留我，此不能相代也。」解指脫去。

青梅事女謹，莫敢當夕，而女終慚沮不自安。於是母命相呼以夫人；然梅終執婢妾禮，罔敢懈。三年，張行取入都，過尼庵，以五百金為尼壽。尼不受。固強之，乃受二百金，起大士祠，建王夫人碑。後張仕至侍郎。程夫人舉二子一女，王夫人四子一女。張上書陳情，俱封夫人。

異史氏曰：「天生佳麗，固將以報名賢；而世俗之王公，乃留以贈紈袴。此造物所必爭也。而離離奇奇，致作合者無限經營，化工亦良苦矣。獨是青夫人能識英雄於塵埃，誓嫁之志，期以必死；曾儼然而冠裳也者，顧棄德行而求膏粱，何智出婢子下哉！」

羅剎海市

馬驥，字龍媒，賈人子。美丰姿。少倜儻，喜歌舞。輒從梨園子弟，以錦帕纏頭，美如好女，因復有「俊人」之號。十四歲，入郡庠，即知名。父衰老，罷賈而居。謂生曰：「數卷書，饑不可煮，寒不可衣。吾兒可仍繼父賈。」馬由是稍稍權子母。從人浮海，為颶風引去，數晝夜，至一都會。其人皆奇醜；見馬至，以為妖，羣譁而走。馬初見其狀，大懼；迨知國人之駭己也，遂反以此欺國人。遇飲食者，則奔而往；人驚遁，則啜其餘。久之，入山村。其間形貌亦有似人者，然襤褸如丐。馬息樹下，村人不敢前，但遙望之。久之，覺馬非噬人者，始稍稍近就之。馬笑與語。其言雖異，亦半可解。馬遂自陳所自。村人喜，遍告鄰里，客非能搏噬者。然奇醜者望望即去，終不敢前。其來者，口鼻位置，尚皆與中國同。共羅漿酒奉馬。馬問其相駭之故。答曰：「嘗聞祖父言：西去二萬六千里，有中國，其人民形象率詭異。但耳食之，今始信。」問其何貧。曰：「我國所重，不在文章，而在形貌。其美之極者，為上卿；次任民社；下焉者，亦邀貴人寵，故得鼎烹以養妻子。若我輩初生時，父母皆以為不祥，往往置棄之；其不忍遽棄者，皆為宗嗣耳。」問：「此名何國？」曰：「大羅剎國。都城在北去三十里。」馬請導往一觀。於是雞鳴而興，引與俱去。

天明，始達都。都以黑石為牆，色如墨。樓閣近百尺。然少瓦，覆以紅石；拾其殘塊磨甲上，無異丹砂。時值朝退，朝中有冠蓋出，村人指曰：「此相國也。」視之，雙耳皆背生，鼻三孔，睫毛覆目如簾。又數騎出，曰：「此大夫也。」以次各指其官職，率髼鬙怪異；然位漸卑，醜亦漸殺。無何，馬歸，街衢人望見之，譟奔跌蹶，如逢怪物。村人百口解說，市人始敢遙立。既歸，國中無大小，咸知村有異人，於是搢紳大夫，爭欲一廣見聞，遂令村人要馬。然每至一家，閽人輒闔戶，丈夫女子竊竊自門隙中窺語；終一日，無敢延見者。村人曰：「此間一執戟郎，曾為先王出使異國，所閱人多，或不以子為懼。」造郎門。郎果喜，揖為上賓。視其貌，如八九十歲人。目睛突出，鬚卷如蝟。曰：「僕少奉王命，出使最多；獨未嘗至中華。今一百二十餘歲，又得睹上國人物，此不可不上聞於天子。然臣臥林下，十餘年不踐朝階，早旦，為君一行。」乃具飲饌，修主客禮。酒數行，出女樂十餘人，更番歌舞。貌類如夜叉，皆以白錦纏頭，拖朱衣及地。扮唱不知何詞，腔拍恢詭。主人顧而樂之。問：「中國亦有此樂乎？」曰：「有。」主人請擬其聲，遂擊桌為度一曲。主人喜曰：「異哉！聲如鳳鳴龍嘯，從未曾聞。」

翼日，趨朝，薦諸國王。王忻然下詔。有二三大臣，言其怪狀，恐驚聖體。王乃止。即出告馬，深為扼腕。居久之，與主人飲而醉，把劍起舞，以煤塗面作張飛。主人以為美，曰：「請客以張飛見宰相，宰相必樂用之，厚祿不難致。」馬曰：「嘻！游戲猶可，何能易面目圖榮顯？」主人固強之，馬乃諾。主人設筵，邀當路者飲，令馬繪面以待。未幾，客至，呼馬出見客。客訝曰：「異哉！何前媸而今妍也！」遂與共飲，甚歡。馬婆娑歌「弋陽曲」，一座無不傾倒。明日，交章薦馬。王喜，召以旌節。既見，問中國治安之道，馬委曲上陳，大蒙嘉歎，賜宴離宮。酒酣，王曰：「聞卿善雅樂，可使寡人得而聞之乎？」馬即起舞，亦效白錦纏頭，作靡靡之音。王大悅，即日拜下大夫。時與私宴，恩寵殊異。久而官僚百執事，頗覺其面目之假；所至，輒見人耳語，不甚與款洽。馬至是孤立，惆然不自安。遂上疏乞休致，不許；又告休沐，乃給三月假。

於是乘傳載金寶，復歸山村。村人膝行以迎。馬以金資分給舊所與交好者，歡聲雷動。村人曰：「吾儕小人受大夫賜，明日赴海市，當求珍玩，用報大夫。」問：「海市何地？」曰：「海中市，四海鮫人，集貨珠寶；四方十二國，均來貿易。中多神人游戲。雲霞障天，波濤間作。貴人自重，不敢犯險阻，皆以金帛付我輩，代購異珍。今其期不遠矣。」問所自知，曰：「每見海上朱鳥來往，七日即市。」馬問行期，欲同游矚，村人勸使自貴。馬曰：「我顧滄海客，何畏風濤？」未幾，果有踵門寄資者，遂與裝資入船。船容數十人，平底高欄。十人搖櫓，激水如箭。凡三日，遙見水雲幌漾之中，樓閣層疊；貿遷之舟，紛集如蟻。少時，抵城下。視牆上磚，皆長與人等。敵樓高接雲漢。維舟而入，見市上所陳，奇珍異寶，光明射眼，多人世所無。

一少年乘駿馬來，市人盡奔避，云是「東洋三世子」。世子過，目生曰：「此非異域人。」即有前馬者來詰鄉籍。生揖道左，具展邦族。世子喜曰：「既蒙辱臨，緣分不淺！」於是授生騎，請與連轡。乃出西城。方至島岸，所騎嘶躍入水。生大駭失聲。則見海水中分，屹如壁立。俄睹宮殿，玳瑁為梁，魴鱗作瓦；四壁晶明，鑑影炫目。下馬揖入。仰見龍君在上，世子啓奏：「臣游市廛，得中華賢士，引見大王。」生前拜舞。龍君乃言：「先生文學士，必能衙官屈、宋。欲煩椽筆賦『海市』，幸無吝珠玉。」生稽首受命。授以水精之硯，龍鬣之毫，紙光似雪，墨氣如蘭。生立成千餘言，獻殿上。龍君擊節曰：「先生雄才，有光水國多矣！」遂集諸龍族，讌集采霞宮。酒炙數行，龍君執爵向客曰：「寡人所憐女，未有良匹，願累先生。先生倘有意乎？」生離席愧荷，唯唯而已。龍君顧左右語。無何，宮人數輩，扶女郎出。佩環聲動，鼓吹暴作，拜竟睨之，實仙人也。女拜已而去。少時，酒罷，雙鬟挑畫燈，導生入副宮。女濃妝坐伺。珊瑚之牀，飾以八寶；帳外流蘇，綴明珠如斗大；衾褥皆香軟。天方曙，則雛女妖鬟，奔入滿側。生起，趨出朝謝。拜為駙馬都尉。以其賦馳傳諸海。諸海龍君，皆專員來賀；爭折簡招駙馬飲。生衣繡裳，駕青虬，呵殿而出。武士數十騎，皆雕弧，荷白棓，晃耀填擁。馬上彈箏，車中奏玉。三日間，遍歷諸海。由是「龍媒」之名，譟於四海。宮中有玉樹一株，圍可合抱；本瑩澈，如白琉璃；中有心，淡黃色；稍細於臂；葉類碧玉，厚一錢許，細碎有濃陰。常與女嘯詠其下。花開滿樹，狀類薝蔔。每一瓣落，鏘然作響。拾視之，如赤瑙雕鏤，光明可愛。時有異鳥來鳴，——毛金碧色，尾長於身，——聲等哀玉，惻人肺腑。生每聞輒念鄉土。因謂女曰：「亡出三年，恩慈間阻，每一念及，涕膺汗背。卿能從我歸乎？」女曰：「仙塵路隔，不能相依。妾亦不忍以魚水之愛，奪膝下之歡。容徐謀之。」生聞之，泣不自禁。女亦歎曰：「此勢之不能兩全者也！」明日，生自外歸。龍君曰：「聞都尉有故土之思，詰旦趣裝，可乎？」生謝曰：「逆旅孤臣，過蒙優寵，啣報之誠，結於肺肝。容暫歸省，當圖復聚耳。」入暮，女置酒話別。生訂後會。女曰：「情緣盡矣。」生大悲。女曰：「歸養雙親，見君之孝。人生聚散，百年猶旦暮耳，何用作兒女哀泣？此後妾為君貞，君為妾義，兩地同心，即伉儷也，何必旦夕相守，乃謂之偕老乎？若渝此盟，婚姻不吉。倘慮中饋乏人，納婢可耳。更有一事相囑：自奉裳衣，似有佳朕，煩君命名。」生曰：「其女耶，可名龍宮；男耶，可名福海。」女乞一物為信。生在羅剎國所得赤玉蓮花一對，出以授女。女曰：「三年後四月八日，君當泛舟南島，還君體胤。」女以魚革為囊，實以珠寶，授生曰：「珍藏之，數世吃著不盡也。」天微明，王設祖帳，饋遺甚豐。生拜別出宮，女乘白羊車，送諸海涘。生上岸下馬，女致聲珍重，回車便去，少頃便遠，海水復合，不可復見。生乃歸。

自浮海去，咸謂其已死；及至家，家人無不詫異。幸翁媼無恙，獨妻已他適。乃悟龍女「守義」之言，蓋已先知也。父欲為生再婚；生不可，納婢焉。謹志三年之期，泛舟島中。見兩兒坐浮水面，拍流嬉笑，不動亦不沈。近引之，兒啞然捉生臂，躍入懷中。其一大啼，似嗔生之不援己者。亦引上之。細審之，一男一女，貌皆婉秀。額上花冠綴玉，則赤蓮在焉。背有錦囊，拆視，得書云：「翁姑計各無恙。忽忽三年，紅塵永隔；盈盈一水，青鳥難通。結想為夢，引領成勞，茫茫藍蔚，有恨如何也！顧念奔月姮娥，且虛桂府；投梭織女，猶悵銀河。我何人斯，而能永好？興思及此，輒復破涕為笑。別後兩月，竟得孿生。今已啁啾懷抱，頗解言笑；覓棗抓梨，不母可活。敬以還君。所貽赤玉蓮花，飾冠作信。膝頭抱兒時，猶妾在左右也。聞君克踐舊盟，意願斯慰。妾此生不二，之死靡他。匳中珍物，不蓄蘭膏；鏡裏新妝，久辭粉黛。君似征人，妾作蕩婦，即置而不御，亦何得謂非琴瑟哉？獨計翁姑亦既抱孫，曾未一覿新婦，揆之情理，亦屬缺然。歲後阿姑窀穸，當往臨穴，一盡婦職。過此以往，則『龍宮』無恙，不少把握之期；『福海』長生，或有往還之路。伏惟珍重，不盡欲言。」生反復省書攬涕。兩兒抱頸曰：「歸休乎！」生益慟，撫之曰：「兒知家在何許？」兒亟啼，嘔啞言歸。生望海水茫茫，極天無際，霧鬟人渺，煙波路窮。抱兒返棹，悵然遂歸。

生知母壽不永，周身物悉為預具，墓中植松檟百餘。逾歲，媼果亡。靈轝至殯宮，有女子縗經臨穴。眾方驚顧，忽而風激雷轟，繼以急雨，轉瞬間已失所在。松柏新植多枯，至是皆活。福海稍長，輒思其母，忽自投入海，數日始還。龍宮以女子不得往，時掩戶泣。一日，晝暝，龍女急入，止之曰：「兒自成家，哭泣何為？」乃賜八尺珊瑚一株、龍腦香一帖、明珠百顆、八寶嵌金合一雙，為作嫁資。生聞之，突入，執手啜泣。俄頃，疾雷破屋，女已無矣。

異史氏曰：「花面逢迎，世情如鬼。嗜痂之癖，舉世一轍。『小慚小好，大慚大好』；若公然帶鬚眉以游都市，其不駭而走者，蓋幾希矣。彼陵陽癡子，將抱連城玉向何處哭也？嗚呼！顯榮富貴，當於蜃樓海市中求之耳！」

田七郎

武承休，遼陽人。喜交游，所與皆知名士。夜夢一人告之曰：「子交游遍海內，皆濫交耳。惟一人可共患難，何反不識？」問：「何人？」曰：「田七郎非與？」醒而異之。詰朝，見所與游，輒問七郎。客或識為東村業獵者，武敬謁諸家，以馬箠撾門。未幾，一人出，年二十餘，貙目蜂腰，著膩帢，衣皂犢鼻，多白補綴。拱手於額而問所自。武展姓字；且託途中不快，借廬憩息。問七郎，答云：「即我是也。」遂延客入。見破屋數椽，木岐支壁。入一小室，虎皮狼蛻，懸布楹間，更無杌榻可坐。七郎就地設皋比焉。武與語，言詞樸質，大悅之。遽貽金作生計。七郎不受。固予之。七郎受以白母。俄頃將還，固辭不受。武強之再四，母龍鍾而至，厲色曰：「老身只此兒，不欲令事貴客！」武慚而退。歸途展轉，不解其意。適從人於舍後聞母言，因以告武。先是，七郎持金白母。母曰：「我適睹公子，有晦紋，必罹奇禍。聞之：受人知者分人憂，受人恩者急人難。富人報人以財，貧人報人以義。無故而得重賂，不祥，恐將取死報於子矣。」武聞之。深歎母賢；然益傾慕七郎。翼日，設筵招之，辭不至。武登其堂，坐而索飲。七郎自行酒，陳鹿脯，殊盡情禮。越日，武邀酬之，乃至。款洽甚歡。贈以金，即不受。武托購虎皮，乃受之。歸視所蓄，計不足償，思再獵而後獻之。入山三日，無所獵獲。會妻病，守視湯藥，不遑操業。浹旬，妻奄忽以死。為營齋葬，所受金，稍稍耗去。武親臨唁送，禮儀優渥。既葬，負弩山林，益思所以報武；而迄無所得。武探得其故，輒勸勿亟。切望七郎姑一臨存；而七郎終以負債為憾，不肯至。武因先索舊藏，以速其來。七郎檢視故革，則蠹蝕殃敗，毛盡脫，懊喪益甚。武知之，馳行其庭，極意慰解之。又視敗革，曰：「此亦復佳。僕所欲得，原不以毛。」遂軸鞟出，兼邀同往。七郎不可，乃自歸。七郎念終不足以報武，裹糧入山，凡數夜忽得一虎，全而饋之。武喜，治具，請三日留。七郎辭之堅。武鍵庭戶，使不得出。賓客見七郎樸陋，竊謂公子妄交。武周旋七郎，殊異諸客。為易新服，卻不受；承其寐而潛易之，不得已而受之。既去，其子奉媼命，返新衣，索其敝裰。武笑曰：「歸語老姥，故衣已拆作履襯矣。」自是，七郎日以兔鹿相貽，召之即不復至。武一日詣七郎，值出獵未返。媼出，踦門語曰：「再勿引致吾兒，大不懷好意！」武敬禮之，慚而退。半年許，家人忽白：「七郎為爭獵豹，毆死人命，捉將官裏去。」武大驚，馳視之，已械收在獄。見武無言，但云：「此後煩恤老母。」武慘然出；急以重金賂邑宰，又以百金賂仇主。月餘無事，釋七郎歸。母慨然曰：「子髮膚受之武公子耳，非老身所得而愛惜者。但祝公子終百年，無災患，即兒福。」七郎欲詣謝武。母曰：「往則往耳，見武公子勿謝也。小恩可謝，大恩不可謝。」七郎見武；武溫言慰藉，七郎唯唯。家人咸怪其疏；武喜其誠篤，益厚遇之。由是恆數日留公子家。饋遺輒受，不復辭，亦不言報。會武初度，賓從煩多，夜舍履滿。武偕七郎臥斗室中，三僕即牀下藉芻藁。二更向盡，諸僕皆睡去，兩人猶刺刺語。七郎佩刀掛壁間，忽自騰出匣數寸許，錚錚作響，光閃爍如電。武驚起。七郎亦起，問：「牀下臥者何人？」武答：「皆廝僕。」七郎曰：「此中必有惡人。」武問故。七郎曰：「此刀購諸異國，殺人未嘗濡縷。迄今佩三世矣。決首至千計，尚如新發於硎。見惡人則鳴躍，當去殺人不遠矣。公子宜親君子、遠小人，或萬一可免。」武頷之。七郎終不樂，輾轉牀席。武曰：「災祥數耳，何憂之深？」七郎曰：「我諸無恐怖，徒以有老母在。」武曰：「何遽至此！」七郎曰：「無則便佳。」

蓋牀下三人：一為林兒，是老彌子，能得主人歡；一僮僕，年十二三，武所常役者；一李應，最拗拙，每因細事與公子裂眼爭，武恆怒之。當夜默念，疑必此人。詰旦，喚至，善言絕令去。武長子紳，娶王氏。一日，武他出，留林兒居守。齋中菊花方燦。新婦意翁出，齋庭當寂，自詣摘菊。林兒突出勾戲。婦欲遁，林兒強挾入室。婦啼拒，色變聲嘶。紳奔入，林兒始釋手逃去。武歸聞之，怒覓林兒，竟已不知所之。過二三日，始知其投身某御史家。某官都中，家務皆委決於弟。武以同袍義，致書索林兒，某弟竟置不發。武益恚，質詞邑宰。勾牒雖出，而隸不捕，官亦不問。武方憤怒，適七郎至。武曰：「君言驗矣。」因與告愬。七郎顏色慘變，終無一語，即逕去。武囑幹僕邏察林兒。林兒夜歸，為邏者所獲，執見武。武掠楚之。林兒語侵武。武叔恆，故長者，恐姪暴怒致禍，勸不如治以官法。武從之，縶赴公庭。而御史家刺書郵至；宰釋林兒，付紀綱以去。林兒意益肆，倡言叢眾中，誣主人婦與私。武無奈之，忿塞欲死。馳登御史門，俯仰叫罵。里舍慰勸令歸。

逾夜，忽有家人白：「林兒被人臠割，拋尸曠野間。」武驚喜，意氣稍伸。俄聞御史家訟其叔姪，遂偕叔赴質。宰不容辨，欲笞恆。武抗聲曰：「殺人莫須有！至辱詈搢紳，則生實為之，無與叔事。」宰置不聞。武裂眥欲上，羣役禁捽之。操杖隸皆紳家走狗，恆又老耄，籤數未半，奄然已死。宰見武叔垂斃，亦不復究。武號且罵，宰亦若弗聞也者。遂舁叔歸。哀憤無所為計。思欲得七郎謀，而七郎更不一弔問。竊自念：待七郎不薄，何遽如行路人？亦疑殺林兒必七郎。轉念：果爾，胡得不謀？於是遣人探諸其家，至則扃鐍寂然，鄰人並不知耗。

一日，某弟方在內廨，與宰關說。值晨進薪水，忽一樵人至前，釋擔抽利刃，直奔之。某惶急，以手格刃，刃落斷腕；又一刀，始決其首。宰大驚，竄去。樵人猶張惶四顧。諸役吏急闔署門，操杖疾呼。樵人乃自剄死。紛紛集認，識者知為田七郎也。宰驚定，始出覆驗。見七郎僵臥血泊中，手猶握刃。方停蓋審視，尸忽崛然躍起，竟決宰首，已而復踣。衙官捕其母子，則亡去已數日矣。武聞七郎死，馳哭盡哀。咸謂其主使七郎，武破產夤緣當路，始得免。七郎尸棄原野三十餘日，禽犬環守之。武取而厚葬。其子流寓於登，變姓為佟。起行伍，以功至同知將軍。歸遼，武已八十餘，乃指示其父墓焉。

異史氏曰：「一錢不輕受，正其一飯不敢忘者也。賢哉母乎！七郎者，憤未盡雪，死猶伸之，抑何其神？使荊卿能爾，則千載無遺恨矣。苟有其人，可以補天網之漏；世道茫茫，恨七郎少也。悲夫！」

產 龍

王戌間，邑邢村李氏婦，良人死，有遺腹，忽脹如甕，忽束如握。臨蓐，一晝夜不能產。視之，見龍首，一見輒縮去。家人大懼，不敢近。有王媼者，焚香禹步，且捺且咒。未幾，胞墮，不復見龍；惟數鱗，皆大如錢。繼下一女，肉瑩澈如晶，臟腑可數。

保住

吳藩未叛時，嘗諭將士：有獨力能擒一虎者，優以廩祿，號「打虎將」。將中一人，名保住，健捷如猱。邸中建高樓，梁木初架。住沿樓角而登，頃刻至顛；立脊檁上，疾趨而行，凡三四返；已乃踴身躍下，直立挺然。

王有愛姬善琵琶。所御琵琶，以暖玉為牙柱，抱之一室生溫。姬寶藏，非王手諭，不出示人。一夕，宴集，客請一觀其異。王適惰，期以翼日。時住在側，曰：「不奉王命，臣能取之。」王使人馳告府中，內外戒備，然後遣之。住踰十數重垣，始達姬院。見燈輝室中，而門扃錮，不得入。廊下有鸚鵡宿架上住乃作貓子叫；既而學鸚鵡鳴，疾呼「貓來」。擺撲之聲且急。聞姬云：「綠奴可急視，鸚鵡被撲殺矣！」住隱身暗處。俄一女子挑燈出，身甫離門，住已塞入。見姬守琵琶在几上，逕攜趨出。姬愕呼「寇至」，防者盡起。見住抱琵琶走，逐之不及，攢矢如雨。住躍登樹上。牆下故有大槐三十餘章，住穿行樹杪，如鳥移枝；樹盡登屋，屋盡登樓；飛奔殿閣，不啻翅翎，瞥然間不知所在。客方飲，住抱琵琶飛落筵前，門扃如故，雞犬無聲。

公孫九娘

于七一案，連坐被誅者，棲霞、萊陽兩縣最多。一日俘數百人，盡戮於演武場中。碧血滿地，白骨撐天。上官慈悲，捐給棺木，濟城工肆，材木一空。以故伏刑東鬼，多葬南郊。甲寅間，有萊陽生至稷下，有親友二三人，亦在誅數，因市楮帛，酹奠榛墟。就稅舍於下院之僧。明日，入城營幹，日暮未歸。忽一少年，造室來訪。見生不在，脫帽登牀，著履仰臥。僕人問其誰何，合眸不對。既而生歸，則暮色矇矓，不甚可辨。自詣牀下問之。瞠目曰：「我候汝主人。絮絮逼問，我豈暴客耶！」生笑曰：「主人在此。」少年急起著冠，揖而坐，極道寒暄。聽其音，似曾相識。急呼燈至，則同邑朱生，亦死於于七之難者。大駭卻走。朱曳之云：「僕與君文字交，何寡於情？我雖鬼，故人之念，耿耿不去心。今有所瀆，願無以異物遂猜薄之。」生乃坐，請所命。曰：「令女甥寡居無偶，僕欲得主中饋。屢通媒妁，輒以無尊長之命為辭。幸無惜齒牙餘惠。」先是，生有甥女，早失恃，遺生鞠養，十五始歸其家。俘至濟南，聞父被刑，驚慟而絕。生曰：「渠自有父，何我之求？」朱曰：「其父為猶子啓櫬去，今不在此。」問：「女甥向依阿誰？」曰：「與鄰媼同居。」生慮生人不能作鬼媒。朱曰：「如蒙金諾，還屈玉趾。」遂起握生手。生固辭，問：「何之？」曰：「第行。」勉從與去。

北行里許，有大村落，約數十百家。至一第宅，朱叩扉，即有媼出。豁開二扉，問朱何為？曰：「煩達娘子：阿舅至。」媼旋反，須臾復出，邀生入。顧朱曰：「兩椽茅舍子大隘，勞公子門外少坐候。」生從之入。見半畝荒庭，列小室二。甥女迎門啜泣，生亦泣。室中燈火熒然。女貌秀潔如生時，凝眸含涕，遍問妗姑。生曰：「具各無恙，但荊人物故矣。」女又嗚咽曰：「兒少受舅妗撫育，尚無寸報，不圖先葬溝瀆，殊為恨恨。舊年伯伯家大哥遷父去，置兒不一念；數百里外，伶仃如秋燕。舅不以沈魂可棄，又蒙賜金帛，兒已得之矣。」生乃以朱言告，女俯首無語。媼曰：「公子曩託楊姥三五返。老身謂是大好；小娘子不肯自草草，得舅為政，方此意慊得。」言次，一十七八女郎，從一青衣，遽掩入；瞥見生，轉身欲遁。女牽其裾曰：「勿須爾！是阿舅，非他人。」生揖之。女郎亦斂衽。甥曰：「九娘，棲霞公孫氏。阿爹故家子，今亦『窮波斯』，落落不稱意。旦晚與兒還往。」生睨之，笑彎秋月，羞暈朝霞，實天人也。曰：「可知是大家，蝸廬人那如此娟好。」甥笑曰：「且是女學士，詩詞俱大高。昨兒稍得指教。」九娘微哂曰：「小婢無端敗壞人，教阿舅齒冷也。」甥又笑曰：「舅斷絃未續，若個小娘子，頗能快意否？」九娘笑奔出，曰：「婢子顛瘋作也！」遂去。言雖近戲，而生殊愛好之。甥似微察，乃曰：「九娘才貌無雙，舅倘不以糞壤致猜，兒當請諸其母。」生大悅，然慮人鬼難匹。女曰：「無傷，彼與舅有夙分。」生乃出。女送之，曰：「五日後，月明人靜，當遣人往相迓。」生至戶外，不見朱。翹首西望。月啣半規，昏黃中猶認舊逕。見南向一第，朱坐門石上，起逆曰：「相待已久，寒舍即勞垂顧。」遂攜手入，殷殷展謝。出金爵一、晉珠百枚，曰：「他無長物，聊代禽儀。」既而曰：「家有濁醪，但幽室之物，不足款嘉賓，奈何！」生撝謝而退。朱送至中途，始別。

生歸，僧僕集問，生隱之曰：「言鬼者妄也，適赴友人飲耳。」後五日，果見朱來，整履搖箑，意甚忻適。才至戶庭，望塵即拜。少間，笑曰：「君嘉禮既成，慶在今夕，便煩枉步。」生曰：「以無回音，尚未致聘，何遽成禮？」朱曰：「僕已代致之。」生深感荷，從與俱去。直達臥所，則甥女華妝迎笑。生問：「何時于歸？」朱云：「三日矣。」生乃出所贈珠，為甥助妝。女三辭乃受。謂生曰：「兒以舅意白公孫老夫人，夫人作大歡喜。但言：老耄無他骨肉，不欲九娘遠嫁，期今夜舅往贅諸其家。伊家無男子，便可同郎往也。」朱乃導去。村將盡，一第門開，二人登其堂。俄白：「老夫人至。」有二青衣扶嫗升階。生欲展拜，夫人云：「老朽龍鍾，不能為禮，當即脫邊幅。」乃指畫青衣，置酒高會。朱乃喚家人，另出肴俎，列置生前；亦別設一壺，為客行觴。筵中進饌，無異人世。然主人自舉，殊不勸進。

既而席罷，朱歸。青衣導生去。入室，則九娘華燭凝待。邂逅含情，極盡歡昵。初，九娘母子，原解赴都。至郡，母不堪困苦死，九娘亦自剄。枕上追述往事，哽咽不成眠。乃口占兩絕云：「昔日羅裳化作塵，空將業果恨前身。十年露冷楓林月，此夜初逢畫閣春。」「白楊風雨繞孤墳，誰想陽臺更作雲？忽啓鏤金箱裏看，血腥猶染舊羅裙。」天將明，即促曰：「君宜且去，勿驚廝僕。」自此晝來宵往，嬖惑殊甚。

一夕，問九娘：「此村何名？」曰：「萊霞里。里中多兩處新鬼，因以為名。」生聞之欷歔。女悲曰：「千里柔魂，蓬游無底，母子零孤，言之愴惻。幸念一夕恩義，收兒骨歸葬墓側，使百世得所依棲，死且不朽。」生諾之。女曰：「人鬼路殊，君亦不宜久滯。」乃以羅襪贈生，揮淚促別。生悽然而出，忉怛若喪。心悵悵不忍歸，因過叩朱氏之門。朱白足出逆；甥亦起，雲鬢鬅松，驚來省問。生怊悵移時，始述九娘語。女曰：「妗氏不言，兒亦夙夜圖之。此非人世，久居誠非所宜。」於是相對汍瀾。生亦含涕而別。叩寓歸寢，展轉申旦。欲覓九娘之墓，則忘問誌表。及夜復往，則千墳纍纍，竟迷村路，歎恨而返。展視羅襪，著風寸斷，腐如灰燼，遂治裝東旋。

半載不能自釋，復如稷門，冀有所遇。及抵南郊，日勢已晚，息駕庭樹，趨詣叢葬所。但見墳兆萬接，迷目榛荒，鬼火狐鳴，駭人心目。驚悼歸舍。失意遨游，返轡遂東。行里許，遙見女郎，獨行丘墓間，神情意致，怪似九娘。揮鞭就視，果九娘。下騎與語，女竟走，若不相識。再逼近之，色作努，舉袖自障。頓呼「九娘」，則湮然滅矣。

異史氏曰：「香草沈羅，血滿胸臆；東山佩玦，淚漬泥沙：古有孝子忠臣，至死不諒於君父者。公孫九娘豈以負骸骨之託，而怨懟不釋於中耶？脾鬲間物，不能掬以相示，冤乎哉！」

促織

宣德間，宮中尚促織之戲，歲征民間。此物故非西產；有華陰令欲媚上官，以一頭進，試使鬥而才，因責常供。令以責之里正。

市中游俠兒，得佳者籠養之，昂其直，居為奇貨。里胥猾黠，假此科斂丁口，每責一頭，輒傾數家之產。

邑有成名者，操童子業，久不售。為人迂訥，遂為猾胥報充里正役，百計營謀不能脫。不終歲，薄產累盡。會征促織，成不敢斂戶口，而又無所賠償，憂悶欲死。妻曰：「死何裨益？不如自行搜覓，冀有萬一之得。」成然之。早出暮歸，提竹筒銅絲籠，於敗堵叢草處，探石發穴，靡計不施，迄無濟；即捕得三兩頭，又劣弱不中於款。宰嚴限追比；旬餘，杖至百，兩股間膿血流離，並蟲不能行捉矣。轉側牀頭，惟思自盡。時村中來一駝背巫，能以神卜。成妻具資詣問，見紅女白婆，填塞門戶。入其舍，則密室垂簾，簾外設香几。問者爇香於鼎，再拜。巫從傍望空代祝，唇吻翕闢，不知何詞。各各竦立以聽。少間，簾內擲一紙出，即道人意中事，無毫髮爽。成妻納錢案上，焚拜如前人。食頃，簾動，片紙拋落。拾視之，非字而畫，中繪殿閣，類蘭若；後小山下，怪石亂臥，針針叢棘，青麻頭伏焉；旁一蟆，若將跳舞。展玩不可曉。然睹促織，隱中胸懷。摺藏之，歸以示成。成反復自念，得無教我獵蟲所耶？細瞻景狀，與村東大佛閣真逼似。乃強起扶杖，執圖詣寺後。有古陵蔚起；循陵而走，見蹲石鱗鱗，儼然類畫。遂於蒿萊中，側聽徐行，似尋針芥；而心目耳力俱窮，絕無蹤響。冥搜未已，一癩頭蟇猝然躍去。成益愕，急逐趁之。蟆入草間，躡迹披求，見有蟲伏棘根；遽撲之，入石穴中。掭以尖草，不出；以筒水灌之，始出。狀極俊健。逐而得之。審視，巨身修尾，青項金翅。大喜，籠歸，舉家慶賀，雖連城拱璧不啻也。上於盆而養之，蟹白栗黃，備極護愛，留待限期，以塞官責。

成有子九歲，窺父不在，竊發盆。蟲躍擲逕出，迅不可捉。及撲入手，已股落腹裂，斯須就斃。兒懼，啼告母。母聞之，面色灰死，大罵曰：「業根，死期至矣！而翁歸，自與汝覆算耳！」兒涕而出。未幾成歸，聞妻言，如被冰雪。怒索兒，兒渺然不知所往；既得其尸於井。因而化怒為悲，搶呼欲絕。夫妻向隅，茅舍無煙，相對默然，不復聊賴。

日將暮，取兒藁葬。近撫之，氣息惙然。喜寘榻上，半夜復蘇。夫妻心稍慰。但蟋蟀籠虛，顧之則氣斷聲吞，亦不敢復究兒，自昏達曙，目不交睫。東曦既駕，僵臥長愁。忽聞門外蟲鳴，驚起覘視，蟲宛然尚在。喜而捕之。一鳴輒躍去，行且速。覆之以掌，虛若無物；手裁舉，則又超忽而躍。急趁之。折過牆隅，迷其所往。徘徊四顧，見蟲伏壁上。審諦之，短小，黑赤色，頓非前物。成以其小，劣之。惟徬徨瞻顧，尋所逐者。壁上小蟲，忽躍落衿袖間。視之，形若土狗，梅花翅，方首長脛，意似良。喜而收之。將獻公堂，惴惴恐不當意，思試之鬥以覘之。

村中少年好事者，馴養一蟲，自名「蟹殼青」，日與子弟角，無不勝。欲居之以為利；而高其直，亦無售者。逕造廬訪成。視成所蓄，掩口胡盧而笑。因出己蟲，納比籠中。成視之，龐然修偉，自增慚怍，不敢與較。少年固強之。顧念蓄劣物終無所用，不如拚博一笑。因合納鬥盆。小蟲伏不動，蠢若木雞。少年又大笑。試以豬鬣毛，撩撥蟲鬚，仍不動。少年又笑。屢撩之，蟲暴怒，直奔，遂相騰擊，振奮作聲。俄見小蟲躍起，張尾伸鬚，直齕敵領。少年大駭，解令休止。蟲翹然矜鳴，似報主知。成大喜。

方共瞻玩，一雞瞥來，逕進以啄。成駭立愕呼。幸啄不中，蟲躍去尺有咫；雞健進，逐逼之，蟲已在爪下矣。成倉猝莫知所救，頓足失色。旋見雞伸頸擺撲；臨視，則蟲集冠上，力叮不釋。成益驚喜，掇置籠中。

翼日進宰。宰見其小，怒訶成。成述其異。宰不信。試與他蟲鬥，蟲盡靡；又試之雞，果如成言。乃賞成，獻諸撫軍。撫軍大悅，以金籠進上，細疏其能。既入宮中，舉天下所貢蝴蝶、螳螂、油利撻、青絲額，……一切異狀，遍試之，無出其右者。每聞琴瑟之聲，則應節而舞。益奇之。上大嘉悅，詔賜撫臣名馬衣緞。撫軍不忘所自，無何，宰以「卓異」聞。宰悅，免成役。又囑學使，俾入邑庠。後歲餘，成子精神復舊。自言身化促織，輕捷善鬥，今始蘇耳。撫軍亦厚賚成。不數歲，田百頃，樓閣萬椽，牛羊蹄躈各千計。一出門，裘馬過世家焉。

異史氏曰：「天子偶用一物，未必不過此已忘；而奉行者即為定例。加之官貪吏虐，民日貼婦賣兒，更無休止。故天子一跬步，皆關民命，不可忽也。獨是成氏子以蠹貧，以促織富，裘馬揚揚。當其為里正、受扑責時，豈意其至此哉！天將以酬長厚者，遂使撫臣、令尹，並受促織恩蔭。聞之：一人飛昇，仙及雞犬。信夫！」

柳秀才

明季，蝗生青兗間，漸集於沂。沂令憂之。退臥署幕，夢一秀才來謁，峨冠綠衣，狀貌修偉。自言禦蝗有策。詢之，答云：「明日西南道上，有婦跨碩腹牝驢子，蝗神也。哀之，可免。」令異之，治具出邑南。伺良久，果有婦高髻褐帔，獨控老蒼衛，緩蹇北度。即爇香，捧卮酒，迎拜道左，捉驢不令去。婦問：「大夫將何為？」令便哀懇：「區區小治，幸憫脫蝗口！」婦曰：「可恨柳秀才饒舌，洩吾密機！當即以其身受，不損禾稼可耳。」乃盡三卮，瞥不復見。

後蝗來，飛蔽天日；然不落禾田，但集楊柳，過處柳葉都盡。方悟秀才柳神也。或云：「是宰官憂民所感。」誠然哉！

水災

康熙二十一年，山東旱，自春徂夏，赤地無青草。六月十三日小雨，始有種粟者。十八日，大雨沾足，乃種豆。一日，石門莊有老叟，暮見二牛鬥山上，謂村人曰：「大水將至矣！」遂攜家播遷。村人共笑之。無何，雨暴注，徹夜不止；平地水深數尺，居廬盡沒。一農人棄其兩兒，與妻扶老母，奔避高阜。下視村中，已為澤國，並不復念及兩兒。水落歸家，見一村盡成墟墓，入門視之，則一屋僅存，兩兒並坐牀頭，嬉笑無恙。咸謂夫婦之孝報云。此六月二十二日事。

康熙三十四年，平陽地震，人民死者十之七八。城郭盡墟；僅存一屋，則孝子某家也。茫茫大劫中，惟孝嗣無恙，誰謂天公無皂白耶？

諸城某甲

學師孫景夏先生言：其邑中某甲者，值流寇亂，被殺，首墜胸前。寇退，家人得尸，將舁瘞之。聞其氣縷縷然；審視之，咽不斷者盈指。遂扶其頭，荷之以歸。經一晝夜始呻，以匕箸稍稍哺飲食，半年竟癒。又十餘年，與二三人聚談。或作一解頤語，眾為鬨堂。甲亦鼓掌。一俯仰間，刀痕暴裂，頭墮血流。共視之，氣已絕矣。父訟笑者。眾斂金賂之，又葬甲，乃解。

異史氏曰：「一笑頭落，此千古第一大笑也。頸連一綫而不死，直待十年後，成一笑獄，豈非二三鄰人，負債前生者耶！」

庫官

鄒平張華東公，奉旨祭南岳。道出江淮間，將宿驛亭。前驅白：「驛中有怪異，宿之必致紛紜。」張弗聽。宵分，冠劍而坐。俄聞鞾聲入，則一頒白叟，皂紗黑帶。怪而問之。叟稽首曰：「我庫官也。為大人典藏有日矣。幸節鉞遙臨，下官釋此重負。」問：「庫存幾何？」答言：「二萬三千五百金。」公慮多金累綴，約歸時盤驗。叟唯唯而退。張至南中，饋遺頗豐。及還，宿驛亭，叟復出謁。及問庫物，曰：「已撥遼東兵餉矣。」深訝其前後之乖。叟曰：「人世祿命，皆有額數，錙銖不能增損。大人此行，應得之數已得矣，又何求？」言已，竟去。張乃計其所獲，與所言庫數，適相吻合。方歎飲啄有定，不可以妄求也。

酆都御史

酆都縣外有洞，深不可測，相傳閻羅天子署。其中一切獄具，皆借人工。桎梏朽敗，輒擲洞口，邑宰即以新者易之，經宿失所在。供應度支，載之經制。

明有御史行臺華公，按及酆都，聞其說，不以為信，欲入洞以決其惑。人輒言不可，公弗聽。秉燭而入，以二役從。深抵里許，燭暴滅。視之，階道闊朗，有廣殿十餘間，列坐尊官，袍笏儼然；惟東首虛一坐。尊官見公至，降階而迎，笑問曰：「至矣乎？別來無恙否？」公問：「此何處所？」尊官曰：「此冥府也。」公愕然告退。尊官指虛坐曰：「此為君坐，那可復還！」公益懼，固請寬宥，尊官曰：「定數何可逃也！」遂檢一卷示公，上注云：「某月日，某以肉身歸陰。」公覽之，戰慄如濯冰水，念母老子幼，泫然涕流。

俄有金甲神人，捧黃帛書至。羣拜舞啓讀已，乃賀公曰：「君有回陽之機矣。」公喜致問。曰：「適接帝詔，大赦幽冥，可為君委折原例耳。」乃示公途而出。數武之外，冥黑如漆，不辨行路。公甚窘苦。忽一神將軒然而入，赤面長鬚，光射數尺。公迎拜而哀之，神人曰：「誦佛經可出。」言已而去。公自計經咒多不記憶，惟金剛經頗曾習之，遂乃合掌而誦，頓覺一綫光明，映照前路。忽有遺忘之句，則目前頓黑；定想移時，復誦復明。乃始得出。其二從人，則不可問矣。

龍無目

沂水大雨，忽墮一龍，雙睛俱無，奄有餘息。邑令公以八十蓆覆之，未能周身。又為設野祭。猶反復以尾擊地，其聲堛然。

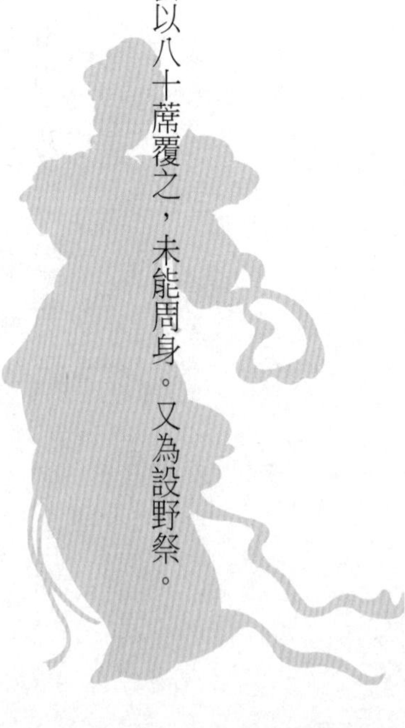

狐諧

萬福，字子祥，博興人也。幼業儒。家少有而運殊蹇，行年二十有奇，尚不能掇一芹。鄉中澆俗，多報富戶役，長厚者至碎破其家。萬適報充役，懼而逃，如濟南，稅居逆旅。夜有奔女，顏色頗麗。萬悅而私之。請其姓氏。女自言：「實狐，但不為君祟耳。」萬喜而不疑。女囑勿與客共，遂日至，與共臥處。凡日用所需，無不仰給於狐。

居無何，二三相識，輒來造訪，恆信宿不去。萬厭之而不忍拒，不得已，以實告客。客願一睹仙容。萬白於狐。狐謂客曰：「見我何為哉？我亦猶人耳。」聞其聲，嚦嚦在目前，四顧，即又不見。客有孫得言者，善俳謔，固請見，且謂：「得聽嬌音，魂魄飛越；何吝容華，徒使人聞聲相思？」狐笑曰：「賢哉孫子！欲為高曾母作行樂圖耶？」諸客俱笑。狐曰：「我為狐，請與客言狐典，頗願聞之否？」眾唯唯。狐曰：「昔某村旅舍，故多狐，輒出祟行客。客知之，相戒不宿其舍，半年，門戶蕭索。主人大憂，甚諱言狐。忽有一遠方客，自言異國人，望門休止。主人大悅。甫邀入門，即有途人陰告曰：『是家有狐。』客懼，白主人，欲他徙。主人力白其妄，客乃止。入室方臥，見羣鼠出於牀下。客大駭，驟奔，急呼：『有狐！』主人驚問。客怨曰：『狐巢於此，何誑我言無？』主人又問：『所見何狀？』客曰：『我今所見，細細幺麼，不是狐兒，必當是狐孫子！』」言罷，座客為之粲然。孫曰：「既不賜見，我輩留宿，宜勿去，阻其陽臺。」狐笑曰：「寄宿無妨；倘小有迕犯，幸勿滯懷。」客恐其惡作劇，乃共散去。然數日必一來，索狐笑罵。狐諧甚，每一語，即顛倒賓客，滑稽者不能屈也。羣戲呼為「狐娘子」。

一日。置酒高會，萬居主人位，孫與二客分左右座，上設一榻屈狐。狐辭不善酒。咸請坐談，許之。酒數行，眾擲骰為瓜蔓之令。客值瓜色，會當飲，戲以觥移上座曰：「狐娘子大清醒，暫借一觴。」狐笑曰：「我故不飲。願陳一典，以佐諸公飲。」孫掩耳不樂聞。客皆言曰：「罵人者當罰。」狐笑曰：「我罵狐何如？」眾曰：「可。」於是傾耳共聽。狐曰：「昔一大臣，出使紅毛國，著狐腋冠，見國王。王見而異之，問：『何皮毛，溫厚乃爾？』大臣以狐對。王言：『此物生平未曾得聞。狐字字畫何等？』使臣書空而奏曰：『右邊是一大瓜，左邊是一小犬。』」主客又復鬨堂。二客，陳氏兄弟，一名所見，一名所聞。見孫大窘，乃曰：「雄狐何在，而縱雌狐流毒若此？」狐曰：「適一典，談猶未終，遂為羣吠所亂，請終之。國王見使臣乘一騾，甚異之。使臣告曰：『此馬之所生。』又大異之。使臣曰：『國馬生騾，騾生駒駒。』王細問其狀。使臣曰：『馬生騾，是「臣所見」；騾生駒駒，乃「臣所聞」。』」舉座又大笑。眾知不敵，乃相約：後有開謔端者，罰作東道主。

頃之，酒酣，孫戲謂萬曰：「一聯請君屬之。」萬曰：「何如？」孫曰：「妓者出門訪情人，來時『萬福』，去時『萬福』。」合座屬思不能對。狐笑曰：「我有之矣。」眾共聽之。曰：「龍王下詔求直諫，鼈也『得言』，龜也『得言』。」四座無不絕倒。孫大恚曰：「適與爾盟，何復犯戒？」狐笑曰：「罪誠在我；但非此，不成確對耳。明旦設席，以贖吾過。」相笑而罷。狐之詼諧，不可殫述。居數月，與萬偕歸。乃博興界，告萬曰：「我此處有葭莩親，往來久梗，不可不一訊。日且暮，與君同寄宿，待旦而行可也。」萬詢其處，指言：「不遠。」萬疑前此故無村落，姑從之。二里許，果見一莊，生平所未歷。狐往叩關，一蒼頭出應門。入則重門疊閣，宛然世家。俄見主人，有翁與媼，揖萬而坐。列筵豐盛，待萬以姻婭，遂宿焉。狐早謂曰：「我遽偕君歸，恐駭聞聽。君宜先往，我將繼至。」萬從其言，先至，預白於家人。未幾，狐至。與萬言笑，人盡聞之，而不見其人。逾年，萬復事於濟，狐又與俱。忽有數人來，狐從與語，備極寒暄。乃語萬曰：「我本陝中人，與君有夙因，遂從爾許時。今我兄弟至矣。將從以歸，不能周事。」留之不可，竟去。

雨　錢

濱州一秀才，讀書齋中。有款門者，啓視，則皤然一翁，形貌甚古。延之入，請問姓氏。翁自言：「養真，姓胡，實乃狐仙。慕君高雅，願共晨夕。」秀才故曠達，亦不為怪。遂與評駁今古。翁殊博洽，鏤花雕繢，粲於牙齒；時抽經義，則名理湛深，尤覺非意所及。秀才驚服，留之甚久。

一日，密祈翁曰：「君愛我良厚。顧我貧若此，君但一舉手，金錢宜可立致，何不小周給？」翁嘿然，似不以為可。少間，笑曰：「此大易事。但須得十數錢作母。」秀才如其請。翁乃與共入密室中，禹步作咒。俄頃，錢有數十百萬，從梁間鏘鏘而下，勢如驟雨。轉瞬沒膝；拔足而立，又沒踝。廣丈之舍，約深三四尺已來。乃顧語秀才：「頗厭君意否？」曰：「足矣。」翁一揮，錢即晝然而止。乃相與扃戶出。秀才竊喜，自謂暴富。

頃之，入室取用，則滿室阿堵物，皆為烏有，惟母錢十餘枚，寥寥尚在。秀才失望，盛氣向翁，頗懟其誑。翁怒曰：「我本與君文字交，不謀與君作賊！便如秀才意，只合尋梁上君交好得，老夫不能承命！」遂拂衣去。

妾擊賊

益都西鄙之貴家某者，富有巨金。蓄一妾，頗婉麗。而冢室凌折之，鞭撻橫施。妾奉事之惟謹。某憐之，往往私語慰撫。妾殊未嘗有怨言。一夜，數人踰垣入，撞其屋扉幾壞。某與妻惶遽喪魄，搖戰不知所為。妾起，嘿無聲息，暗摸屋中，得挑水木杖一，拔關遽出。羣賊亂如蓬麻。妾舞杖動，風鳴鉤響，擊四五人仆地；賊盡靡，駭愕亂奔。牆急不得上，傾跌咿啞，亡魂失命。妾拄杖於地，顧笑曰：「此等物事，不直下手插打得！亦學作賊！我不汝殺，殺嫌辱我。」悉縱之逸去。某大驚，問：「何自能爾？」則妾父故槍棒師，妾盡傳其術，殆不啻百人敵也。妻尤駭甚，悔向之迷於物色。由是善顏視妾。妾終無纖毫失禮。鄰婦或謂妾：「嫂擊賊若豚犬，顧奈何俛首受撻楚？」妾曰：「是吾分耳，他何敢言。」聞者益賢之。

異史氏曰：「身懷絕技，居數年而人莫之知，而卒之捍患禦災，化鷹為鳩。嗚呼！射雉既獲，內人展笑；握槊方勝，貴主同車。技之不可以已也如是夫！」

驅怪

長山徐遠公，故明諸生也。鼎革後，棄儒訪道，稍稍學敕勒之術，遠近多耳其名。某邑一鉅公，具幣，致誠款書，招之以騎。徐問：「召某何意？」僕辭以不知。「但囑小人務屈降臨耳。」徐乃行。至則中庭宴饌，禮遇甚恭；然終不道其所以致迎之旨。徐不耐，因問曰：「實欲何為？幸祛疑抱。」主人輒言無何也。但勸杯酒，言詞烱爍，殊所不解。言話之間，不覺向暮。邀徐飲園中。園搆造佳勝，而竹樹蒙翳，景物陰森，雜花叢叢，半沒草萊中。抵一閣，覆板上懸蛛錯綴，大小上下，不可以數。酒數行，天色曛暗，命燭復飲。徐辭不勝酒。主人即罷酒呼茶。諸僕倉惶撤殽器，盡納閣之左室几上。茶啜未半，主人託故竟去。僕人便持燭引宿左室。燭置案上，遽返身去，頗甚草草。徐疑或攜襆被來伴，久之，人聲殊杳。即自起扃戶寢。

窗外皎月，入室侵牀，夜鳥秋蟲，一時啾唧。心中怛然，不成夢寢。頃之，板上橐橐，似踏蹴聲，甚厲。俄下護梯，俄近寢門。徐駭，毛髮蝟立，急引被覆首。而門已豁然頓開。徐展被角，微伺之，則一物，獸首人身；毛周其體，長如馬鬐，深黑色；牙粲羣峯，目炯雙炬。及几，伏餂器中剩肴，舌一過，連數器輒淨如掃。已而趨近榻，嗅徐被。徐驟起，翻被冪怪頭，按之狂喊。怪出不意，驚脫，啓外戶竄去。徐披衣起遁，則園門外扃，不可得出。緣牆而走，擇短垣踰，則主人馬廄也。廄人驚；徐告以故，即就乞宿。

將旦，主人使伺徐，失所在。大駭。已而得之廄中。徐出，大恨，怒曰：「我不慣作驅怪術；君遣我，又祕不一言；我橐中蓄如意鉤一，又不送達寢所：是死我也！」主人謝曰：「擬即相告，慮君難之。初亦不知橐有藏鉤。幸宥十死！」徐終怏怏，索騎歸。自是而怪遂絕。主人宴集園中，輒笑向客曰：「我不忘徐生功也。」

異史氏曰：「『黃貍黑貍，得竄者雄。』此非空言也。假令翻被狂喊之後，隱其所駭懼，而公然以怪之遁為己能，天下必將謂徐生真神人不可及。」

姊妹易嫁

掖縣相國毛公，家素微。其父常為人牧牛。時邑世族張姓，有新阡在東山之陽。或經其側，聞墓中叱吒聲曰：「若等速避去，勿久溷貴人宅！」張聞，亦未深信。既又頻得夢警曰：「汝家墓地，本是毛公佳城，何得久假此？」由是家數不利。客勸徙葬吉，張聽之，徙焉。

一日，相國父牧，出張家故墓，猝遇雨，匿身廢壙中。已而雨益傾盆，潦水奔穴，崩洶灌注，遂溺以死。相國時尚孩童。母自詣張，願丐咫尺地，掩兒父。張徵知其姓氏，大異之。行視溺死所，儼然當置棺處，又益駭。乃使就故壙窆焉。且令攜若兒來。葬已，母偕兒詣張謝。張一見，輒喜，即留其家，教之讀，以齒子弟行。又請以長女妻兒。母駭不敢應。張妻云：「既已有言，奈何中改？」卒許之。然此女甚薄毛家，怨慚之意，形於言色。有人或道及，輒掩其耳。每向人曰：「我死不從牧牛兒！」及親迎，新郎入宴，彩輿在門；而女掩袂向隅而哭。催之妝，不妝；勸之亦不解。俄而新郎告行，鼓樂大作，女猶眼零雨而首飛蓬也。父止婿，自入勸女。女涕若罔聞。怒而逼之，益哭失聲。父無奈之。又有家人傳曰：「新郎欲行。」父急出，言：「衣妝未竟，乞郎少停待。」即又奔入視女。往來者無停履。遷延少時，事愈急，女終無回意。父無計，周張欲自死。其次女在側，頗非其姊，苦逼勸之。姊怒曰：「小妮子，亦學人喋聒！爾何不從他去？」妹曰：「阿爺原不曾以妹子屬毛郎；若以妹子屬毛郎，更何須姊姊勸駕耶？」父以其言慷爽，因與伊母竊議，以次易長。母即向次女曰：「迕逆婢不遵父母命，欲以兒代若姊，兒肯之行否？」女慨然曰：「父母教兒往也，即乞丐不敢辭；且何以見毛家郎便終身餓莩死乎？」父母聞其言，大喜，即以姊妝妝女，倉猝登車而去。入門，夫婦雅敦逑好。然女素病赤鬜，稍稍介公意。久之，浸知易嫁之說，由是益以知己德女。

居無何，公補博士弟子，應秋闈試。道經王舍人店，店主先一夕夢神曰：「旦日有毛解元來，後且脫汝於厄。」以故晨起，專伺察東來客。及得公，甚喜。供具殊豐善，不索直；特以夢兆厚自託。公亦頗自負。私以細君髮鬑鬑，慮為顯者笑，富貴後，念當易之。已而曉榜既揭，竟落孫山，咨嗟蹇步，懊惋喪志，心赧舊主人，不敢復由王舍，以他道歸家。

後三年，再赴試，店主人延候如初。公曰：「爾言初不驗，殊慚祗奉。」主人曰：「秀才以陰欲易妻，故被冥司黜落，豈妖夢不足以踐？」公愕然而問故，蓋別後復夢而云。公聞之，惕然悔懼，木立若偶。主人謂：「秀才宜自愛，終當作解首。」未幾，果舉賢書第一人。夫人髮亦尋長，雲鬟委綠，轉更增媚。

姊適里中富室兒，意氣頗自高。夫蕩惰，家漸陵夷，空舍無煙火。聞妹為孝廉婦，彌增慚怍，姊妹輒避路而行。又無何，良人卒，家落。頃之，公又擢進士。女聞，刻骨自恨，遂忿然廢身為尼。及公以宰相歸，強遣女行者詣府謁問，冀有所貽。比至，夫人饋以綺縠羅絹若干疋，以金納其中，而行者不知也。攜歸見師。師失所望，恚曰：「與我金錢，尚可作薪米費；此等儀物，我何須爾！」遂令送回。公及夫人疑之。及啓視而金具在，方悟見卻之意。發金笑曰：「汝師百餘金尚不能任，焉有福澤從我老尚書也。」遂以五十金付尼去，曰：「將去作爾師用度；多恐福薄人難承荷也。」行者歸，具以告。師默然自歎，念平生所為，輒自顛倒，美惡避就，繄豈由人耶？後店主人以人命事逮繫囹圄，公為力解釋罪。

異史氏曰：「張公故墓，毛氏佳城，斯已奇矣。余聞時人有『大姨夫作小姨夫，前解元為後解元』之戲，此豈慧黠者所能較計耶？嗚呼！彼蒼者天久不可問，何至毛公，其應如響？」

續黃粱

福建曾孝廉，高捷南宮時，與二三新貴，遨游郊郭。偶聞毘盧禪院，寓一星者，因並騎往詣問卜。入揖而坐。星者見其意氣，稍佞諛之。曾搖箑微笑，便問：「有蟒玉分否？」星者正容許二十年太平宰相。曾大悅，氣益高。

值小雨，乃與游侶避雨僧舍。舍中一老僧，深目高鼻，坐蒲團上，偃蹇不為禮。眾一舉手登榻自話，羣以宰相相賀。曾心氣殊高，指同游曰：「某為宰相時，推張年丈作南撫，家中表為參、游，我家老蒼頭亦得小千把，於願足矣。」一坐大笑。

俄聞門外雨益傾注，曾倦伏榻間，忽見有二中使，齎天子手詔，召曾太師決國計。曾得意疾趨入朝。天子前席，溫語良久。命三品以下，聽其黜陟；即賜蟒玉名馬。曾被服稽拜以出。入家，則非舊所居第，繪棟雕榱，窮極壯麗。自亦不解，何以遽至於此。然撚鬚微呼，則應諾雷動。俄而公卿贈海物，傴僂足恭者，疊出其門。六卿來，倒屣而迎；侍郎輩，揖與語；下此者，頷之而已。晉撫饋女樂十人，皆是好女子。其尤者為嫋嫋，為仙仙，二人尤蒙寵顧。科頭休沐，日事聲歌。一日，念微時嘗得邑紳王子良周濟我，今置身青雲，渠尚蹉跎仕路，何不一引手？早旦一疏，薦為諫議，即奉諭旨，立行擢用。又念郭太僕曾睚眦我，即傳呂給諫及侍御陳昌等，授以意旨；越日，彈章交至，奉旨削職以去。恩怨了了，頗快心意。偶出郊衢，醉人適觸鹵簿，即遣人縛付京尹，立斃杖下。接第連阡者，皆畏勢獻沃產。自此富可埒國。無何而嫋嫋、仙仙，以次殂謝，朝夕遐想。忽憶曩年見東家女絕美，每思購充媵御，輒以綿薄違宿願，今日幸可適志。乃使幹僕數輩，強納資於其家。俄頃，藤輿舁至，則較之昔望見時，尤豔絕也。自顧生平，於願斯足。

又逾年，朝士竊竊，似有腹非之者。然各為立仗馬；曾亦高情盛氣，不以置懷。有龍圖學士包拯上疏，其略曰：「竊以曾某，原一飲賭無賴，市井小人。一言之合，榮膺聖眷，父紫兒朱，恩寵為極。不思捐軀摩頂，以報萬一；反恣胸臆，擅作威福。可死之罪，擢髮難數！朝廷名器，居為奇貨，量缺肥瘠，為價重輕。因而公卿將士，盡奔走於門下，估計夤緣，儼如負販，仰息望塵，不可算數。或有傑士賢臣，不肯阿附，輕則置之閒散，重則褫以編氓。甚且一臂不袒，輒迕鹿馬之奸；片語方干，遠竄豺狼之地。朝士為之寒心，朝廷因而孤立。又且平民膏腴，任肆蠶食；良家女子，強委禽妝。沴氣冤氛，暗無天日！奴僕一到，則守、令承顏；書函一投，則司、院枉法。或有廝養之兒，瓜葛之親，出則乘傳，風行雷動。地方之供給稍遲，馬上之鞭撻立至。荼毒人民，奴隸官府，扈從所臨，野無青草。而某方炎炎赫赫，怙寵無悔。召對方承於闕下，萋菲輒進於君前；委蛇才退於自公，聲歌已起於後苑。聲色狗馬，晝夜荒淫；國計民生，罔存念慮。世上寧有此宰相乎！內外駭訛，人情洶洶。若不急加斧鑕之誅，勢必釀成操、莽之禍。臣夙夜祗懼，不敢寧處，冒死列款，仰達宸聽。伏祈斷奸佞之頭，籍貪冒之產，上回天怒，下快輿情。如果臣言虛謬，刀鋸鼎鑊，即加臣身」云云。疏上，曾聞之，氣魄悚駭，如飲冰水。幸而皇上優容，留中不發。又繼而科、道、九卿，文章劾奏；即昔之拜門牆、稱假父者，亦反顏相向。奉旨籍家，充雲南軍。子任平陽太守，已差員前往提問。

曾方聞旨驚怛，旋有武士數十人，帶劍操戈，直抵內寢，褫其衣冠，與妻並繫。俄見數夫運資於庭，金銀錢鈔以數百萬，珠翠瑙玉數百斛，幄幕簾榻之屬，又數千事，以至兒襁女舄，遺墜庭階。曾一一視之，酸心刺目。又俄而一人掠美妾出，披髮嬌啼，玉容無主。悲火燒心，含憤不敢言。俄樓閣倉庫，並已封誌。立叱曾出。監者牽羅曳而出。夫妻吞聲就道，求一下駟劣車，少作代步，亦不可得。十里外，妻足弱，欲傾跌，曾時以一手相攀引。又十餘里，已亦困憊。欻見高山，直插霄漢，自憂不能登越，時挽妻相對泣。而監者獰目來窺，不容稍停駐。又顧斜日已墜，無可投止，不得已，參差蹩躠而行。比至山腰，妻力已盡，泣坐路隅。曾亦憩止，任監者叱罵。

忽聞百聲齊譟，有羣盜各操利刃，跳梁而前。監者大駭，逸去。曾長跪，言：「孤身遠謫，囊中無長物。」哀求宥免。羣盜裂眦宣言：「我輩皆被害冤民，祇乞得佞賊頭，他無索取。」曾怒叱曰：「我雖待罪，乃朝廷命官，賊子何敢爾！」賊亦怒，以巨斧揮曾項，覺頭墮地作聲。

　　魂方駭疑，即有二鬼來，反接其手，驅之行。行踰數刻，入一都會。頃之，睹宮殿；殿上一醜形王者，凭几決罪福。曾前，匍伏請命。王者閱卷，才數行，即震怒曰：「此欺君誤國之罪，宜置油鼎！」萬鬼羣和，聲如雷霆。即有巨鬼捽至墀下。見鼎高七尺已來，四圍熾炭，鼎足盡赤。曾觳觫哀啼，竄迹無路。鬼以左手抓髮，右手握踝，拋置鼎中。覺塊然一身，隨油波而上下；皮肉焦灼，痛徹於心；沸油入口，煎烹肺腑。念欲速死，而萬計不能得死。約食時，鬼方以巨叉取曾出，復伏堂下。王又檢冊籍，怒曰：「倚勢凌人，合受刀山獄！」鬼復捽去。見一山，不甚廣闊；而峻削壁立，利刃縱橫，亂如密筍。先有數人罥腸刺腹於其上，呼號之聲，慘絕心目。鬼促曾上，曾大哭退縮。鬼以毒錐刺腦，曾負痛乞憐。鬼怒，捉曾起，望空力擲。覺身在雲霄之上，暈然一落，刃交於胸，痛苦不可言狀。又移時，身軀重贅，刀孔漸闊；忽焉脫落，四支蠖屈。鬼又逐以見王。王命會計生平賣爵鬻名，枉法霸產，所得金錢幾何。即有鬈鬚人持籌握算，曰：「三百二十一萬。」王曰：「彼既積來，還令飲去！」少間，取金錢堆階上，如丘陵。漸入鐵釜，熔以烈火。鬼使數輩，更以杓灌其口，流頤則皮膚臭裂，入喉則臟腑騰沸。生時患此物之少，是時患此物之多也！半日方盡。

　　王者令押去甘州為女。行數步，見架上鐵梁，圍可數尺，綰一火輪，其大不知幾百由旬，燄生五采，光耿雲霄。鬼撻使登輪。方合眼躍登，則輪隨足轉，似覺傾墜，遍體生涼。開目自顧，身已嬰兒，而又女也。視其父母，則懸鶉敗焉。土室之中，瓢杖猶存。心知為乞人子。日隨乞兒托鉢，腹轆轆然尚然常不得一飽。著敗衣，風常刺骨。十四歲，鬻與顧秀才備媵妾，衣食粗足自給。而冢室悍甚，日以鞭箠從事，輒以赤鐵烙胸乳。幸良人頗憐愛，稍自寬慰。東鄰惡少年，忽踰垣來逼與私。乃自念前身惡孽，已被鬼責，今那得復爾。於是大聲疾呼，良人與嫡婦盡起，惡少年始竄去。居無何，秀才宿諸其室，枕上喋喋，方自訴冤苦。忽震厲一聲，室門大闢，有兩賊持刀入，竟決秀才首，囊括衣物。團伏被底，不敢復作聲。既而賊去，乃喊奔嫡室。嫡大驚，相與泣驗。遂疑妾以奸夫殺良人，因以狀白刺史；刺史嚴鞫，竟以酷刑定罪案，依律擬凌遲處死，縶赴刑所。胸中冤氣扼塞，距踊聲屈，覺九幽十八獄，無此黑黯也。正悲號間，聞游者呼曰：「兄夢魘耶？」豁然而寤，見老僧猶跏趺座上。同侶競相謂曰：「日暮腹枵，何久酣睡？」曾乃慘淡而起。僧微笑曰：「宰相之占驗否？」曾益驚異，拜而請教。僧曰：「修德行仁，火坑中有青蓮也。山僧何知焉。」曾勝氣而來，不覺喪氣而返。臺閣之想，由此淡焉。入山不知所終。

異史氏曰：「福善禍淫，天之常道。聞作宰相而忻然於中者，必非喜其鞠躬盡瘁可知矣。是時方寸中，宮室客妻，無所不有。然而夢固為妄，想亦非真。彼以虛作，神以幻報。黃粱將熟，此夢在所必有，當以附之邯鄲之後。」

龍取水

俗傳龍取江河之水以為雨，此疑似之說耳。徐東癡南游，泊舟江岸，見一蒼龍自雲中垂下，以尾攪江水，波浪湧起，隨龍身而上。遙望水光睒爛，闊於三疋練。移時，龍尾收去，水亦頓息；俄而大雨傾注，渠道皆平。

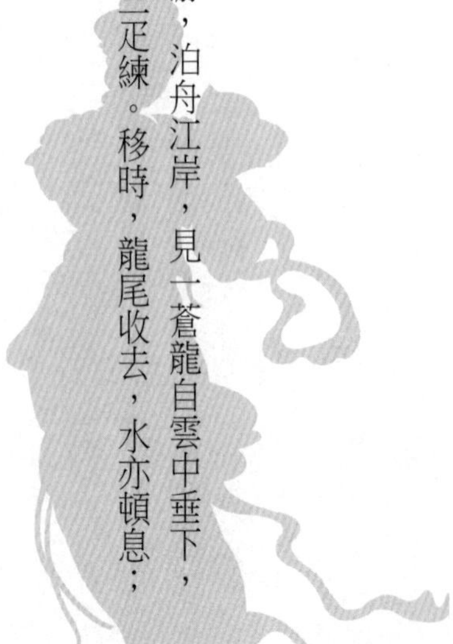

小獵犬

山右衛中堂為諸生時，厭冗擾，徙齋僧院。苦室中蟲蟲蚊蚤甚多，竟夜不成寐。食後，偃息在牀。忽一小武士，首插雉尾，身高二寸許；騎馬大如蜡；臂上青韝，有鷹如蠅；自外而入，盤旋室中，行且駛。公方疑注，忽又一人入，裝亦如之。腰束小弓矢，牽獵犬如巨螘。又俄頃，步者、騎者，紛紛來以數百輩，鷹亦數百臂，犬亦數百頭。有蚊蠅飛起，縱鷹騰擊，盡撲殺之。獵犬登牀緣壁，搜噬蝨蚤，凡罅隙之所伏藏，嗅之無不出者，頃刻之間，決殺殆盡。公偽睡睨之。鷹集犬竄於其身。既而一黃衣人，著平天冠，如王者，登別榻，繫駟葦篾間。從騎皆下，獻飛獻走，紛集盈側，亦不知作何語。無何，王者登小輦，衛士倉惶，各命鞍馬；萬蹄攢奔，紛如撒菽，煙飛霧騰，斯須散盡。公歷歷在目，駭詫不知所由。

躡履外窺，渺無迹響。返身周視，都無所見；惟壁磚上遺一細犬。公急捉之，且馴。置硯匣中，反復瞻玩。毛極細茸，項上有小環。飼以飯顆，一嗅輒棄去。躍登牀榻，尋衣縫，齧殺蟣蝨。旋復來伏臥。逾宿，公疑其已往；視之，則盤伏如故。公臥，則登牀簀，遇蟲輒啖斃，蚊蠅無敢落者。公愛之，甚於拱璧。一日，晝臥，犬潛伏身畔。公醒轉側，壓於腰底。公覺有物，固疑是犬，急起視之，已匾而死，如紙翦成者然。然自是壁蟲無噍類矣。

問客姓字。生以告。踰刻，青衣數人，扶一老媼出，曰：「郡君至。」生起立，肅身欲拜。媼止之坐。謂生曰：「爾非馮雲子之孫耶？」曰：「然。」媼曰：「子當是我彌甥。老身鐘漏並歇，殘年向盡，骨肉之間，殊多乖闊。」生曰：「兒少失怙，與我祖父處者，十不識一焉。素未拜省，乞便指示。」媼曰：「子自知之。」生不敢復問，坐對懸想。

媼曰：「甥深夜何得來此？」生以膽力自矜詡，遂一一歷陳所遇。媼笑曰：「此大好事。況甥名士，殊不玷於姻婭，野狐精何得強自高？甥勿慮，我能為若致之。」生稱謝唯唯。媼顧左右曰：「我不知辛家女兒，遂如此端好！」青衣人曰：「渠有十九女，都翩翩有風格。不知官人所聘行幾？」生曰：「年約十五餘矣。」青衣曰：「此是十四娘。三月間，曾從阿母壽郡君，何忘卻？」媼笑曰：「是非刻蓮瓣為高履，實以香屑，蒙紗而步者乎？」青衣曰：「是也。」媼曰：「此婢大會作意，弄媚巧。然果窈窕，阿甥賞鑑不謬。」即謂青衣曰：「可遣小貍奴喚之來。」青衣應諾去。

移時，入白：「呼得辛家十四娘至矣。」旋見紅衣女子，望媼俯拜。媼曳之曰：「後為我家甥婦，勿得修婢子禮。」女子起，娉娉而立，紅袖低垂。媼理其鬢髮，捻其耳環，曰：「十四娘近在閨中作麼生？」女低應曰：「閒來只挑繡。」回首見生，妾縮不安。媼曰：「此吾甥也。盛意與兒作姻好，何便教迷途，終夜竄谿谷？」女俛首無語。媼曰：「我喚汝，非他，欲為阿甥作伐耳。」女默默而已。媼命掃榻展裀褥，即為合巹。女覥然曰：「還以告之父母。」媼曰：「我為汝作冰，有何舛謬？」女曰：「郡君之命，父母當不敢違。然如此草草，婢子即死，不敢奉命！」媼笑曰：「小女子志不可奪，真吾甥婦也！」乃拔女頭上金花一朵，付生收之。命歸家檢曆，以良辰為定。乃使青衣送女去。聽遠雞已唱，遣人持驢送生出。數步外，欻一回顧，則村舍已失；但見松楸濃黑，蓬顆蔽冢而已。定想移時，乃悟其處為薛尚書墓。

薛故生故祖母弟，故相呼以甥。心知遇鬼，然亦不知十四娘何人。咨嗟而歸，漫檢曆以待之，而心恐鬼約難恃。再往蘭若，則殿宇荒涼。問之居人，則寺中往往見狐狸云。陰念：若得麗人，狐亦自佳。至日，除舍掃途，更僕眺望，夜半猶寂。生已無望。頃之，門外譁然。躧履出窺，則繡幰已駐於庭，雙鬟扶女坐青廬中。妝匳亦無長物，惟兩長鬣奴扛一撲滿，大如甕，息肩置堂隅。生喜得麗偶，並不疑其異類。問女曰：「一死鬼，卿家何帖服之甚？」女曰：「薛尚書，今作五都巡環使，數百里鬼狐皆備扈從，故歸墓時常少。」生不忘蹇修，翼日，往祭其墓。歸見二青衣，持貝錦為賀，竟委几上而去。生以告女，女視之，曰：「此郡君物也。」

邑有楚銀臺之公子，少與生共筆硯，相狎。聞生得狐婦，饋遺為餪，即登堂稱觴。越數日，又折簡來招飲。女聞，謂生曰：「曩公子來，我穴壁窺之，其人猿睛而鷹準，不可與久居也。宜勿往。」生諾之。翼日，公子造門，問負約之罪，且獻新什。生評涉嘲笑，公子大慚，不歡而散。生歸，笑述於房。女慘然曰：「公子豺狼，不可狎也！子不聽吾言，將及於難！」生笑謝之。後與公子輒相諛噱，前郤漸釋。會提學試，公子第一，生第二。公子沾沾自喜，走伻來邀生飲。生辭；頻招乃往。至則知為公子初度，客從滿堂，列筵甚盛。公子出試卷示生。親友疊肩歎賞。酒數行，樂奏作於堂，鼓吹傖儜，賓主甚樂。公子忽謂生曰：「諺云：『場中莫論文。』此言今知其謬。小生所以忝出君上者，以起處數語，略高一籌耳。」公子言已，一座盡贊。生醉不能忍，大笑曰：「君到於今，尚以為文章至是耶？」生言已，一座失色。公子慚忿氣結。客漸去，生亦遁。醒而悔之，因以告女。女不樂曰：「君誠鄉曲之儇子也！輕薄之態，施之君子，則喪吾德；施之小人，則殺吾身。君禍不遠矣！我不忍見君流落，請從此辭。」生懼而涕，且告之悔。女曰：「如欲我留，與君約：從今閉戶絕交游，勿浪飲。」生謹受教。

十四娘為人勤儉灑脫，日以紝織為事。時自歸寧，未嘗踰夜。又時出金帛作生計。日有贏餘，輒投撲滿。日杜門戶；有造訪者，輒囑蒼頭謝去。

一日，楚公子馳函來，女焚爇不以聞。翼日，出弔於城，遇公子于喪者之家，捉臂苦邀。生辭以故。公子使圉人挽轡，擁之以行。至家，立命洗腆。繼辭夙退。公子要遮無已，出家姬彈箏為樂。生素不羈，向閉置庭中，頗覺悶損；忽逢劇飲，興頓豪，無復縈念。因而醉酣，頹臥席間。

公子妻阮氏，最悍妒，婢妾不敢施脂澤。日前，婢入齋中，為阮掩執，以杖擊首，腦裂立斃。公子以生嘲慢故，啣生，日思所報，遂謀醉以酒而誣之。乘生醉寐，扛尸牀間，合扉逕去。生五更酲解，始覺身臥几上，起尋枕榻，則有物膩然，紲絆步履，摸之，人也。意主人遣僮伴睡。又蹵之，不動而殭。大駭，出門怪呼。廝役盡起，爇之，見尸，執生怒鬧。公子出驗之，誣生逼奸殺婢，執送廣平。隔日，十四娘始知，潸然曰：「早知今日矣！」因按日以金錢遺生。生見府尹，無理可伸，朝夕搒掠，皮肉盡脫。女自詣問。生見之，悲氣塞心，不能言說。女知陷阱已深，勸令誣服，以免刑憲。生泣聽命。

女還往之間，人咫尺不相窺。歸家咨惋，遽遣婢子去。獨居數日，又託媒媼購良家女，名祿兒，年已及笄，容華頗麗；與同寢食，撫愛異於羣小。生認誤殺擬絞。蒼頭得信歸，慟述不成聲。女聞，坦然若不介意。既而秋決有日，女始惶惶躁動，晝去夕來，無停履。每於寂所，於邑悲哀，至損眠食。一日，日晡，狐婢忽來。女頓起，相引屏語。出則笑色滿容，料理門戶如平時。翼日，蒼頭至獄，生寄語娘子一往永訣。蒼頭復命。女漫應之，亦不愴惻，殊落落置之。家人竊議其忍。忽道路沸傳，楚銀臺革爵；平陽觀察奉特旨治馮生案。蒼頭聞之喜，告主母。女亦喜，即遣入府探視，則生已出獄，相見悲喜。俄捕公子至，一鞫，盡得其情。生立釋寧家。歸見闔中人，泫然流涕，女亦相對愴楚，悲已而喜。然終不知何以得達上聽。女笑指婢曰：「此君之功臣也。」生愕問故。

先是，女遣婢赴燕都，欲達宮闈，為生陳冤。婢至，則宮中有神守護，徘徊御溝間，數月不得入。婢懼誤事，方欲歸謀，忽聞今上將幸大同，婢乃預往，偽作流妓。上至句蘭，極蒙寵眷。疑婢不似風塵人。婢乃垂泣。上問：「有何冤苦？」婢對：「妾原籍隸廣平，生員馮某之女。父以冤獄將死，遂鬻妾句蘭中。」上慘然，賜金百兩。臨行，細問顛末，以紙筆記姓名；且言欲與共富貴。婢言：「但得父子團聚，不願華膴也。」上頷之，乃去。婢以此情告生。生急拜，淚眥雙熒。居無幾何，女忽謂生曰：「妾不為情緣，何處得煩惱？君被逮時，妾奔走戚眷間，並無一人代一謀者。爾時酸衷，誠不可以告愬。今視塵俗益厭苦。我已為君畜良偶，可從此別。」生聞，泣伏不起。女乃止。夜遣祿兒侍生寢，生拒不納。朝視十四娘，容光頓減；又月餘，漸以衰老；半載，黯黑如村嫗：生敬之，終不替。女忽復言別，且曰：「君自有佳侶，安用此鳩盤為？」生哀泣如前日。又踰月，女暴疾，絕食飲，羸臥閨闥。生侍湯藥，如奉父母。巫醫無靈，竟以溘逝。生悲怛欲絕。即以婢賜金，為營齋葬。數日，婢亦去，遂以祿兒為室。踰年舉一子。然比歲不登，家益落。夫妻無計，對影長愁。忽憶堂陬撲滿，常見十四娘投錢於中，不知尚在否。近臨之，則豉具鹽盎，羅列殆滿。頭頭置去，箸探其中，堅不可入；撲而碎之，金錢溢出。由此頓大充裕。

後蒼頭至太華，遇十四娘，乘青騾，婢子跨蹇以從，問：「馮郎安否？」且言：「致意主人，我已名列仙籍矣。」言訖，不見。

異史氏曰：「輕薄之詞，多出於士類，此君子所悼惜也。余嘗冒不韙之名，言冤則已迂；然未嘗不刻苦自勵，以勉附於君子之林，而禍福之說不與焉。若馮生者，一言之微，幾至殺身，苟非室有仙人，亦何能解脫囹圄，以再生於當世耶？可懼哉！」

白蓮教

白蓮教某者，山西人，忘其姓名，大約徐鴻儒之徒。左道惑眾，慕其術者多師之。某一日將他往，堂中置一盆，又一盆覆之，囑門人坐守，戒勿啓視。去後，門人啓之，視盆貯清水，水上編草為舟，帆檣具焉。異而撥以指，隨手傾側；急扶如故，仍覆之。俄而師來，怒責：「何違吾命？」門人立白其無。師曰：「適海中舟覆，何得欺我？」又一夕，燒巨燭於堂上，戒恪守，勿以風滅。漏二滴，師不至。儽然而殆，就牀暫寐；及醒，燭已竟滅，急起爇之。既而師入，又責之。門人曰：「我固不曾睡，燭何得息？」師怒曰：「適使我暗行十餘里，尚復云云耶？」門人大駭。如此奇行，種種不勝書。

後有愛妾與門人通，覺之，隱而不言。遣門人飼豕；門人入圈，立地化為豕。某即呼屠人殺之，貨其肉。人無知者。門人父以子不歸，過問之，辭以久弗至。門人家諸處探訪，絕無消息。有同師者，隱知其事，洩諸門人父。門人父告之邑宰。宰恐其遁，不敢捕治；達於上官；請甲士千人，圍其第，妻子皆就執。閉置樊籠，將以解都。途經太行山，山中出一巨人，高與樹等，目如盎，口如盆，牙長尺許。兵士愕立不敢行。某曰：「此妖也，吾妻可以卻之。」乃如其言，脫妻縛。妻荷戈往。巨人怒，吸吞之，眾愈駭。某曰：「既殺吾妻，是須吾子。」乃復出其子，又被吞如前狀。眾各對覷，莫知所為。某泣且怒曰：「既殺我妻，又殺吾子，情何以甘！然非某自往不可也。」眾果出諸籠，授之刃而遣之。巨人盛氣而逆。格鬥移時，巨人抓攫入口，伸頸咽下，從容竟去。

雙燈

魏運旺，益都之盆泉人，故世族大家也。後式微，不能供讀。年二十餘，廢學，就岳業酤。一夕，魏獨臥酒樓上，忽聞樓下踏蹴聲。魏驚起，悚聽。聲漸近，尋梯而上，步步繁響。無何，雙婢挑燈，已至榻下。後一年少書生，導一女郎，近榻微笑。魏大愕怪。轉知為狐，髮毛森豎，俯首不敢睨。書生笑曰：「君勿見猜。舍妹與有前因，便合奉事。」魏視書生，錦貂炫目，自慚形穢，靦顏不知所對。書生率婢子，遺燈竟去。魏細瞻女郎，楚楚若仙，心甚悅之。然慚怍不能作游語。女郎顧笑曰：「君非抱本頭者，何作措大氣？」遽近枕席，暖手於懷。魏始為之破顏，捋袴相嘲，遂與狎昵。曉鍾未發，雙鬟即來引去。復訂夜約。至晚，女果至，笑曰：「癡郎何福？不費一錢，得如此佳婦，夜夜自投到也。」魏喜無人，置酒與飲，賭藏枚。女子什有九贏。乃笑曰：「不知妾約枚子，君自猜之，中則勝，否則負。若使妾猜，君當無贏時。」遂如其言，通夕為樂。既而將寢，曰：「昨宵衾褥澀冷，令人不可耐。」遂喚婢襆被來，展布榻間，綺縠香軟。頃之，緩帶交偎，口脂濃射，真不數漢家溫柔鄉也。自此，遂以為常。

後半年，魏歸家。適月夜與妻話窗間，忽見女郎華妝坐牆頭，以手相招。魏近就之。女援之，踰垣而出，把手而告曰：「今與君別矣。請送我數武，以表半載綢繆之義。」魏驚叩其故。女曰：「姻緣自有定數，何待說也。」語次，至村外，前婢挑雙燈以待，竟赴南山，登高處，乃辭魏言別。魏留之不得，遂去。魏佇立徬徨，遙見雙燈明滅，漸遠不可睹，怏鬱而反。是夜山頭燈火，村人悉望見之。

捉鬼射狐

李公著明，睢寧令襟卓先生公子也。為人豪爽無餒怯，為新城王季良先生內弟。先生家多樓閣，往往睹怪異。公常暑月寄宿，愛閣上晚涼。或告之異，公笑不聽，固命設榻。主人如請。囑僕輩伴公寢，公辭言：「喜獨宿，生平不解怖。」主人乃使炷息香於爐，請衽何趾，始息燭覆扉而去。公即枕移時，於月色中，見几上茗甌，傾側旋轉，不墮亦不休。公咄之，鏗然立止。即若有人拔香炷，炫搖空際，縱橫作花縷。公起叱曰：「何物鬼魅敢爾！」裸裼下榻，欲就捉之。以足覓牀下，僅得一履；不暇冥搜，赤足撾搖處，炷頓插爐，竟寂無兆。公俯身遍摸暗陬，忽一物騰擊頰上，覺似履狀；索之，亦殊不得。乃啓覆下樓，呼從人，爇火以燭，空無一物，乃復就寢。既明，使數人搜履，翻席倒榻，不知所在。主人為公易履。越日，偶一仰首，見一履夾塞椽間；挑撥而下，則公履也。

公益都人，僑居於淄之孫氏第。第綦闊，皆置閒曠；公僅居其半。南院臨高閣，只隔一堵。時見閣扉自啓閉，公亦不置念。偶與家人話於庭，閣開門，忽有一小人，面北而坐，身不盈三尺，綠袍白襪。眾指顧之，亦不動。公曰：「此狐也。」急取弓矢，對閣欲射。小人見之，啞啞作揶揄聲，遂不復見。公捉刀登閣，且罵且搜，竟無所睹，乃返。異遂絕。公居數年，安妥無恙。公長公友三，為余姻家，其所目觸。

異史氏曰：「予生也晚，未得奉公杖履。然聞之父老，大約慷慨剛毅丈夫也。觀此二事，大概可睹。浩然中存，鬼狐何為乎哉！」

蹇償債

李公著明，慷慨好施。鄉人某，傭居公室。其人少游惰，不能操農業。家窶貧。然小有技能，常為役務，每賚之厚。時無晨炊，向公哀乞，公輒給以升斗。一日，告公曰：「小人日受厚恤，三四口幸不殍餓。然曷可以久。乞主人貸我菉豆一石作資本。」公忻然，立命授之。某負去，年餘，一無所償。及問之，豆資已蕩然矣。公憐其貧，亦置不索。公讀書於蕭寺。後三年餘，忽夢某來，曰：「小人負主人豆直，今來投償。」公慰之，曰：「若索爾償，則平日所負欠者，何可算數？」卓楸然曰：「固然。凡人有所為而受人千金，可不報也；若無端受人資助，升斗且不容昧，況其多哉！」言已，竟去。公愈疑。既而家人白公：「夜牝驢產一駒，且修偉。」公忽悟曰：「得毋駒為某耶？」越數日歸，見駒，戲呼某名。駒奔赴如有知識。自此遂以為名。公乘赴青州，衡府內監見而悅之，願以重價購之，議直未定。適公以家中急務不及待，遂歸。又逾歲，駒與雄馬同櫪，齕折脛骨，不可療。有牛醫至公家，見之，謂公曰：「乞以駒付小人，朝夕療養，需以歲月。萬一得痊，得直與公剖分之。」公如所請。後數月，牛醫售驢，得錢千八百，以半獻公。公受錢，頓悟，其數適符豆價也。噫！昭昭之債，而冥冥之償，此足以勸矣。

頭滾

蘇孝廉貞下封公晝臥，見一人頭從地中出，其大如斛，在牀下旋轉不已。驚而中疾，遂以不起。後其次公就蕩婦宿，罹殺身之禍，其兆於此耶？

鬼作筵

杜秀才九畹，內人病。會重陽，為友人招作茱萸會。早興，盥已，告妻所往，冠服欲出。忽見妻昏憒，絮絮若與人言。杜異之，就問臥榻。妻輒「兒」呼之。家人心知其異。時杜有母柩未殯，疑其靈爽所憑。杜祝曰：「得勿毋吾母耶？」妻罵曰：「畜產何不識爾父！」杜曰：「既為吾父，何乃歸家祟兒婦？」妻呼小字曰：「我耑為兒婦來，何反怨恨？兒婦應即死；有四人來勾致，首者張懷玉。我萬端哀乞，甫能得允遂。我許小饋送，便宜付之。」杜如言，於門外焚紙錢。妻又曰：「四人去矣。彼不忍違吾面目，三日後，當治具酬之。爾母老，龍鍾不能料理中饋。及期，尚煩兒婦一往。」杜曰：「幽冥殊途，安能代庖？望父恕宥。」妻曰：「兒勿懼，去去即復返。此為渠事，當毋憚勞。」言已，即冥然，良久乃蘇。杜問所言，茫不記憶。但曰：「適見四人來，欲捉我去。幸阿翁哀請。且解囊賂之，始去。我見阿翁鏹袱尚餘二鋌，欲竊取一鋌來，作餬口計。翁窺見，叱曰：『爾欲何為！此物豈爾所可用耶！』我乃斂手未敢動。」杜以妻病革，疑信相半。越三日，方笑語間，忽瞪目久之，語曰：「爾婦綦貪，曩見我白金，便生覬覦。然大要以貧故，亦不足怪。將以婦去，為我敦庖務，勿慮也。」言甫畢，奄然竟斃；約半日許，始醒。告杜曰：「適阿翁呼我去，謂曰：『不用爾操作，我烹調自有人，祗須堅坐指揮足矣。我冥中喜豐滿，諸物饌都覆器外，切宜記之。』我諾。至廚下，見二婦操刀砧於中，俱紺帔而綠緣之。呼我以嫂。每盛炙於簋，必請觀視。曩四人都在筵中。進饌既畢，酒具已列器中。翁乃命我還。」杜大愕異，每語同人。

胡四相公

萊蕪張虛一者，學使張道一之仲兄也。性豪放自縱。聞邑中某氏宅為狐狸所居，敬懷刺往謁，冀一見之。投刺隙中。移時，扉自闢。僕者大愕，卻退。張肅衣敬入。見堂中几榻宛然，而闃寂無人。遂揖而祝曰：「小生齋宿而來，仙人既不以門外見斥，何不竟賜光霽？」忽聞虛室中有人言曰：「勞君枉駕，可謂跫然足音矣。請坐賜教。」即見兩坐自移相向。甫坐，即有鏤漆硃盤，貯雙茗醆，懸目前。各取對飲，吸瀝有聲，而終不見其人。茶已，繼之以酒。細審官閥，曰：「弟姓胡氏，於行為四；曰相公，從人所呼也。」於是酬酢議論，意氣頗洽。鼈羞鹿脯，雜以薌蓼。進酒行炙者，似小輩甚夥。酒後頗思茶，意才少動，香茗已置几上。凡有所思，無不應念而至。張大悅，盡醉始歸。自是三數日必一訪胡，胡亦時至張家，並如主客往來禮。

一日，張問胡曰：「南城中巫媼，日託狐神，漁病家利。不知其家狐，君識之否？」胡曰：「彼妄耳，實無狐。」少間，張起溲溺，聞小語曰：「適所言南城狐巫，未知何如人。小人欲從先生往觀之，煩一言請於主人。」張知為小狐，乃應曰：「諾。」即席而請於胡曰：「我欲得足下服役者一二輩，往探狐巫，敬請君命。」狐固言不必。張言之再三，乃許之。既而張出，馬自至，如有控者。既騎而行，狐相語於途，謂張曰：「後先生於道途間，覺有細沙散落衣襟上，便是吾輩從也。」語次進城，至巫家。巫見張至，笑逆曰：「貴人何忽得臨？」張曰：「聞爾家狐子大靈應，果否？」巫正容曰：「若箇蹀躞語，不宜貴人出得！何便言狐子？恐吾家花姊不歡！」言未已，空中發半磚來，中巫臂，踉蹡欲跌。驚謂張曰：「官人何得抛擊老身也！」張笑曰：「婆子盲也！幾曾見自己額顱破，冤誣袖手者？」巫錯愕不知所出。正回惑間，又一石子落，中巫，顛蹷；穢泥亂墮，塗巫面如鬼。惟哀號乞命。張請恕之，乃止。巫急起奔遁房中，闔戶不敢出。張呼與語曰：「爾狐如我狐否？」巫惟謝過。張仰首望空中，戒勿復傷巫，巫始惕惕而出。張笑諭之，乃還。

由是每此獨行於途，覺塵沙淅淅然，則呼狐語，輒應不訛。虎狼暴客，恃以無恐。如是年餘，愈與胡莫逆。嘗問其甲子，殊不自記憶；但言：「見黃巢反，猶如昨日。」一夕共話，忽牆頭蘇然作響，其聲甚厲。張異之，胡曰：「此必家兄。」張言：「何不邀來共坐？」曰：「伊道頗淺，祇好攫雞啗便了足耳。」張謂狐曰：「交情之好，如吾兩人，可云無憾；終未一見顏色，殊屬恨事。」胡曰：「但得交好足矣，見面何為？」一日，置酒邀張，且告別。問：「將何往？」曰：「弟陝中產，將歸去矣。君每以對面不覿為恨，今請一識數歲之交，他日可相認耳。」張四顧都無所見。胡曰：「君試開寢室門，則弟在焉。」張如其言，推扉一覷，則內有美少年，相視而笑。衣裳楚楚，眉目如畫，轉瞬之間，不復睹矣。張反身而行，即有履聲藉藉隨其後，曰：「今日釋君憾矣。」張依戀不忍別。胡曰：「離合自有數，何容介介。」乃以巨觥勸酒。飲至中夜，始以紗燭導張歸。及明往探，則空房冷落而已。

後道一先生為西川學使，張清貧猶昔。因往視弟，願望頗奢。月餘而歸，甚違初意，咨嗟馬上，嗒喪若偶。忽一少年騎青駒，躡其後。張回顧，見裘馬甚麗，意甚騷雅，遂與語間。少年察張不豫，詰之。張因欷歔而告以故。少年亦為慰藉。同行里許，至歧路中，少年乃拱手別曰：「前途有一人，寄君故人一物，乞笑納也。」復欲詢之，馳馬逕去。張莫解所由。又二三里許，見一蒼頭，持小篚子，獻於馬前，曰：「胡四相公敬致先生。」張豁然頓悟。受開而視，則白鏹滿中。及顧蒼頭，已不知所之矣。

念秧

異史氏曰：人情鬼蜮，所在皆然，南北衝衢，其害尤烈。如強弓怒馬，禦人於國門之外者，夫人而知之矣；或有劙囊刺橐，攫貨於市，行人回首，財貨已空，此非鬼蜮之尤者耶？乃又有萍水相逢，甘言如醴，其來也漸，其入也深。誤認傾蓋之交，遂罹喪資之禍。隨機設阱，情狀不一；俗以其言辭浸潤，名曰「念秧」。今北途多有之，遭其害者尤眾。

余鄉王子巽者，邑諸生。有族先生，在都為旗籍太史，將往探訊。治裝北上，出濟南，行數里，有一人跨黑衛，馳與同行。時以閒語相引，王頗與問答。其人自言：「張姓，為棲霞隸，被令公差赴都。」稱謂撝卑，祗奉殷勤，相從數十里，約以同宿。王在前，則策蹇追及；在後，則止候道左。僕疑之，因厲色拒去，不使相從。張頗自慚，揮鞭遂去。既暮，休於旅舍，偶步門庭，則見張就外舍飲。方驚疑間，張望見王，垂手拱立，謙若廝僕，稍稍問訊。王亦以汎汎適相值，不為疑，然王僕終夜戒備之。雞既唱，張來呼與同行。僕咄絕之，乃去。朝暾已上，王始就道。行半日許，前一人跨白衛，年四十已來，衣帽整潔；垂首蹇分，盹寐欲墮。或先之，或後之，因循十數里。王怪問：「夜何作，致迷頓乃爾？」其人聞之，猛然欠伸，言：「我清苑人，許姓。臨淄令高檠是我中表。家兄設帳於官署，我往探省，少獲饋貽。今夜旅舍，誤同念秧者宿，驚惕不敢交睫，遂致白晝迷悶。」王故問：「念秧何說？」許曰：「君客時少，未知險詐。今有匪類，以甘言誘行旅，夤緣與同休止，因而乘機騙賺。昨有葭莩親，以此喪資斧。吾等皆宜警備。」王頷之。先是，臨淄宰與王有舊，王曾入其幕，識其門客，果有許姓，遂不復疑。因道溫涼，兼詢其兄況。許約暮共主人，王諾之。僕終疑其偽，陰與主人謀，遲留不進，相失，遂杳。

翼日，日卓午，又遇一少年，年可十六七，騎健騾，冠服秀整，貌甚都。同行久之，未嘗交一言。日既西，少年忽言曰：「前去屈律店不遠矣。」王微應之。少年因咨嗟欷歔，如不自勝。

王略致詰問，少年歎曰：「僕江南金姓。三年膏火，冀博一第，不圖竟落孫山！家兄為部中主政，遂載細小來，冀得排遣。生平不習跋涉，撲面塵沙，使人薅惱。」因取紅巾拭面，歎咤不已。聽其語，操南音，嬌婉若女子。王心好之，稍稍慰藉。少年曰：「適先馳出，眷口久望不來，何僕輩亦無至者？日已將暮，奈何！」遲留瞻望，行甚緩。王遂先驅，相去漸遠。晚投旅邸，既入舍，則壁下一牀，先有客解裝其上。王問主人。即有一人入，攜之而出，曰：「但請安置，當即移他所。」王視之，則許也。王止與同舍，許遂止。因與坐談。少間，又有攜裝入者，見王、許在舍，返身遽出，曰：「已有客在。」王審視，則途中少年也。王未言，許急起曳留之，少年遂坐。許乃展問邦族，少年又以途中言為許告。俄頃，解囊出資，堆纍頗重；秤兩餘，付主人，囑治殽酒，以供夜話。二人爭勸止之，卒不聽。

俄而酒炙並陳。筵間，少年論文甚風雅。王問江南闈中題，少年悉告之。且自誦其承破，及篇中得意之句，言已，意甚不平。共扼腕之。少年又以家口相失，夜無僕役，患不解牧圉。王因命僕代攝莝豆。少年深感謝。居無何，忽蹴然曰：「生平蹇滯，出門亦無好況。昨夜逆旅，與惡人居，擲骰叫呼，聒耳沸心，使人不眠。」南音呼骰為兜，許不解，固問之。少年手摹其狀。許乃笑於橐中出色一枚，曰：「是此物否？」少年諾。許乃以色為令，相歡飲。酒既闌，許請共擲，贏一東道主。王辭不解。許乃與少年相對呼盧。又陰囑王曰：「君勿漏言。蠻公子頗充裕，年又雛，未必深解五木訣。我贏些須，明當奉屈耳。」二人乃入隔舍。旋聞轟賭甚鬧，王潛窺之，見棲霞隸亦在其中。大疑，展衾自臥。又移時，眾共拉王賭。王堅辭不解。許願代辨梟雉，王又不肯。遂強代王擲。少間，就榻報王曰：「汝贏幾籌矣。」王睡夢應之。

忽數人排闥而入，番語啁嗻。首者言佟姓，為旗下邏捉賭者。時賭禁甚嚴，各大惶恐。佟大聲嚇王，王亦以太史旗號相抵。佟怒解，與王敘同籍，笑請復博為戲。眾果復賭，佟亦賭。王謂許曰：「勝負我不預聞。但願睡，無相溷。」許不聽，仍往來報之。既散局，各計籌馬，王負欠頗多。佟遂搜王裝橐取償。王憤起相爭。金捉王臂陰告曰：「彼都匪人，其情叵測。我輩乃文字交，無不相顧。適局中我贏得如干數，可相抵；此當取償許君者，今請易之：便令許償佟，君償我。弗過暫掩人耳目，過此仍以相還。終不然，以道義之交，遂實取君償耶？」王故長厚，亦遂信之。少年出，以相易之謀告佟。乃對眾發王裝物，估入己橐。佟乃轉索許、張而去。

少年遂襆被來，與王連枕，衾褥皆精美。王亦招僕人臥榻上，各默然安枕。久之，少年故作轉側，以下體暱就僕。僕移身避之，少年又近就之。膚著股際，滑膩如脂。僕心動，試與狎；而少年殷勤甚至，衾息鳴動。王頗聞之；雖其駭怪，而終不疑其有他也。昧爽，少年即起，促與早行。且云：「君蹇疲殆，夜所寄物，前途請相授耳。」王尚無言，少年已加裝登騎，王不得已，從之。騾行駛，去漸遠。王料其前途相待，初不為意。因以夜間所聞問僕，僕實告之。王始驚曰：「今被念秧者騙矣！焉有宦室名士，而毛遂於圉僕者？」又轉念其談詞風雅，非念秧者所能。急追數十里，蹤迹殊杳。始悟張、許、佟皆其一黨，一局不行，又易一局，務求其必入也。償債易裝，已伏一圖賴之機；設其攜裝之計不行，亦必執前說篡奪而去。為數十金，委綴數百里；恐僕發其事，而以身交驩之，其術亦苦矣。後數年而有吳生之事。

邑有吳生，字安仁。三十喪偶，獨宿空齋。有秀才來與談，遂相知悅。從一小奴，名鬼頭，亦與吳僮報兒善。久而知其為狐。吳遠游，必與俱，同室之中，人不能睹。吳客都中，將旋里，聞王生遭念秧之禍，因戒僮警備。狐笑言：「勿須，此行無不利。」

至涿，一人繫馬坐煙肆，裘服濟楚。見吳過，亦起，超乘從之。漸與吳語，自言：「山東黃姓，提堂戶部。將東歸，且喜同途不孤寂。」於是吳止亦止；每共食，必代吳償值。吳陽感而陰疑之。私以問狐，狐但言：「不妨。」吳意乃釋。

及晚，同尋寓所，先有美少年坐其中。黃入，與拱手為禮。喜問少年：「何時離都？」答云：「昨日。」黃遂拉與共寓。向吳曰：「此史郎，我中表弟，亦文士，可佐君子談騷雅，夜話當不寥落。」乃出金資，治具共飲。少年風流蘊藉，遂與吳大相愛悅。飲間，輒目示吳作觴弊，罰黃，強使釂，鼓掌作笑。吳益悅之。既而史與黃謀博賭，共牽吳，遂各出橐金為質。狐囑報兒暗鎖板扉，囑吳曰：「倘聞人喧，但寐無吪。」吳諾。吳每擲，小注則輸，大注輒贏。更餘，計得二百金。史、黃錯橐垂罄，議質其馬。

忽聞撾門聲甚厲，吳急起，投色於火，蒙被假臥。久之，聞主人覓鑰不得，破扃起關，有數人洶洶入，搜捉博者。史、黃並言無有。一人竟捋吳被，指為賭者。吳叱咄之。數人強撿吳裝。方不能與之撐拒，忽聞門外輿馬呵殿聲。吳急出鳴呼，眾始懼，曳之入，但求勿聲。吳乃從容苞苴付主人。鹵簿既遠，眾乃出門去。

黃與史共作驚喜狀，取次覓寢。黃命史與吳同榻。吳以腰橐置枕頭，方命被而睡。無何，史啓吳衾，裸體入懷，小語曰：「愛兄磊落，願從交好。」吳心知其詐，然計亦良得，遂相偎抱。史極力周奉，不料吳固偉男，大為鑿枘，嚬呻殆不可任，竊竊哀免。吳固求訖事。手捫之，血流漂杵矣。乃釋令歸。及明，史憊不能起，託言暴病，請吳、黃先發。吳臨別，贈金為藥餌之費。途中語狐，乃知夜來鹵簿，皆狐為也。黃於途，益諂事吳。暮復同舍，斗室甚隘，僅容一榻，頗暖潔，而吳狹之。黃曰：「此臥兩人則隘，君自臥則寬，何妨？」食已逕去。吳亦喜獨宿可接狐友。坐良久，狐不至。倏聞壁上小扉，有指彈聲。吳拔關探視，一少女豔妝遽入，自扃門戶，向吳展笑，佳麗如仙。吳喜致研詰，則主人之子婦也。遂與狎，大相愛悅。女忽潸然泣下。吳驚問之，女曰：「不敢隱匿，妾實主人遣以餌君者。曩時入室，即被掩執；不知今宵，何久不至？」又嗚咽曰：「妾良家女，情所不甘。今已傾心於君，乞垂拔救！」吳聞，駭懼，計無所出，但遣速去。女惟俛首泣。

忽聞黃與主人捶闥鼎沸。但聞黃曰：「我一路祗奉，謂汝為人，何遂誘我弟室！」吳懼，逼女令去。聞壁扉外亦有騰擊聲。吳倉卒汗如流瀋，女亦伏泣。又聞有人勸止主人。主人不聽，推門愈急。勸者曰：「請問主人意將胡為？如欲殺耶？有我等客數輩，必不坐視凶暴。如兩人中有一逃者，抵罪安所辭？如欲質之公庭耶？帷薄不修，適以取辱。且爾宿行旅，明明陷詐，安保女子無異言？」主人張目不能語。吳聞，竊感佩，而不知其誰。初，肆門將閉，即有秀才共一僕，來就外舍宿。攜有香醞，遍酌同舍，勸黃及主人尤殷。兩人辭欲起。秀才牽裾，苦不令去。後乘間得遁，操杖奔吳所。秀才聞喧，始入勸解。吳伏窗窺之，則狐友也。心竊喜。又見主人意稍奪，乃大言以恐之。又謂女子：「何默不一言？」女啼曰：「恨不如人，為人驅役賤務！」主人聞之，面如死灰。秀才叱罵曰：「爾輩禽獸之情，亦已畢露。此客子所共憤者！」黃及主人，皆釋刀杖，長跽而請。吳亦啓戶出，頓大怒詈，秀才又勸止吳，兩始和解。

女子又啼，寧死不歸。內奔出嫗婢，捽女令入。女子臥地哭益哀。秀才勸主人重價貨吳生。秀才調停主客間，議定五十金。人財交付後，晨鍾已動，乃共促裝，載女子以行。女未經鞍馬，馳驅頗殆。午間稍休憩，將行，喚報兒，不知所往。日已西斜，尚無迹響，頗懷疑訝，遂以問狐。狐曰：「無憂，將自至矣。」星月已出，報兒始至。吳詰之，報兒笑曰：「公子以五十金肥奸傖，竊所不平。適與鬼頭計，反身索得。」遂以金置几上。吳驚問其故，蓋鬼頭知女只一兄，遠出十餘年不返，遂幻化作其兄狀，使報兒冒弟行，入門索姊妹。主人惶恐，詭託病殂。二僮欲質官。主人益懼，啗之以金，漸增至四十，二僮乃行。報兒具述其故，吳即賜之。

吳歸，琴瑟綦篤。家益富。細詰女子，曩美少即其夫，蓋史即金也。襲一槲紬帔，云是得之山東王姓者。蓋其黨與甚眾，逆旅主人，皆其一類。何意吳生所遇，即王子巽連天叫苦之人，不亦快哉！旨哉古言：「騎者善墮。」

蛙曲

王子巽言：「在都時，曾見一人作劇於市。攜木盒作格，凡十有二孔；每孔伏蛙。以細杖敲其首，輒哇然作鳴。或與金錢，則亂擊蛙頂，如拊雲鑼，宮商詞曲，了了可辨。」

鼠戲

又言：「一人在長安市上賣鼠戲。背負一囊，中蓄小鼠十餘頭。每於稠人中，出小木架，置肩上，儼如戲樓狀。乃拍鼓板，唱古雜劇。歌聲甫動，則有鼠自囊中出，蒙假面，被小裝服，自背登樓，人立而舞。男女悲歡，悉合劇中關目。」

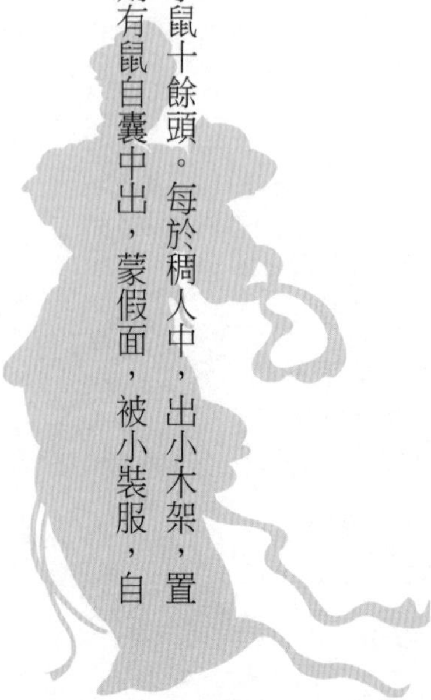

泥書生

羅村有陳代者，少蠢陋。娶妻某氏，頗麗。自以婿不如人，鬱鬱不得志。然貞潔自持，婆媳亦相安。一夕獨宿，忽聞風動扉開，一書生入，脫衣巾，就婦共寢。婦駭懼，苦相拒，而肌骨頓軟，聽其狎褻而去。自是恆無虛夕。月餘，形容枯瘁。母怪問之，初慚怍不欲言；固問，始以情告。母駭曰：「此妖也！」百術為之禁咒，終亦不能絕。乃使代伏匿室中，操杖以伺。夜分，書生果復來，置冠几上；又脫袍服，搭椸架間。才欲登榻，忽驚曰：「咄咄！有生人氣！」急復披衣。代暗中暴起，擊中腰脅，塔然作聲。四壁張顧，書生已渺。束薪爇照，泥衣一片墮地上，案頭泥巾猶存。

土地夫人

窵橋王炳者，出村，見土地神祠中出一美人，顧盼甚殷。挑以褻語，歡然樂受。狎昵無所，遂期夜奔。炳因告以居止。至夜，果至，極相悅愛。問其姓名，固不以告。由此往來不絕。時炳與妻共榻，美人亦必來與交，妻竟不覺其有人。炳訝問之。美人曰：「我土地夫人也。」炳大駭，亟欲絕之，而百計不能阻。因循半載，病憊不起。美人來更頻，家人都能見之。未幾，炳果卒。美人猶日一至，炳妻叱之曰：「淫鬼不自羞！人已死矣，復來何為？」美人遂去，不返。土地雖小，亦神也，豈有任婦自奔者？憒憒應不至此。不知何物淫昏，遂使千古下謂此村有污賤不謹之神。寃矣哉！

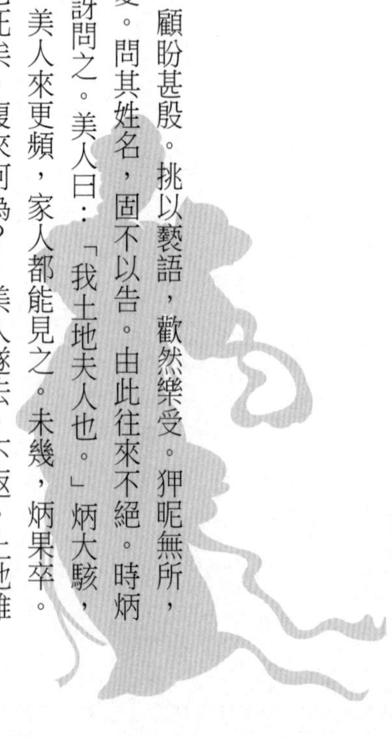

咸喜其進德，稍稍與共酌。年餘，冥報漸忘，志漸肆，故狀亦漸萌。一日，飲於子姓之家，又罵主人座。主人擯斥出，闔戶逕去。繆噪踰時，其子方知，將持而歸。入室，面壁長跪，自投無數，曰：「便償爾負！便償爾負！」言已，仆地，視之，氣已絕矣。

卷五

陽武侯

陽武侯薛公祿，膠薛家島人。父薛公最貧，牧牛鄉先生家。先生有荒田，公牧其處，輒見蛇兔鬥草萊中；以為異，因請於主人為宅兆，構茅而居。後數年，太夫人臨蓐，值雨驟至；適二指揮使奉命稽海，出其途，避雨戶中。見舍上鴉鵲羣集，競以翼覆漏處，異之。既而翁出，指揮問：「適何作？」因以產告，又詢所產，曰：「男也。」指揮又益愕，曰：「是必極貴！不然，何以得我兩指揮護守門戶也？」咨嗟而去。侯既長，垢面垂鼻涕，殊不聰穎。島中薛姓，故隸軍籍。是年應翁家出一丁口戍遼陽，翁長子深以為憂。時侯十八歲，人以太憨生，無與為婚。忽自謂兄曰：「大哥啾唧，得無以遣戍無人耶？」曰：「然。」笑曰：「若肯以婢子妻我，我當任此役。」兄喜，即配婢。

侯遂攜室赴戍所。行方數十里，暴雨忽集。途側有危崖，夫妻奔避其下。少間，雨止，始復行。才及數武，崖石崩墜。居人遙望兩虎躍出，逼附兩人而沒。侯自此勇健非常，手采頓異。後以軍功封陽武侯世爵。

至啓、禎間，襲侯某公薨，無子，只有遺腹，因暫以旁支代。凡世封家進御者，有娠即以上聞，官遣媼伴守之，既產乃已。年餘，夫人生女。產後，腹猶震動，凡十五年，更數媼，又生男。應以嫡派賜爵，旁支譟之，以為非薛產。官收諸媼，械梏百端，皆無異言。爵乃定。

趙城虎

趙城嫗，年七十餘，只一子。一日，入山，為虎所噬。嫗悲痛，幾不欲活，號啼而訴於宰。宰笑曰：「虎何可以官法制之乎？」嫗愈號咷。不能制之。宰叱之，亦不畏懼，又憐其老，不忍加威怒，遂諾為捉虎。嫗伏不去，必待勾牒出，乃肯行。宰無奈之。即問諸役，誰能往之。一隸名李能，醺醉，詣座下，自言：「能之。」持牒下，嫗始去。隸醒而悔之；猶謂宰之偽局，姑以解嫗擾耳，因亦不甚為意。持牒報繳，宰怒曰：「固言能之，何容復悔？」隸窘甚，請牒拘獵戶。宰從之。隸集諸獵人，日夜伏山谷，冀得一虎，庶可塞責。月餘，受杖數百，冤苦罔控。遂詣東郭嶽廟，跪而祝之，哭失聲。

無何，一虎自外來，隸錯愕，恐被咥噬。虎入，殊不他顧，蹲立門中。隸祝曰：「如殺某子者爾也，其俯聽吾縛。」遂出縲索縶虎頸，虎帖耳受縛。牽達縣署，宰問虎曰：「某子爾噬之耶？」虎頷之。宰曰：「殺人者死，古之定律。且嫗只一子，而爾殺之，彼殘年垂盡，何以生活？倘爾能為若子也，我將赦之。」虎又頷之，乃釋縛令去。嫗方怨宰之不殺虎以償子也，遲旦，啟扉，則有死鹿；嫗貨其肉革，用以資度。自是以為常，時啣金帛擲庭中。嫗從此豐裕，奉養過於其子。心竊德虎。虎來，時臥簷下，竟日不去。人畜相安，各無猜忌。數年，嫗死，虎來吼於堂中。嫗素所積，綽可營葬，族人共瘞之。墳壘方成，虎驟奔來，賓客盡逃。虎直赴冢前，嗥鳴雷動，移時始去。土人立「義虎祠」於東郭，至今猶存。

螳螂捕蛇

張姓者，偶行谿谷，聞崖上有聲甚厲。尋途登覘，見巨蛇圍如碗，擺撲叢樹中，以尾擊柳，柳枝崩折。反側傾跌之狀，似有物捉制之。然審視殊無所見。大疑。漸近臨之，則一螳螂據頂上，以刺刀攫其首，攧不可去。久之，蛇竟死。視額上革肉，已破裂云。

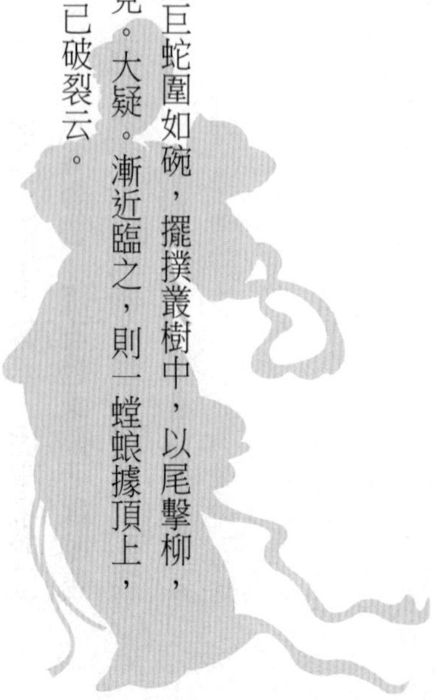

武技

李超，字魁吾，淄之西鄙人。豪爽，好施。偶一僧來托鉢，李飽啗之。僧甚感荷，乃曰：「吾少林出也。有薄技，請以相授。」李喜，館之客舍，豐其給，旦夕從學。三月，藝頗精，意得甚。僧問：「汝益乎？」曰：「益矣。師所能者，我已盡能之。」僧笑命李試其技。李乃解衣唾手，如猿飛，如鳥落，騰躍移時，詡詡然驕人而立。僧又笑曰：「可矣。子既盡吾能，請一角低昂。」李忻然，即各交臂作勢。既而支撐格拒，李時時蹈僧瑕；僧忽一腳飛擲，李已仰跌丈餘。僧撫掌曰：「子尚未盡吾能也。」李以掌致地，慚沮請教。又數日，僧辭去。李由此以武名，遨游南北，罔有其對。偶適歷下，見一少年尼僧，弄藝於場，觀者填溢。尼告眾客曰：「顛倒一身，殊大冷落。有好事者，不妨下場一撲為戲。」如是三言。眾相顧，迄無應者。李在側，不覺技癢，意氣而進。尼便笑與合掌。才一交手，尼便呵止，曰：「此少林宗派也。」即問：「尊師何人？」李初不言，固詰之，乃以僧告。尼拱手曰：「憨和尚汝師耶？若爾，不必較手足，願拜下風。」李請之再四，尼不可。眾慫恿之，尼乃曰：「既是憨師弟子，同是箇中人，無妨一戲。但兩相會意可耳。」李諾之。然以其文弱故，易之；又年少喜勝，思欲敗之，以要一日之名。方頡頏間，尼即遽止。李問其故，但笑不言，李以為怯，固請再角。尼乃起。少間，李騰一踝去。尼駢五指下削其股；李覺膝下如中刀斧，蹶仆不能起。尼笑謝曰：「孟浪迕客，幸勿罪！」李舁歸，月餘始瘉，後年餘，僧復來，為述往事。僧驚曰：「汝大鹵莽！惹他何為？幸先以我名告之；不然，股已斷矣！」

小人

康熙間，有術人攜一榼，榼中藏小人，長尺許。投以錢，則啓榼令出，唱曲而退。至掖，掖宰索榼入署，細審小人出處。初不敢言；固詰之，始自述其鄉族。蓋讀書童子，自塾中歸，為術人所迷，復投以藥，四體暴縮；彼遂攜之，以為戲具。宰怒，殺術人。留童子，欲醫之，尚未得其方也。

秦生

萊州秦生，製藥酒，誤投毒味，未忍傾棄，封而置之。積年餘，夜適思飲，而無所得酒。忽憶所藏，啓封嗅之，芳烈噴溢，腸痒涎流，不可制止。取琖將嘗，妻苦勸諫。生笑曰：「快飲而死，勝於饞渴而死多矣。」一琖既盡，倒瓶再斟。妻覆其瓶，滿屋流溢，生伏地而牛飲之。少時，腹痛口噤，中夜而卒。妻號泣，為備棺木，行入殮矣。次夜，忽有美人入，身不滿三尺，逕就靈寢，以甌水灌之，豁然頓蘇。叩而詰之，曰：「我狐仙也。適丈夫入陳家竊酒醉死，往救而歸，偶過君家，彼憐君子與己同病，故使妾以餘藥活之也。」言訖，不見。

余友人丘行素貢士，嗜飲。一夜思酒，而無可行沽，輾轉不可復忍，因思代以醋。謀諸婦，婦嗤之。丘固強之，乃煨醯以進。壺既盡，始解衣甘寢。次日，夫人竭壺酒之資，遣僕代沽。道遇伯弟襄宸，詰知其故，固疑嫂不肯為兄謀酒。僕言：「夫人云：『家中蓄醋無多，昨夜已盡其半；恐再一壺，則醋根斷矣。』」聞者皆笑之。不知酒興初濃，即毒藥猶甘之，況醋乎？亦可以傳矣。

鴉頭

諸生王文，東昌人。少誠篤。薄游於楚，過六河，休於旅舍，閒步門外。遇里戚趙東樓，大賈也，常數年不歸。見王，相執甚歡，便游臨存。至其所，有美人坐室中，愕怪卻步。趙曳之，又隔窗呼妮子去。王乃入。趙具酒饌，話溫涼。王問：「此何處所？」答云：「此是小勾欄。余因久客，暫假牀寢。」話間，妮子頻來出入，王跼促不安，離席告別。趙強捉令坐。俄，見一少女經門外過，望見王，秋波頻顧，眉目含情，儀度嫻婉，實神仙也。王素方直，至此惘然若失，便問：「麗者何人？」趙曰：「此媼次女，小字鴉頭，年十四矣。纏頭者屢以重金啗媼，女執不願，致母鞭楚，女以齒穉哀免。今尚待聘耳。」王聞言俯首，默然癡坐，酬應悉乖。趙戲之曰：「君倘垂意，當作冰斧。」王憮然曰：「此念所不敢存。」然日向夕，絕不言去。趙又戲請之，王曰：「雅意極所感佩，囊澀奈何！」趙知女性激烈，必當不允，故許以十金為助。王拜謝趨出，罄資而至，得五數，強趙致媼，媼果少之。鴉頭言於母曰：「母日責我不作錢樹子，今請得如母所願。我初學作人，報母有日，勿以區區放卻財神去。」媼以女性拗執，但得允從，即甚歡喜。遂諾之，使婢邀王郎。趙難中悔，加金付媼。王與女歡愛甚至。既，謂王曰：「妾煙花下流，不堪匹敵；既蒙繾綣，義即至重。君傾囊博此一宵歡，明日如何？」王泫然悲哽。女曰：「勿悲。妾委風塵，實非所願。顧未有敦篤如君可託者。請以宵遁。」王喜，遽起；女亦起。聽譙鼓已三下矣。女急易男裝，草草偕出，叩主人扉。王故從雙衛，託以急務，命僕便發。女以符繫僕股並驢耳上，縱轡極馳，目不容啓，耳後但聞風鳴；平明，至漢江口，稅屋而止。王驚其異。女曰：「言之，得無懼乎？妾非人，狐耳。母貪淫，日遭虐遇，心所積懣，今幸脫苦海。百里外，即非所知，可幸無恙。」王略無疑貳，從容曰：「室對芙蓉，家徒四壁，實難自慰，恐終見棄置。」女曰：「何為此慮。今市貨皆可居，三數口，淡薄亦可自給。可鬻驢子作資本。」王如言，即門前設小肆，王與僕人躬同操作，賣酒販漿其中。女作披肩，刺荷囊，日獲贏餘，飲膳甚優。積年餘，漸能蓄婢媼，王自是不著犢鼻，但課督而已。女一日悄然忽悲，曰：「今夜合有難作，奈何！」王問之。女曰：「母已知妾消息，必見凌逼。若遣姊來，吾無憂；恐母自至耳。」夜已央，自慶曰：「不妨，阿姊來矣。」居無何，妮子排闥入，女笑逆之。妮子罵曰：「婢子不羞，隨人逃匿！老母令我縛去。」即出索子縶女頸。女怒曰：「從一者得何罪？」妮子益忿，捽女斷衿。家中婢媼皆集。妮子懼，奔出。女曰：「姊歸，母必自至。大禍不遠，可速作計。」乃急辦裝，將媼更播遷。媼忽掩入，怒容可掬，曰：「我故知婢子無禮，須自來也！」女迎跪哀啼。媼不言，揪髮提去。王徘徊愴惻，眠食都廢，急詣六河，冀得賄贖。至則門庭如故，人物已非，問之居人，俱不知其所徙。悼喪而返。於是俵散客旅，囊資東歸。後數年偶入燕都，過育嬰堂，見一兒，七八歲。僕人怪似其主，反復凝注之。王問：「看兒何說？」僕笑以對。王亦笑。細視兒，風度磊落。自念乏嗣，因其肖己，愛而贖之。詰其名，自稱王孜。王曰：「子棄之襁褓，何知姓氏？」曰：「本師嘗言，得我時，胸前有字，書山東王文之子。」王大駭曰：「我即王文，烏得有子？」念必同己姓名者，心竊喜，甚愛惜之。及歸，見者不問而知為王生子。孜漸長，孔武有力，喜田獵，不務生產，樂鬥好殺；王亦不能箝制之。又自言能見鬼狐，悉不之信。會里中有患狐者，請孜往觀之。至則指狐隱處，令數人隨指處擊之，即聞狐鳴，毛血交落，自是遂安。由是人益異之。

王一日游市廛，忽遇趙東樓，巾袍不整，形色枯黯。驚問所來，趙慘然請間。王乃偕歸，命酒。趙曰：「媼得鴉頭，横施楚掠。既北徙，又欲奪其志。女矢志不二，因囚置之。生一男，棄之曲巷；聞在育嬰堂，想已長成，此君遺體也。」王出涕曰：「天幸孽兒已歸。」因述本末。問：「君何落拓至此？」歎曰：「今而知青樓之好，不可過認真也。夫何言！」先是，媼北徙，趙以負販從之。貨重難遷者，悉以賤售。途中腳直供億，煩費不貲，因大虧損，妮子索取尤奢。數年，萬金蕩然。媼見牀頭金盡，旦夕加白眼。妮子漸寄貴家宿，恆數夕不歸。趙憤激不可耐，然無奈之。適媼他出，鴉頭自窗中呼趙曰：「勾欄中原無情好，所綢繆者，錢耳。君依戀不去，將掇奇禍。」

趙懼，如夢初醒。臨行，竊往視女，女授書使達王，趙乃歸。因以此情為王述之。即出鴉頭書，書云：「知孜兒已在膝下矣。妾之厄難，東樓君自能緬悉。前世之孽，夫何可言！妾幽室之中，暗無天日，鞭創裂膚，饑火煎心，易一晨昏，如歷年歲。君如不忘漢上雪夜單衾，迭互暖抱時，當與兒謀，必能脫妾於厄。母姊雖忍，要是骨肉，但囑勿致傷殘，是所願耳。」王讀之，泣不自禁，以金帛贈趙而去。時孜年十八矣。王為述前後，因示母書。孜怒眥欲裂，即日赴都，詢吳媼居，則車馬方盈。孜直入，妮子方與湖客飲，望見孜，愕立變色。孜驟進殺之，賓客大駭，以為寇。及視女尸，已化為狐。孜持刃逕入，見媼督婢作羹。孜奔近室門，媼忽不見。孜四顧，急抽矢望屋梁射之，一狐貫心而墮，遂決其首。尋得母所，投石破扃，母子各失聲。母問媼，曰：「已誅之。」母怨曰：「兒何不聽吾言！」命持葬郊野。孜偽諾之，剝其皮而藏之。檢媼箱篋，盡卷金資，奉母而歸。夫婦重諧，悲喜交至。既問吳媼，孜言：「在吾囊中。」驚問之，出兩革以獻。母怒，罵曰：「忤逆兒！何得此為！」號慟自撾，轉側欲死。王極力撫慰，叱兒瘞革。孜忿曰：「今得安樂所，頓忘撻楚耶？」母益怒，啼不止。孜葬皮反報，始稍釋。王自女歸，家益盛。心德趙，報以巨金，趙始知媼母子皆狐也。孜承奉甚孝；然誤觸之，則惡聲暴吼。女謂王曰：「兒有拗筋，不刺去之，終當殺人傾產。」夜伺孜睡，潛縶其手足。孜醒曰：「我無罪。」母曰：「將醫爾虐，其勿苦。」孜大叫，轉側不可開。女以巨針刺踝骨側，深三四分許，用刀掘斷，崩然有聲；又於肘間腦際並如之。已乃釋縛，拍令安臥。天明，奔候父母，涕泣曰：「兒早夜憶昔所行，都非人類！」父母大喜，從此溫和如處女，鄉里賢之。

異史氏曰：「妓盡狐也。不謂有狐而妓者，至狐而鴇，則獸而禽矣。滅理傷倫，其何足怪？至百折千磨，之死靡他，此人類所難，而乃於狐也得之乎？唐君謂魏徵更饒嫵媚，吾於鴉頭亦云。」

酒蟲

長山劉氏，體肥嗜飲。每獨酌，輒盡一甕。負郭田三百畝，輒半種黍；而家豪富，不以飲為累也。一番僧見之，謂其身有異疾。劉答言：「無。」僧曰：「君飲嘗不醉否？」曰：「有之。」曰：「此酒蟲也。」劉愕然，便求醫療。曰：「易耳。」問：「需何藥？」俱言不須。但令於日中俯臥，縶手足；去首半尺許，置良醞一器。移時，燥渴，思飲為極，酒香入鼻，饞火上熾，而苦不得飲。忽覺咽中暴癢，哇有物出，直墮酒中。解縛視之，赤肉長三寸許，蠕動如游魚，口眼悉備。劉驚謝，酬以金，不受，但乞其蟲。問：「將何用？」曰：「此酒之精：甕中貯水，入蟲攪之，即成佳釀。」劉使試之，果然。劉自是惡酒如仇。體漸瘦，家亦日貧，後飲食至不能給。

異史氏曰：「日盡一石，無損其富；不飲一斗，適以益貧：豈飲啄固有數乎？或言：『蟲是劉之福，非劉之病，僧愚之以成其術。』然歟否歟？」

木雕美人

商人白有功言：「在濼口河上，見一人荷竹簏，牽巨犬二。於簏中出木雕美人，高尺餘，手目轉動，豔妝如生。又以小錦韉被犬身，便令跨坐。安置已，叱犬疾奔。美人自起，學解馬作諸劇，鐙而腹藏，腰而尾贅，跪拜起立，靈變不訛。又作昭君出塞：別取一木雕兒，插雉尾，披羊裘，跨犬從之。昭君頻頻回顧，羊裘兒揚鞭追逐，真如生者。」

封三娘

范十一娘，曥城祭酒之女，少豔美，騷雅尤絕。父母鍾愛之，求聘者輒令自擇；女恆少可。會上元日，水月寺中諸尼，作「盂蘭盆會」。是日，游女如雲，女亦詣之。方隨喜間，一女子步趨相從，屢望顏色，似欲有言。審視之，二八絕代姝也。悅而好之，轉用盼注。女子微笑曰：「姊非范十一娘乎？」答曰：「然。」女子曰：「久聞芳名，人言果不虛謬。」十一娘亦審里居，女答言：「妾封氏，第三，近在鄰村。」把臂歡笑，詞致溫婉，於是大相愛悅，依戀不捨。十一娘問：「何無伴侶？」曰：「父母早世，家中只一老嫗，留守門戶，故不得來。」十一娘將歸，封凝眸欲涕，十一娘亦惘然，遂邀過從。封曰：「娘子朱門繡戶，妾素無葭莩親，慮致譏嫌。」十一娘固邀之。答：「俟異日。」十一娘乃脫金釵一股贈之，封亦摘髻上綠簪為報。十一娘既歸，傾想殊切。出所贈簪，非金非玉，家人都不之識，甚異之。日望其來，悵然遂病。父母訊得故，使人於近村諮訪，並無知者。時值重九，十一娘羸頓無聊。倩侍兒強扶窺園，設褥東籬下。忽一女子攀垣來窺，覷之，則封女也。呼曰：「接我以力？」侍兒從之，驀然遂下。十一娘驚喜，頓起，曳坐褥間，責其負約，且問所來。答云：「妾家去此尚遠，時來舅家作耍。前言近村者，緣舅家耳。別後懸思頗苦；然貧賤者與貴人交，足未登門，先懷慚怍，恐為婢僕下眼覷，是以不果來。適經牆外過，聞女子語，便一攀望，冀是小姐，今果如願。」十一娘因述病源，封泣下如雨，因曰：「妾來當須祕密。造言生事者，飛短流長，所不堪受。」十一娘諾。偕歸同榻，快與傾懷，病尋瘉。訂為姊妹，衣服履舄，輒互易著。見人來，則隱匿夾幙間。積五六月，公及夫人頗聞之。一日，兩人方對弈，夫人掩入。諦視，驚曰：「真吾兒友也！」因謂十一娘：「閨中有良友，我兩人所歡，胡不早言？」十一娘因達封意。夫人顧謂三娘曰：「伴吾兒，極所忻慰，何昧之？」封羞暈滿頰，默然拈帶而已。夫人去，封乃告別，十一娘苦留之，乃止。一夕，自門外匆惶奔入，泣曰：「我固謂不可留，今果遭此大辱！」驚問之。曰：「適出更衣，一少年丈夫，橫來相干，幸而得逃。如此，復何面目！」十一娘細詰形貌，謝曰：「勿須怪，此妾癡兄。會告夫人，杖責之。」封堅辭欲去。十一娘請待天曙。封曰：「舅家咫尺，但須以梯度我過牆耳。」十一娘知不可留，使兩婢踰垣送之。行半里許，辭謝自去。婢返，十一娘扶牀悲惋，如失伉儷。後數月，婢以故至東村，暮歸，遇封女從老嫗來。婢喜，拜問，封亦惻惻，訊十一娘興居。婢捉袂曰：「三姑過我。我家姑姑盼欲死！」封曰：「我亦思之，但不樂使家人知。歸啓園門，我自至。」婢歸告十一娘；十一娘喜，從其言，則封已在園中矣。相見，各道間闊，綿綿不寐。視婢子眠熟，乃起，移與十一娘同枕，私語曰：「妾固知娘子未字。以才色門地，何患無貴介婿；然紈袴兒敖不足數。如欲得佳偶，請無以貧富論。」十一娘然之。封曰：「舊年邂逅處，今復作道場，明日再煩一往，當令見一如意郎君。妾少讀相人書，頗不參差。」昧爽，封即去，約俟蘭若，十一娘果往，封已先在。眺覽一周，十一娘便邀同車。攜手出門，見一秀才，年可十七八，布袍不飾，而容儀俊偉。封潛指曰：「此翰苑才也。」十一娘略睨之。封別曰：「娘子先歸，我即繼至。」入暮，果至，曰：「我適物色甚詳，其人即同里孟安仁也。」十一娘知其貧，不以為可。封曰：「娘子何亦墮世情哉！此人苟長貧賤者，余當抉眸子，不復相天下士矣。」十一娘曰：「且為奈何？」曰：「願得一物，持與訂盟。」十一娘曰：「姊何草草？父母在，不遂如何？」封曰：「妾此為，正恐其不遂耳。志若堅，生死何可奪也？」十一娘必不可。封曰：「娘子姻緣已動，而魔劫未消。所以故，來報前好耳。請即別，即以所贈金鳳釵，矯命贈之。」十一娘方謀更商，封已出門去。時孟生貧而多才，意將擇偶，故十八猶未聘也。是日，忽睹兩豔，歸涉冥想。一更向盡，封三娘款門而入。燭之，識為日中所見，喜致詰問。曰：「妾封氏，范十一娘之女伴也。」生大悅，不暇細審，遽前擁抱。封拒曰：「妾非毛遂，乃曹丘生。十一娘願締永好，請倩冰也。」生愕然不信，封乃以釵示生。生喜不自已，矢曰：「勞眷注如此，僕不得十一娘，寧終鰥耳。」封遂去。生詰旦，浼鄰媼詣范夫人。夫人貧之，竟不商女，立便卻去。十一娘知之，心失所望，深怨封之誤己也；而金釵難返，只須以死矢之。又數日，有某紳為子求婚，恐不諧，浼邑宰作伐。時某方居權要，范公心畏之。以問十一娘，十一娘不樂，母詰之，默默不言，但有涕淚。使人潛告夫人：非孟生，不嫁。公聞，益怒，竟許某紳家。且疑十一娘有私意於生，遂涓吉速成禮。十一娘忿不食，日惟眈臥。至親迎之前夕，忽起，攬鏡自妝。夫人竊喜。俄侍女奔白：「小姐自經！」舉宅驚涕，痛悔無所復及。三日遂葬。孟生自鄰嫗反命，憤恨欲絕。然遙遙探訪，妄冀復挽。察知佳人有主，忿火中燒，萬慮俱斷矣。未幾，聞玉葬香埋，愴然悲喪，恨不從麗人俱死。向晚出門，意將乘昏夜一哭十一娘之墓。欻有一人來，近之，則封三娘。向生道喜曰：「喜姻好可就矣。」生泫然曰：「卿不知十一娘亡耶？」封曰：「我所謂就者，正以其亡。可急喚家人發冢，我有異藥，能令蘇。」生從之，發墓破棺，復掩其穴。生自負尸，與三娘俱歸，置榻上；投以藥，踰時而蘇。顧見三娘，問：「此何所？」封指生曰：「此孟安仁也。」因告以故，始知夢醒。封懼漏洩，相將去五十里，避匿山村。封欲辭去，十一娘泣留作伴，使別院居。因貨殉葬之飾，用為資度，亦稱小有。封每遇生來，輒避去，十一娘從容曰：「吾姊妹，骨肉不啻也，然終無百年聚。計不如效英、皇。」封曰：「妾少得異訣，吐納可以長生，故不願嫁耳。」十一娘笑曰：「世傳養生術，汗牛充棟，行而效者誰也？」封曰：「妾所得非世人所知。世傳並非真訣，惟華陀五禽圖差為不妄。凡修煉家無非欲血氣流通耳，若得厄逆症，作虎形立止，非其驗耶？」十一娘陰與生謀，使偽為遠出者。入夜，強勸以酒；既醉，生潛入污之。三娘醒曰：「妹子害我矣！倘色戒不破，道成當升第一天。今墮奸謀，命耳！」乃起告辭。十一娘告以誠意而哀謝之。封曰：「實相告：我乃狐也。緣瞻麗容，忽生愛慕，如繭自纏，遂有今日。此乃情魔之劫，非關人力。再留，則魔更生，無底止矣。娘子福澤正遠，珍重自愛。」言已而逝。夫妻驚歎久之。逾年，生鄉、會果捷，官翰林。投刺謁范公，公愧悔不見。固請之，乃見。生入，執子婿禮，伏拜甚恭。公愧怒，疑生儇薄。生請間，具道情事。公不深信；使人探諸其家，方大驚喜。陰戒勿宣，懼有禍變。又二年，某紳以關節發覺，父子充遼海軍。十一娘始歸寧焉。

狐夢

余友畢怡庵，倜儻不羣，豪縱自喜，貌豐肥，多髭。士林知名。嘗以故至叔刺史公之別業，休憩樓上。傳言樓中故多狐。畢每讀青鳳傳，心輒向往，恨不一遇。因於樓上，攝想凝思。既而歸齋，日已寖暮。時暑月燠熱，當戶而寢。睡中有人搖之，醒而卻視，則一婦人，年逾四十，而風雅猶存。畢驚起，問其誰何，笑曰：「我狐也。蒙君注念，心竊感納。」畢聞而喜，投以嘲謔。婦笑曰：「妾齒加長矣，縱人不見惡，先自漸沮。有小女及笄，可侍巾櫛。明宵，無寓人於室，當即來。」言已而去。至夜，焚香坐伺，婦果攜女至。態度嫻婉，曠世無匹。婦謂女曰：「畢郎與有夙緣，即須留止。明旦早歸，勿貪睡也。」畢與握手入幃，款曲備至。事已，笑曰：「肥郎癡重，使人不堪。」未明即去。既夕自來，曰：「姊妹輩將為我賀新郎，明日即屈同去。」問：「何所？」曰：「大姊作筵主，去此不遠也。」畢果候之。良久不至，身漸倦惰。才伏案頭，女忽入曰：「勞君久伺矣。」乃握手而行。奄至一處，有大院落，直上中堂，則見燈燭熒熒，燦若星點。俄而主人至，年近二旬，淡妝絕美。斂衽稱賀已，將踐席，婢入曰：「二娘子至。」見一女子入，年可十八九，笑向女曰：「妹子已破瓜矣。新郎頗如意否？」女以扇擊背，白眼視之。二娘曰：「記兒時與妹相撲為戲，妹畏人數脇骨，遙呵手指，即笑不可耐。便怒我，謂我當嫁僬僥國小王子。我謂婢子他日嫁多髭郎，刺破小吻，今果然矣。」大娘笑曰：「無怪三娘子怒詛也！新郎在側，直爾憨跳！」頃之，合尊促坐，宴笑甚歡。忽一少女抱一貓至，年可十二三，雛髮未燥，而豔媚入骨。大娘曰：「四妹妹亦要見姊丈耶？此無坐處。」因提抱膝頭，取肴果餌之。移時，轉置二娘懷中，曰：「壓我脛股酸痛！」二姊曰：「婢子許大，身如百鈞重，我脆弱不堪。既欲見姊夫，姊夫故壯偉，肥膝耐坐。」乃捉置畢懷。入懷香軟，輕若無人。畢抱與同杯飲，大娘曰：「小婢勿過飲，醉失儀容，恐姊夫所笑。」少女孜孜展笑，以手弄貓，貓戛然鳴。大娘曰：

「尚不抛卻，抱走蚤蝨矣！」二娘曰：「請以貍奴為令，執箸交傳，鳴處則飲。」眾如其教。至畢輒鳴。畢故豪飲，連舉數觥，乃知小女子故捉令鳴也，因大喧笑。二姊曰：「小妹子歸休！壓煞郎君，恐三姊怨人。」小女郎乃抱貓去。大姊見畢善飲，乃摘髻子貯酒以勸。視髻僅容升許；然飲之，覺有數斗之多。比乾視之，則荷蓋也。二娘亦欲相酬，畢辭不勝酒。二娘出一口脂合子，大於彈丸，酌曰：「既不勝酒，聊以示意。」畢視之，一吸可盡；接吸百口，更無乾時。女在旁以小蓮杯易合子去，曰：「勿為奸人所弄。」置合案上，則一巨鉢。二娘曰：「何預汝事！三日郎君，便如許親愛耶！」畢持杯向口立盡。把之膩軟；審之，非杯，乃羅襪一鉤，襯飾工絕。二娘奪罵曰：「猾婢！何時盜人履子去，怪足冰冷也！」遂起，入室易舄。女約畢，離席告別。女送出村，使畢自歸。瞥然醒寤，竟是夢景；而鼻口醺醺，酒氣猶濃，異之。至暮，女來，曰：「昨宵未醉死耶？」畢言：「方疑是夢。」女曰：「姊妹怖君狂譟，故托之夢，實非夢也。」女每與畢弈，畢輒負。女笑曰：「君日嗜此，我謂必大高著；今視之，只平平耳。」畢求指誨，女曰：「弈之為術，在人自悟，我何能益君？朝夕漸染，或當有異。」居數月，畢覺稍進。女試之，笑曰：「尚未，尚未。」畢出與所嘗共弈者游，則人覺其異，咸奇之。畢為人坦直，胸無宿物，微洩之。女已知，責曰：「無惑乎同道者不交狂生也。屢囑慎密，何尚爾爾？」怫然欲去。畢謝過不遑，女乃稍解；然由此來浸疏矣。積年餘，一夕來，兀坐相向。與之弈，不弈；與之寢，不寢。悵然良久，曰：「君視我孰如青鳳？」曰：「殆過之。」曰：「我自慚弗如。然聊齋與君文字交，請煩作小傳，未必千載下無愛憶如君者。」畢曰：「夙有此志；曩遵舊囑，故祕之。」女曰：「向為是囑，今已將別，復何諱？」問：「何往？」曰：「妾與四妹妹為西王母徵作花鳥使，不復得來。曩有姊行，與君家叔兄，臨別已產二女，今尚未醮；妾與君幸無所累。」畢求贈言，曰：「盛氣平，過自寡。」遂起，捉手曰：「君送我行。」至里許，灑涕分手，曰：「彼此有志，未必無會期也。」乃去。康熙二十一年臘月十九日，畢子與余抵足綽然堂，細述其異。余曰：「有狐若此，則聊齋之筆墨有光榮矣。」遂志之。

布客

長清某，販布為業，客於泰安。聞有術人工星命之學，詣問休咎。術人推之曰：「運數大惡，可速歸。」某懼，囊資北下。途中遇一短衣人，似是隸胥。漸漬與語，遂相知悅，屢市餐飲，呼與共啜。短衣人甚德之，某問所幹營，答言：「將適長清，有所勾致。」問為何人，短衣人出牒，示令自審；第一即己姓名。駭曰：「何事見勾？」短衣人曰：「我非生人，乃蒿里山，東四司隸役。想子壽數盡矣。」某出涕求救。鬼曰：「不能。然牒上名多，拘集尚需時日。子速歸，處置後事，我最後相招，此即所以報交好耳。」無何，至河際，斷絕橋梁，行人艱涉。鬼曰：「子行死矣，一文亦將不去。請即建橋，利行人；雖頗煩費，然於子未必無小益。」某然之，歸，告妻子作周身具。剋日鳩工建橋。久之，鬼竟不至，心竊疑之。一日，鬼忽來曰：「我已以建橋事上報城隍，轉達冥司矣。謂此一節可延壽命。今牒名已除，敬以報命。」某喜感謝。後再至泰山，不忘鬼德，敬齎楮錠，呼名酹奠。既出，見短衣人匆遽而來曰：「子幾禍我！適司君方蒞事，幸不聞知；不然，奈何！」送之數武，曰：「後勿復來。倘有事北往，自當迂道過訪。」遂別而去。

農人

有農人耕於山下，婦以陶器為餉，食已，置器壠畔，向暮視之，器中餘粥盡空。如是者屢。心疑之，因睨注以觀之。有狐來，探首器中。農人荷鋤潛往，力擊之，狐驚竄走。器囊頭，苦不得脫；狐顛躓，觸器碎落，出首，見農人，竄益急，越山而去。後數年，山南有貴家女，苦狐纏祟，敕勒無靈。狐謂女曰：「紙上符咒，能奈我何！」女紿之曰：「汝道術良深，可幸永好。顧不知生平亦有所畏者否？」狐曰：「我罔所怖。但十年前在北山時，嘗竊食田畔，被一人戴闊笠，持曲項兵，幾為所戮，至今猶悸。」女告父。父思投其所畏，但不知姓名、居里，無從問訊。會僕以故至山村，向人偶道。旁一人驚曰：「此與吾曩年事適相符，將無向所逐狐，今能為怪耶？」僕異之，歸告主人。主人喜，即命僕馬招農人來，敬白所求。農人笑曰：「曩所遇誠有之，顧未必即為此物；且既能怪變，豈復畏一農人？」貴家固強之，使披戴如爾日狀，入室以鋤卓地，咤曰：「我日覓汝不可得，汝乃逃匿在此耶！今相值，決殺不宥！」言已，即聞狐鳴於室。農人益作威怒，狐即哀告乞命，農人叱曰：「速去，釋汝。」女見狐捧頭鼠竄而去。自是遂安。

章阿端

衛輝戚生，少年蘊藉，有氣敢任。時大姓有巨第，白晝見鬼，死亡相繼，願以賤售。生廉其直，購居之。而第閎人稀，東院樓亭，蒿艾成林，亦姑廢置。家人夜驚，輒相譁以鬼。兩月餘，喪一婢。無何，生妻以暮至樓亭，既歸，得疾，數日尋斃。家人益懼，勸生他徙，生不聽。而塊然無偶，憭慄自傷。婢僕輩又時以怪異相聒。生怒，盛氣襆被，獨臥荒亭中，留燭以覿其異。久之無他，亦竟睡去。忽有人以手探被，反復捫搎。生醒視之，則一老大婢，攣耳蓬頭，臃腫無度。生知其鬼，捉臂推之，笑曰：「尊範不堪承教！」婢慚，斂手蹀躞而去。少頃，一女郎自西北隅出，神情婉妙，闖然至燈下，怒罵：「何處狂生，居然高臥！」生起笑曰：「小生此間之地主，候卿討房稅耳。」遂起，裸而捉之。女急遁。生先趨西北隅，阻其歸路，女既窮，便坐牀上。近臨之，對燭如仙；漸擁諸懷。女笑曰：「狂生不畏鬼耶？將禍爾死！」生強解裙襦，則亦不甚抗拒。已而自白曰：「妾章氏，小字阿端。誤適蕩子，剛愎不仁，橫加折辱，憤悒夭逝，瘞此二十餘年矣。此宅下皆墳冢也。」問：「老婢何人？」曰：「亦一故鬼，從妾服役。上有生人居，則鬼不安於夜室，適令驅君耳。」問：「捫搎何為？」笑曰：「此婢三十年未經人道，其情可憫，然亦太不自量矣。要之：餒怯者，鬼益侮弄之，剛腸者，不敢犯也。」聽鄰鐘響斷，著衣下牀，曰：「如不見猜，夜當復至。」入夕，果至，綢繆益歡。生曰：「室人不幸殂謝，感悼不釋於懷。卿能為我致之否？」女聞之益戚，曰：「妾死二十年，誰一置念憶者！君誠多情，妾當極力。然聞投生有地矣，不知尚在冥司否。」逾夕，告生曰：「娘子將生貴人家。以前生失耳環，撻婢，婢自縊死，此案未結，以故遲留。今尚寄藥王廊下，有監守者，妾使婢往行賄，或將來也。」生問：「卿何閒散？」曰：「凡枉死鬼不自投見，閻摩天子不及知也。」二鼓向盡，老婢果引生妻而至。生執手大悲，妻含涕不能言。女別去，曰：「兩人可話契闊，另夜請相見也。」生慰問婢死事。妻曰：「無妨，行結矣。」上牀偎抱，款若平生之歡。由此遂以為常。後五日，妻忽泣曰：「明日將赴山東，乖離苦長，奈何！」生聞言，揮涕流離，哀不自勝。女勸曰：「妾有一策，可得暫聚。」共收涕詢之。女請以錢紙十提，焚南堂杏樹下，持賄押生者，俾緩時日，生從之。至夕，妻至曰：「幸賴端娘，今得十日聚。」生喜，禁女勿去，留與連牀，暮以暨曉，惟恐歡盡。過七八日，生以限期將滿，夫妻終夜哭。問計於女，女曰：「勢難再謀。然試為之，非冥資百萬不可。」生焚之如數。女來，喜曰：「妾使人與押生者關說，初甚難；既見多金，心始搖。今已以他鬼代生矣。」自此白日亦不復去，今生塞戶牖，燈燭不絕。如是年餘，女忽病瞀悶，懊憹，恍惚，如見鬼狀。妻撫之曰：「此為鬼病。」生曰：「端娘已鬼，又何鬼之能病？」妻曰：「不然。人死為鬼，鬼死為聻。鬼之畏聻，猶人之畏鬼也。」生欲為聘巫醫。曰：「鬼何可以人療？鄰媼王氏，今行術於冥間，可往召之。然去此十餘里，妾足弱，不能行，煩君焚芻馬。」生從之。馬方爇，即見婢女牽赤騮，授綏庭下，轉瞬已杳，少間，與一老媼疊騎而來，縶馬廊柱。媼入，切女十指。既而端坐，首僴悚作態。仆地移時，蹶而起曰：「我黑山大王也。娘子病大篤，幸遇小神，福澤不淺哉！此業鬼為殃，不妨，不妨！但是病有瘳，須厚我供養，金百錠、錢百貫、盛筵一設，不得少缺。」妻一一嗷應。媼又仆而蘇，向病者呵叱，乃已。既而欲去。妻送諸庭外，贈之以馬，忻然而去。入視女郎，似稍清醒。夫妻大悅，撫問之。女忽言曰：「妾恐不得再履人世矣。合目輒見冤鬼，命也！」因泣下。越宿，病益沈殆，曲體戰慄，妄有所睹。拉生同臥，以首入懷，似畏撲捉。生一起，則驚叫不寧。如此六七日，夫妻無所為計。會生他出，半日而歸，聞妻哭聲，驚問，則端娘已斃牀上，委蛻猶存。啓之，白骨儼然。生大慟，以生人禮葬於祖墓之側。一夜，妻夢中嗚咽，搖而問之，答云：「適夢端娘來，言其夫為聻鬼，怒其改節泉下，啣恨索命去，乞我作道場。」生早起，即將如教。妻止之曰：「度鬼非君所可與力也。」乃起去。踰刻而來，曰：「余已命人邀僧侶。當先焚錢紙作用度。」生從之。日方落，僧眾畢集，金鐃法鼓，一如人世。妻每謂其聒耳，生殊不聞。道場既畢，妻又夢端娘來謝，言：「冤已解矣，將生作城

金永年

利津金永年，八十二歲無子，媼亦七十八歲，自分絕望。忽夢神告曰：「本應絕嗣，念汝貿販平準，予一子。」醒以告媼。媼曰：「此真妄想。兩人皆將就木，何由生子？」無何，媼腹震動；十月，竟舉一男。

花姑子

安幼輿，陝之拔貢生。為人揮霍好義，喜放生，見獵者獲禽，輒不惜重直，買釋之。會舅家喪葬，往助執紼。暮歸，路經華嶽，迷竄山谷中，心大恐。一矢之外，忽見燈火，趨投之。數武中，欻見一叟，傴僂曳杖，斜逕疾行。安停足，方欲致問，叟先詰誰何。安以迷途告；且言燈火處必是山村，將以投止。叟曰：「此非安樂鄉。幸老夫來，可從去，茅廬可以下榻。」安大悅，從行里許，睹小村。叟扣荊扉，一嫗出，啓關曰：「郎子來耶？」叟曰：「諾。」既入，則舍宇湫隘。叟挑燈促坐，便命隨事具食。又謂嫗曰：「此非他，是吾恩主。婆子不能行步，可喚花姑子來釃酒。」俄女郎以饌具入，立叟側，秋波斜盼。安視之，芳容韶齒，殆類天仙。叟顧令煨酒。房西隅有煤爐，女郎入房撥火。安問：「此公何人？」答云：「老夫章姓。七十年只有此女。田家少婢僕，以君非他人，遂敢出妻見子，幸勿哂也。」安問：「婿何家里？」答言：「尚未。」安贊其惠麗，稱不容口。叟方謙挹，忽聞女郎驚號。叟奔入，則酒沸火騰。叟乃救止，訶曰：「老大婢，濡猛不知耶！」回首，見爐旁有薥心插紫姑未竟，又訶曰：「髮蓬蓬許，裁如嬰兒！」持向安曰：「貪此生涯，致酒騰沸。蒙君子獎譽，豈不羞死！」安審諦之，眉目袍服，製甚精工。贊曰：「雖近兒戲，亦見慧心。」斟酌移時，女頻來行酒，嫣然含笑，殊不羞澀。安注目情動。忽聞嫗呼，叟便去。安覷無人，謂女曰：「睹仙容，使我魂失。欲通媒妁，恐其不遂，如何？」女抱壺向火，默若不聞；屢問不對。生漸入室。女起，厲色曰：「狂郎入闥將何為！」生長跽哀之。女奪門欲去，安暴起要遮，狎接臄亟。女顫聲疾呼，叟匆遽入問。安釋手而出，殊切愧懼。女從容向父曰：「酒復湧沸，非郎君來，壺子融化矣。」安聞女言，心始安妥，益德之。魂魄顛倒，喪所懷來。於是偽醉離席，女亦遂去。叟設裀褥，闔扉乃出。安不寐；未曙，呼別。至家，即浼交好者造廬求聘，終日而返，竟莫得其居里。安遂命僕馬，尋途自往。至則絕壁巉巖，竟無村落；訪諸近里，則此姓絕少。失望而歸，並忘食寢。由此得昏瞀之疾：強啖湯粥，則嗢嘧欲吐；潰亂中，輒呼花姑子。家人不解，但終夜環伺之，氣勢阽危。一夜，守者困怠並寐，生矇瞳中，覺有人揣而抗之。略開眸，則花姑子立牀下，不覺神氣清醒。熟視女郎，潸潸涕墮。女傾頭笑曰：「癡兒何至此耶？」乃登榻，坐安股上，以兩手為按太陽穴。安覺腦麝奇香，穿鼻沁骨。按數刻，忽覺汗滿天庭，漸達肢體。小語曰：「室中多人，我不便住。三日當復相望。」又於繡袪中出數蒸餅置牀頭，悄然遂去。安至中夜，汗已思食，捫餅啗之。不知所苞何料，甘美非常，遂盡三枚。又以衣覆餘餅，懵憹酣睡，辰分始醒，如釋重負。三日，餅盡，精神倍爽，乃遣散家人。又慮女來不得其門而入，潛出齋庭，悉脫扃鍵。未幾，女果至，笑曰：「癡郎子！不謝巫耶？」安喜極，抱與綢繆，恩愛甚至。已而曰：「妾冒險蒙垢，所以故，來報重恩耳。實不能永諧琴瑟，幸早別圖。」安默默良久，乃問曰：「素昧生平，何處與卿家有舊？實所不憶。」女不言，但云：「君自思之。」生固求永好。女曰：「屢屢夜奔，固不可；常諧伉儷，亦不能。」安聞言，邑邑而悲。女曰：「必欲相諧，明宵請臨妾家。」安乃收悲以忻，問曰：「道路遼遠，卿纖纖之步，何遂能來？」曰：「妾固未歸。東頭聾媼我姨行，為君故，淹留至今，家中恐所疑怪。」安與同衾，但覺氣息肌膚，無處不香。問曰：「熏何薌澤，致侵肌骨？」女曰：「妾生來便爾，非由熏飾。」安益奇之。女早起言別，安慮迷途，女約相候於路。安抵暮馳去，女果伺待，偕至舊所，叟媼歡逆。酒肴無佳品，雜具藜藿。既而請客安寢，女子殊不瞻顧，頗涉疑念。更既深，女始至，曰：「父母絮絮不寢，致勞久待。」浹洽終夜，謂安曰：「此宵之會，乃百年之別。」安驚問之，答曰：「父以小村孤寂，故將遠徙。與君好合，盡此夜耳。」安不忍釋，俯仰悲愴。依戀之間，夜色漸曙。叟忽然闖入，罵曰：「婢子玷我清門，使人愧怍欲死！」女失色，草草奔出。叟亦出，且行且詈。安驚孱遌怯，無以自容，潛奔而歸。數日徘徊，心景殆不可過。因思夜往，踰牆以觀其便。叟固言有恩，即令事洩，當無大譴。遂乘夜竄往，蹀躞山中，迷悶不知所往。大懼。方覓歸途，見谷中隱有舍宇；喜詣之，則閈閎高壯，似是世家，重門尚未扃也。安向門者詢章氏之居。

有青衣人出，問：「昏夜何人詢章氏？」安曰：「是吾親好，偶迷居向。」青衣曰：「男子無問章也。此是渠妗家，花姑即今在此，容傳白之。」入未幾，即出邀安。才登廊舍，花姑趨出迎，謂青衣曰：「安郎奔波中夜，想已困殆，可伺牀寢。」少間，攜手入幃。安問：「妗家何別無人？」女曰：「妗他出，留妾代守。幸與郎遇，豈非夙緣？」然偎傍之際，覺甚羶腥，心疑有異，女抱安頸，遽以舌舐鼻孔，徹腦如刺。安駭絕，急欲逃脫；而身若巨綆之縛，少時，悶然不覺矣。安不歸，家中逐者窮人迹，或言暮遇於山逕者。家人入山，則見裸死危崖下。驚怪莫察其由，舁歸。眾方聚哭，一女郎來弔，自門外噭咷而入。撫尸捺鼻，涕洟其中，呼曰：「天乎，天乎！何愚冥至此！」痛哭聲嘶，移時乃已。告家人曰：「停以七日，勿殮也。」眾不知何人，方將啓問；女傲不為禮，含涕逕出，留之不顧；尾其後，轉眸已渺。羣疑為神，謹遵所教。夜又來，哭如昨。至七夜，安忽蘇，反側以呻。家人盡駭。女子入，相向嗚咽。安舉手，揮眾令去。女出青草一束，燂湯升許，即牀頭進之，頃刻能言。歎曰：「再殺之惟卿，再生之亦惟卿矣！」因述所遇。女曰：「此蛇精冒妾也。前迷道時，所見燈光，即是物也。」安曰：「卿何能起死人而肉白骨也？勿乃仙乎？」曰：「久欲言之，恐致驚怪。君五年前，曾於華山道上買獵麞而放之否？」曰：「然，其有之。」曰：「是即妾父也。前言大德，蓋以此故。君前日已生西村王主政家。妾與父訟諸閻摩王，閻摩王弗善也。父願壞道代郎死，哀之七日，始得當。今之邂逅，幸耳。然君雖生，必且痿痹不仁；得蛇血合酒飲之，病乃可除。」生啣恨切齒，而慮其無術可以擒之。女曰：「不難。但多殘生命，累我百年不得飛升。其穴在老崖中，可於晡時聚茅焚之，外以強弩戒備，妖物可得。」言已，別曰：「妾不能終事，實所哀慘。然為君故，業行已損其七，幸憫宥也。月來覺腹中微動，恐是孽根。男與女，歲後當相寄耳。」流涕而去。安經宿，覺腰下盡死，爬抓無所痛癢。乃以女言告家人。家人往，如其言，熾火穴中，有巨白蛇衝燄而出。數弩齊發，射殺之。火熄入洞，蛇大小數百頭，皆焦臭。家人歸，以蛇血進。安服三日，兩股漸能轉側，半年始起。後獨行谷中，遇老媼以繃席抱嬰兒授之，曰：「吾女致意郎君。」方欲問訊，瞥不復見。啓襁視之，男也。抱歸，竟不復娶。

異史氏曰：「人之所以異於禽獸者幾希，此非定論也。蒙恩啣結，至於沒齒，則人有慚於禽獸者矣。至於花姑，始而寄慧於憨，終而寄情於恝。乃知憨者慧之極，恝者情之至也。仙乎，仙乎！」

武孝廉

武孝廉石某，囊資赴都，將求銓敘。至德州，暴病，唾血不起，長臥舟中。僕篡金亡去，石大恚，病益加，資糧斷絕，榜人謀委棄之。會有女子乘船，夜來臨泊，聞之，自願以舟載石。榜人悅，扶石登女舟。石視之，婦四十餘，被服燦麗，神采猶都。呻以感謝，婦臨審曰：「君夙有瘵根，今魂魄已游墟墓。」石聞之，噭然哀哭。婦曰：「我有丸藥，能起死。苟病瘳，勿相忘。」石灑泣矢盟。婦乃以藥餌石；半日，覺少痊。婦即榻供甘旨，殷勤過於夫婦。石益德之。月餘，病良已。石膝行而前，敬之如母。婦曰：「妾煢獨無依，如不以色衰見憎，願侍巾櫛。」時石三十餘，喪偶經年，聞之，喜愜過望，遂相燕好。婦乃出藏金，使入都營幹，相約返與同歸。石赴都夤緣，選得本省司閫；餘金市鞍馬，冠蓋赫奕。因念婦臘已高，終非良偶，因以百金聘王氏女為繼室。心中悚怯，恐婦聞知，遂避德州道，迂途履任。年餘，不通音耗。有石中表，偶至德州，與婦為鄰。婦知之，詣問石況，某以實對，婦大罵，因告以情。某亦代為不平，慰解曰：「或署中務冗，尚未暇遑。乞修尺一書，為嫂寄之。」婦如其言。某敬以達石，石殊不置意。又年餘，婦自往歸石，止於旅舍，託官署司賓者通姓氏，石令絕之。一日，方燕飲，聞喧詈聲；釋杯凝聽，則婦已搴簾入矣。石大駭，面色如土。婦指罵曰：「薄情郎！安樂耶？試思富若貴何所自來？我與汝情分不薄，即欲置婢妾，相謀何害？」石累足屏氣，不能復作聲。久之，長跽自投，詭辭乞宥，婦氣稍平。石與王氏謀，使以妹禮見婦。王氏雅不欲；石固哀之，乃往。王拜，婦亦答拜。曰：「妹勿懼，我非悍妒者。曩事，實人情所不堪，即妹亦當不願有是郎。」遂為王緬述本末。王亦憤恨，因與交詈石。石不能自為地，惟求自贖，遂相安帖。初，婦之未入也，石戒閽人勿通。至此，怒閽人，陰詰讓之。閽人固言管鑰未發，無入者，不服。石疑之而不敢問婦。兩雖言笑，而終非所好也。幸婦嫻婉，不爭夕。三餐後，掩闥早眠，並不問良人夜宿何所。王初猶自危；見

褰裙者，持履者，挽扶而上。公主舒皓腕，躡利屣，輕如飛燕，蹴入雲霄。已而扶下，羣曰：「公主真仙人也！」嘻笑而去。生眖良久，神志飛揚。迨人聲既寂，出詣鞦韆下，徘徊凝想。見籬下有紅巾，知為羣美所遺，喜內袖中。登其亭，見案上設有文具，遂題巾曰：「雅戲何人擬半仙？分明瓊女散金蓮。廣寒隊裏恐相妒，莫信凌波上九天。」題已，吟誦而出。復尋故逕，則重門扃錮矣。踟躕罔計，返而樓閣亭臺，涉歷幾盡。一女掩入，驚問：「何得來此？」生揖之曰：「失路之人，幸能垂救。」女問：「拾得紅巾否？」生曰：「有之。然已玷染，如何？」因出之。女大驚曰：「汝死無所矣！此公主所常御，塗鴉若此，何能為地？」生失色，哀求脫免。女曰：「竊窺宮儀，罪已不赦。念汝儒冠蘊藉，欲以私意相全；今孽乃自作，將何為計！」遂惶惶持巾去。生心悸肌慄，恨無翅翎，惟延頸俟死。迂久，女復來，潛賀曰：「子有生望矣！公主看巾三四遍，冁然無怒容，或當放君去。宜姑耐守，勿得攀樹鑽垣，發覺不宥矣。」日已投暮，凶祥不能自必；而餓燄中燒，憂煎欲死。無何，女子挑燈至，一婢提壺榼，出酒食餉生。生急問消息，女云：「適我乘間言：『園中秀才，可恕則放之；不然，餓且死。』公主沈思云：『深夜教渠何之？』遂命饋君食。此非惡耗也。」生徊徨終夜，危不自安。辰刻向盡，女子又餉之。生哀求緩頰，女曰：「公主不言殺，亦不言放，我輩下人，何敢屑屑瀆告？」既而斜日西轉，眺望方殷，女子坌息急奔而入，曰：「殆矣！多言者洩其事於王妃；妃展巾抵地，大罵狂傖，禍不遠矣！」生大驚，面如灰土，長跽請教。忽聞人語紛拏，女搖手避去。數人持索，洶洶入戶，內一婢熟視曰：「將謂何人，陳郎耶？」遂止持索者，曰：「且勿且勿，待白王妃來。」返身急去。少間來，曰：「王妃請陳郎入。」生戰惕從之。經數十門戶，至一宮殿，碧箔銀鈎。即有美姬揭簾，唱：「陳生至。」上一麗者，袍服炫冶。生伏地稽首曰：「萬里孤臣，幸恕生命。」妃急起，自曳之曰：「我非君子，無以有今日。婢輩無知，致迕佳客，罪何可贖！」即設華筵，酌以鏤杯。生茫然不解其故，妃曰：「再造之恩，恨無所報。息女蒙題巾之愛，當是天緣，今夕即遣奉侍。」生意出非望，神惝怳而無著。日方暮，一婢前曰：「公主已嚴妝訖。」遂引生就帳。忽而笙管敖曹；階上悉踐花罽；門堂藩溷，處處皆籠燭。數十妖姬，扶公主交拜。麝蘭之氣，充溢殿庭。既而相將入幃，兩相傾愛。生曰：「羈旅之臣，生平不省拜侍。點污芳巾，得免斧鑕，幸矣；反賜姻好，實非所望。」公主曰：「妾母，湖君妃子，乃揚江王女。舊歲歸寧，偶游湖上，為流矢所中。蒙君脫免，又賜刀圭之藥，一門戴佩，常不去心。郎勿以非類見疑。妾從龍君得長生訣，願與郎共之。」生乃悟為神人，因問：「婢子何以相識？」曰：「爾日洞庭舟上，曾有小魚啣尾，即此婢也。」又問：「既不見誅，何遲遲不賜縱脫？」笑曰：「實憐君才，但不得自主。顛倒終夜，他人不及知也。」生歎曰：「卿，我鮑叔也。饋食者誰？」曰：「阿念，亦妾腹心。」生曰：「何以報德？」笑曰：「侍君有日，徐圖塞責未晚耳。」問：「大王何在？」曰：「從關聖征蚩尤未歸。」居數日，生慮家中無耗，懸念綦切，乃先以平安書遣僕歸。家中聞洞庭舟覆，妻子縗絰已年餘矣。僕歸，始知不死；而音問梗塞，終恐漂泊難返。又半載，生忽至，裘馬甚都，囊中寶玉充盈。由此富有巨萬，聲色豪奢，世家所不能及。七八年間，生子五人。日日宴集賓客，宮室飲饌之奉，窮極豐盛。或問所遇，言之無少諱。有童稚之交梁子俊者，宦游南服十餘年。歸過洞庭，見一畫舫：雕檻朱窗，笙歌幽細，緩蕩煙波。時有美人推窗凭眺。梁目注舫中，見一少年丈夫，科頭疊股其上；傍有二八姝麗，挼莎交摩。念必楚襄貴官，而騶從殊少。凝眸審諦，則陳明允也。不覺憑欄酣叫。生聞呼罷棹，出臨鷁首，邀梁過舟。見殘肴滿案，酒霧猶濃。生立命撤去。頃之，美婢三五，進酒烹茗，山海珍錯，目所未睹。梁驚曰：「十年不見，何富貴一至於此！」笑曰：「君小覷窮措大不能發迹耶？」問：「適共飲何人？」曰：「山荊耳。」梁又異之。問：「攜家何往？」答：「將西渡。」梁欲再詰，生遽命歌以侑酒。一言甫畢，旱雷聒耳，肉竹嘈雜，不復可聞言笑。梁見佳麗滿前，乘醉大言曰：「明允公，能令我真箇銷魂否？」生笑云：「足下醉矣！然有一美妾之資，可贈故人。」遂命侍兒進明珠一顆，曰：「綠珠不難購，明我非吝惜。」乃趣別曰：「小事忙迫，不及與故人久聚。」送梁歸舟，開纜逕去。梁歸，探諸其家，則生方與客飲，益疑。因問：「昨在洞庭，何歸之速？」答曰：「無之。」梁乃追述所見，一座盡駭。生笑曰：「君誤矣，僕豈有分身術耶？」眾異之，而究莫解其故。後八十一歲而終。迨殯，訝其棺輕；開視，則空棺耳。

異史氏曰：「竹簏不沈，紅巾題句，此其中具有鬼神；而要之皆惻隱之一念所通也。迨宮室妻妾，一身而兩享其奉，即又不可解矣。昔有願嬌妻美妾，貴子賢孫，而兼長生不老者，僅得其半耳。豈仙人中亦有汾陽、季倫耶？」

孝子

青州東香山之前，有周順亭者，事母至孝。母股生巨疽，痛不可忍，晝夜嚬呻。周撫肌進藥，至忘寢食。數月不痊，周憂煎無以為計。夢父告曰：「母疾賴汝孝。然此瘡非人膏塗之不能癒，徒勞焦惻也。」醒而異之。乃起，以利刃割脅肉，肉脫落，覺不甚苦。急以布纏腰際，血亦不注。於是烹肉持膏，敷母患處，痛截然頓止。母喜問：「何藥而靈效如此？」周詭對之。母瘡尋癒。周每掩護割處，即妻子亦不知也。既痊，有巨痕如掌。妻詰之，始得其詳。

異史氏曰：「刲股傷生之事，君子不貴。然愚夫婦何知傷生為不孝哉？亦行其心之所不自已者而已。有斯人而知孝子之真，猶在天壤。司風教者，重務良多，無暇彰表，則闡幽明微，賴茲芻蕘。」

獅子

暹邏貢獅，每止處，觀者如堵。其形狀與世所傳繡畫者迥異，毛黑黃色，長數寸。或投以雞，先以爪摶而吹之。一吹，則毛盡落如掃，亦理之奇也。

閻王

李常久，臨朐人。壺榼於野，見旋風蓬蓬而來，敬酹奠之。後以故他適，路旁有廣第，殿閣弘麗。一青衣人自內出，邀李。李固辭。青衣人要遮甚殷，李曰：「素不相識，得無誤耶？」青衣云：「不誤。」便言李姓字。問：「此誰家？」答云：「入自知之。」入，進一層門，見一女子手足釘扉上。近視，其嫂也，大駭。李有嫂，臂生惡疽，不起者年餘矣。因自念何得至此。轉疑招致意惡，畏沮卻步，青衣促之，乃入。至殿下，上一人，冠帶如王者，氣象威猛。李跪伏，莫敢仰視。王者命曳起之，慰之曰：「勿懼。我以曩昔擾子杯酌，欲一見相謝，無他故也。」李心始安，然終不知故。王者又曰：「汝不憶田野酹奠時乎？」李頓悟，知其為神，頓首曰：「適見嫂氏受此嚴刑，骨肉之情，實愴於懷。乞王憐宥！」王者曰：「此甚悍妒，宜得是罰。三年前，汝兄妾盤腸而產，彼陰以針刺腸上，俾至今臟腑常痛。此豈有人理者！」李固哀之，乃曰：「便以子故宥之。歸當勸悍婦改行。」李謝而出，則扉上無人矣。歸視嫂，嫂臥榻上，創血殷席。時以妾拂意故，方致詬罵。李遽勸曰：「嫂無復爾！今日惡苦，皆平日忌嫉所致。」嫂怒曰：「小郎若個好男兒；又房中娘子賢似孟姑姑，任郎君東家眠，西家宿，不敢一作聲。自當是小郎大好乾綱，到不得代哥子降伏老媼！」李微哂曰：「嫂勿怒，若言其情，恐欲哭不暇矣。」嫂曰：「便曾不盜得王母籮中綫，又未與玉皇案前吏一眨眼，中懷坦坦，何處可用哭者！」李小語曰：「針刺人腸，宜何罪？」嫂勃然色變，問此言之因，李告之故。嫂戰慄不已，涕泗流離而哀鳴曰：「吾不敢矣！」啼淚未乾，覺痛頓止，旬日而瘥。由是立改前轍，遂稱賢淑。後妾再產，腸復墮，針宛然在焉。拔去之，腹痛乃瘳。

異史氏曰：「或謂天下悍妒如某者，正復不少，恨陰網之漏多也。余謂：不然。冥司之罰，未必無甚於釘扉者，但無回信耳。」

「我署中無處可容，不如暫歸汝家。」女良久曰：「官署即吾家，我將入矣。」宰又問，音響已寂。退入宅中，則夫人生女矣。

義 犬

潞安某甲，父陷獄將死，搜括囊蓄，得百金，將詣郡關說。跨騾出，則所養黑犬從之。呵逐使退；既走，則又從之，鞭逐不返，從行數十里。某下騎，趨路側私焉。既乃以石投犬，犬始奔去；某既行，則犬欻然復來，囓騾尾足。某怒鞭之，犬鳴吠不已。忽躍在前，憤齕騾首，似欲阻其去路。某以為不祥，益怒，回騎馳逐之。視犬已遠，乃返轡疾馳；抵郡已暮。及捫腰橐，金亡其半，涔涔汗下，魂魄都失。輾轉終夜，頓念犬吠有因。候關出城，細審來途。又自計南北衝衢，行人如蟻，遺金寧有存理。逡巡至下騎所，見犬斃草間，毛汗溼如洗。提耳起視，則封金儼然。感其義，買棺葬之，人以為義犬冢云。

鄱陽神

翟湛持，司理饒州，道經鄱陽湖。湖上有神祠，停蓋游瞻。內雕丁普郎死節臣像，翟姓一神，最居末坐。翟曰：「吾家宗人，何得在下！」遂於上易一座。既而登舟，大風斷帆，桅檣傾側，一家哀號。俄一小舟破浪而來，既近官舟，急挽翟登小舟，於是家人盡登。審視其人，與翟姓神無少異。無何，浪息，尋之已杳。

伍秋月

秦郵王鼎，字仙湖。為人慷慨有力，廣交游。年十八，未娶，妻殞。每遠游，恆經歲不返。兄鼐，江北名士，友于甚篤。勸弟勿游，將為擇偶。生不聽，命舟抵鎮江訪友，友他出，因稅居於逆旅閣上。江水澄波，金山在目，心甚快之。次日，友人來，請生移居；辭不去。居半月餘，夜夢女郎，年可十四五，容華端妙，上牀與合，既寤而遺。頗怪之，亦以為偶。入夜，又夢之。如是三四夜。心大異，不敢息燭，身雖偃臥，惕然自警。才交睫，夢女復來；方狎，忽自驚寤；急開目，則少女如仙，儼然猶在抱也。見生醒，頓自愧怯。生雖知非人，意亦甚得；無暇問訊，真與馳驟。女若不堪，曰：「狂暴如此，無怪人不敢明告也。」生始詰之，答云：「妾伍氏秋月。先父名儒，邃於易數。常珍愛妾，但言不永壽，故不許字人。後十五歲果夭沒，即攢瘞閣東，令與地平，亦無冢誌，惟立片石於棺側，曰：『女秋月，葬無冢，三十年，嫁王鼎。』今已三十年，君適至。心喜，亟欲自薦；寸心羞怯，故假之夢寐耳。」王亦喜，復求訖事。曰：「妾少須陽氣，欲求復生，實不禁此風雨。後日好合無限，何必今宵。」遂起而去。次日，復至，坐對笑謔，歡若生平。滅燭登牀，無異生人；但女既起，則遺洩流離，沾染茵褥。一夕，明月瑩澈，小步庭中。問女：「冥中亦有城郭否？」答曰：「等耳。冥間城府，不在此處，去此可三四里。但以夜為晝。」問：「生人能見之否？」答云：「亦可。」生請往觀，女諾之。乘月去，女飄忽若風，王極力追隨，欻至一處，女言：「不遠矣。」生瞻望殊罔所見。女以唾塗其兩眥，啓之，明倍於常，視夜色不殊白晝。頓見雉堞在杳靄中；路上行人，如趨墟市。俄二皂縶三四人過，末一人怪類其兄；趨近之，果兄，駭問：「兄那得來？」兄見生，潸然零涕，言：「自不知何事，強被拘囚。」王怒曰：「我兄秉禮君子，何至縲絏如此！」便請二皂，幸且寬釋。皂不肯，殊大傲睨，生恚欲與爭，兄止之曰：「此是官命，亦合奉法。但余乏用度，索賄良苦。弟歸，宜措置。」生把兄臂，哭失聲。皂怒，猛掣項索，兄頓顛蹷。生見之，忿火填胸，不能制止，即解佩刀，立決皂首。一皂喊斷，生又決之。女大驚曰：「殺官使，罪不宥！遲則禍及！請即覓舟北發，歸家勿摘提旛，杜門絕出入，七日保無慮也。」王乃挽兄夜買小舟，火急北渡。歸見弔客在門，知兄果死。閉門下鑰，始入，視兄已渺；入室，則亡者已蘇，便呼：「餓死矣！可急備湯餅。」時死已二日，家人盡駭，生乃備言其故。七日啓關，去喪旛，人始知其復蘇。親友集問，但偽對之。轉思秋月，想念頗煩，遂復南下，至舊閣，秉燭久待，女竟不至。矇矓欲寢，見一婦人來，曰：「秋月小娘子致意郎君：前以公役被殺，凶犯逃亡，捉得娘子去，見在監押，押役遇之虐。日日盼郎君，當謀作經紀。」王悲憤，便從婦去。至一城都，入西郭，指一門曰：「小娘子暫寄此間。」王入，見房舍頗繁，寄頓囚犯甚多，並無秋月。又進一小扉，斗室中有燈火。王近窗以窺，則秋月在榻上，掩袖嗚泣。二役在側，撮頤捉履，引以嘲戲，女啼益急。一役挽頸曰：「既為罪犯，尚守貞耶？」王怒，不暇語，持刀直入，一役一刀，摧斬如麻，篡取女郎而出，幸無覺者。裁至旅舍，驀然即醒。方怪幻夢之凶，見秋月含睇而立。生驚起曳坐，告之以夢。女曰：「真也，非夢也。」生驚曰：「且為奈何！」女歎曰：「此有定數。妾待月盡，始是生期；今已如此，急何能待！當速發瘞處，載妾同歸，日頻喚妾名，三日可活。但未滿時日，骨軟足弱，不能為君任井臼耳。」言已，草草欲出。又返身曰：「妾幾忘之，冥追若何？生時，父傳我符書，言三十年後，可佩夫婦。」乃索筆疾書兩符，曰：「一君自佩，一粘妾背。」送之出，志其沒處，掘尺許，即見棺木，亦已敗腐。側有小碑，果如女言。發棺視之，女顏色如生。抱入房中，衣裳隨風盡化。粘符已，以被褥嚴裹，負至江濱；呼攏泊舟，偽言妹急病，將送歸其家。幸南風大競，甫曉已達里門。抱女安置，始告兄嫂。一家驚顧，亦莫敢直言其惑。生啓衾，長呼秋月，夜輒擁尸而寢。日漸溫暖，三日竟蘇，七日能步；更衣拜嫂，盈盈然神仙不殊。但十步之外，須人而行；不則隨風搖曳，屢欲傾側。見者以為身有此病，轉更增媚。每勸生曰：「君罪孽太深，宜積德誦經以懺之。不然，壽恐不永也。」生素不佞佛，至此皈依甚虔。後亦無恙。

異史氏曰：「余欲上言定律：『凡殺公役者，罪減平人三等。』蓋此輩無有不可殺者也。故能誅鋤蠹役者，即為循良；即稍苛之，不可謂虐。況冥中原無定法，倘有惡人，刀鋸鼎鑊，不以為酷。若人心之所快，即冥王之所善也。豈罪致冥追，遂可倖而逃哉！」

蓮花公主

膠州竇旭，字曉暉。方晝寢，見一褐衣人立榻前，逡巡惶顧，似欲有言。生問之，答云：「相公奉屈。」生問：「相公何人？」曰：「近在鄰境。」從之而出。轉過牆屋，導至一處，疊閣重樓，萬椽相接，曲折而行，覺萬戶千門，迥非人世。又見宮人女官，往來甚夥，都向褐衣人問曰：「竇郎來乎？」褐衣人諾。俄，一貴官出，迎見生甚恭，既登堂，生啓問曰：「素既不敘，遂疏參謁。過蒙愛接，頗注疑念。」貴官曰：「寡君以先生清族世德，傾風結慕，深願思晤焉。」生益駭，問：「王何人？」答云：「少間自悉。」無何，二女官至，以雙旌導生行。入重門，見殿上一王者，見生入，降階而迎，執賓主禮。禮已，踐席，列筵豐盛。仰視殿上一匾曰：「桂府」。生跼蹙不能致辭。王曰：「忝近芳鄰，緣即至深。便當暢懷，勿致疑畏。」生唯唯，酒數行，笙歌作於下，鉦鼓不鳴，音聲幽細。稍間，王忽左右顧曰：「朕一言，煩卿等屬對：『才人登桂府。』」四座方思，生即應云：「君子愛蓮花。」王大悅曰：「奇哉！蓮花乃公主小字，何適合如此？寧非夙分？傳語公主，不可不出一晤君子。」移時，珮環聲近，蘭麝香濃，則公主至矣。年十六七，妙好無雙。王命向生展拜，曰：「此即蓮花小女也。」拜已而去。生睹之，神情搖動，木坐凝思。王舉觴勸飲，目竟罔睹。王似微察其意，乃曰：「息女宜相匹敵，但自慚不類，如何？」生悵然若癡，即又不聞。近坐者躡之曰：「王揖君未見，王言君未聞耶？」生茫乎若失，懡儸自慚，離席曰：「臣蒙優渥，不覺過醉，儀節失次，幸能垂宥。然日旰君勤，即告出也。」王起曰：「既見君子，實愜心好，何倉卒而便言離也？卿既不住，亦無敢於強，若煩縈念，更當再邀。」遂命內官導之出。途中內官語生曰：「適王謂可匹敵，似欲附為婚姻，何默不一言？」生頓足而悔，步步追恨，遂已至家。忽然醒寤，則返照已殘。冥坐觀想，歷歷在目。晚齋滅燭，冀舊夢可以復尋，而邯鄲路渺，悔歎而已。一夕，與友人共榻，忽見前內官來，傳王命相召。生喜，從去，見王伏謁，王曳起，延止隅坐，曰：「別後知勞思眷。謬以小女子奉裳衣，想不過嫌

也。」生即拜謝。王命學士大臣，陪侍宴飲。酒闌，宮人前白：「公主妝竟。」俄見數十宮人擁公主出，以紅錦覆首，凌波微步，挽上氍毹，與生交拜成禮。已而送歸館舍，洞房溫清，窮極芳膩。生曰：「有卿在目，真使人樂而忘死。但恐今日之遭，乃是夢耳。」公主掩口曰：「明明妾與君，那得是夢？」詰旦方起，戲為公主勻鉛黃；已而以帶圍腰，布指度足。公主笑問：「君顛耶？」曰：「臣屢為夢誤，故細志之。倘是夢時，亦足動懸想耳。」調笑未已，一宮女馳入曰：「妖入宮門，王避偏殿，凶禍不遠矣！」生大驚，趨見王。王執手泣曰：「君子不棄，方圖永好。詎期孽降自天，國祚將覆，且復奈何！」生驚問何說。王以案上一章，授生啓讀。章云：「含香殿大學士臣黑翼，為非常妖異，祈早遷都，以存國脈事：據黃門報稱：自五月初六日，來一千丈巨蟒盤踞宮外，吞食內外臣民一萬三千八百餘口；所過宮殿盡成丘墟，等因。臣奮勇前窺，確見妖蟒：頭如山岳，目等江海；昂首則殿閣齊吞，伸腰則樓垣盡覆。真千古未見之凶，萬代不遭之禍！社稷宗廟，危在旦夕！乞皇上早率宮眷，速遷樂土」云云。生覽畢，面如灰土。即有宮人奔奏：「妖物至矣！」闔殿哀呼，慘無天日。王倉遽不知所為，但泣顧曰：「小女已累先生。」生坌息而返。公主方與左右抱首哀鳴，見生入，牽衿曰：「郎焉置妾？」生愴惻欲絕，乃捉腕思曰：「小生貧賤，慚無金屋。有茅廬三數間，姑同竄匿可乎？」公主含涕曰：「急何能擇，乞攜速往。」生乃挽扶而出。未幾，至家，公主曰：「此大安宅，勝故國多矣。然妾從君來，父母何依？請別築一舍，當舉國相從。」生難之。公主號咷曰：「不能急人之急，安用郎也！」生略慰解，即已入室。公主伏牀悲啼，不可勸止。焦思無術，頓然而醒，始知夢也。而耳畔啼聲，嚶嚶未絕，審聽之，殊非人聲，乃蜂子二三頭，飛鳴枕上。大叫怪事。友人詰之，乃以夢告，友人亦詫為異。共起視蜂，依依裳袂間，拂之不去。友人勸為營巢，生如所請，督工構造。方豎兩堵，而羣蜂自牆外來，絡繹如蠅，頂尖未合，飛集盈斗。迹所由來，則鄰翁之舊圃也。圃中蜂一房，三十餘年矣，生息頗繁。或以生事告翁，翁覷之，蜂戶寂然。發其壁，則蛇據其中，長丈許，捉而殺之。乃知巨蟒即此物也。蜂入生家，滋息更盛，亦無他異。

荷花三娘子

湖州宗湘若，士人也。秋日巡視田壠，見禾稼茂密處，振搖甚動。疑之，越陌往觀，則有男女野合。一笑將返。即見男子靦然結帶，草草逕去。女子亦起。細審之。雅甚娟好。心悅之，欲就綢繆，實慚鄙惡。乃略近拂拭曰：「桑中之游樂乎？」女笑不語。宗近身啓衣，膚膩如脂，於是挼莎上下幾遍，女笑曰：「腐秀才！要如何，便如何耳，狂探何為？」詰其姓氏。曰：「春風一度，即別東西，何勞審究？豈將留名字作貞坊耶？」宗曰：「野田草露中，乃山村牧豬奴所為，我不習慣。以卿麗質，即私約亦當自重，何至屑屑如此？」女聞言，極意嘉納。宗言：「荒齋不遠，請過留連。」女曰：「我出已久，恐人所疑，夜分可耳。」問宗門戶物誌甚悉，乃趨斜逕，疾行而去。更初，果至宗齋。殢雨尤雲，備極親愛。積有月日，密無知者。會一番僧卓錫村寺，見宗驚曰：「君身有邪氣，曾何所遇？」答言：「無之。」過數日，悄然忽病，女每夕攜佳果餌之，殷勤撫問，如夫妻之好。然臥後必強宗與合。宗抱病，頗不耐之。心疑其非人，而亦無術暫絕使去。因曰：「曩和尚謂我妖惑，今果病，其言驗矣。明日屈之來，便求符咒。」女慘然色變，宗益疑之。次日，遣人以情告僧。僧曰：「此狐也。其技尚淺，易就束縛。」乃書符二道，咐囑曰：「歸以淨壜一事，置榻前，即以一符貼壜口。待狐竄入，急覆以盆，再以一符粘盆上。投釜湯烈火烹煮，少頃斃矣。」家人歸，如僧教。夜深，女始至，探袖中金橘，方將就榻問訊。忽壜口飀飀一聲，女已吸入。家人暴起，覆口貼符，方欲就煮。宗見金橘散滿地上，追念情好，愴然感動，遽命釋之。揭符去覆，女子自壜中出，狼狽頗殆，稽首曰：「大道將成，一旦幾為灰土！君，仁人也，誓必相報。」遂去。數日，宗益沈綿，若將隕墜。家人趨市，為購材木。途中遇一女子，問曰：「汝是宗湘若紀綱否？」答云：「是。」女曰：「宗郎是我表兄，聞病沈篤，將便省視，適有故不得去。靈藥一裹，勞寄致之。」家人受歸。宗念中表迄無姊妹，知是狐報。服其藥，果大瘳，旬日平復。心德之，禱諸虛空，願一再覿。一夜，閉戶獨酌，忽聞彈指敲窗。拔關出視，則狐女也。大悅，把手稱謝，延止共飲。女曰：「別來耿耿，思無以報高厚，今為君覓一良匹，聊足塞責否？」宗問：「何人？」曰：「非君所知。明日辰刻，早越南湖，如見有采菱女，著冰縠帔者，當急舟趁之。苟迷所往，即視堤邊有短幹蓮花隱葉底，便采歸，以蠟火爇其蒂，當得美婦，兼致修齡。」宗謹受教。既而告別，宗固挽之。女曰：「自遭厄劫，頓悟大道。即奈何以衾裯之愛，取人仇怨？」厲聲辭去。

宗如言，至南湖，見荷蕩佳麗頗多，中一垂髫人，衣冰縠，絕代也。促舟劘逼，忽迷所往。即撥荷叢，果有紅蓮一枝，幹不盈尺，折之而歸。入門，置几上，削蠟於旁，將以爇火。一回頭，化為姝麗。宗驚喜伏拜。女曰：「癡生！我是妖狐，將為君祟矣！」宗不聽。女曰：「誰教子者？」答曰：「小生自能識卿，何待教？」捉臂牽之，隨手而下，化為怪石，高尺許，面面玲瓏。乃攜供案上，焚香再拜而祝之。入夜，杜門塞竇，惟恐其亡。平旦視之，即又非石，紗帔一襲，遙聞薌澤；展視領衿，猶存餘膩。宗覆衾擁之而臥。暮起挑燈，既返，則垂髫人在枕上。喜極，恐其復化，哀祝而後就之。女笑曰：「孽障哉！不知何人饒舌，遂教風狂兒屑碎死！」乃不復拒。而款洽間，若不勝任，屢乞休止。宗不聽，女曰：「如此，我便化去！」宗懼而罷。由是兩情甚諧。而金帛常盈箱篋，亦不知所自來。女見人喏喏，似口不能道辭；生亦諱言其異。懷孕十餘月，計日當產。入室，囑宗杜門禁款者，自乃以刀剖臍下，取子出，令宗裂帛束之，過宿而癒。又六七年，謂宗曰：「夙業償滿，請告別也。」宗聞泣下，曰：「卿歸我時，貧苦不自立，賴卿小阜，何忍遽言離逷？且卿又無邦族，他日兒不知母，亦一恨事。」女亦悵悒曰：「聚必有散，固是常也。兒福相，君亦期頤，更何求？妾本何氏。倘蒙思眷，抱妾舊物而呼曰：『荷花三娘子！』當有見耳。」言已解脫，曰：「我去矣。」驚顧間，飛去已高於頂。宗躍起，急曳之，捉得履。履脫及地，化為石燕；色紅於丹朱，內外瑩澈，若水精然。拾而藏之。檢視箱中，初來時所著冰縠帔尚在。每一憶念，抱呼「三娘子」，則宛然女郎，歡容笑黛。並肖生平；但不語耳。

罵鴨

邑西白家莊居民某，盜鄰鴨烹之。至夜，覺膚癢。天明視之，茸生鴨毛，觸之則痛。大懼，無術可醫。夜夢一人告之曰：「汝病乃天罰。須得失者罵，毛乃可落。」而鄰翁素雅量，生平失物，未嘗徵於聲色。民詭告翁曰：「鴨乃某甲所盜。彼深畏罵焉，罵之亦可警將來。」翁笑曰：「誰有閒氣罵惡人。」卒不罵。某益窘，因實告鄰翁。翁乃罵，其病良已。

異史氏曰：「甚矣，攘者之可懼也：一攘而鴨毛生！甚矣，罵者之宜戒也：一罵而盜罪減！然為善有術，彼鄰翁者，是以罵行其慈者也。」

柳氏子

膠州柳西川，法內史之主計僕也。年四十餘，生一子，溺愛甚至。縱任之，惟恐拂。既長，蕩侈踰檢，翁囊積為空。無何，子病，翁故蓄善騾，子曰：「騾肥可啗。殺啖我，我病可癒。」柳謀殺蹇劣者。子聞之，即大怒罵，疾益甚。柳懼，殺騾以進，子乃喜。然嘗一臠，便棄去。病卒不減，尋斃。柳悼歎欲死。後三四年，村人以香社登岱。至山半，見一人乘騾駛行而來，怪似柳子。比至，果是。下騾遍揖，各道寒暄。村人共駭，亦不敢詰其死。但問：「在此何作？」答云：「亦無甚事，東西奔馳而已。」便問逆旅主人姓名，眾具告之。柳子拱手曰：「適有小故，不暇敘間闊，明日當相謁。」上騾遂去。眾既歸寓，亦謂其未必即來。厭旦伺之，子果至，繫騾廄柱，趨進笑言。眾曰：「尊大人日切思慕，何不一歸省侍？」子訝問：「言者何人？」眾以柳對。子神色俱變，久之曰：「彼既見思，請歸傳語：我於四月七日，在此相候。」言訖，別去。眾歸，以情致翁。翁大哭，如期而往，自以其故告主人。主人止之曰：「曩見公子神情冷落，似未必有嘉意。以我卜之，殆不可見。」柳啼泣不信。主人曰：「我非阻君，神鬼無常，恐遭不善。如必欲見，請伏櫝中，待其來，察其詞色，可見則出。」柳如其言。既而子果至，問曰：「柳某來否？」主人答云：「無。」子盛氣罵曰：「老畜產那便不來！」主人驚曰：「何罵父？」答曰：「彼是我何父！初與義為客侶，不圖包藏禍心，隱我血資，悍不還。今願得而甘心，何父之有！」言已，出門，曰：「便宜他！」柳在櫝中，歷歷聞之，汗流接踵，不敢出氣。主人呼之，乃出，狼狽而歸。

異史氏曰：「暴得多金，何如其樂？所難堪者償耳。蕩費殆盡，尚不忘於夜臺，怨毒之於人甚矣！」

上仙

癸亥三月，與高季文赴稷下，同居逆旅。季文忽病。會高振美亦從念東先生至郡，因謀醫藥。聞袁鱗公言：南郭梁氏家有狐仙，善「長桑之術」。遂共詣之。梁，四十以來女子也，致綏綏有狐意。入其舍，複室中掛紅幕。探幕一窺，壁間懸觀音像；又兩三軸，跨馬操矛，騶從紛沓。北壁下有案；案頭小座，高不盈尺，貼小錦褥，云仙人至，則居此。眾焚香列揖。婦擊磬三。口中隱約有詞。祝已，肅客就外榻坐。婦立簾下理髮支頤與客語，具道仙人靈迹。久之，日漸曛。眾恐凝夜難歸，煩再祝請。婦乃擊磬重禱，轉身復立曰：「上仙最愛夜談，他時往往不得遇。昨宵有候試秀才，攜酒肴來與上仙飲；上仙亦出良醞酬諸客，賦詩歡笑。散時，更漏向盡矣。」言未已，聞室中細細繁響，如蝙蝠飛鳴。方凝聽間，忽案上若墮巨石，聲甚厲。婦轉身曰：「幾驚怖煞人！」便聞案上作歎咤聲，似一健叟。婦以蕉扇隔小座。座上大言曰：「有緣哉！有緣哉！」抗聲讓坐，又似拱手為禮。已而問客：「何所諭教？」高振美遵念東先生意，問：「見菩薩否？」答云：「南海是我熟逕，如何不見！」「閻羅亦更代否？」曰：「與陽世等耳。」「閻羅何姓？」曰：「姓曹。」已乃為季文求藥。曰：「歸當夜祀茶水，我與大士處討藥奉贈，何恙不已。」眾各有問，悉為剖決。乃辭而歸。過宿，季文少癒。余與振美治裝先歸，遂不暇造訪矣。

侯靜山

高少宰念東先生云：「崇禎間，有猴仙，號靜山。託神於河間之叟，與人談詩文、決休咎，娓娓不倦。以肴核置案上，啗飲狼藉，但不能見之耳。」時先生祖寢疾。或致書云：「侯靜山，百年人也，不可不晤。」遂以僕馬往招叟。叟至經日，仙猶未來。焚香祠之，忽聞屋上大聲歎贊曰：「好人家！」眾驚顧。俄簷間又言之，叟起曰：「大仙至矣。」羣從叟岸幘出迎，又聞作拱致聲。既入室，遂大笑縱談。時少宰兄弟尚諸生，方入闈歸。仙言：「二公闈卷亦佳；但經不熟，再須勤勉，雲路亦不遠矣。」二公敬問祖病。曰：「生死事大，其理難明。」因共知其不祥。無何，太先生謝世。

舊有猴人，弄猴於村。猴斷鎖而逸，不可追，入山中。數十年，人猶見之。其走飄忽，見人則竄。後漸入村中，竊食果餌，人皆莫之見。一日，為村人所睹，逐諸野，射而殺之。而猴之鬼竟不自知其死也，但覺身輕如葉，一息百里。遂往依河間叟，曰：「汝能奉我，我為汝致富。」因自號靜山云。

長沙有猴，頸繫金鍊，嘗往來士大夫家。見之者必有慶幸之事。予之果，亦食。不知其何來，亦不知其何往也。有九旬餘老人言：「幼時猶見其鍊上有牌，有前明藩邸識記。」想亦仙矣。

錢流

沂水劉宗玉云：其僕杜和，偶在園中，見錢流如水，深廣二三尺許。杜驚喜，以兩手滿掬，復偃臥其上。既而起視，則錢已盡去；惟握於手者尚存。

郭生

郭生，邑之東山人。少嗜讀，但山村無所就正，年二十餘，字畫多訛。先是，家中患狐，服食器用，輒多亡失，深患苦之。一夜讀，卷置案頭，被狐塗鴉；甚者，狼藉不辨行墨。因擇其稍潔者輯讀之，僅得六七十首，心甚恚憤，而無如何。又積窗課廿餘篇，待質名流。晨起，見翻攤案上，墨汁濃泚殆盡。恨甚。會王生者，以故至山，素與郭善，登門造訪。見污本，問之。郭具言所苦，且出殘課示王。王諦玩之，其所塗留，似有春秋；又覆視涴卷，類冗雜可刪。訝曰：「狐似有意。不惟勿患，當即以為師。」過數月，回視舊作，頓覺所塗良確。於是改作兩題，置案上，以觀其異。比曉，又塗之。積年餘，不復塗；但以濃墨灑作巨點，淋漓滿紙。郭異之，持以白王。王閱之曰：「狐真爾師也，佳幅可售矣。」是歲，果入邑庠。郭以是德狐，恆置雞黍，備狐啗飲。每市房書名稿，不自選擇，但決於狐。由是兩試俱列前名，入闈中副車。時葉、繆諸公稿，風雅豔麗，家傳而戶誦之。郭有抄本，愛惜臻至。忽被傾濃墨椀許於上，污蔭幾無餘字；又擬題構作，自覺快意，悉浪塗之：於是漸不信狐。無何，葉公以正文體被收，又稍稍服其先見。然每作一文，經營慘澹，輒被塗污。自以屢拔前茅，心氣頗高，以是益疑狐妄。乃錄向之灑點煩多者試之，狐又盡泚之。乃笑曰：「是真妄矣！何前是而今非也？」遂不為狐設饌，取讀本鎖箱簏中。旦見封錮儼然。啓視，則卷面塗四畫，粗於指，第一章畫五，二章亦畫五，後即無有矣。自是狐竟寂然。後郭一次四等，兩次五等，始知其兆已寓意於畫也。

異史氏曰：「滿招損，謙受益，天道也。名小立，遂自以為是，執葉、繆之餘習，狃而不變，勢不至大敗塗地不止也。滿之為害如是夫！」

金生色

金生色，晉寧人也。娶同村木姓女。生一子，方周歲。金忽病，自分必死，謂妻曰：「我死，子必嫁，勿守也！」妻聞之，甘詞厚誓，期以必死。金搖手呼母曰：「我死，勞看阿保，勿令守也。」母哭應之。既而金果死。木媼來弔，哭已，謂金母曰：「天降凶憂，婿遽遭命。女太幼弱，將何為計？」母悲悼中，聞媼言，不勝憤激，盛氣對曰：「必以守！」媼慚而罷。夜伴女寢，私謂女曰：「人盡夫也。以兒好手足，何患無良匹？小兒女不早作人家，眈眈守此襁褓物，寧非癡子？倘必令守，不宜以面目好相向。」金母過，頗聞餘語，益恚。明日，謂媼曰：「亡人有遺囑，本不教婦守也。今既急不能待，乃必以守！」媼怒而去。母夜夢子來，涕泣相勸，心異之。使人言於木，約殯後聽婦所適。而詢諸術家，本年墓向不利。婦思自衒以售，縗絰之中，不忘塗澤。居家猶素妝；一歸寧，則嶄然新豔。母知之，心弗善也，以其將為他人婦，亦隱忍之。於是婦益肆。村中有無賴子董貴者，見而好之，以金啗金鄰媼，求通殷勤於婦。夜分，由媼家踰垣以達婦所，因與會合。往來積有旬日，醜聲四塞，所不知者惟母耳。婦室夜惟一小婢，婦腹心也。一夕，兩情方洽，聞棺木震響，聲如爆竹。婢在外榻，見亡者自幃後出，帶劍入寢室去。俄聞二人駭詫聲，少頃，董裸奔出。無何，金捽婦髮亦出。婦大嗥，母驚起，見婦赤體走去，方將啓關，問之不答。出門追視，寂不聞聲，竟迷所往。入婦室，燈火猶亮。見男子履，呼婢；婢始戰慄而出，具言其異，相與駭怪而已。董竄過鄰家，團伏牆隅。移時，聞人聲漸息，始起。身無寸縷，苦寒戰甚，將假衣於媼。視院中一室，雙扉虛掩，因而暫入。暗摸榻上，觸女子足，知為鄰子婦。頓生淫心，乘其寢，潛就私之。婦醒，問：「汝來乎？」應曰：「諾。」婦竟不疑，狎褻備至。先是，鄰子以故赴北村，囑妻掩戶以待其歸。既返，聞室內有聲，疑而審聽，音態絕穢。大怒，操戈入室。董懼，竄於牀下，子就戮之。又欲殺妻。妻泣而告以誤，乃釋之。但不解牀下何人，呼母起，共火之，僅能辨認。視之，奄有氣息；詰其所來，猶自供吐。而刃傷數處，血溢不止，少頃已絕。嫗倉惶失措，謂子曰：「捉姦而單戮之，子且奈何？」子不得已，遂又殺妻。是夜，木翁方寢，聞戶外拉雜之聲；出窺，則火熾於簷，而縱火人猶彷徨未去。翁大呼，家人畢集，幸火初燃，尚易撲滅。命人操兵弩，逐搜縱火者，見一人趫捷如猿，竟越垣去。垣外乃翁家桃園，園中四繚周墉皆峻固。數人梯登以望，蹤迹殊杳；惟牆下塊然微動，問之不應，射之而軟。啓扉往驗，則女子白身臥，矢貫胸腦。細燭之，則翁女而金婦也。駭告主人，翁嫗驚怛欲絕，不解其故。女合眸，面色灰敗，口氣細於屬絲。使人拔腦矢，不可出；足踏頂而後出之。女嚶然一呻，血暴注，氣亦遂絕。翁大懼，計無所出。既曙，以實情白金母，長跽哀乞。而金母殊不怨怒，但告以故，令自營葬。金有叔兄生光，怒登翁門，詬數前非。翁慚沮，賂令罷歸。而終不知婦所私者何名。俄鄰子以執奸自首，既薄責逐釋訖；而婦兄馬彪素健訟，具詞控妹冤。官拘嫗；嫗懼，悉供顛末。又喚金母；母託疾，令生光代質，具陳底裹。於是前狀並發，牽木翁夫婦盡出，一切廉得其情。木以誨女嫁，坐縱婬，笞；使自贖，家產蕩焉。鄰嫗導淫，杖之斃。案乃結。

異史氏曰：「金氏子其神乎！諄囑醮婦，抑何明也！一人不殺，而諸恨並雪，可不謂神乎！鄰嫗誘人婦，而反淫己婦；木媼愛女，而卒以殺女。嗚呼！『欲知後日因，當前作者是』，報更速於來生矣！」

彭海秋

萊州諸生彭好古，讀書別業，離家頗遠，中秋未歸，岑寂無偶。念村中無可共語；惟丘生者，是邑名士，而素有隱惡，彭常鄙之。月既上，倍益無聊，不得已，折簡邀丘。飲次，有剝啄者。齋僮出應門，則一書生，將謁主人。彭離席，肅客人。相揖環坐，便詢族居。客曰：「小生廣陵人，與君同姓，字海秋。值此良夜，旅邸倍苦。聞君高雅，遂乃不介而見。」視其人，布衣潔整，談笑風流。彭大喜曰：「是我宗人。今夕何夕，遘此嘉客！」即命酌，款若夙好。察其意，似甚鄙丘；丘仰與攀談，輒傲不為禮。彭代為之慚，因撓亂其詞，請先以俚歌侑飲。乃仰天再咳，歌「扶風豪士之曲」，相與歡笑。客曰：「僕不能韻，莫報陽春。請代者可乎？」彭言：「如教。」客問：「萊城有名妓無也？」彭答云：「無。」客默良久，謂齋僮曰：「適喚一人，在門外，可導入之。」僮出，果見一女子逡巡戶外。引之入，年二八已來，宛然若仙。彭驚絕，掖坐。衣柳黃帔，香溢四座。客便慰問：「千里頗煩跋涉也。」女含笑唯唯。彭異之，便致研詰。客曰：「貴鄉苦無佳人，適於西湖舟中喚得來。」謂女曰：「適舟中所唱『薄倖郎曲』，大佳，請再反之。」女歌云：「薄倖郎，牽馬洗春沼。人聲遠，馬聲杳；江天高，山月小。掉頭去不歸，庭中空白曉。不怨別離多，但愁歡會少。眠何處？勿作隨風絮。便是不封侯，莫向臨邛去！」客於襪中出玉笛，隨聲便串；曲終笛止。彭驚歎不已，曰：「西湖至此。何只千里，咄嗟招來，得非仙乎？」客曰：「仙何敢言，但視萬里猶庭戶耳。今夕西湖風月，尤盛曩時，不可不一觀也，能從游否？」彭留心欲觀其異，諾曰：「幸甚。」客問：「舟乎，騎乎？」彭思舟坐為逸，答言：「願舟。」客曰：「此處呼舟較遠，天河中當有渡者。」乃以手向空中招曰：「舡來舡來！我等要西湖去，不吝償也。」無何，彩船一隻，自空飄落，煙雲繞之。眾俱登。見一人持短棹；棹末密排修翎，形類羽扇；一搖羽，清風習習。舟漸上入雲霄，望南游行，其駛如箭。踰刻，舟落水中。但聞絃管敖嘈，鳴聲喤聒。出舟一望，月印煙波，游船成市。榜人罷棹，任其自流。細視，真西湖也。客於艙後，取異肴佳釀，歡然對酌。少間，一樓船漸近，相傍而行。隔窗以窺，中有二三人，圍棋喧笑。客飛一觥向女曰：「引此送君行。」女飲間，彭依戀徘徊，惟恐其去，蹴之以足。女斜波送盼。彭益動，請要後期。女曰：「如相見愛，但問娟娘名字，無不知者。」客即以彭綾巾授女，曰：「我為若代訂三年之約。」即起，托女子於掌中，曰：「仙乎，仙乎！」乃扳鄰窗，捉女入，窗目如盤，女伏身蛇游而進，殊不覺隘。俄聞鄰舟曰：「娟娘醒矣。」舟即蕩去。遙見舟已就泊，舟中人紛紛並去，游興頓消。遂與客言，欲一登岸，略同眺矚。才作商榷，舟已自攏。因而離舟翔步，覺有里餘。客後至，牽一馬來，令彭捉之。即復去，曰：「待再假兩騎來。」久之不至。行人已稀；仰視斜月西轉，天色向曙。丘亦不知何往。捉馬營營，進退無主。振轡至泊舟所，則人船俱失。念腰橐空匱，倍益憂皇。天大明，見馬上有小錯囊，探之，得白金三四兩。買食凝待，不覺向午。計不如暫訪娟娘，可以徐察丘耗。比訊娟娘名字，並無知者，興轉蕭索。次日遂行。馬調良，幸不蹇劣，半月始歸。方三人之乘舟而上也，齋僮歸白：「主人已仙去。」舉家哀涕，謂其不返。彭歸，繫馬而入，家人驚喜集問，彭始具白其異。因念獨還鄉井，恐丘家聞而致詰；戒家人勿播。語次，道馬所由來。眾以仙人所遺，便悉詣廄驗視。及至，則馬頓渺，但有丘生，以草韁縶櫪邊。駭極，呼彭出視。見丘垂首棧下，面色灰死，問之不言，兩眸啓閉而已。彭大不忍，解扶榻上，若喪魂魄，灌以湯酏，稍稍能咽。中夜少蘇，急欲登廁；扶掖而往，下馬糞數枚。又少飲啜，始能言。彭就榻研問之。丘云：「下船後，彼引我閒語，至空處，戲拍項領，遂迷悶顛踣。伏定少刻，自顧已馬。心亦醒悟，但不能言耳。是大辱恥，誠不可以告妻子，乞勿洩也！」彭諾之，命僕馬馳送歸。彭自是不能忘情於娟娘。又三年，以姊丈判揚州，因往省視。州有梁公子，與彭通家，開筵邀飲。即席有歌姬數輩，俱來祗謁。公子問娟娘，家人白以病。公子怒曰：「婢子聲價自高，可將索子繫之來！」彭聞娟娘名，驚問其誰。公子云：「此娼女，廣陵第一人。緣有微名，遂倨而無禮。」彭疑名字偶同；然突突自急，極欲一見之。無何，娟娘至，公子盛氣排數。彭諦視，真中秋所見者也。謂公子曰：「是與僕有舊，幸垂原恕。」娟娘向彭審顧，似亦錯愕。公子未遑深問，即命行觴。彭問：「『薄倖郎曲』猶記之否？」娟娘更駭，目注移時，始度舊曲。聽其聲，宛似當年中秋時。酒闌，公子命侍客寢。彭捉手曰：「三年之約，今始踐耶？」娟娘曰：「昔日從人泛西湖，飲不數卮，忽若醉。矇矓間，被一人攜去，置一村中，一僮引妾入；席中三客，君其一焉。後乘舡至西湖，送妾自窗欞歸，把手殷殷。每所凝念，謂是幻夢；而綾巾宛在，今猶什襲藏之。」彭告以故，相共歎咤。娟娘縱體入懷，哽咽而言曰：「仙人已作良媒，君勿以風塵可棄，遂捨念此苦海人。」彭曰：「舟中之約，一日未嘗去心。卿倘有意，則瀉囊貨馬，所不惜耳。」詰旦，告公子，又稱貸於別駕，千金削其籍，攜之以歸。偶至別業，猶能識當年飲處云。

異史氏曰：「馬而人，必其為人而馬者也；使為馬，正恨其不為人耳。獅象鶴鵬，悉受鞭策，何可謂非神人之仁愛乎？即訂三年約，亦度苦海也。」

堪輿

沂州宋侍郎君楚家，素尚堪輿；即閨閣中亦能讀其書，解其理。宋公卒，兩公子各立門戶，為公卜兆。聞有善青烏之術者，不憚千里，爭羅致之。於是兩門術士，召致盈百；日日連騎遍郊野，東西分道出入，如兩旅。經月餘，各得牛眠地，此言封侯，彼云拜相。兄弟兩不相下，因負氣不為謀，並營壽域，錦棚綵幢，兩處俱備。靈輿至岐路，兄弟各率其屬以爭，自晨至於日昃，不能決。賓客盡引去。舁夫凡十易肩，困憊不舉，相與委柩路側。因止不葬，鳩工構廬，以蔽風雨。兄建舍於旁，留役居守，弟亦建舍如兄；兄再建之，弟又建之：三年而成村焉。積多年，兄弟繼逝；嫂與娣始合謀，力破前人水火之議，並車入野，視所擇兩地，並言不佳，遂同修聘贄，請術人另相之。每得一地，必具圖呈閨闥，判其可否。日進數圖，悉疵摘之。旬餘，始卜一域。嫂覽圖，喜曰：「可矣。」示娣。娣曰：「是地當先發一武孝廉。」葬後三年，公長孫果以武庠領鄉薦。

異史氏曰：「青烏之術，或有其理；而癖而信之，則癡矣。況負氣相爭，委柩路側，其於孝弟之道不講，奈何冀以地理福兒孫哉！如閨中宛若，真雅而可傳者矣。」

竇氏

南三復，晉陽世家也。有別墅，去所居十里餘，每馳騎日一詣之。適遇雨，途中有小村，見一農人家，門內寬敞，因投止焉。近村人故皆威重南。少頃，主人出邀，跼蹐甚恭。入其舍斗如。客既坐，主人始操篲，殷勤氾掃。既而潑蜜為茶。命之坐，始敢坐。問其姓名，自言：「廷章，姓竇。」未幾，進酒烹雛，給奉周至。有笄女行炙，時止戶外，稍稍露其半體，年十五六，端妙無比，南心動。雨歇既歸，繫念綦切。越日，具粟帛往酬，借此階進。是後常一過竇，時攜肴酒，相與留連。女漸稔，不甚避忌，輒奔走其前。睨之，則低鬟微笑。南益惑焉，無三日不往者。一日，值竇不在，坐良久，女出應客。南捉臂狎之，女慚急，峻拒曰：「奴雖貧，要嫁，何貴倨凌人也！」時南失偶，便揖之曰：「倘獲憐眷，定不他娶。」女要誓；南指矢天日，以堅永約，女乃允之。自此為始，瞰竇他出，即過繾綣。女促之曰：「桑中之約，不可長也。日在帡幪之下，倘肯賜以姻好，父母必以為榮，當無不諧。宜速為計！」南諾之。轉念農家豈堪匹偶？姑假其詞以因循之。會媒來為議姻於大家；初尚躊躇，既聞貌美財豐，志遂決。女以體孕，催併益急，南遂絕迹不往。無何，女臨蓐，產一男。父怒搒女，女以情告，且言：「南要我矣。」竇乃釋女，使人問南；南立卻不承。竇乃棄兒。益扑女。女暗哀鄰婦，告南以苦，南亦置之。女夜亡，視棄兒猶活，遂抱以奔南。款關而告閽者曰：「但得主人一言，我可不死。彼即不念我，寧不念兒耶？」閽人具以達南，南戒勿內。女倚戶悲啼，五更始不復聞。質明視之，女抱兒坐僵矣。竇忿，訟之上官，悉以南不義，欲罪南。南懼，以千金行賂得免。其大家夢女披髮抱子而告曰：「必勿許負心郎；若許，我必殺之！」大家貪南富，卒許之。既親迎，匳妝豐盛，新人亦娟好，然善悲，終日未嘗睹歡容；枕席之間，時復有涕洟。問之，亦不言。過數日，婦翁來，入門便泪，南未遑問故，相將入室。見女而駭曰：「適於後園，見吾女縊死桃樹上；今房中誰也？」女聞言，色暴變，仆然而死。視之，則竇女。急至後園，新婦果自經死。駭極，往報竇。竇發女冢，棺啓尸亡。前忿未蠲，倍益慘怒，復訟於官。官以其情幻，擬罪未決。南又厚餌竇，哀令休結；官亦受其賕囑，乃罷。而南家自此稍替。又以異迹傳播，數年無敢字者。南不得已，遠於百里外聘曹進士女。未及成禮，會民間訛傳，朝廷將選良家女充掖庭，以故有女者，悉送歸夫家去。一日，有嫗導一輿至，自稱曹家送女者。扶女入室，謂南曰：「選嬪之事已急，倉卒不能如禮，且送小娘子來。」問：「何無客？」曰：「薄有匳妝，相從在後耳。」嫗草草逕去。南視女亦風致，遂與諧笑。女俛頸引帶，神情酷類竇女。心中作惡，第未敢言。女登榻，引被幛首而眠。亦謂新人常態，弗為意。日斂昏，曹人不至，始疑。捋被問女，而女亦奄然冰絕。驚怪莫知其故，馳伻告曹，曹竟無送女之事。相傳為異。時有姚孝廉女新葬，隔宿為盜所發，破材失尸。聞其異，詣南所徵之，果其女。啓衾一視，四體裸然。姚怒，質狀於官，官因南屢行無理，惡之，坐發冢見尸，論死。

異史氏曰：「始亂之而終成之，非德也；況誓於初而絕於後乎？撻於室，聽之；哭於門，仍聽之：抑何其忍！而所以報之者，亦比李十郎慘矣！」

梁　彥

徐州梁彥，患鼽嚏，久而不已。一日，方臥，覺鼻奇癢，遽起大嚏。有物突出落地，狀類屋上瓦狗，約指頂大。又嚏，又一枚落。四嚏，凡落四枚。蠢然而動，相聚互嗅。俄而強者齧弱者以食；食一枚，則身頓長。瞬息吞併，只存其一，大於鼫鼠矣。伸舌周匝，自舐其吻。梁大愕，踏之，物緣襪而上，漸至股際。捉衣而撼擺之，粘據不可下。頃入衿底，爬抓腰脅。大懼，急解衣擲地。捫之，物已貼伏腰間。推之不動，掐之則痛，竟成贅疣，口眼已合，如伏鼠然。

龍肉

姜太史玉璇言：「龍堆之下，掘地數尺，有龍肉充牣其中。任人割取，但勿言『龍』字，或言『此龍肉也』，則霹靂震作，擊人而死。」太史曾食其肉，實不謬也。

卷六

潞令

宋國英，東平人，以教習授潞城令。貪暴不仁，催科尤酷，斃杖下者，狼藉於庭。余鄉徐白山適過之，見其橫，諷曰：「為民父母，威焰固至此乎？」宋揚揚作得意之詞曰：「喏！不敢！官雖小，蒞任百日，誅五十八人矣。」後半年，方據案視事，忽瞪目而起，手足撓亂，似與人撐拒狀，自言曰：「我罪當死！我罪當死！」扶入署中，踰時尋卒。嗚呼！幸陰曹兼攝陽政；不然，顛越貨多，則「卓異」聲起矣，流毒安窮哉！

異史氏曰：「潞子故區，其人魂魄毅，故其為鬼雄。今有一官握篆於上，必有一二鄙流，風承而痔舐之。其方盛也，則竭攫未盡之膏脂，為之具錦屏；其將敗也，則驅誅未盡之肢體，為之乞保留。官無貪廉，每蒞一任，必有此兩事。赫赫者一日未去，則蚩蚩者不敢不從。積習相傳，沿為成規，其亦取笑於潞城之鬼也已！」

馬介甫

楊萬石，大名諸生也，生平有「季常之懼」。妻尹氏，奇悍，少迕之，輒以鞭撻從事。楊父年六十餘而鰥，尹以齒奴隸數。楊與弟萬鍾常竊餌翁，不敢令婦知。然衣敗絮，恐貽訕笑，不令見客。萬石四十無子，納妾王，旦夕不敢通一語。兄弟候試郡中，見一少年，容服都雅。與語，悅之，詢其姓字，自云：「介甫，姓馬。」由此交日密，焚香為昆季之盟。既別，約半載，馬忽攜僮僕過楊。值楊翁在門外，曝陽捫蝨，疑為傭僕，通姓氏使達主人，翁披絮去。或告馬：「此即其翁也。」馬方驚訝，楊兄弟岸幘出迎。登堂一揖，便請朝父，萬石辭以偶恙。促坐笑語，不覺向夕，萬石屢言具食，而終不見至。兄弟迭互出入，始有瘦奴持壺酒來，俄頃引盡。坐伺良久，萬石頻起催呼，額頰間熱汗蒸騰。俄瘦奴以饌具出，脫粟失飪，殊不甘旨。食已，萬石草草便去。萬鍾襆被來伴客寢，馬責之曰：「曩以伯仲高義，遂同盟好。今老父實不溫飽，行道者羞之！」萬鍾泫然曰：「在心之情，卒難申致。家門不吉，蹇遭悍嫂，尊長細弱，橫被摧殘。非瀝血之好，此醜不敢揚也。」馬駭歎移時，曰：「我初欲早旦而行，今得此異聞，不可不一目見之。請假閒舍，就便自炊。」萬鍾從其教，即除室為馬安頓。夜深竊饋蔬稻，惟恐婦知。馬會其意，力卻之，且請楊翁與同食寢。自詣城肆，市布帛，為易袍袴。父子兄弟皆感泣。萬鍾有子喜兒，方七歲，夜從翁眠。馬撫之曰：「此兒福壽，過於其父，但少年孤苦耳。」婦聞老翁安飽，大怒，輒罵，謂馬強預人家事。初惡聲尚在閨闥，漸近馬居，以示瑟歌之意。楊兄弟汗體徘徊，不能制止；而馬若弗聞也者。妾王，體妊五月，婦始知之，褫衣慘掠。已，乃喚萬石跪受巾幗，操鞭逐出。值馬在外，慚懅不前，又追逼之，始出。婦亦隨出，叉手頓足，觀者填溢。馬指婦叱曰：「去，去！」婦即反奔，若被鬼逐，袴履俱脫，足纏縈繞於道上，徒跣而歸，面色灰死。少定，婢進襪履，著已，噭啕大哭。家無敢問者。馬曳萬石為解巾幗，萬石聳身定息，如恐脫落；馬強脫之，而坐立不寧，猶懼以私脫加罪。探婦哭已，乃敢入，趦趄而前。婦殊不發一語，遽起，入房自寢。萬石意始舒，與弟竊奇焉。家人皆以為異，相聚偶語。婦微有聞，益羞怒，遍撻奴婢。呼妾，妾創劇不能起。婦以為偽，就榻搒之，崩注墮胎。萬石於無人處，對馬哀啼，馬慰解之。呼僮具牢饌，更籌再唱，不放萬石歸。婦在閨房，恨夫不歸，方大恚忿，聞撬扉聲，急呼婢，則室門已闢。有巨人入，影蔽一室，猙獰如鬼。俄又有數人入，各執利刃。婦駭絕欲號，巨人以刀刺頸，曰：「號便殺卻！」婦急以金帛贖命。巨人曰：「我冥曹使者，不要錢，但取悍婦心耳！」婦益懼，自投敗顙。巨人乃以利刃畫婦心而數之曰：「如某事，謂可殺否？」即一畫。凡一切凶悍之事，責數殆盡，刀畫膚革，不啻數十。末乃曰：「妾生子，亦爾宗緒，何忍打墮？此事必不可宥！」乃令數人反接其手，剖視悍婦心腸。婦叩頭乞命，但言知悔。俄聞中門啓閉，曰：「楊萬石來矣。既已悔過，姑留餘生。」紛然盡散。無何，萬石入，見婦赤身綳繫，心頭刀痕，縱橫不可數。解而問之，得其故，大駭，竊疑馬。明日，向馬述之，馬亦駭。由是婦威漸斂，經數月不敢出一惡語。馬大喜，告萬石曰：「實告君，幸勿宣洩：前以小術懼之。既得好合，請暫別也。」遂去。婦每日暮，挽留萬石作侶，歡笑而承迎之。萬石生平不解此樂，遽遭之，覺坐立皆無所可。婦一夜憶巨人狀，瑟縮搖戰。萬石思媚婦意，微露其假。婦遽起，苦致窮詰。萬石自覺失言，而不能悔，遂實告之。婦勃然大罵，萬石懼，長跽牀下。婦不顧。哀至漏三下。婦曰：「欲得我恕，須以刀畫汝心頭如干數，此恨始消。」乃起捉廚刀。萬石大懼而奔，婦逐之。犬吠雞騰，家人盡起。萬鍾不知何故，但以身左右翼兄。婦乃詬詈，忽見翁來，睹袍服，倍益烈怒；即就翁身條條割裂，批頰而摘翁髭。萬鍾見之怒，以石擊婦，中顱，顛蹶而斃。萬鍾曰：「我死而父兄得生，何憾！」遂投井中，救之已死。移時婦復蘇，聞萬鍾死，怒亦遂解。既殯，弟婦戀兒，矢不嫁。婦唾罵不與食，醮去之。遺孤兒，朝夕受鞭楚，俟家人食訖，始啗以冷塊。積半歲，兒尪羸，僅存氣息。一日，馬忽至，萬石囑家人勿以告婦。馬見翁襤縷如故，大駭；又聞萬鍾殞謝，頓足悲哀。兒聞馬至，便來依戀，前呼馬叔。馬不能識，審顧始辨。驚曰：「兒何憔悴至此！」翁乃囁嚅具道情事，馬忿然謂萬石曰：「我曩道兄非人，果不謬。兩人只此一綫，殺之，將奈何？」萬石不言，惟伏首帖耳而泣。坐語數刻，婦已知之，不敢自出逐客，但呼萬石入，批使絕馬。含涕而出，批痕儼然。馬怒之曰：「兄不能威，獨不能斷『出』耶？毆父殺弟，安然忍受，何以為人！」萬石欠伸，似有動容。馬又激之曰：「如渠不去，理須威劫；便殺卻勿懼。僕有二三知交，都居要地，必合極力，保無虧也。」萬石諾，負氣疾行，奔而入。適與婦遇，叱問：「何為？」萬石遑遽失色，以手據地曰：「馬生教余出婦。」婦益恚，顧尋刀杖，萬石懼而卻走。馬唾之曰：「兄真不可教也已！」遂開篋，出刀圭藥，合水授萬石飲。曰：「此丈夫再造散。所以不輕用者，以能病人故耳。今不得已，暫試之。」飲下，少頃，萬石覺忿氣填胸，如烈焰沖燒，刻不容忍，直抵閨闥，叫喊雷動。婦未及詰，萬石以足騰起，婦顛去數尺有咫。即復握石成拳，擂擊無算。婦體幾無完膚，嘲哳猶罵。萬石於腰中出佩刀。婦罵曰：「出刀子，敢殺我耶？」萬石不語，割股上肉，大如掌，擲地下。方欲再割，婦哀鳴乞恕。萬石不聽，又割之。家人見萬石凶狂，相集，死力掖出。馬迎去，捉臂相用慰勞。萬石餘怒未息，屢欲奔尋，馬止之。少間，藥力消，嗒焉若喪。馬囑曰：「兄勿餒。乾綱之振，在此一舉。夫人之所以懼者，非朝夕之故，其所由來者漸矣。譬之昨死而今生，須從此滌故更新；再一餒，則不可為矣。」遣萬石入探之。婦股慄心懾，倩婢扶起，將以膝行。止之，乃已。出語馬生，父子交賀。馬欲去，父子共挽之。馬曰：「我適有東海之行，故便道相過，還時可復會耳。」月餘，婦起，賓事良人。久覺黔驢無技，漸狎，漸嘲，漸罵；居無何，舊態全作矣。翁不能堪，宵遁，至河南，隸道士籍，萬石亦不敢尋。年餘，馬至，知其狀，怫然責數已，立呼兒至，置驢子上，驅策逕去。由此鄉人皆不齒萬石。學使案臨，以劣行黜名。又四五年，遭回祿，居室財物，悉為煨燼；延燒鄰舍。村人執以告郡，罰鍰煩苛。於是家產漸盡，至無居廬，近村相戒無以舍舍萬石。尹氏兄弟怒婦所為，亦絕拒之。萬石既窮，質妾於貴家，偕妻南渡。至河南界，資斧已絕。婦不肯從，聒夫再嫁。適有屠而鰥者，以錢三百貨去。萬石一身丐食於遠村近郭間。至一朱門，閽人訶拒不聽前。少間，一官人出，萬石伏地啜泣。官人熟視久之，略詰姓名，驚曰：「是伯父也！何一貧至此？」萬石細審，知為喜兒，不覺大哭。從之入，見堂中金碧煥映。俄頃，父扶童子出，相對悲哽。萬石始述所遭。初，馬攜喜兒至此，數日，即出尋楊翁來，使祖孫同居。又延師教讀。十五歲入邑庠，次年領鄉薦，始為完婚。乃別欲去，祖孫泣留之。馬曰：「我非人，實狐仙耳。道侶相候已久。」遂去。孝廉言之，不覺惻楚。因念昔與庶伯母同受酷虐，倍益感傷。遂以輿馬齎金贖王氏歸。年餘，生一子，因以為嫡。尹從屠半載，狂悖猶昔。夫怒，以屠刀孔其股，穿以毛綆，懸梁上，荷肉竟出。號極聲嘶，鄰人始知。解縛抽綆，一抽則呼痛之聲，震動四鄰。以是見屠來，則骨毛皆豎。後脛創雖癒，而斷芒遺肉內，終不良於行；猶夙夜服役，無敢少懈。屠既橫暴，每醉歸，則撻詈不情。至此，始悟昔之施於人者，亦猶是也。一日，楊夫人及伯母燒香普陀寺，近村農婦，並來參謁。尹在中悵立不前，王氏故問：「此伊誰？」家人進白：「張屠之妻。」便訶使前，與太夫人稽首。王笑曰：「此婦從屠，當不乏肉食，何羸瘠乃爾？」尹愧恨，歸欲自經，綆弱不得死。屠益惡之。歲餘，屠死。途遇萬石，遙望之，以膝行，淚下如縻。萬石礙僕，未通一言。歸告姪，欲謀珠還，姪固不肯。婦為里人所唾棄，久無所歸，依羣乞以食。萬石猶時就尹廢寺中，姪以為玷，陰教羣乞窘辱之，乃絕。此事余不知其究竟，後數行，乃畢公權撰成之。

異史氏曰：「懼內，天下之通病也。然不意天壤之間，乃有楊郎！寧非變異？余嘗作妙音經之續言，謹附錄以博一噱：『竊以天道化生萬物，重賴坤成；男兒志在四方，尤須內助。同甘獨苦，勞爾十月呻吟；就溼移乾，苦矣三年嚬笑。此顧宗祧而動念，君子所以有伉儷之求；瞻井臼而懷思，古人所以有魚水之愛也。第陰教之旗幟日立，遂乾綱之體統無存。始而不遜之聲，或大施而小報；繼則如賓之敬，竟有往而無來。祇緣兒女深情，遂使英雄短氣。牀上夜叉坐，任金剛亦須低眉；釜底毒煙生，即鐵漢無能強項。秋砧之杵可掬，不擣月夜之衣；麻姑之爪能搔，輕試蓮花之面。小受大走，直將代孟母投梭；婦唱夫隨，翻欲起周婆制禮。婆娑跳擲，停觀滿道行人；嘲哳鳴嘶，撲落一羣嬌鳥。惡乎哉！呼天籲地，忽爾披髮向銀牀。醜矣夫！轉目搖頭，猥欲投繯延玉頸。當是時也：地下已多碎膽，天外更有驚魂。北宮黝未必不逃，孟施舍焉能無懼？將軍氣同雷電，一入中庭，頓歸無何有之鄉；大人面若冰霜，比到寢門，遂有不可問之處。豈果脂粉之氣，不勢而威？胡乃骯髒之身，不寒而慄？猶可解者：魔女翹鬟來月下，何妨俯伏皈依？最冤枉者：鳩盤蓬首到人間，也要香花供養。聞怒獅之吼，則雙孔撩天；聽牝雞之鳴，則五體投地。登徒子淫而忘醜，迴波詞憐而成嘲。設為汾陽之婿，立致尊榮，媚卿卿良有故；若贅外黃之家，不免奴役，拜僕僕將何求？彼窮鬼自覺無顏，任其斫樹摧花，只求包荒於妬婦，如錢神可云有勢，乃亦嬰鱗犯制，不能借助於方兄。豈縛游子之心，惟茲鳥道？抑消霸王之氣，恃此鴻溝？然死同穴，生同衾，何嘗教吟『白首』？而朝行雲，暮行雨，輒欲獨占巫山。恨煞『洩水清』，空按紅牙玉板；憐爾妾命薄，獨支永夜寒更。蟬殼鷺灘，喜驪龍之方睡；犢車麈尾，恨駑馬之不奔。榻上共臥之人，撻去方知為舅；牀前久繫之客，牽來已化為羊。需之殷者僅俄頃，毒之流者無盡藏。買笑纏頭，而成自作之孽，太甲必曰難違；俯首帖耳，而受無妄之刑，李陽亦謂不可。酸風凛冽，吹殘綺閣之春；酷海汪洋，淹斷藍橋之月。又或盛會忽逢，良朋即坐，斗酒藏而不設，且由房出逐客之書；故人疏而不來，遂自我廣絕交之論。甚而雁影分飛，涕空沾於荊樹；鸞膠再覓，變遂起於蘆花。故飲酒陽城，一堂中惟有兄弟；吹竽商子，七旬餘並無室家：古人為此，有隱痛矣。嗚呼！百年鴛偶，竟成附骨之疽；五兩鹿皮，或買剝牀之痛。髯如戟者如是，膽似斗者何人？固不敢於馬棧下斷絕禍胎；又誰能向蠶室中斬除孽本？娘子軍肆其橫暴，苦療妒之無方；胭脂虎噉盡生靈，幸渡迷之有楫。天香夜爇，全澄湯鑊之波；花雨晨飛，盡滅劍輪之火。極樂之境，彩翼雙棲；長舌之端，青蓮並蒂。拔苦惱於優婆之國，立道場於愛河之濱。咦！願此幾章貝葉文，灑為一滴楊枝水！」

魁星

鄆城張濟宇，臥而未寐，忽見光明滿室。驚視之，一鬼執筆立，若魁星狀。急起拜叩。光亦尋滅。由此自負，以為元魁之先兆也。後竟落拓無成；家亦彫落，骨肉相繼死，惟生一人存焉。彼魁星者，何以不為福而為禍也？

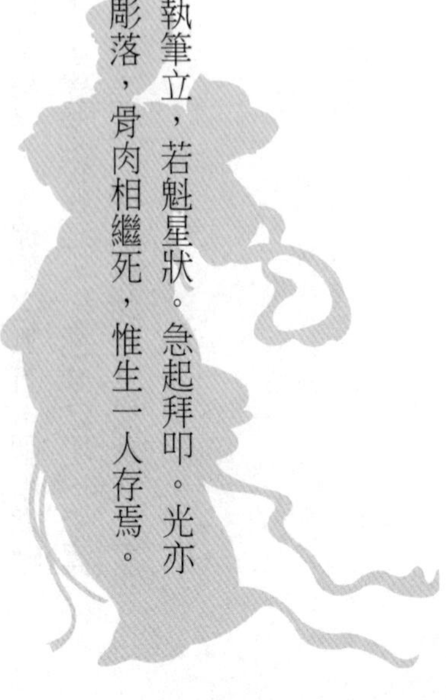

庫將軍

庫大有，字君實，漢中洋縣人，以武舉隸祖述舜麾下。祖厚遇之，屢蒙拔擢，遷偽周總戎。後覺大勢既去，潛以兵乘祖。祖格拒傷手，因就縛之，納款於總督蔡。至都，夢至冥司，冥王怒其不義，命鬼以沸油澆其足。既醒，足痛不可忍，後腫潰，指盡墮。又益之瘧。輒呼曰：「我誠負義！」遂死。

異史氏曰：「事偽朝固不足言忠；然國士庸人，因知為報，賢豪之自命宜爾也。是誠可以惕天下之人臣而懷二心者矣。」

絳妃

癸亥歲，余館於畢刺史公之綽然堂。公家花木最盛，暇輒從公杖履，得恣游賞。一日，眺覽既歸，倦極思寢，解覆登牀。夢二女郎，被服豔麗，近請曰：「有所奉託，敢屈移玉。」余愕然起，問：「誰相見召？」曰：「絳妃耳。」恍惚不解所謂，遽從之去。俄睹殿閣，高接雲漢。下有石階，層層而上，約盡百餘級，始至顛頭。見朱門洞敞。又有二三麗者，趨入通客。無何，詣一殿外，金鉤碧箔，光明射眼。內一女人降階出，環珮鏘然，狀若貴嬪。方思展拜，妃便先言：「敬屈先生，理須首謝。」呼左右以毯貼地，若將行禮。余惶悚無以為地，因啓曰：「草莽微賤，得辱寵召，已有餘榮。況敢分庭抗禮，益臣之罪，折臣之福！」妃命撤毯設宴，對筵相向。酒數行，余辭曰：「臣飲少輒醉，懼有愆儀。教命云何？幸釋疑慮。」妃不言，但以巨杯促飲。余屢請命，乃言：「妾，花神也。合家細弱，依棲於此，屢被封家婢子，橫見摧殘。今欲背城借一，煩君屬檄草耳。」余惶然起奏：「臣學陋不文，恐負重託；但承寵命，敢不竭肝鬲之愚。」妃喜，即殿上賜筆札。諸麗者拭案拂座，磨墨濡毫。又一垂髫人，折紙為範，置腕下。略寫一兩句，便二三輩疊背相窺。余素遲鈍，此時覺文思若湧。少間，稿脫，爭持去，啓呈絳妃。妃展閱一過，頗謂不疵，遂復送余歸。醒而憶之，情事宛然。但檄詞強半遺忘，因足而成之：「謹按封氏：飛揚成性，忌嫉為心。濟惡以才，妬同醉骨；射人於暗，奸類含沙。昔虞帝受其狐媚，英、皇不足解憂，反借渠以解慍；楚王蒙其蠱惑，賢才未能稱意，惟得彼以稱雄。沛上英雄，雲飛而思猛士；茂陵天子，秋高而念佳人。從此怙寵日恣，因而肆狂無忌。怒號萬竅，響碎玉於王宮；淜湃中宵，弄寒聲於秋樹。條向山林叢裏，假虎之威；時於灩澦堆中，生江之浪。且也，簾鉤頻動，發高閣之清商；簷鐵忽敲，破離人之幽夢。尋帷下榻，反同入幕之賓；排闥登堂，竟作翻書之客。不曾於生平識面，直開門戶而來；若非是掌上留裙，幾掠妃子而去。吐虹絲於碧落，乃敢因月成闌；

翻柳浪於青郊，謬說為花寄信。賦歸田者，歸途才就，飄飄吹薜荔之衣；登高臺者，高興方濃，輕輕落茱萸之帽。篷梗卷兮上下，三秋之羊角摶空；箏聲入乎雲霄，百尺之鳶絲斷繫。不奉太后之詔，欲速花開；未絕座客之纓，竟吹燈滅。甚則揚塵播土，吹平李賀之山；叫雨呼雲，捲破杜陵之屋。馮夷起而擊鼓，少女進而吹笙。蕩漾以來，草皆成偃；吼奔而至，瓦欲為飛。未施摶水之威，浮水江豚時出拜；陡出障天之勢，書天雁字不成行。助馬當之輕帆，彼有取爾；牽瑤臺之翠帳，於意云何？至於海鳥有靈，尚依魯門以避；但使行人無恙，願喚尤郎以歸。古有賢豪，乘而破者萬里；世無高士，御以行者幾人？駕礮車之狂雲，遂以夜郎自大；恃貪狼之逆氣，漫以河伯為尊。姊妹俱受其摧殘，彙族悉為其蹂躪。紛紅駭綠，掩苒何窮？擘柳鳴條，蕭騷無際。雨零金谷，綴為藉客之裀；露冷華林，去作沾泥之絮。埋香瘞玉，殘妝卸而翻飛；朱榭雕欄，雜珮紛其零落。減春光於旦夕，萬點正飄愁；覓殘紅於西東，五更非錯恨。翩翻江漢女，弓鞋漫踏春園；寂寞玉樓人，珠勒徒嘶芳草。斯時也：傷春者有難乎為情之怨，尋勝者作無可奈何之歌。爾乃趾高氣揚，發無端之踔厲；催蒙振落，動不已之瓓珊。傷哉綠樹猶存，簌簌者繞牆自落；久矣朱旛不豎，娟娟者霣涕誰憐？墮溷沾籬，畢芳魂於一日；朝榮夕悴，免荼毒以何年？怨羅裳之易開，罵空聞於子夜；訟狂伯之肆虐，章未報於天庭。誕告芳鄰，學作蛾眉之陣；凡屬同氣，羣興草木之兵。莫言蒲柳無能，但須藩籬有志。且看鶯儔燕侶，公覆奪愛之仇；請與蝶友蜂媒，共發同心之誓。蘭橈桂楫，可教戰於昆明；桑蓋柳旌，用觀兵於上苑。東籬處士，亦出茅廬；大樹將軍，應懷義憤。殺其氣燄，洗千年粉黛之冤；殲爾豪強，銷萬古風流之恨！」

河間生

河間某生，場中積麥穰如丘，家人日取為薪，洞之。有狐居其中，常與主人相見，老翁也。一日，屈主人飲，拱生入洞，生難之，強而後入。入則廊舍華好。即坐，茶酒香烈；但日色蒼黃，不辨中夕。筵罷既出，景物俱杳。翁每夜往夙歸，人莫能迹。問之，則言友朋招飲。生請與俱，翁不可。固請之，翁始諾。挽生臂，疾如乘風，可炊黍時，至一城市。入酒肆，見坐客良多，聚飲頗嘩，乃引生登樓上。下視飲者，几案柈飧，可以指數。翁自下樓，任意取案上酒果，抔來供生。筵中人曾莫之禁。移時，生視一朱衣人前列金橘，命翁取之。翁曰：「此正人，不可近。」生默念：狐與我游，必我邪也。自今以往，我必正！方一注想，覺身不自主，眩墮樓下。飲者大駭，相譁以妖。生仰視，竟非樓上，乃梁間耳。以實告眾。眾審其情確，贈而遣之。問其處，乃魚臺，去河間千里云。

雲翠仙

梁有才，故晉人，流寓於濟，作小負販，無妻子田產。從村人登岱。岱，當四月交，香侶雜沓，又有優婆夷、塞，率男子以百十，雜跪神座下，視香炷為度，名曰：「跪香」。才視眾中有女郎，年十七八而美，悅之。詐為香客，近女郎跪；又偽為膝困無力狀，故以手據女郎足。女回首似嗔，膝行而遠之。才又膝行而近之；少間，又據之。女郎覺，遽起，不跪，出門去。才亦起，出履其迹，不知其往，心無望，怏怏而行。途中見女郎從媼，似為女也母者，才趨之。媼女行且語，媼云：「汝能參禮娘娘，大好事！汝又無弟妹，但獲娘娘冥加護，護汝得快婿。但能相孝順，都不必貴公子、富王孫也。」才竊喜，漸漬詰媼。媼自言為雲氏，女名翠仙，其出也。家西山四十里。才曰：「山路澀，母如此蹜蹜，妹如此纖纖，何能便至？」曰：「日已晚，將寄舅家宿耳。」才曰：「適言相婿，不以貧嫌，不以賤鄙，我又未婚，頗當母意否？」媼以問女，女不應。媼數問，女曰：「渠寡福，又蕩無行，輕薄之心，還易翻覆。兒不能為遢伎兒作婦。」才聞，樸誠自表，切矢皦日。媼喜，竟諾之。女不樂，勃然而已。母又強拍咻之。才殷勤，手於橐，覓山兜二，舁媼及女，己步從，若為僕。過隘，輒訶兜夫不得顛搖動，良殷。俄抵村舍，便邀才同入舅家。舅出翁，妗出媼也。雲兄之嫂之。謂：「才吾婿。日適良，不須別擇，便取今夕。」舅亦喜，出酒肴餌才。既，嚴妝翠仙出，拂榻促眠。女曰：「我固知郎不義，迫母命，漫相隨。郎若人也，當不須憂偕活。」才唯唯聽受。明日早起，母謂才：「宜先去，我以女繼至。」才歸，掃戶闥，媼果送女至。入視室中，虛無有，便云：「似此何能自給？老身速歸，當小助汝辛苦。」遂去。次日，有男女數輩，各攜服食器具，布一室滿之。不飯俱去，但留一婢。才由此坐溫飽，惟日引里無賴，朋飲競賭，漸盜女郎簪珥佐博。女勸之，不聽；頗不耐之，惟嚴守箱奩，如防寇。一日，博黨款門訪才，窺見女，適適驚。戲謂才曰：「子大富貴，何憂貧耶？」才問故，答曰：

「曩見夫人，實仙人也。適與子家道不相稱。貨為媵，金可得百；為妓，可得千。——千金在室，而聽飲博無資耶？」才不言，而心然之。歸輒向女欷歔，時時言貧不可度。女不顧，才頻頻擊桌，抛匕箸，罵婢，作諸態。一夕，女沽酒與飲，忽曰：「郎以貧故，日焦心。我又不能御貧，分郎憂，中豈不愧怍？但無長物，只有此婢，鬻之，可稍稍佐經營。」才搖首曰：「其直幾許！」又飲少時，女曰：「妾於郎，有何不相承？但力竭耳。念一貧如此，便死相從，不過均此百年苦，有何發迹？不如以妾鬻貴家，兩所便益，得直或較婢多。」才故愕言：「何得至此！」女固言之，色作莊。才喜曰：「容再計之。」遂緣中貴人，貨隸樂籍。中貴人親詣才，見女大悅。恐不能即得，立券八百緡，事濱就矣。女曰：「母日以婿家貧，常常縈念，今意斷矣，我將暫歸省；且郎與妾絕，何得不告母？」才慮母阻，女曰：「我顧自樂之，保無差貸。」才從之。夜將半，始抵母家。撾闔入，見樓舍華好，婢僕輩往來憧憧。才日與女居，每請詣母，女輒止之。故為甥館年餘，曾未一臨岳家。至此大駭，以其家巨，恐媵妓所不甘從也。女引才登樓上，媼驚問夫妻何來。女怨曰：「我固道渠不義，今果然。」乃於衣底出黃金二鋌置几上，曰：「幸不為小人賺脫，今仍以還母。」母駭問故，女曰：「渠將鬻我，故藏金無用處。」乃指才罵曰：「豺鼠子！曩日負肩擔，面沾塵如鬼。初近我，熏熏作汗腥，膚垢欲傾塌，足手皴一寸厚，使人終夜惡。自我歸汝家，安坐餐飯，鬼皮始脫。母在前，我豈誣耶？」才垂首，不敢少出氣。女又曰：「自顧無傾城姿，不堪奉貴人；似若輩男子，我自謂猶相匹，有何虧負，遂無一念香火情？我豈不能起樓宇、買良沃？念汝儇薄骨、乞丐相，終不是白頭侶！」言次，婢媼連衿臂，旋旋圍繞之。聞女責數，便都唾罵，共言：「不如殺卻，何須復云云！」才大懼，據地自投，但言知悔。女又盛氣曰：「鬻妻子已大惡，猶未便是劇；何忍以同衾人賺作娼！」言未已，眾眥裂，悉以銳簪翦刀股攢刺脇腂。才號悲乞命，女止之曰：「可暫釋卻。渠便無仁義，我不忍觳觫。」乃率眾下樓去。才坐聽移時，語聲俱寂，思欲潛遁。忽仰視見星漢，東方已白，野色蒼莽；燈亦尋滅。並無屋宇，身坐削壁上。俯瞰絕壑，深無底。駭絕，懼墮。身稍移，塌然一聲，墮石崩墜，壁半有枯橫焉，罥不得墮。以枯受腹，手足無著。下視茫茫，不知幾何尋丈。不敢轉側，嗥怖聲嘶，一身盡腫，眼耳鼻舌身力俱竭。日漸高，始有樵人望見之；尋綆來，縋而下，取置崖上，奄將溘斃。舁歸其家，至則門洞敞，家荒荒如敗寺，牀簏什器俱杳，惟有繩牀敗案，是己家舊物，零落猶存。嗒然自臥，饑時，日一乞食於鄰，既而腫潰為癩。里黨薄其行，悉唾棄之。才無計，貨屋而穴居，行乞於道，以刀自隨。或勸以刀易餌，才不肯，曰：「野居防虎狼，用自衛耳。」後遇向勸鬻妻者於途，近而哀語，遽出刀摮而殺之，遂被收。官廉得其情，亦未忍酷虐之，繫獄中，尋瘐死。

異史氏曰：「得遠山芙蓉，與共四壁，與之南面王豈易哉！己則非人，而怨逢惡之友；故為友者不可不知戒也。凡狹邪子誘人淫博，為諸不義，其事不敗，雖則不怨亦不德。迨於身無襦，婦無袴，千人所指，無疾將死，窮敗之念，無時不縈於心，窮敗之恨，無時不切於齒；清夜牛衣中，輾轉不寐。夫然後歷歷想未落時，歷歷想將落時，又歷歷想致落之故，而因以及發端致落之人。至於此，弱者起，擁絮坐詛；強者忍凍裸行，篝火索刀，霍霍磨之，不待終夜矣。故以善規人，如贈橄欖；以惡誘人，如饋漏脯也。聽者固當省，言者可勿懼哉！」

跳神

濟俗：民間有病者，閨中以神卜。倩老巫擊鐵環單面鼓，婆娑作態，名曰「跳神」。而此俗都中尤盛。良家少婦，時自為之。堂中肉於案，酒於盆，甚設几上。燒巨燭，明於晝。婦束短幅裙，屈一足，作「商羊舞」。兩人捉臂，左右扶掖之。婦刺刺瑣絮，似歌，又似祝；字多寡參差，無律帶腔。室數鼓亂撾如雷，蓬蓬聒人耳。婦吻闢翕，雜鼓聲，不甚辨了。既而首垂，目斜睨；立全須人，失扶則仆。旋忽伸頸巨躍，離地尺有咫。室中諸女子，凜然愕顧曰：「祖宗來吃食矣。」便一噓，吹燈滅，內外冥黑。人惵息立暗中，無敢交一語；語亦不得聞，鼓聲亂也。食頃，聞婦厲聲呼翁姑及夫嫂小字，始共爇燭，傴僂問休咎。視尊中、盎中、案中，都復空。望顏色，察嗔喜。肅肅羅問之，答若響。中有腹誹者，神已知，便指某姍笑我，大不敬，將褫汝袴。誹者自顧，瑩然已裸，輒於門外樹頭覓得之。

滿洲婦女，奉事尤虔。小有疑，必以決。時嚴妝，騎假虎假馬，執長兵，舞榻上，名「跳虎神」。馬虎勢作威怒，尸者聲傖儜。或言關、張、玄壇，不一號。赫氣慘凜，尤能畏怖人。有丈夫穴窗來窺，輒被長兵破窗刺帽，挑入去。一家媼媳姊若妹，森森蹜蹜，雁行立，無歧念，無懈骨。

鐵布衫法

沙回子，得鐵布衫大力法。駢其指，力斫之，可斷牛項；橫搠之，可洞牛腹。曾在仇公子彭三家，懸木於空，遣兩健僕極力撐去，猛反之；沙裸腹受木，砰然一聲，木去遠矣。又出其勢，即石上，以木椎力擊之，無少損；但畏刀耳。

大力將軍

查伊璜，浙人，清明飲野寺中，見殿前有古鐘，大於兩石甕；而上下土痕手迹，滑然如新。疑之。俯窺其下，有竹筐受八升許，不知所貯何物。使數人摳耳，力掀舉之，無少動。益駭。乃坐飲以伺其人。居無何，有乞兒入，攜所得糗糒，堆纍鐘下。乃以一手起鐘，一手掬餌置筐內；往返數四，始盡。已復合之，乃去，移時復來，探取食之。食已復探，輕若啓櫝。一座盡駭。查問：「若箇男兒胡行乞？」答以：「啗噉多，無傭者。」查以其健，勸投行伍，乞人愀然慮無階。查遂攜歸餌之；計其食，略倍五六人。為易衣履，又以五十金贈之行。後十餘年，查猶子令於閩，有吳將軍六一者，忽來通謁。款談間，問：「伊璜是君何人？」答言：「為諸父行。與將軍何處有素？」曰：「是我師也。十年之別，頗復憶念。煩致先生一賜臨也。」漫應之。自念：「叔名賢，何得武弟子？」會伊璜至，因告之，伊璜茫不記憶。因其問訊之殷，即命僕馬，投刺於門。將軍趨出，逆諸大門之外。視之，殊昧生平。竊疑將軍誤，而將軍傴僂益恭。肅客入，深啓三四關，忽見女子往來，知為私廨，屏足立。將軍又揖之。少間登堂，則捲簾者、移座者，並皆少姬。既坐，方擬展問，將軍頤少動，一姬捧朝服至，將軍遽起更衣，查不知其何為。眾姬捉袖整衿訖，先命數人捺查座上不使動，而後朝拜，如覲君父。查大愕，莫解所以。拜已，以便服侍坐。笑曰：「先生不憶舉鍾之乞人耶？」查乃悟。既而華筵高列，家樂作於下。酒闌，羣姬列侍。將軍入室，請衽何趾，乃去。查醉起遲，將軍已於寢門三問矣。查不自安，辭欲返，將軍投轄下鑰，錮閉之。見將軍日無別作，惟點數姬婢養廝卒，及騾馬服用器具，督造記籍，戒無虧漏。查以將軍家政，故未深叩。一日，執籍謂查曰：「不才得有今日，悉出高厚之賜。一婢一物，所不敢私，敢以半奉先生。」查愕然不受，將軍不聽。出藏鏹數萬，亦兩置之。按籍點照，古玩牀几，堂內外羅列幾滿。查固止之，將軍不顧。稽婢僕姓名已，即命男為治裝，女為斂器，且囑敬事先生，百聲悚應。又親視姬婢登輿，廄卒捉馬騾，闐咽並發，乃返別查。後查以修史一案，株連被收，卒得免，皆將軍力也。

異史氏曰：「厚施而不問其名，真俠烈古丈夫哉！而將軍之報，其慷慨豪爽，尤千古所僅見。如此胸襟，自不應老於溝瀆，以是知兩賢之相遇，非偶然也。」

白蓮教

白蓮盜首徐鴻儒，得左道之書，能役鬼神。小試之，觀者盡駭。走門下者如鶩。於是陰懷不軌。因出一鏡，言能鑑人終身。懸於庭，令人自照，或幞頭，或紗帽，繡衣貂蟬，現形不一。人益怪愕。由是道路遙播，踵門求鑑者，揮汗相屬。徐乃宣言：「凡鏡中文武貴官，皆如來佛註定龍華會中人。各宜努力，勿得退縮。」因亦對眾自照，則冕旒龍袞，儼然王者。眾相視而驚，大眾齊伏。徐乃建旂秉鉞，罔不歡躍相從，翼符所照。不數月，聚黨以萬計，滕、嶧一帶，望風而靡。後大兵進剿，有彭都司者，長山人，藝勇絕倫，寇出二垂髫女與戰。女俱雙刃，利如霜；騎大馬，噴嘶甚怒。飄忽盤旋，自晨達暮，彼不能傷彭，彭亦不能捷也。如此三日，彭覺筋力俱竭，哮喘卒。迨鴻儒既誅，捉賊黨械問之，始知刃乃木刀，騎乃木櫈也。假兵馬死真將軍，亦奇矣！

顏氏

順天某生，家貧，值歲饑，從父之洛。性鈍，年十七，裁能成幅。而丰儀秀美，能雅謔，善尺牘，見者不知其中之無有也。無何，父母繼沒，孑然一身，授童蒙於洛汭。時村中顏氏有孤女，名士裔也，少惠。父在時，嘗教之讀，一過輒記不忘。十數歲，學父吟詠。父曰：「吾家有女學士，惜不弁耳。」鍾愛之，期擇貴婿。父卒，母執此志，三年不遂，而母又卒。或勸適佳士，女然之而未就也。適鄰婦踰垣來，就與攀談。以字紙裹繡綫，女啓視，則某手翰，寄鄰生者，反復之而愛好焉。鄰婦窺其意，私語曰：「此翩翩一美少年，孤與卿等，年相若也。倘能垂意，妾囑渠儂𥅡合之。」女脈脈不語。婦歸，以意授夫。鄰生故與生善，告之，大悅。有母遺金鴉鐶，託委致焉。刻日成禮，魚水甚歡。及睹生文，笑曰：「文與卿似是兩人，如此，何日可成？」朝夕勸生研讀，嚴如師友。斂昏，先挑燭據案自哦，為丈夫率，聽漏三下，乃已。如是年餘，生制藝頗通；而再試再黜，身名蹇落，饔飧不給，撫情寂寞，嗷嗷悲泣。女訶之曰：「君非丈夫，負此弁耳！使我易髻而冠，青紫直芥視之！」生方懊喪，聞妻言，睒睗而怒曰：「閨中人，身不到場屋，便以功名富貴似在廚下汲水炊白粥；若冠加於頂，恐亦猶人耳！」女笑曰：「君勿怒。俟試期，妾請易裝相代。倘落拓如君，當不敢復藐天下士矣。」生亦笑曰：「卿自不知蘗苦，直宜使請嘗試之。但恐綻露，為鄉鄰笑耳。」女曰：「妾非戲語。君嘗言燕有故廬，請男裝從君歸，偽為弟。君以襁褓出，誰得辨其非？」生從之。女入房，巾服而出，曰：「視妾可作男兒否？」生視之，儼然一顧影少年也。生喜，遍辭里社。交好者薄有饋遺，買一羸蹇，御妻而歸。生叔兄尚在，見兩弟如冠玉，甚喜，晨夕恤顧之。又見宵旰攻苦，倍益愛敬。僱一剪髮雛奴，為供給使，暮後，輒遣去之。鄉中吊慶，兄自出周旋；弟惟下帷讀。居半年，罕有睹其面者。客或請見，兄輒代辭。讀其文，瞲然駭異。或排闥而迫之，一揖便亡去。客見丰采，又共傾慕，由此名大譟，世家爭願贅焉。叔兄商之，惟囅然笑。再強之，則言：「矢志青雲，不及第，不婚也。」會學使案臨，兩人並出。兄又落。弟以冠軍應試，中順天第四；明年成進士；授桐城令，有吏治；尋遷河南道掌印御史，富埒王侯。因託疾乞骸骨，賜歸田里。賓客填門，迄謝不納。又自諸生以及顯貴，並不言娶，人無不怪之者。歸後，漸置婢。或疑其私；嫂察之，殊無苟且。無何，明鼎革，天下大亂。乃謂嫂曰：「實相告：我小郎婦也。以男子闒茸，不能自立，負氣自為之。深恐播揚，致天子召問，貽笑海內耳。」嫂不信。脫靴而示之足，始愕；視靴中，則絮滿焉。於是使生承其啣，仍閉門而雌伏矣。而生平不孕，遂出資購妾。謂生曰：「凡人置身通顯，則買姬媵以自奉；我宦迹十年，猶一身耳。君何福澤，坐享佳麗？」生曰：「面首三十人，請卿自置耳。」相傳為笑。是時生父母，屢受覃恩矣。搢紳拜往，尊生以侍御禮。生羞襲閨啣，惟以諸生自安，終身未嘗輿蓋云。

異史氏曰：「翁姑受封於新婦，可謂奇矣。然侍御而夫人也者，何時無之？但夫人而侍御者少耳。天下冠儒冠、稱丈夫者，皆愧死矣！」

杜 翁

杜翁，沂水人。偶自市中出，坐牆下，以候同游。覺少倦，忽若夢，見一人持牒攝去。至一府署，從來所未經。一人戴瓦壠冠，自內出，則青州張某，其故人也。見杜驚曰：「杜大哥何至此？」杜言：「不知何事，但有勾牒。」張疑其誤，將為查驗。乃囑曰：「謹立此，勿他適。恐一迷失，將難救挽。」遂去，久之不出。惟持牒人來，自認其誤，釋令歸。杜別而行，途中遇六七女郎，容色媚好，悅而尾之。下道，趨小逕，行數十步，聞張在後大呼曰：「杜大哥，汝將何往？」杜迷戀不已。俄見諸女入一圭竇，心識為王氏賣酒者之家。不覺探身門內，略一窺瞻，即覺身在苙中，與諸小豭同伏。豁然自悟，已化豕矣。而耳中猶聞張呼，大懼，急以首觸壁。聞人言曰：「小豕顛癇矣。」還顧，已復為人。速出門，則張候於途。責曰：「固囑勿他往，何不聽信？幾至壞事！」遂把手送至市門，乃去。杜忽醒，則身猶倚壁間。詣王氏問之，果有一豕自觸死云。

小謝

渭南姜部郎第，多鬼魅，常惑人。因徙去。留蒼頭門之而死，數易皆死，遂廢之。里有陶生望三者，夙倜儻，好狎妓，酒闌輒去之。友人故使妓奔就之，亦笑內不拒；而實終夜無所沾染。嘗宿部郎家，有婢夜奔，生堅拒不亂，部郎以是器重之。家綦貧，又有「鼓盆之戚」，茆屋數椽，溽暑不堪其熱；因請部郎，假廢第。部郎以其凶故，卻之。生因作「續無鬼論」獻部郎，且曰：「鬼何能為！」部郎以其請之堅，諾之。生往除廳事。薄暮，置書其中；返取他物，則書已亡。怪之，仰臥榻上，靜息以伺其變。食頃，聞步履聲，睨之，見二女自房中出，所亡書，送還案上。一約二十，一可十七八，並皆姝麗。逡巡立榻下，相視而笑。生寂不動。長者翹一足踹生腹，少者掩口匿笑。生覺心搖搖若不自持，即急肅然端念，卒不顧。女近以左手捋髭，右手輕批頤頰，作小響，少者益笑。生驟起，叱曰：「鬼物敢爾！」二女駭奔而散。生恐夜為所苦，欲移歸，又恥其言不掩；乃挑燈讀。暗中鬼影憧憧，略不顧瞻。夜將半，燭而寢。始交睫，覺人以細物穿鼻，奇痒，大嚏；但聞暗處隱隱作笑聲。生不語，假寐以俟之。俄見少女以紙條撚細股，鶴行鷺伏而至；生暴起訶之，飄竄而去。既寢，又穿其耳。終夜不堪其擾。雞既鳴，乃寂無聲，生始酣眠，終日無所睹聞。日既下，恍惚出現。生遂夜炊，將以達旦。長者漸曲肱几上，觀生讀，既而掩生卷。生怒捉之，即已飄散；少間，又撫之。生以手按卷讀。少者潛於腦後，交兩手掩生目，瞥然去，遠立以哂。生指罵曰：「小鬼頭！捉得便都殺卻！」女子即又不懼。因戲之曰：「房中縱送，我都不解，纏我無益。」二女微笑，轉身向竈，析薪溲米，為生執爨。生顧而獎之曰：「兩卿此為，不勝憨跳耶？」俄頃，粥熟，爭以匕、箸、陶椀置几上。生曰：「感卿服役，何以報德？」女笑云：「飯中溲合砒、酖矣。」生曰：「與卿夙無嫌怨，何至以此相加。」啜已，復盛，爭為奔走。生樂之，習以為常。日漸稔，接坐傾語，審其姓名。長者云：「妾秋容，喬氏；彼阮家小謝也。」又研問所由來，小謝笑曰：「癡郎！尚不敢一呈身，誰要汝問門第，作嫁娶耶？」生正容曰：「相對麗質，寧獨無情；但陰冥之氣，中人必死。不樂與居者，行可耳；樂與居者，安可耳。如不見愛，何必玷兩佳人？如果見愛，何必死一狂生？」二女相顧動容，自此不甚虐弄之；然時而探手於懷，捋袴於地，亦置不為怪。一日，錄書未卒業而出，返則小謝伏案頭，操管代錄。見生，擲筆睨笑。近視之，雖劣不成書，而行列疏整。生贊曰：「卿雅人也！苟樂此，僕教卿為之。」乃擁諸懷，把腕而教之畫。秋容自外入，色乍變，意似妒。小謝笑曰：「童時嘗從父學書，久不作，遂如夢寐。」秋容不語。生喻其意，偽為不覺者，遂抱而授以筆，曰：「我視卿能此否？」作數字而起，曰：「秋娘大好筆力！」秋容乃喜。生於是折兩紙為範，俾共臨摹；生另一燈讀。竊喜其各有所事，不相侵擾。倣畢，祗立几前，聽生月旦。秋容素不解讀，塗鴉不可辨認，花判已，自顧不如小謝，有慚色。生獎慰之，顏始霽。二女由此師事生，坐為抓背，臥為按股，不惟不敢侮，爭媚之。踰月，小謝書居然端好，生偶贊之。秋容大慚，粉黛淫淫，淚痕如綫；生百端慰解之，乃已。因教之讀，穎悟非常，指示一過，無再問者。與生競讀，常至終夜。小謝又引其弟三郎來，拜生門下，年十五六，姿容秀美，以金如意一鈎為贄。生令與秋容執一經，滿堂咿唔，生於此設鬼帳焉。部郎聞之喜，以時給其薪水。積數月，秋容與三郎皆能詩，時相酬唱。小謝陰囑勿教秋容，生諾之；秋容陰囑勿教小謝，生亦諾之。一日，生將赴試，二女涕淚持別。三郎曰：「此行可以託疾免；不然，恐履不吉。」生以告疾為辱，遂行。先是，生好以詩詞譏切時事，獲罪於邑貴介，日思中傷之。陰賂學使，誣以行簡，淹禁獄中。資斧絕，乞食於囚人，自分已無生理。忽一人飄忽而入，則秋容也，以饌具饋生。相向悲咽，曰：「三郎慮君不吉，今果不謬。三郎與妾同來，赴院申理矣。」數語而出，人不之睹。越日，部院出，三郎遮道聲屈，收之。秋容入獄報生，返身往偵之，三日不返。生愁餓無聊，度一日如年歲。忽小謝至，愴惋欲絕，言：「秋容歸，經由城隍祠，被西廊黑判強攝去，逼充御媵。秋容不屈，今亦幽囚。妾馳百里，奔波頗殆；至北郭，被老棘刺吾足心，痛徹骨髓，恐不能再至矣。」因示之足，血殷凌波焉。出金三兩，跛踦而沒。部院勘三郎，素非瓜葛，無端代控，將杖之，撲地遂滅。異之。覽其狀，情詞悲惻。提生面鞫，問：「三郎何人？」生偽為不知。部院悟其冤，釋之。既歸，竟夕無一人。更闌，小謝始至，慘然曰：「三郎在部院，被解神押赴冥司；冥王因三郎義，今託生富貴家。秋容久錮，妾以狀投城隍，又被按閣，不得入，且復奈何？」生忿曰：「黑老魅何敢如此！明日仆其像，踐踏為泥，數城隍而責之。案下吏暴橫如此，渠在醉夢中耶！」悲憤相對，不覺四漏將殘，秋容飄然忽至。兩人驚喜，急問。秋容泣下曰：「今為郎萬苦矣！判日以刀杖相逼，今夕忽放妾歸，曰：『我無他，原以愛故；既不願，固亦不曾污玷。煩告陶秋曹，勿見譴責。』」生聞少歡，欲與同寢，曰：「今日願為卿死。」二女戚然曰：「向受開導，頗知義理，何忍以愛君者殺君乎？」執不可；然俛頸傾頭，情均伉儷。二女以遭難故，妒念全消。會一道士途遇生，顧謂「身有鬼氣」。生以其言異，具告之。道士曰：「此鬼大好，不擬負他。」因書二符付生，曰：「歸授兩鬼，任其福命：如聞門外有哭女者，吞符急出，先到者可活。」生拜受，歸囑二女。後月餘，果聞有哭女者。二女爭奔而去。小謝忙急，忘吞其符。見有喪轝過，秋容直出，入棺而沒；小謝不得入，痛哭而返。生出視，則富室郝氏殯其女。共見一女子入棺而去，方共驚疑；俄聞棺中有聲，息肩發驗，女已頓蘇。因暫寄生齋外，羅守之。忽開目問陶生。郝氏研詰之，答云：「我非汝女也。」遂以情告。郝未深信，欲舁歸；女不從，逕入生齋，偃臥不起。郝乃識婿而去。生就視之，面龐雖異，而光豔不減秋容，喜愜過望，殷敘平生。忽聞嗚嗚鬼泣，則小謝哭於暗陬。心甚憐之，即移燈往，寬譬哀情，而衿袖淋浪，痛不可解。近曉始去。天明，郝以婢媼齎送香奩，居然翁婿矣。暮入帷房，則小謝又哭。如此六七夜。夫婦俱為慘動，不能成合巹之禮。生憂思無策，秋容曰：「道士，仙人也。再往求，倘得憐救。」生然之。迹道士所在，叩伏自陳。道士力言「無術」，生哀不已。道士笑曰：「癡生好纏人。合與有緣，請竭吾術。」乃從生來，索靜室，掩扉坐，戒勿相問，凡十餘日，不飲不食。潛窺之，瞑若睡。一日晨興，有少女搴簾入，明眸皓齒，光豔照人，微笑曰：「跋履終夜，憊極矣！被汝糾纏不了，奔馳百里外，始得一好廬舍，道人載與俱來矣。待見其人，便相交付耳。」斂昏。小謝至，女遽起迎抱之，翕然合為一體，仆地而僵。道士自室中出，拱手逕去。拜而送之。及返，則女已蘇。扶置牀上，氣體漸舒，但把足呻言趾股痠痛，數日始能起。後生應試得通籍。有蔡子經者，與同譜，以事過生，留數日。小謝自鄰舍歸，蔡望見之，疾趨相躡；小謝側身斂避，心竊怒其輕薄。蔡告生曰：「一事深駭物聽，可相告否？」詰之，答曰：「三年前，少妹夭殞，經兩夜而失其尸，至今疑念。適見夫人。何相似之深也？」生笑曰：「山荊陋劣，何足以方君妹？然既係同譜，義即至切，何妨一獻妻孥。」乃入內，使小謝衣殉裝出。蔡大驚曰：「真吾妹也！」因而泣下。生乃具述其本末。蔡喜曰：「妹子未死，吾將速歸，用慰嚴慈。」遂去。過數日，舉家皆至。後往來如郝焉。

異史氏曰：「絕世佳人，求一而難之，何遽得兩哉！事千古而一見，惟不私奔女者能遘之也。道士其仙耶？何術之神也！苟有其術，醜鬼可交耳。」

縊鬼

范生者，宿於逆旅。食後，燭而假寐。忽一婢來，襆衣置椅上；又有鏡奩揥篋，一一列案頭，乃去。俄一少婦自房中出，發篋開奩，對鏡櫛掠；已而髻，已而簪，顧影徘徊甚久。前婢來，進匜沃盥。盥已捧帨，既，持沐湯去。婦解襆出裙帔，炫然新製，就著之。掩衿提領，結束周至。范不語，中心疑怪，謂必奔婦，將嚴裝以就客也。婦妝訖，出長帶，垂諸梁而結焉。訝之。婦從容跂雙彎，引頸受縊。才一著帶，目即含，眉即豎，舌出吻二寸許，顏色慘變如鬼。大駭奔出，呼告主人，驗之已渺。主人曰：「曩子婦經於是，毋乃此乎？」異哉！即死猶作其狀，此何說也？

異史氏曰：「冤之極而至於自盡，苦矣！然前為人而不知，後為鬼而不覺，所最難堪者，束裝結帶時耳。故死後頓忘其他，而獨於此際此境，猶歷歷一作，是其所極不忘者也。」

吳門畫工

吳門畫工某，忘其名。喜繪呂祖，每想像神會之，希幸一遇。虔結在念，靡刻不存。一日，值羣丐飲郊郭間，內一人敝衣露肘，而神采軒豁。心忽動，疑為呂祖，諦視覺愈確，遂捉其臂曰：「君呂祖也。」丐者大笑。某堅執為是，伏拜不起。丐者曰：「我即呂祖，汝將奈何？」某叩頭，但祈指教。丐者曰：「汝能相識，可謂有緣。然此處非語所，夜間當相見也。」再欲遮問轉盼已杳，駭歎而歸。至夜，果夢呂祖來，曰：「念子志慮耑誠，特來一見。但汝骨氣貪吝，不能為仙。我使子見一人可也。」即向空一招，遂有一麗人躡空而下，服飾如貴嬪，容光袍儀，煥映一室。呂祖曰：「此乃董娘娘，子審誌之。」既而又問：「記得否？」答：「已記之。」又曰：「勿忘卻。」俄而麗者去，呂祖亦去。醒而異之，即夢中所見，肖而藏之，終亦不解所謂。後數年，偶游於都。會董妃薨，上念其賢，將為肖像。諸工羣集，口授心擬，終不能似。某忽觸念夢中人，得無是耶？以圖呈進。宮中傳覽，皆謂神肖。由是授官中書，辭不受；賜萬金。於是名大譟。貴戚家爭遺重幣，乞為先人傳影。但懸空摹寫，罔不曲似。浹辰之間，累數巨萬。萊蕪朱拱奎曾見其人。

林氏

濟南戚安期，素佻達，喜狎妓，妻婉戒之，不聽。妻林氏，美而賢。會北兵入境，被俘去。暮宿途中，欲相犯。林偽諾之。適兵佩刀繫牀頭，急抽刀自剄死；兵舉而委諸野。次日，拔舍去。有人傳林死，戚痛悼而往。視之，有微息。負而歸，目漸動；稍稍嚬呻；扶其項，以竹管滴瀝灌飲，能咽。戚撫之曰：「卿萬一能活，相負者必遭凶折！」半年，林平復如故；惟首為頸痕所牽，常若左顧。戚不以為醜，愛戀逾於平昔。曲巷之游，從此絕迹。林自覺形穢，將為置媵；戚執不可。居數年，林不育，因勸納婢。戚曰：「業誓不二，鬼神寧不聞之？即似續不承，亦吾命耳。若未應絕，卿豈老不能生耶？」林乃託疾，使戚獨宿；遣婢海棠，襆被臥其牀下。既久，陰以宵情問婢。婢言無之。林不信。至夜，戒婢勿往，自詣婢所臥。少間，聞牀上睡息已動。潛起，登牀捫之。戚醒問誰，林耳語曰：「我海棠也。」戚拒卻曰：「我有盟誓，不敢更也。若似曩年，尚須汝奔就耶？」林乃下牀去。戚自是孤眠。林使婢託己往就之。戚念妻生平從不肯作不速之客，疑焉。摸其項，無痕，知為婢，又咄之。婢慚而退。既明，以情告林，使速嫁婢。林笑云：「君亦不必過執。倘得一丈夫子，即亦幸甚。」戚曰：「苟背盟誓，鬼責將及，尚望延宗嗣乎？」林翼日笑語戚曰：「凡農家者流，苗與秀不可知，播種常例不可違。晚間耕耨之期至矣。」戚笑會之。既夕，林滅燭呼婢，使臥己衾中。戚入，就榻戲曰：「佃人來矣。深愧錢鎛不利，負此良田。」婢不語。既而舉事，婢小語曰：「私處小腫，顛猛不任。」戚體意溫恤之。事已，婢偽起溺，以林易之。自此時值落紅，輒一為之，而戚不知也。未幾，婢腹震，林氏每使靜坐，不令給役於前。故謂戚曰：「妾勸內婢，而君弗聽。設爾日冒妾時，君誤信之。交而得孕，將復如何？」戚曰：「留犢鬻母。」林乃不言。無何，婢舉一子，林暗買乳媼，抱養母家。積四五年，又產一子一女。長子名長生已七歲，就外祖家讀書。林半月輒託歸寧，一往看視。婢年益長，戚時時促遣之。林輒諾。婢日思兒女，林從其願，竊為上鬟，送詣母所。謂戚曰：「日謂我不嫁海棠，母家有義男，業配之。」又數年，子女俱長成。值戚初度，林先期治具，為候賓客。戚歎曰：「歲月鶩過，忽已半世。幸各強健，家亦不至凍餒。所闕者，膝下一點耳。」林曰：「君執拗，不從妾言，夫誰怨？然欲得男，兩亦非難，何況一也？」戚解顏曰：「既言不難，明日便索兩男。」林曰：「易耳，易耳！」早起，命駕至母家，嚴妝子女，載與俱歸。入門，令雁行立，呼父叩祝千秋。拜已而起，相顧嬉笑。戚駭怪不解。林曰：「君索兩男，妾添一女。」始為詳述本末。戚喜曰：「何不早告？」曰：「早告，恐絕其母。今子已成立，尚可絕其母乎？」戚感極，涕不自禁。乃迎婢歸，偕老焉。古有賢姬，如林者，可謂聖矣！

胡大姑

益都岳于九，家有狐祟，布帛器具，輒被拋擲鄰堵。蓄細葛，將取作服；見捆卷如故，解視，則邊實而中虛，悉被翦去。諸如此類，不堪其苦。亂詬罵之。岳戒止云：「恐狐聞。」狐在梁上曰：「我已聞之矣。」由是祟益甚。一日，夫妻臥未起，狐攝衾服去，各白身蹲牀上，望空哀祝之。忽見好女子自窗入，擲衣牀頭。視之，不甚修長，衣絳紅，外襲雪花比甲。岳著衣，揖之曰：「上仙有意垂顧，即勿相擾。請以為女，如何？」狐曰：「我齒較汝長，何得妄自尊？」又請為姊妹，乃許之。於是命家人皆呼以胡大姑。時顏鎮張八公子家，有狐居樓上，恆與人語。岳問：「識之否？」答云：「是吾家喜姨，何得不識？」岳曰：「彼喜姨曾不擾人，汝何不效之？」狐不聽，擾如故。猶不甚祟他人。而專祟其子婦：履襪簪珥往往棄道上；每食，輒於粥碗中埋死鼠或糞穢。婦輒擲椀罵騷狐，並不禱免。岳祝曰：「兒女輩皆呼汝姑，何略無尊長體耶？」狐曰：「教汝子出若婦，我為汝媳，便相安矣。」子婦罵曰：「淫狐不自慚，欲與人爭漢子耶？」時婦坐衣笥上，忽見濃煙出尻下，熏熱如籠。啓視，藏裳俱燼；剩一二事，皆姑服也。又使岳子出其婦，子不應。過數日，又促之，仍不應，狐怒，以石擊之，額破裂，血流幾斃。岳益患之。西山李成爻，善符水，因幣聘之。李以泥金寫紅絹作符，三日始成。又以鏡縛梃上，捉作柄，遍照宅中。使童子隨視，有所見，即急告。至一處，童言牆上若犬伏。李即戟手書符其處。既而禹步庭中，咒移時，即見家中犬豬並來，帖耳戢尾，若聽教命。李揮曰：「去！」即紛然魚貫而去。又咒，羣鴨即來，又揮去之。已而雞至。李指一雞，大叱之。他雞俱去，此雞獨伏，交翼長鳴，曰：「予不敢矣！」李曰：「此物是家中所作紫姑也。」家人並言不曾作。李曰：「紫姑今尚在。」因共憶三年前，曾為此戲，怪異即自爾日始矣。遍搜之，見芻偶在廏梁上。李取投火中。乃出一酒瓻，三咒三叱，雞起逕去。聞瓻口言曰：「岳四很哉！數年後，當復來。」岳乞付之湯火；李不可，攜去。或見其壁間掛數十瓶，塞口者皆狐也。言其以次縱之，出為祟，因此獲聘金，居為奇貨云。

細侯

昌化滿生，設帳於餘杭。偶涉廛市，經臨街閣下，忽有荔殼墜肩頭。仰視，一雛姬凭閣上，妖姿要妙，不覺注目發狂，姬俯哂而入。詢之，知為娼樓賈氏女細侯也。其聲價頗高，自顧不能適願。歸齋冥想，終宵不枕。明日，往投以刺，相見，言笑甚歡，心志益迷。託故假貸同人，斂金如干，攜以赴女，款洽臻至。即枕上口占一絕贈之云：「膏膩銅盤夜未央，牀頭小語麝蘭香。新鬟明日重妝鳳，無復行雲夢楚王。」細侯蹙然曰：「妾雖污賤，每願得同心而事之。君既無婦，視妾可當家否？」生大悅，即叮嚀，堅相約。細侯亦喜曰：「吟詠之事，妾自謂無難，每於無人處，欲效作一首，恐未能便佳，為觀聽所譏。倘得相從，幸教妾也。」因問生家田產幾何，答曰：「薄田半頃，破屋數椽而已。」細侯曰：「妾歸君後，當長相守，勿復設帳為也。四十畝聊足自給，十畝可以種黍，織五匹絹，納太平之稅有餘矣。閉戶相對，君讀妾織，暇則詩酒可遣，千戶侯何足貴！」生曰：「卿身價略可幾多？」曰：「依媼貪志，何能盈也？多不過二百金足矣。可恨妾齒稚，不知重資財，得輒歸母，所私蓄者區區無多。君能辦百金，過此即非所慮。」生曰：「小生之落寞，卿所知也，百金何能自致，有同盟友，令於湖南，屢相見招，僕以道遠，故憚於行。今為卿故，當往謀之。計三四月，可以歸復，幸耐相候。」細侯諾之。生即棄館南游，至則令已免官，以罣誤居民舍，宦囊空虛，不能為禮。生落魄難返，就邑中授徒焉。三年，莫能歸。偶笞弟子，弟子自溺死。東翁痛子而訟其師，因被逮囹圄。幸有他門人，憐師無過，時致饋遺，以是得無苦。細侯自別生，杜門不交一客。母詰知故，不可奪，亦姑聽之。有富賈某，慕細侯名，託媒於媼。務在必得，不靳直。細侯不可，賈以負販詣湖南，敬偵生耗。時獄已將解，賈以金賂當事吏，使久錮之。歸告媼云：「生已瘐死。」細侯疑其信不確。媼曰：「無論滿生已死，縱或不死，與其從窮措大，以椎布終也，何如衣錦而厭粱肉乎？」細侯曰：「滿生雖貧，其骨清也；

守齷齪商，誠非所願。且道路之言，何足憑信！」賈又轉囑他商，假作滿生絕命書寄細侯，以絕其望。細侯得書，惟朝夕哀哭，媼曰：「我自幼於汝，撫育良劬。汝成人二三年，所得報者，日亦無多。既不願隸籍，即又不嫁，何以謀生活？」細侯不得已，遂嫁賈。賈衣服簪珥，供給豐侈。年餘，生一子。無何，生得門人力，昭雪而出，始知賈之錮己也；然念素無郤，反復不得其由，門人義助資斧得歸，既聞細侯已嫁，心甚激楚，因以所苦，託市媼賣漿者達細侯，細侯大悲，方悟前此多端，悉賈之詭謀。乘賈他出，殺抱中兒，攜所有亡歸滿；凡賈家服飾，一無所取。賈歸，怒質於官。官原其情，置不問。嗚呼！壽亭侯之歸漢，亦復何殊？顧殺子而行，亦天下之忍人也！

狼三則

有屠人貨肉歸，日已暮。欻一狼來，瞰擔中肉，似甚涎垂；步亦步，尾行數里。屠懼，示之以刃，則稍卻；既走，又從之。屠無計，默念狼所欲者肉，不如姑懸諸樹而蚤取之。遂鉤肉，翹足掛樹間，示以空空。狼乃止。屠即逕歸。昧爽往取肉，遙望樹上懸巨物，似人縊死狀，大駭。逡巡近之，則死狼也。仰首審視，見口中含肉，肉鉤刺狼腭，如魚吞餌。時狼革價昂，直十餘金，屠小裕焉。緣木求魚，狼則罹之，亦可笑已！

一屠晚歸，擔中肉盡，只有剩骨。途中兩狼，綴行甚遠。屠懼，投以骨。一狼得骨止，一狼仍從；復投之，後狼止而前狼又至；骨已盡，而兩狼之並驅如故。屠大窘，恐前後受其敵。顧野有麥場，場主積薪其中，苫蔽成丘。屠乃奔倚其下，弛擔持刀。狼不敢前，眈眈相向。少時，一狼逕去；其一犬坐於前，久之，目似瞑，意暇甚。屠暴起，以刀劈狼首，又數刀斃之。方欲行，轉視積薪後，一狼洞其中，意將隧入以攻其後也。身已半入，只露尻尾。屠自後斷其股，亦斃之。乃悟前狼假寐，蓋以誘敵。狼亦黠矣！而頃刻兩斃，禽獸之變詐幾何哉，只增笑耳！

一屠暮行，為狼所逼。道旁有夜耕者所遺行室，奔入伏焉。狼自苫中探爪入。屠急捉之，令不可去。顧無計可以死之。惟有小刀不盈寸，遂割破爪下皮，以吹豬之法吹之。極力吹移時，覺狼不甚動，方縛以帶。出現，則狼脹如牛，股直不能屈，口張不得合。遂負之以歸。非屠烏能作此謀也？三事皆出於屠；則屠人之殘，殺狼亦可用也。

美人首

諸商寓居京舍。舍與鄰屋相連，中隔板壁；板有松節脫處，穴如琖。忽女子探首入，挽鳳髻，絕美；旋伸一臂，潔白如玉。眾駭其妖，欲捉之，已縮去。少頃，又至，但隔壁不見其身。奔之，則又去之。一商操刀伏壁下。俄首出，暴決之，應手而落，血濺塵土。眾驚告主人。主人懼，以其首首焉。逮諸商鞫之，殊荒唐。淹繫半年，迄無情詞，亦未有以人命訟者，乃釋商，瘞女首。

劉亮采

聞濟南懷利仁言：劉公亮采，狐之後身也。初，太翁居南山，有叟造其廬，自言胡姓。問所居，曰：「只在此山中。閒處人少，惟我兩人，可與數晨夕，故來相拜識。」因與接談，詞旨便利，悅之。治酒相歡，醺而去。越日復來，愈益款厚。劉云：「自蒙下交，分即最深。但不識家何里，焉所問興居？」胡曰：「不敢諱，實山中之老狐也。與若有夙因，故敢內交門下。固不能為翁福，亦不敢為翁禍，幸相信勿駭。」劉亦不疑，更相契重。即敘年齒，胡作兄，往來如昆季。有小休咎，亦以告。時劉乏嗣，叟忽云：「公勿憂，我當為君後。」劉訝其言怪，胡曰：「僕算數已盡，投生有期矣。與其他適，何如生故人家？」劉曰：「仙壽萬年，何遂及此？」叟搖首曰：「非汝所知。」遂去。夜果夢叟來，曰：「我今至矣。」既醒，夫人生男，是為劉公。公既長，身短，言詞敏諧，絕類胡。少有才名，壬辰成進士。為人任俠，急人之急，以故秦、楚、燕、趙之客，趾踏於門；貨酒賣餅者，門前成市焉。

蕙芳

馬二混，居青州東門內，以貨麵為業。家貧，無婦，與母共作苦。一日，媼獨居，忽有美人來，年可十六七，椎布甚樸，而光華照人。媼驚顧窮詰。女笑曰：「我以賢郎誠篤，願委身母家。」媼益驚曰：「娘子天人，有此一言，則折我母子數年壽！」女固請之。意必為侯門亡人，拒益力。女乃去。越三日，復來，留連不去。問其姓氏，曰：「母肯納我，我乃言；不然，固無庸問。」媼曰：「貧賤傭保骨，得婦如此，不稱亦不祥。」女笑坐牀頭，戀戀殊殷。媼辭之，言：「娘子宜速去，勿相禍。」女出門，媼視之西去。又數日，西巷中呂媼來，謂母曰：「鄰女董蕙芳，孤而無依，自願為賢郎婦，胡弗納？」母以所疑慮具白之。呂曰：「烏有此耶？如有乖謬，咎在老身。」母大喜，諾之。呂既去，媼掃室布席，將待子歸往娶之。日將暮，女飄然自至，入室參母，起拜盡禮。告媼曰：「妾有兩婢，未得母命，不敢進也。」媼曰：「我母子守窮廬，不解役婢僕。日得蠅頭利，僅足自給。今增新婦一人，嬌嫩坐食，尚恐不充飽；益之二婢，豈吸風所能活耶？」女笑曰：「婢來，亦不費母度支，皆能自得食。」問：「婢何在？」女乃呼：「秋月、秋松！」聲未及已，忽如飛鳥墮，二婢已立於前，即令伏地叩母。既而馬歸，母迎告之，馬喜。入室，見翠棟雕梁，侔於宮殿；中之几屏簾幙，光耀奪目。驚極，不敢入。女下牀迎笑，睹之若仙，益駭，卻退。女挽之，坐與溫語。馬喜出非分，形神若不相屬。即起，欲出行沽。女止曰：「勿須。」因命二婢治具。秋月出一革袋，執向扉後，格格撼擺之。已而以手探入，壺盛酒，柈盛炙，觸類熏騰。飲已而寢，則花罽錦裀，溫膩非常。天明出門，則茅廬依舊。母子共奇之。

媼詣呂所，將迹所由。入門，先謝其媒合之德，呂訝云：「久不拜訪，何鄰女之曾託乎？」媼益疑，具言端委。呂大駭，即同媼來視新婦。女笑逆之。極道作合之義。呂見其惠麗，愕眙良久，即亦不辨，唯唯而已。女贈白木搔具一事，曰：「無以報德，姑奉此為姥姥爬背耳。」呂受以歸，審視則化為白金。馬自得婦，頓更舊業，門戶一新。笥中貂錦無數，任馬取著；而出室門，則為布素，但輕暖耳。女所自衣亦然。積四五年，忽曰：「我謫降人間十餘載，因與子有緣，遂暫留止。今別矣。」馬苦留之，女曰：「請別擇良偶，以承廬墓。我歲月當一至焉。」忽不見。馬乃娶秦氏。後三年，七夕，夫妻方共語，女忽入，笑曰：「新偶良歡，不念故人耶？」馬驚起，愴然曳坐，便道衷曲。女曰：「我適送織女渡河，乘間一相望耳。」兩相依依，語無休止。忽空際有人呼「蕙芳」，女急起作別。馬問其誰，曰：「余適同雙成姊來，彼不耐久伺矣。」馬送之，女曰：「子壽八旬，至期，我來收爾骨。」言已，遂逝。今馬六十餘矣。其人但樸訥，無他長。

異史氏曰：「馬生其名混，其業褻，蕙芳奚取哉？於此見仙人之貴樸訥誠篤也。余嘗謂友人：若我與爾，鬼狐且棄之矣。所差不愧於仙人者，惟『混』耳。」

山神

益都李會斗，偶山行，值數人籍地飲。見李至，讙然並起，曳入坐，競觴之。視其柈饌，雜陳珍錯。移時，飲甚歡；但酒味薄濇。忽遙有一人來，面狹長，可二三尺許；冠之高細稱是。眾驚曰：「山神至矣！」即都紛紛四去。李亦伏匿坎窞中。既而起視，則肴酒一無所有，惟有破陶器貯溲渤，瓦片上盛蜥蜴數枚而已。

蕭七

徐繼長，臨淄人，居城東之磨房莊。業儒未成，去而為吏。偶適姻家，道出于氏殯宮。薄暮醉歸，過其處，見樓閣繁麗，一叟當戶坐。徐酒渴思飲，揖叟求漿。叟起，邀客入，升堂授飲。飲已，叟曰：「曛暮難行，姑留宿，早旦而發，如何也？」徐亦疲殆，樂遵所請宿焉。叟命家人具酒奉客，即謂徐曰：「老夫一言，勿嫌孟浪：郎君清門令望，可附婚姻。有幼女未字，欲充下陳，幸垂援拾。」徐踧踖不知所對。叟即遣伻告其親族，又傳語令女郎妝束。頃之，峩冠博帶者四五輩，先後並至。女郎亦炫妝出，姿容絕俗。於是交坐宴會。徐神魂眩亂，但欲速寢。酒數行，堅辭不任，乃使小鬟引夫婦入幃，館同爰止。徐問其族姓，女曰：「蕭姓，行七。」又復細審門閥，女曰：「身雖賤陋，配吏胥當不辱寞，何苦研窮？」徐溺其色，款暱備至，不復他疑。女曰：「此處不可為家。審知汝家姊姊甚平善，或不拗阻，歸除一舍，行將自至耳。」徐應之。既而加臂於身，奄忽就寐。既覺，則抱中已空。天色大明，松陰翳曉，身下籍黍穰尺許厚。駭歎而歸，告妻。妻戲為除館，設榻其中，闔門出，曰：「新娘子今夜至矣。」因與共笑。日既暮，妻戲曳徐啓門，曰：「新人得無已在室耶？」既入，則美人華妝坐榻上。見二人入，橋起逆之。夫妻大愕。女掩口局局而笑，參拜恭謹。妻乃治具，為之合歡。女早起操作，不待驅使。一日謂徐：「姊姨輩俱欲來吾家一望。」徐慮倉卒無以應客。女曰：「都知吾家不饒，將先賫饌具來，但煩吾家姊姊烹飪而已。」徐告妻，妻諾之。晨炊後，果有人荷酒胾來，釋擔而去。妻為職庖人之役。晡後，六七女郎至，長者不過四十以來，圍坐並飲，喧笑盈室。徐妻伏窗以窺，惟見夫及七姐相向坐，他客皆不可睹。北斗掛屋角，讙然始去，女送客未返。妻入視案上，杯柈俱空。笑曰：「諸婢想俱餓，遂如狗舐砧。」少間，女還，殷殷相勞，奪器自滌，促嫡安眠。妻曰：「客臨吾家，使自備飲饌，亦大笑話。明日合另邀致。」逾數日，徐從妻言，使女復召客。客至，恣意飲啖；

惟留四簋，不加匕箸。徐問之。羣笑曰：「夫人謂吾輩惡，故留以待調人。」座間一女，年十八九，素舄縞裳，云是新寡，——女呼為六姊——情態妖豔，善笑能口。與徐漸洽，輒以諧語相嘲。行觴政，徐為錄事，禁笑謔。六姊頻犯，連引十餘爵，酡然逕醉，芳體嬌懶，荏弱難持。無何，亡去，徐燭而覓之，則酣寢暗幃中。近接其吻，亦不覺，以手探袴，私處墳起。心旌方搖，席中紛喚徐郎，乃急理其衣，見袖中有綾巾，竊之而出。迨於夜央，眾客離席。六姊未醒。七姐入，搖之，始呵欠而起，繫裙理髮從眾去。徐拳拳懷念，不釋於心。將於空處展玩遺巾，而覓之已渺。疑送客時遺落途間，執燈細照階除，都復烏有，意頊頊不自得。女問之，徐漫應之。女笑曰：「勿誑語，巾子人已將去，徒勞心目。」徐驚，以實告，且言懷思。女曰：「彼與君無宿分，緣止此耳。」問其故，曰：「彼前身曲中女；君為士人，見而悅之，為兩親所阻，志不得遂，感疾阽危。使人語之曰：『我已不起。但得若來，獲一捫其肌膚，死無憾！』彼感此意，諾如所請。適以冗羈，未遽往，過夕而至，則病者已殞；是前世與君有一捫之緣也。過此即非所望。」後設筵再招諸女，惟六姊不至。徐疑女妒，頗有怨懟。女一日謂徐曰：「君以六姊之故，妄相見罪。彼實不肯至，於我何尤？今八年之好，行將別矣，請為君極力一謀，用解從前之惑。彼雖不來，寧禁我不往？登門就之，或人定勝天，不可知。」徐喜，從之。女握手，飄然履虛，頃刻至其家。黃甓廣堂，門戶曲折，與初見時無少異。岳父母並出，曰：「拙女久蒙溫煦。老身以殘年衰慵，有疏省問，或當不怪耶？」即張筵作會。女便問諸姊妹。母云：「各歸其家，惟六姊在耳。」即喚婢請六娘子來，久之不出。女入曳之以至，俯首簡嘿，不似前此之諧。少時，叟媼辭去。女謂六姊曰：「姐姐高自重，使人怨我！」六姊微哂曰：「輕薄郎何宜相近！」女執兩人殘卮，強使易飲，曰：「吻已接矣，作態何為？」少時，七姐亡去，室中只餘二人。徐遽起相逼，六姊宛轉撐拒。徐牽衣長跽而哀之，色漸和，相攜入室。裁緩襦結，忽聞喊嘶動地，火光射闥。六姊大驚，推徐起曰：「禍事忽臨，奈何！」徐忙迫不知所為，而女郎已竄避無迹矣。徐悵然少坐，屋宇並失。獵者十餘人，按鷹操刃而至，驚問：「何人夜伏於此？」徐託言迷途，因告姓字。一人曰：「適逐一狐，見之否？」答曰：「不見。」細認其處，乃于氏殯宮也。怏怏而歸。猶冀七姊復至，晨占雀喜，夕卜燈花，而竟無消息矣。董玉玹談。

亂離二則

學師劉芳輝，京都人。有妹許聘戴生，出閣有日矣。值北兵入境，父兄恐細弱為累，謀妝送戴家。修飾未竟，亂兵紛入，父子分竄，女為牛彔俘去。從之數日，殊不少狎。夜則臥之別榻，飲食供奉甚殷。又掠一少年來，年與女相上下，儀采都雅。牛彔謂之曰：「我無子，將以汝繼緒，肯否？」少年唯唯。又指女謂曰：「如肯，即以此女為汝婦。」少年喜，願從所命。牛彔乃使同榻，浹洽甚樂。既而枕上各道姓氏，則少年即戴生也。

陝西某公，任鹽秩，家累不從。值姜瓖之變，故里陷為盜藪，音信隔絕。後亂平，遣人探問，則百里絕烟，無處可詢消息。會以復命入都，有老班役喪偶，貧不能娶，公賚數金使買婦。時大兵凱旋，俘獲婦口無算，插標市上，如賣牛馬。遂攜金就擇之。自分金少，不敢問少艾。中一媼甚整潔，遂贖以歸。媼坐牀上，細認曰：「汝非某班役耶？」問所自知，曰：「汝從我兒服役，胡不識！」班役大駭，急告公。公認之，果母也，因而痛哭，倍償之。班役以金多，不屑謀媼。見一婦年三十餘，風範超脫，因贖之。即行，婦且走且顧，曰：「汝非某班役耶？」又驚問之，曰：「汝從我夫服役，如何不識！」班役益駭，導見公，公視之，真其夫人。又悲失聲。一日而母妻重聚，喜不可已。乃以百金為班役娶美婦焉。意必公有大德，所以鬼神為之感應。惜言者忘其姓字，秦中或有能道之者。

異史氏曰：「炎崐之禍，玉石不分，誠然哉！若公一門，是以聚而傳者也。董思白之後，僅有一孫，今亦不得奉其祭祀，亦朝士之責也。悲夫！」

豢蛇

泗水山中，舊有禪院，四無村落，人迹罕及，有道士棲止其中。或言內多大蛇，故游人益遠之。一少年入山羅鷹。入既深，無所歸宿；遙見蘭若，趨投之。道士驚曰：「居士何來，幸不為兒輩所見！」即命坐，具饘粥。食未已，一巨蛇入。粗十餘圍，昂首向客，怒目電瞛。客大懼。道士以掌擊其額，呵曰：「去！」蛇乃俯首入東室。蜿蜒移時，其軀始盡，盤伏其中，一室盡滿。客大懼，搖戰。道士曰：「此平時所豢養。有我在，不妨，所患者，客自遇之耳。」客甫坐，又一蛇入，較前略小，約可五六圍。見客遽止，睒瞯吐舌如前狀。道士又叱之，亦入室去。室無臥處，半繞梁間，壁上土搖落有聲。客益懼，終夜不寢。早起欲歸，道士送之。出屋門，見牆上階下，大如盎琖者，行臥不一。見生人，皆有吞噬狀。客懼，依道士肘腋而行，使送出谷口，乃歸。

余鄉有客中州者，寄居蛇佛寺。寺僧人具晚餐，肉湯甚美，而段段皆圓，類雞項。疑問寺僧：「殺雞幾何，何乃得多項？」僧曰：「此蛇段耳。」客大驚，有出門而哇者。既寢，覺胸上蠕蠕，摸之，則蛇也，頓起駭呼，僧起曰：「此常事，烏足駭！」因以火照壁間，大小滿牆，榻上下皆是也。次日，僧引入佛殿。佛座下有巨井，井中蛇粗如巨甕，探首井邊而不出。爇火下視，則蛇子蛇孫以數百萬計，族居其中。僧云：「昔蛇出為害，佛坐其上以鎮之，其患始平云。」

雷 公

亳州民王從簡，其母坐室中，值小雨冥晦，見雷公持鎚，振翼而入。大駭，急以器中便溺傾注之。雷公沾穢，若中刀斧，返身疾逃；極力展騰，不得去，顛倒庭際，嗥聲如牛。天上雲漸低，漸與簷齊。雲中蕭蕭如馬鳴，與雷公相應。少時，雨暴澍，身上惡濁盡洗，乃作霹靂而去。

菱角

胡大成，楚人，其母素奉佛。成從塾師讀，道由觀音祠，母囑過必入叩。一日，至祠，有少女挽兒遨戲其中，髮裁掩頸，而風致娟然。時成年十四，心好之。問其姓氏。女笑云：「我祠西焦畫工女菱角也。問將何為？」成又問：「有婿家無？」女酡然曰：「無也。」成言：「我為若婿，好否？」女慚云：「我不能自主。」而眉目澄澄，上下睨成，意似忻屬焉。成乃出。女追而遙告曰：「崔爾誠，吾父所善，用為媒，無不諧。」成曰：「諾。」因念其慧而多情，益傾慕之。歸，向母實白心願。母只此兒，常恐拂之，即浼崔作冰。焦責聘財奢，事已不就。崔極言成清族美才，焦始許之。成有伯父，老而無子，授教職於湖北。妻卒任所，母遣成往奔其喪。數月將歸，伯又病，亦卒。淹留既久，適大寇據湖南，家耗遂隔。成竄民間，弔影孤惶而已。一日，有媼年四十八九，縈迴村中，日昃不去。自言：「亂無罔歸，將以自鬻。」或問其價，言：「不屑為人奴，亦不願為人婦，但有母我者，則從之，不較直。」聞者皆笑。成往視之，面目間有一二頗肖其母，觸懷大悲。自念隻身，無縫紉者，遂邀歸，執子禮焉。媼喜，便為炊飯織屨，劬勞若母。拂意輒譴之；而少有疾苦，則濡煦過於所生。忽謂曰：「此處太平，幸可無虞。然兒長矣，雖在羈旅，大倫不可廢。三兩日，當為兒娶之。」成泣曰：「兒自有婦，但間阻南北耳。」媼曰：「大亂時，人事翻覆，何可株待？」成又泣曰：「無論結髮之盟不可背，且誰以嬌女付萍梗人？」媼不答，但為治簾幌衾枕，甚周備，亦不識所自來。一日，日既夕，戒成曰：「燭坐勿寐，我往視新婦來也未。」遂出門去。三更既盡，媼不返，心大疑。俄聞門外喧譁，出視，則一女子坐庭中，蓬首啜泣。驚問：「何人？」亦不語。良久，乃言曰：「娶我來，即亦非福，但有死耳！」成大驚，不知其故。女曰：「我少受聘於胡大成；不意胡北去，音信斷絕。父母強以我歸汝家。身可致，志不可奪也！」成聞而哭曰：「即我是胡某。卿菱角耶？」女收涕而駭，不信。相將入室，

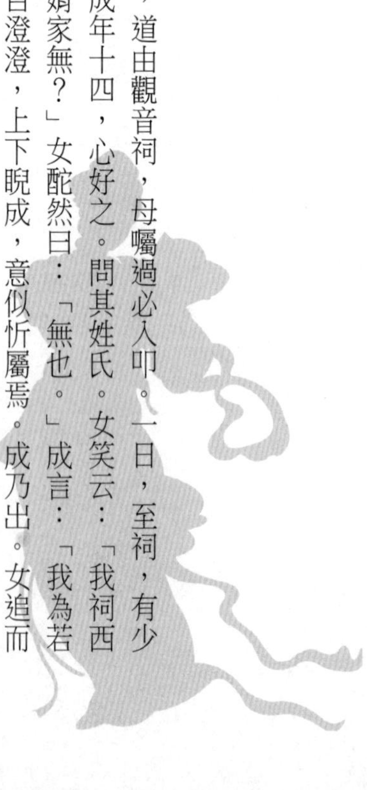

即燈審顧，曰：「得無夢耶？」於是轉悲為喜，相道離苦。先是亂後，湖南百里，滌地無類。焦攜家竄長沙之東，又受周生聘。亂中不能成禮。期是夕送諸其家。女泣不盥櫛，家人強置車上。途次，女顛墜車下。遂有四人荷肩輿至，云是周家迎女者，即扶升輿，疾行若飛，至是始停。一老姥曳入，曰：「此汝夫家，但入勿哭。汝家婆婆，旦晚將至矣。」乃去。成詰知情事，始悟媼神人也。夫妻焚香共禱，願得母子復聚。母自戎馬戒嚴，同儔人婦奔伏澗谷。一夜，譟言寇至，即並張惶四匿。有童子以騎授母，母急不暇問，扶肩而上，輕迅剽遨，瞬息至湖上。馬踏水奔騰，蹄下不波。無何，扶下，指一戶云：「此中可居。」母將啓謝；回視其馬，化為金毛犼，高丈餘，童子超乘而去。母以手撾門，豁然啓扉。有人出問，怪其音熟，視之，成也。母子抱哭。婦亦驚起，一門歡慰。疑媼是觀音大士現身。由此持觀音經咒益虔。遂流寓湖北，治田廬焉。

餓鬼

馬永，齊人。為人貧，無賴，家卒屢空，鄉人戲而名之「餓鬼」，年三十餘，日益窶，衣百結鶉，兩手交其肩，在市上攫食。人盡棄之，不以齒。邑有朱叟者，少攜妻居於五都之市，操業不雅。暮歲歸其鄉，大為士類所口；而朱潔行為善，人始稍稍禮貌之。一日，值馬攫食不償，為肆人所苦。憐之，代給其直。引歸，贈以數百，俾作本。馬去，不肯謀業，坐而食。無何，資復匱，仍蹈舊轍。而常懼與朱遇，去之臨邑。暮宿學宮，冬夜凜寒，輒摘聖賢頭上旒而煨其板。學官知之，怒欲加刑。馬哀免，願為先生生財。學官喜，縱之去。馬探某生殷富，登門強索資，故挑其怒；乃以刀自劙，誣而控諸學。學官勒取重賂，始免申黜。諸生因而共憤，公質縣尹。尹廉得實，笞四十，梏其頸，三日斃焉。是夜，朱叟夢馬冠帶而入，曰：「負公大德，今來相報。」即寤，妾舉子。叟知為馬，名以馬兒。少不慧，喜其能讀。二十餘，竭力經紀，得入邑泮。後考試寓旅邸，晝臥牀上，見壁間悉糊舊藝；視之，有「犬之性」四句題，心畏其難，讀而志之。入場，適是其題，錄之，得優等，食餼焉。六十餘，補臨邑訓導。官數年，曾無一道義交。惟袖中出青蚨，則作鸕鶿笑；不則睫毛一寸長，稜稜若不相識。偶大令以諸生小故，判令薄懲，輒酷掠如治盜賊。有訟士子者，即富來叩門矣。如此多端，諸生不復可耐。而年近七旬，臃腫聾瞶，每向人物色黑鬚藥。有狂生某，剉茜根給之。天明共視，如廟中所塑靈官狀。大怒，拘生；生已早夜亡去。因此憤氣中結，數月而死。

考弊司

聞人生，河南人。抱病經日，見一秀才入，伏謁牀下，謙抑盡禮。已而請生少步，把臂長語，刺刺且行，數里外猶不言別。生佇足，拱手致辭。秀才云：「更煩移趾，僕有一事相求。」生問之，答云：「吾輩悉屬考弊司轄。司主名虛肚鬼王。初見之，例應割髀肉，浼君一緩頰耳。」生驚問：「何罪而至於此？」曰：「不必有罪，此是舊例。若豐於賄者，可贖也。然而我貧。」生曰：「我素不稔鬼王，何能效力？」曰：「君前世是伊大父行，宜可聽從。」言次，已入城郭。至一府署，廨宇不甚弘敞，惟一堂高廣，堂下兩碣東西立，綠書大於栲栳，一云「孝弟忠信」，一云「禮義廉恥」。階而進，見堂上一扁，大書「考弊司」。楹間，板雕翠字一聯云：「曰校、曰序、曰庠，兩字德行陰教化；上士、中士、下士，一堂禮樂鬼門生。」游覽未已，官已出，鬈髮鮐背，若數百年人；而鼻孔撩天，脣外傾，不承其齒。從一主簿吏，虎首人身。又十餘人列侍，半獰惡若山精。秀才曰：「此鬼王也。」生駭極，欲退卻。鬼王已睹，降階揖生上，便問興居。生但諾。又云：「何事見臨？」生以秀才意具白之。鬼王色變曰：「此有成例，即父命所不敢承！」氣象森凜，似不可入一詞。生不敢言，驟起告別；鬼王側行送之，至門外始返。生不歸，潛入以觀其變。至堂下，則秀才已與同輩數人，交臂歷指，儼然在徽纆中。一獰人持刀來，裸其股，割片肉，可駢三指許。秀才大嗥欲嗄。生少年負義，憤不自持，大呼曰：「慘慘如此，成何世界！」鬼王驚起，暫命止割，蹻履逆生。生忿然已出，遍告市人，將控上帝。或笑曰：「迂哉！藍尉蒼蒼，何處覓上帝而訴之冤也？此輩惟與閻羅近，呼之或可應耳。」乃示之途。趨而往，果見殿陛威赫，閻羅方坐；伏階號屈。王召訴已，立命諸鬼綰綆提鎚而去。少頃，鬼王及秀才並至。審其情確，大怒曰：「憐爾夙世攻苦，暫委此任，候生貴家；今乃敢爾！其去若善筋，增若惡骨，罰今生生世世不得發迹也！」鬼乃箠之，仆地，顛落一齒。以刀割指端，抽筋出，亮白如絲。鬼王呼痛，聲類斬豬。手足並抽訖，有二鬼押去。生稽首而出，秀才從其後，感荷殷殷。挽送過市，見一戶，垂朱簾，簾內一女子露半面，容妝絕美。生問：「誰家？」秀才曰：「此曲巷也。」既過，生低徊不能舍，遂堅止秀才。秀才曰：「君為僕來，而今踽踽以去，心何忍。」生固辭，乃去。生望秀才去遠，急趨入簾內。女接見，喜形於色。入室促坐，相道姓名。女自言：「柳氏，小字秋華。」一嫗出，為具肴酒。酒闌，入帷，歡愛殊濃，切切訂婚嫁。既曙，嫗入曰：「薪水告竭，要耗郎君金資，奈何！」生頓念腰橐空虛，愧惶無聲。久之，曰：「我實不曾攜得一文，官署券保，歸即奉酬。」嫗變色曰：「曾聞夜度娘索逋欠耶？」秋華嚬蹙，不作一語。生暫解衣為質，嫗持笑曰：「此尚不能償酒值耳。」呶呶不滿志，與女俱入。生慚，移時，猶冀女出展別，再訂前約；久久無音，潛入窺之，見嫗與秋華，自肩以上化為牛鬼，目睒睒相對立。大懼，趨出；欲歸，則百道岐出，莫知所從。問之市人，並無知其村名者。徘徊廛肆之間，歷兩昏曉，悽意含酸，響腸鳴餓，進退無以自決。忽秀才過，望見之，驚曰：「何尚未歸，而簡褻若此？」生靦顏莫對。秀才曰：「有之矣！得勿為花夜叉所迷耶？」遂盛氣而往，曰：「秋華母子，何遽不少施面目耶！」去少時，即以衣來付生，曰：「淫婢無禮，已叱罵之矣。」送生至家，乃別而去。生暴絕，三日而蘇，言之歷歷。

閻羅

沂州徐公星，自言夜作閻羅王。州有馬生亦然。徐公聞之，訪諸其家，問馬昨夕冥中處分何事。馬言：「無他事，但送左蘿石升天。天上墮蓮花，朵大如屋云。」

大人

長山李孝廉質君詣青州，途中遇六七人，語音類燕。審視兩頰，俱有瘢，大如錢。異之，因問何病之同。客曰：舊歲客雲南，日暮失道，入大山中，絕壑巉巖，不可得出。谷中有大樹一章，條數尺，綿綿下垂，蔭廣畝餘。諸客計無所之，因共繫馬解裝，傍樹棲止。夜深，虎豹鴞鴟，次第嗥動，諸客抱膝相向，不能寐。忽見一大人來，高以丈許。客團伏，莫敢息。大人至，以手攫馬而食，六七匹頃刻都盡。既而折樹上長條，捉人首穿顋，如貫魚狀，貫訖，提行數步，條毳折有聲。大人似恐墜落，乃屈條之兩端，壓以巨石而去。客覺其去遠，出佩刀，自斷貫條，負痛疾走。未數武，見大人又導一人俱來，客懼，伏叢莽中。見後來者更巨，至樹下，往來巡視，似有所求而不得。已乃聲啁啾，似巨鳥鳴，意甚怒，蓋怒大人之紿己也。因以掌批其頰。大人傴僂順受，無敢少爭。俄而俱去。諸客始倉惶出，荒竄良久，遙見嶺頭有燈火，羣趨之。至則一男子居石室中。客入環拜，兼告所苦。男子曳令坐曰：「此物殊可恨，然我亦不能箝制。待舍妹歸，可與謀也。」無何，一女子荷兩虎自外入，問客何來。諸客叩伏而告以故。女子曰：「久知兩個為孽，不圖凶頑若此！當即除之。」於石室中出銅鎚，重三四百觔，出門遂逝。男子煮虎肉饗客。肉未熟，女子已返，曰：「彼見我欲遁，追之數十里，斷其一指而還。」因以指擲地，大於脛骨焉。眾駭極，問其姓氏，不答。少間，肉熟，客創痛不食。女以藥屑徧糝之，痛頓止。天明，女子送客至樹下，行李俱在。各負裝行十餘里，經昨夜鬥處，女子指示之，石窪中殘血尚存盆許。出山，女子始別而返。

向杲

向杲字初旦，太原人，與庶兄晟，友于最敦。晟狎一妓，名波斯，有割臂之盟；以其母取直奢，所約不遂。適其母欲從良，願先遣波斯。有莊公子者，素善波斯，請贖為妾。波斯謂母曰：「既願同離水火，是欲出地獄而登天堂也。若妾媵之，相去幾何矣！肯從奴志，向生其可。」母諾之，以意達晟。時晟喪偶未婚，喜，竭資聘波斯以歸。莊聞，怒奪所好，途中偶逢，大加詬罵。晟不服，遂嗾從人折箠笞之，垂斃，乃去。杲聞奔視，則兄已死。不勝哀憤。具造赴郡。莊廣行賄賂，使其理不得伸。杲隱忿中結，莫可控拆，惟思要路刺殺莊。日懷利刃，伏於山逕之莽。久之，機漸洩。莊知其謀，出則戒備甚嚴；聞汾州有焦桐者，勇而善射，以多金聘為衛。杲無計可施，然猶日伺之。一日，方伏，雨暴作，上下沾濡，寒戰頗苦。既而烈風四塞，冰雹繼至，身忽然痛癢不能復覺。嶺上舊有山神祠，強起奔赴。既入廟，則所識道士在內焉。先是，道士嘗行乞村中，杲輒飯之，道士以故識杲。見杲衣服濡溼，乃以布袍授之，曰：「姑易此。」杲易衣，忍凍蹲若犬，自視，則毛革頓生，身化為虎。道士已失所在。心中驚恨，轉念：得仇人而食其肉，計亦良得。下山伏舊處，見己尸臥叢莽中，始悟前身已死；猶恐葬於烏鳶，時時邏守之。越日，莊始經此，虎暴出，於馬上撲莊落，齕其首，咽之。焦桐返馬而射，中虎腹，蹷然遂斃。杲在錯楚中，恍若夢醒；又經宵，始能行步，厭厭以歸。家人以其連夕不返，方共駭疑，見之，喜相慰問。杲但臥，蹇澀不能語。少間，聞莊信，爭即牀頭慶告之。杲乃自言：「虎即我也。」遂述其異，由此傳播。莊子痛父之死甚慘，聞而惡之，因訟杲。官以其事誕而無據，置不理焉。

異史氏曰：「壯士志酬，必不生返，此千古所悼恨也。借人之殺以為生，仙人之術亦神哉！然天下事足髮指者多矣。使怨者常為人，恨不令暫作虎！」

董公子

青州董尚書可畏，家庭嚴肅，內外男女，不敢通一語。一日，有婢僕調笑於中門之外，公子見而怒叱之，各奔去。及夜，公子偕僮臥齋中，時方盛暑，室門洞敞。更深時，僮聞牀上有聲甚厲，驚醒。月影中，見前僕提一物出門去。以其家人故，弗深怪，遂復寐。忽聞靴聲訇然，一偉丈夫赤面修髯，似壽亭侯像，捉一人頭入。僮懼，蛇行入牀下，聞床上支支格格，如振衣，如摩腹，移時始罷。靴聲又響，乃去。僮伸頸漸出，見窗櫺上有曉色。以手捫牀上，著手沾溼，嗅之血腥。大呼公子，公子方醒，告而火之，血盈枕席。大駭，不知其故。忽有官役叩門，公子出見，役愕然，但言怪事。詰之，告曰：「適衙前一人神色迷罔，大聲曰：『我殺主人矣！』眾見其衣有血污，執而白之官，審知為公子家人。渠言已殺公子，埋首於關廟之側。往驗之，穴土猶新，而首則並無。」公子駭異，趨赴公庭，見其人即前狎婢者也。因述其異。官甚惶惑，重責而釋之。公子不欲結怨於小人，以前婢配之，令去。積數日，其鄰堵者，夜聞僕房中一聲震響若崩裂，急起呼之，不應。排闥入視，見夫婦及寢牀，皆截然斷而為兩。木肉上俱有削痕，似一刀所斷者。關公之靈迹最多，未有奇於此者也。

周三

泰安張太華，富吏也。家有狐擾，遣制罔效。陳其狀於州尹，尹亦不能為力。時州之東亦有狐居村民家，人共見為一白髮叟。叟與居人通弔問，如世人禮。自云行二，都呼為胡二爺。適有諸生謁尹，間道其異。尹為吏策，使往問叟，時東村人有作隸者，吏訪之，果不誣，因與俱往。即隸家設筵招胡。胡至，揖讓酬酢，無異常人。吏告所求。胡曰：「我固悉之，但不能為君效力。僕友人周三，僑居岳廟，宜可降伏，當代求之。」吏喜，申謝。胡臨別與吏約，明日張筵於岳廟之東。吏領教。胡果導周至。周虬髯鐵面，服袴褶。飲數行，向吏曰：「適胡二弟致尊意，事已盡悉。但此輩實繁有徒，不可善諭，難免用武。請即假館君家，微勞所不敢辭。」吏轉念：去一狐，得一狐，是以暴易暴也，游移不敢即應。周已知之，曰：「無畏，我非他比，且與君有喜緣，請勿疑。」吏諾之。周又囑明日偕家人闔戶坐室中，幸勿譁。吏歸，悉遵所教。俄聞庭中攻擊刺鬥之聲，踰時始定。啓關出視，血點點盈階上。墀中有小狐首數枚，大如椀琖焉。又視所除舍，則周危坐其中，拱手笑曰：「蒙重託，妖類已蕩滅矣。」自是館於其家，相見如主客焉。

鴿異

鴿類甚繁，晉有坤星，魯有鶴秀，黔有腋蝶，梁有翻跳，越有諸尖：皆異種也。又有靴頭、點子、大白、黑石、夫婦雀、花狗眼之類，名不可屈以指，惟好事者能辨之也。鄒平張公子幼量，癖好之，按經而求，務盡其種。其養之也，如保嬰兒：冷則療以粉草，熱則投以鹽顆。鴿善睡，睡太甚，有病麻痹而死者。張在廣陵，以十金購一鴿，體最小，善走，置地上，盤旋無已時，不至於死不休也，故常須人把握之；夜置羣中，使驚諸鴿，可以免痹股之病：是名「夜游」。齊魯養鴿家，無如公子最；公子亦以鴿自詡。一夜，坐齋中，忽一白衣少年叩扉入，殊不相識。問之，答曰：「漂泊之人，姓名何足道。遙聞畜鴿最盛，此亦生平所好，願得寓目。」張乃盡出所有，五色俱備，燦若雲錦。少年笑曰：「人言果不虛，公子可謂養鴿之能事矣。僕亦攜有一兩頭，頗願觀之否？」張喜，從少年去。月色冥漠，野壙蕭條，心竊疑懼。少年指曰：「請勉行，寓屋不遠矣。」又數武，見一道院，僅兩楹，少年握手入，昧無燈火。少年立庭中，口中作鴿鳴。忽有兩鴿出：狀類常鴿，而毛純白；飛與簷齊，且鳴且鬥，每一撲，必作觔斗。少年揮之以肱，連翼而去。復撮口作異聲，又有兩鴿出：大者如鶩，小者裁如拳；集階上，學鶴舞。大者延頸立，張翼作屏，宛轉鳴跳，若引之；小者上下飛鳴，時集其頂，翼翩翩如燕子落蒲葉上，聲細碎，類鼗鼓；大者伸頸不敢動。鳴愈急，聲變如磬，兩兩相和，間雜中節。既而小者飛起，大者又顛倒引呼之。張嘉歎不已，自覺望洋可愧。遂揖少年，乞求分愛；少年不許。又固求之，少年乃叱鴿去，仍作前聲，招二白鴿來，以手把之，曰：「如不嫌憎，以此塞責。」接而玩之：睛映月作琥珀色，兩目通透，若無隔閡，中黑珠圓於椒粒；啓其翼，脅肉晶瑩，臟腑可數。張甚奇之，而意猶未足，詭求不已。少年曰：「尚有兩種未獻，今不敢復請觀矣。」方競論間，家人燎麻炬入尋主人。回視少年，化白鴿，大如雞，沖霄而去。又目前院宇都渺，蓋一小墓，樹二柏焉。與家人抱鴿，駭歎而歸。試使飛，馴異如初，雖非其尤，人世亦絕少矣。於是愛惜臻至。積二年，育雌雄各三。雖戚好求之，不得也。有父執某公，為貴官。一日，見公子，問：「畜鴿幾許？」公子唯唯以退。疑某意愛好之也，思所以報而割愛良難。又念：長者之求，不可重拂。且不敢以常鴿應，選二白鴿，籠送之，自以千金之贈不啻也。他日，見某公，頗有德色；而其殊無一申謝語。心不能忍，問：「前禽佳否？」答云：「亦肥美。」張驚曰：「烹之乎？」曰：「然。」張大驚曰：「此非常鴿，乃俗所言『靼韃』者也！」某回思曰：「味亦殊無異處。」張歎恨而返。至夜，夢白衣少年至，責之曰：「我以君能愛之，故遂託以子孫。何以明珠暗投，致殘鼎鑊！今率兒輩去矣。」言已，化為鴿，所養白鴿皆從之，飛鳴逕去。天明視之，果俱亡矣。心甚恨之，遂以所畜，分贈知交，數日而盡。

異史氏曰：「物莫不聚於所好，故葉公好龍，則真龍入室；而況學士之於良友，賢君之於良臣乎！而獨阿堵之物，好者更多，而聚者特少。亦以見鬼神之怒貪而不怒癡也。」

向有友人饋朱鯽於孫公子禹年，家無慧僕，以老傭往。及門，傾水出魚，索柈而進之，及達主所，魚已枯斃。公子笑而不言，以酒犒傭，即烹魚以饗。既歸，主人問：「公子得魚頗歡慰否？」答曰：「歡甚。」問：「何以知？」曰：「公子見魚便忻然有笑容，立命賜酒，且烹數尾以犒小人。」主人駭甚，自念所贈頗不粗劣，何至烹賜下人。因責之曰：「必汝蠢頑無禮，故公子遷怒耳。」傭揚手力辯曰：「我固陋拙，遂以為非人也！登公子門，小心如許，猶恐筲斗不文，敬索柈出，一一勻排而後進之，有何不周詳也？」主人罵而遣之。

靈隱寺僧某，以茶得名，鐺臼皆精。然所蓄茶有數等，恆視客之貴賤以為烹獻；其最上者，非貴客及知味者，不一奉也。一日，有貴官至，僧伏謁甚恭，出佳茶，手自烹進，冀得稱譽。貴官默然。僧惑甚，又以最上一等烹而進之。飲已將盡，並無贊語。僧急不能待，鞠躬曰：「茶何如？」貴官執琖一拱曰：「甚熱。」此兩事，可與張公子之贈鴿同一笑也。

聶政

懷慶潞王，有昏德。時行民間，窺有好女子，輒奪之。有王生妻，為王所睹，遣輿馬直入其家。女子號泣不伏，強舁而出。王亡去，隱身聶政之墓，冀妻經過，得一遙訣。無何，妻至，望見夫，大哭投地。王惻動心懷，不覺失聲。從人知其王生，執之，將加搒掠。忽墓中一丈夫出，手握白刃，氣象威猛，厲聲曰：「我聶政也！良家子豈容強占！念汝輩不能自由，姑且宥恕。寄語無道王：若不改行，不日將抉其首！」眾大駭，棄車而走；丈夫亦入墓中而沒。夫妻叩墓歸，猶懼王命復臨。過十餘日，竟無消息，心始安。王自是淫威亦少殺云。

異史氏曰：「余讀刺客傳，而獨服膺於軹深井里也：其銳身而報知己也，有豫之義；白晝而屠卿相，有鱄之勇；皮面自刑，不累骨肉，有曹之智。至於荊軻，力不足以謀無道秦，遂使絕裾而去，自取滅亡。輕借樊將軍之頭，何日可能還也？此千古之所恨，而聶政之所嗤者矣。聞之野史：其墳見掘於羊、左之鬼。果爾，則生不成名，死猶喪義，其視聶之抱義憤而懲荒淫者，為人之賢不肖何如哉！噫！聶之賢，於此益信。」

冷生

平城冷生，少最鈍，年二十餘，未能通一經。忽有狐來，與之燕處。每聞其終夜語，即兄弟詰之，亦不肯洩。如是多日，忽得狂易病：每得題為文，則閉門枯坐；少時，譁然大笑。窺之，則手不停草，而一藝成矣。脫稿又文思精妙。是年入泮，明年食餼。每逢場作笑，響徹堂壁，由此「笑生」之名大譟。幸學使退休，不聞。後值某學使規矩嚴肅，終日危坐堂上。忽聞笑聲，怒執之，將以加責，執事官代白其顛。學使怒稍息，釋之而黜其名。從此佯狂詩酒。著有「顛草」四卷，超拔可誦。

異史氏曰：「閉門一笑，與佛家頓悟時何殊間哉！大笑成文，亦一快事，何至以此褫革？如此主司，寧非悠悠！」

學師孫景夏，往訪友人。至其窗外，不聞人語，但聞笑聲嗤然，頃刻數作。意其與人戲耳。入視，則居之獨也。怪之。始大笑曰：「適無事，默溫笑談耳。」邑宮生，家畜一驢，性蹇劣，每途中逢徒步客，拱手謝曰：「適忙，不遑下騎，勿罪！」言未已，驢已蹶然伏道上，屢試不爽。宮大慚恨，因與妻謀，使偽作客。己乃跨驢周於庭，向妻拱手，作遇客語，驢果伏。便以利錐毒刺之。適有友人相訪，方欲款關，聞宮言於內曰：「不遑下騎，勿罪！」少頃，又言之。心大怪異，叩扉問其故，以實告，相與捧腹。此二則，可附冷生之笑並傳矣。

狐懲淫

某生購新第，常患狐。一切服物，多為所毀，且時以塵土置湯餅中。一日，有友過訪，值生出，至暮不歸。生妻備饌供客，已而偕婢啜食餘餌。生素不羈，好蓄媚藥，不知何時狐以藥置粥中，婦食之，覺有腦麝氣，問婢，婢云不知。食訖，覺慾燄上熾，不可暫忍；強自按抑，燥渴愈急。籌思家中無可奔者，惟有客在，遂往叩齋。客問其誰，實告之。問何作，不答。客謝曰：「我與若夫道義交，不敢為此獸行。」婦尚流連，客叱罵曰：「某兄文章品行，被汝喪盡矣！」隔窗唾之，婦大慚，乃退。因自念：我何為若此？忽憶椀中香，得毋媚藥也？檢包中藥，果狼藉滿案，盎琖中皆是也。稔知冷水可解，因就飲之。頃刻心下清醒，愧恥無以自容。輾轉既久，更漏已殘，愈恐天曉難以見人，乃解帶自經。婢覺救之，氣已漸絕；辰後，始有微息。客夜間已遁。生晡後方歸，見妻臥，問之，不語，但含清涕。婢以狀告，大驚，苦詰之。妻遣婢去，始以實告。生歎曰：「此我之淫報也，於卿何尤？幸有良友；不然，何以為人！」遂從此痛改往行，狐亦遂絕。

異史氏曰：「居家者相戒勿蓄砒鴆，從無有相戒不蓄媚藥者，亦猶人之畏兵刃而狎牀笫也。寧知其毒有甚於砒鴆者哉！顧蓄之不過以媚內耳！乃至見嫉於鬼神；況人之縱淫，有過於蓄藥者乎？」

某生赴試，自郡中歸，日已暮，攜有蓮實菱藕，入室，並置几上。又有藤津偽器一事，水浸盎中。諸鄰人以生新歸，攜酒登堂，生倉卒置牀下而出，令內子經營供饌，與客薄飲。飲已，入內，急燭牀下，盎水已空。問婦。婦曰：「適與菱藕並出供客，何尚尋也？」生憶肴中有黑條雜錯，舉座不知何物。乃失笑曰：「癡婆子！此何物事，可供客耶？」婦亦疑曰：「我尚怨子不言烹法，其狀可醜，又不知何名，只得糊塗臠切耳。」生乃告之，相與大笑。今某生貴矣，相狎者猶以為戲。

山市

奐山山市，邑八景之一也。數年恆不一見。孫公子禹年，與同人飲樓上，忽見山頭有孤塔聳起，高插青冥。相顧驚疑，念近中無此禪院。無何，見宮殿數十所，碧瓦飛甍，始悟為山市。未幾，高垣睥睨，連亘六七里，居然城郭矣。中有樓若者，堂若者，坊若者，歷歷在目，以億萬計。忽大風起，塵氣莽莽然，城市依稀而已。既而風定天清，一切烏有；惟危樓一座，直接霄漢。五架窗扉皆洞開；一行有五點明處，樓外天也。層層指數：樓愈高，則明愈少；數至八層，裁如星點；又其上，則黯然縹緲，不可計其層次矣。而樓上人往來屑屑，或凭或立，不一狀。踰時，樓漸低，可見其頂；又漸如常樓；又漸如高舍；倏忽如拳如豆，遂不可見。又聞有早行者，見山上人煙市肆，與世無別，故又名「鬼市」云。

江城

臨江高蕃，少慧，儀容秀美。十四歲入邑庠。富室爭女之；生選擇良苛，屢梗父命。父仲鴻，年六十，只此子，寵惜之，不忍少拂。東村有樊翁者，授童蒙於市肆，攜家僦生屋。翁有女，小字江城，與生同甲，時皆八九歲，兩小無猜，日共嬉戲。後翁徙去，積四五年，不復聞問。一日，生於隘巷中，見一女郎，豔美絕俗。從以小鬟，僅六七歲。不敢傾顧，但斜睨之。女停睇，若欲有言。細視之，江城也。頓大驚喜。各無所言，相視呆立，移時始別，兩情戀戀。生故以紅巾遺地而去，小鬟拾之，喜以授女。女入袖中，易以己巾，偽謂鬟曰：「高秀才非他人，勿得諱其遺物，可追還之。」小鬟果追付生，生得巾大喜。歸見母，請與論婚。母曰：「家無半間屋，南北流寓，何足匹偶？」生曰：「我自欲之，固當無悔。」母不能自決，以商仲鴻；鴻執不可。生聞之悶悶，嗌不容粒。母憂之，謂高曰：「樊氏雖貧，亦非狙儈無賴者比。我請過其家，倘其女可偶，當亦無害。」高曰：「諾。」母託燒香黑帝祠，詣之。見女明眸秀齒，居然娟好，心大愛悅。遂以金帛厚贈之，實告以意。樊媼謙抑而後受盟。歸述其情，生始解顏為笑。逾歲，擇吉迎女歸，夫妻相得甚歡。而女善怒，反眼若不相識；詞舌嘲啁，常聒於耳。生以愛故，悉含忍之。翁媼聞之，心弗善也，潛責其子。為女所聞，大恚，詬罵彌加。生稍稍反其惡聲，女益怒，撻逐出戶，闔其扉。生嚐嚐門外，不敢叩關，抱膝宿簷下。女從此視若仇。其初，長跪猶可以解；漸至屈膝無靈，而丈夫益苦矣。翁姑薄讓之，女抵牾不可言狀。翁姑忿怒，逼令大歸。樊慚懼，浼交好者請於仲鴻；仲鴻不許。年餘，生出遇岳，岳邀歸其家，謝罪不遑。妝女出見，夫婦相看，不覺惻楚。樊乃沽酒款婿，酬勸甚殷。日暮，堅止留宿，掃別榻，使夫婦並寢。既曙辭歸，不敢以情告父母，掩飾彌縫。自此三五日，暫一寄岳家宿，而父母不知也。樊一日自詣仲鴻。初不見，迫而後見之。樊膝行而請，高不承，諉諸其子。樊曰：「婿昨夜宿僕家，不聞有異言。」高驚問：「何時寄宿？」樊具以告。高赧謝曰：「我固不知。彼愛之，我獨何仇乎？」樊既去，高呼子而罵，生但俛首，不少出氣。言間，樊已送女至。高曰：「我不能為兒女任過，不如各立門戶，即煩主析爨之盟。」樊勸之，不聽。遂別院居之，遣一婢給役焉。月餘，頗相安，翁嫗竊慰。未幾，女漸肆，生面上時有指爪痕；父母明知之，亦忍不置問。一日，生不堪撻楚，奔避父所，芒芒然如鳥雀之被鸇毆者。翁嫗方怪問，女已橫梃追入，逕即翁側捉而箠之。翁姑涕噪，略不顧瞻，撻至數十，始悻悻以去。高逐子曰：「我惟避囂，故析爾。爾固樂此，又焉逃乎？」生被逐，徙倚無所歸。母恐其折挫行死，令獨居而給之食。又召樊來，使教其女。樊入室，開諭萬端，女終不聽，反以惡言相苦。樊拂衣去，誓相絕。無何，樊翁憤生病，與嫗相繼死。女恨之，亦不臨弔，惟日隔壁噪罵，故使翁姑聞。高悉置不知。生自獨居，若離湯火，但覺淒寂。暗以金啗媒媼李氏，納妓齋中，往來皆以夜。久之，女微聞之，詣齋嫚罵。生力白其誣，矢以天日，女始歸。自此日伺生隙。李媼自齋中出，適相遇，急呼之；媼神色變異，女愈疑。謂媼曰：「明告所作，或可宥免；若猶隱祕，撮毛盡矣！」媼戰而告曰：「半月來，惟勾欄李雲娘過此兩度耳。適公子言，曾於玉笥山見陶家婦，愛其雙翹，囑奴招致之。渠雖不貞，亦未便作夜度娘，成否故未必也。」女以其言誠，姑從寬恕。媼欲去，又強止之。日既昏，呵之曰：「可先往滅其燭，便言陶家至矣。」媼如其言。女即遽入。生喜極，挽臂促坐，具道饑渴。女默不語，生暗中索其足，曰：「山上一覲仙容，介介獨戀是耳。」女終不語。生曰：「夙昔之願，今始得遂，何可覿面而不識也？」躬自促火一照，則江城也。大懼失色，墮燭於地，長跪觳觫，若兵在頸。女摘耳提歸，以針刺兩股殆遍，乃臥以下牀，醒則罵之。生以此畏若虎狼；即偶假以顏色，枕席之上，亦震慴不能為人。女批頰而叱去之，益厭棄不以人齒。生日在蘭麝之鄉，如犴狴中人，仰獄吏之尊也。女有兩姊，俱適諸生。長姊平善，訥於口，常與女不相洽。二姊適葛氏，為人狡黠善辯，顧影弄姿，貌不及江城，而悍妒與埒。姊妹相逢無他語，惟各以閫威自鳴得意。以故二人最善。生適戚友，女輒嗔怒；惟適葛所，知而不禁。一日，飲葛所，既醉，葛嘲曰：「子何畏之甚？」生笑曰：「天下事頗多不解：我之畏，畏其美也；乃有美不及內人，而畏甚於僕者，惑不滋甚哉？」葛大慚，不能對。婢聞，以告二姊。二姊怒，操杖遽出，生見其凶，跴屣欲走。杖起，已中腰膂；三杖三蹶而不能起。誤中顱，血流如瀋。二姊去，蹣跚而歸。妻驚問之。初以迕姨故，不敢遽告；再三研詰，始具陳之。女以帛束生首，忿然曰：「人家男子，何煩他撻楚耶！」更短袖裳，懷木杵，攜婢逕去。抵葛家，二姊笑語承迎，女不語，以杵擊之，仆；裂袴而痛楚焉。齒落脣缺，遺失溲便。女返，二姊羞憤，遣夫赴愬於高。生趨出，極意溫恤。葛私語曰：「僕此來，不得不爾。悍婦不仁，幸假手而懲創之，我兩人何嫌焉。」女已聞之，遽出，指罵曰：「齷齪賊！妻子虧苦，反竊竊與外人交好！此等男子，不宜打煞耶！」疾呼覓杖。葛大窘，奪門竄去。生由此往來全無一所。同窗王子雅過之，宛轉留飲。飲間，以閨閣相謔，頗涉狎褻。女適窺客，伏聽盡悉，暗以巴豆投湯中而進之。未幾，吐利不可堪，奄存氣息。女使婢問之曰：「再敢無禮否？」始悟病之所自來，呻吟而哀之，則菉豆湯已儲待矣，飲之乃止。從此同人相戒，不敢飲於其家。王有酤肆，肆中多紅梅，設宴招其曹侶。生託文社，稟白而往。日暮，既酣，王生曰：「適有南昌名妓，流寓此間，可以呼來共飲。」眾大悅。惟生離席，興辭，羣曳之曰：「閫中耳目雖長，亦聽睹不至於此。」因相矢緘口，生乃復坐。少間，妓果出，年十七八，玉佩丁冬，雲鬟掠削。問其姓，云：「謝氏，小字芳蘭。」出詞吐氣，備極風雅，舉座若狂。而芳蘭尤屬意生，屢以色授。為眾所覺，故曳兩人連肩坐。芳蘭陰把生手，以指書掌作「宿」字。生於此時，欲去不忍，欲留不敢，心如亂絲，不可言喻。而傾頭耳語，醉態益狂，榻上臙脂虎，亦並忘之。少選，聽更漏已動，肆中酒客愈稀；惟遙座一美少年，對燭獨酌，有小僮捧巾侍焉。眾竊議其高雅。無何，少年罷飲出門去。僮返身入，向生曰：「主人相候一語。」眾則茫然，惟生顏色慘變，不遑告別，匆匆便去。蓋少年乃江城，僮即其家婢也。生從至家，伏受鞭扑。從此禁錮益嚴，弔慶皆絕。文宗下學，生以誤講降為青。一日，與婢語，女疑與私，以酒罈囊婢首而撻之。已而縛生及婢，以繡翦翦腹間肉互補之，釋縛令其自束。月餘，補處竟合為一云。女每以白足踏餅塵土中，叱生摭食之。如是種種。母以憶子故，偶至其家，見子柴瘠，歸而痛哭欲死。夜夢一叟告之曰：「不須憂煩，此是前世因。江城原靜業和尚所養長生鼠，公子前生為士人，偶游其地，誤斃之。今作惡報，不可以人力回也。每早起，虔心誦觀音咒一百遍，必當有效。」醒而述於仲鴻，異之，夫妻遵教。虔誦兩月餘，女橫如故，益之狂縱。聞門外鉦鼓，輒握髮出，憨然引眺，千人指視，恬不為怪。翁姑共恥之，而不能禁。忽有老僧在門外宣佛果，觀者如堵。僧吹鼓上革作牛鳴。女奔出，見人眾無隙，命婢移行牀，翹登其上。眾目集視，女如弗覺。踰時，僧敷衍將畢，索清水一盂，持向女而宣言曰：「莫要嗔，莫要嗔！前世也非假，今世也非真。咄！鼠子縮頭去，勿使貓兒尋。」宣已，吸水噀射女面，粉黛淫淫，下沾衿袖。眾大駭，意女暴怒，女殊不語，拭面自歸。僧亦遂去。女入室癡坐，嗒然若喪，終日不食，掃榻遽寢。中夜忽喚生醒，生疑其將遺，捧進溺盆。女卻之，暗把生臂，曳入衾。生承命，四體驚悚，若奉丹詔。女慨然曰：「使君如此，何以為人！」乃以手撫捫生體，每至刀杖痕，嚶嚶啜泣，輒以爪甲自掐，恨不即死。生見其狀，意良不忍，所以慰籍之良厚。女曰：「妾思和尚必是菩薩化身。清水一灑，若更腑肺。今回憶曩昔所為，都如隔世。妾向時得毋非人耶？有夫婦而不能歡，有姑嫜而不能事，是誠何心！明日可移家去，仍與父母同居，庶便定省。」絮語終夜，如話十年之別。昧爽即起，摺衣斂器，婢攜簏，躬襆被，促生前往叩扉。母出駭問，告以意。母尚遲回，女已偕婢入。母從入。女伏地哀泣，但求免死。母察其意誠，亦泣曰：「吾兒何遽如此？」生為細述前狀，始悟曩昔之夢驗也。喜，喚廝僕為除舊舍。女自是承顏順志，過於孝子，見人，則靦如新婦；或戲述往事，則紅漲於頰。且勤儉，又善居積；三年，翁媼不問家計，而富稱巨萬矣。生是歲鄉捷。女每謂生曰：「當日一見芳蘭，今猶憶之。」生以不受荼毒，願已至足，妄念所不敢萌，唯唯而已。會以應舉入都，數月乃返。入室，見芳蘭方與江城對弈。驚而問之，則女以數百金出其籍矣。此事浙中王子雅言之甚詳。

異史氏曰：「人生業果，飲啄必報，而惟果報之在房中者，如附骨之疽，其毒尤慘。每見天下賢婦十之一，悍婦十之九，亦以見人世之能修善業者少也。觀自在願力宏大，何不將盂中水灑大千世界也？」

孫生

孫生，娶故家女辛氏，初入門，為窮袴，多其帶，渾身糾纏甚密，拒男子不與共榻。牀頭常設錐簪之器以自衛。孫屢被刺劙，因就別榻眠。月餘，不敢問鼎。即白晝相逢，女未嘗假以言笑。同窗某知之，私謂孫曰：「夫人能飲否？」答云：「少飲。」某戲之曰：「僕有調停之法，善而可行。」問：「何法？」曰：「以迷藥入酒，給使飲焉，則惟君所為矣。」孫笑之，而陰服其策良。詢之醫家，敬以酒煮烏頭，置案上。入夜，孫釃別酒，獨酌數觥而寢。如此三夕，妻終不飲。一夜，孫臥移時，視妻猶寂坐，孫故作鼾聲；妻乃下榻，取酒煨爐上。孫竊喜。既而滿飲一杯；又復酌，約盡半杯許，以其餘仍內壺中，拂榻遂寢。久之無聲，而燈煌煌尚未滅也。疑其尚醒，故大呼：「錫檠鎔化矣！」妻不應，再呼仍不應；白身往視，則醉睡如泥。啓衾潛入，層層斷其縛結。妻固覺之，不能動，亦不能言，任其輕薄而去。既醒，惡之，投繯自縊。孫夢中聞喘吼聲，起而奔視，舌已出兩寸許。大驚，斷索，扶榻上，踰時始蘇。孫自此殊厭恨之，夫妻避道而行，相逢則各俯其首，積四五年，不交一語。妻或在室中，與他人嬉笑；見夫至，色則立變，凜如霜雪。孫嘗寄宿齋中，經歲不歸；即強之歸，亦面壁移時，默然就枕而已。父母甚憂之。一日，有老尼至其家，見婦，亟加贊譽。母不言，但有浩歎，尼詰其故，具以情告。尼曰：「此易事耳。」母喜曰：「倘能回婦意，當不靳酬也。」尼窺室無人，耳語曰：「購春宮一幀，三日後，為若厭之。」尼去，母即購以待之。三日，尼果來，囑曰：「此須甚密，勿令夫婦知。」乃剪下圖中人，又鍼三枚、艾一撮，並以素紙包固，外繪數畫如蚓狀，使母賺婦出，竊取其枕，開其縫而投之；已而仍合之，返歸故處。尼乃去。至晚，母強子歸宿。媼往竊聽。二更將殘，聞婦呼孫小字，孫不答。少間，婦復語，孫厭氣作惡聲。質明，母入其室，見夫婦面首相背，知尼之術誣也。呼子於無人處，委諭之。孫聞妻名，便怒，切齒。母怒罵之，不顧而去。

越日，尼來，告之罔效，尼大疑。媼因述所聽：尼笑曰：「前言婦憎夫，故偏厭之。今婦意已轉，所未轉者男耳。請作兩制之法，必有驗。」母從之，索子枕如前緘置訖，又呼令歸寢。更餘，猶聞兩榻上皆有轉側聲，時作咳，都若不能寐。久之，聞兩人在一牀上唧唧語，但隱約不可辨。將曙，猶聞嬉笑，吃吃不絕。媼以告母。母喜。尼來，厚饋之。孫由是琴瑟和好。生一男兩女，十餘年從無角口之事。同人私問其故，笑曰：「前此顧影生怒，後此聞聲而喜，自亦不解其何心也。」

異史氏曰：「移憎而愛，術亦神矣。然能令人喜者，亦能令人怒，術人之神，正術人之可畏也。先哲云：『六婆不入門。』有見矣夫！」

八大王

臨洮馮生，蓋貴介裔而陵夷矣。有漁鱉者，負其債不能償，得鱉輒獻之。一日，獻巨鱉，額有白點，生以其狀異，放之。後自婿家歸，至恆河之側，日已就昏，見一醉者，從二三僮，顛跛而至，遙見生，便問：「何人？」生漫應：「行道者。」醉人怒曰：「寧無姓名，胡言行道者？」生馳驅心急，置不答，逕過之。醉人益怒，捉袂使不得行，酒臭熏人。生更不耐，然力解不能脫。問：「汝何名？」囈然而對曰：「我南都舊令尹也。將何為？」生曰：「世間有此等令尹，辱寞世界矣！幸是舊令尹；假新令尹，將無殺盡途人耶？」醉人怒甚，勢將用武。生大言曰：「我馮某非受人撾打者！」醉人聞之，變怒為歡，踉蹡下拜曰：「是我恩主，唐突勿罪！」起喚從人，先歸治具。生辭之不得。握手行數里，見一小村。既入，則廊舍華好，似貴人家。醉人酲稍解，生始詢其姓字。曰：「言之勿驚，我洮水八大王也。適西山青童招飲，不覺過醉，有犯尊顏，實切愧悚。」生知其妖，以其情辭殷渥，遂不畏怖。俄而設筵豐盛，促坐歡飲。八大王最豪，連舉數觥。生恐其復醉，再作縈擾，偽醉求寢。八大王已喻其意，笑曰：「君得無畏我狂耶？但請勿懼。凡醉人無行，謂隔夜不復記者，欺人耳。酒徒之不德，故犯者十之九。僕雖不齒於儕偶，顧未敢以無賴之行，施之長者，何遂見拒如此？」生乃復坐，正容而諫曰：「既自知之，何勿改行？」八大王曰：「老夫為令尹時，沈湎尤過於今日。自觸帝怒，謫歸島嶼，力返前轍者，十餘年矣。今老將就木，潦倒不能橫飛，故態復作，我自不解耳。茲敬聞命矣。」傾談間，遠鐘已動。八大王起捉臂曰：「相聚不久。蓄有一物，聊報厚德。此不可以久佩，如願後，當見還也。」口中吐一小人，僅寸許，因以爪掐生臂，痛若膚裂；急以小人按捺其上，釋手已入革裏，甲痕尚在，而漫漫墳起，類痰核狀。驚問之，笑而不答。但曰：「君宜行矣。」送生出，八大王自返。回顧村舍全渺，惟一巨鱉，蠢蠢入水而沒。錯愕久之，自念所獲，必鱉寶也。由此目最明，凡有珠寶之處，黃泉下皆可見；即素所不知之物，亦隨口而知其名。於寢室中，掘得藏鏹數百，用度頗充。後有貨故宅者，生視其中有藏鏹無算，遂以重金購居之。由此與王公埒富矣，火齊木難之類皆蓄焉。得一鏡，背有鳳紐，環水雲湘妃之圖，光射里餘，鬚眉皆可數。佳人一照，則影留其中，磨之不能滅也；若改妝重照，或更一美人，則前影消矣。時肅府第三公主絕美，雅慕其名。會主游崆峒，乃往伏山中，伺其下輿，照之而歸，設寘案頭。審視之，見美人在中，拈巾微笑，口欲言而波欲動，喜而藏之。年餘，為妻所洩，聞之肅府。大怒，收之，追鏡去，擬斬。生大賄中貴人，使言於王曰：「王如見赦，天下之至寶，不難致也。不然，有死而已，於王誠無所益。」王欲籍其家而徙之。三公主曰：「彼已窺我，十死亦不足解此玷，不如嫁之。」王不許。公主閉戶不食。妃子大憂，力言於王。王乃釋生囚，命中貴以意示生。生辭曰：「糟糠之妻不下堂，寧死不敢承命。王如聽臣自贖，傾家可也。」王怒，復逮之。妃召生妻入宮，將鴆之。既見，妻以珊瑚鏡臺納妃，辭意溫惻。妃悅之，使參公主。公主亦悅之，訂為姊妹，轉使諭生。生告妻曰：「王侯之女，不可以先後論嫡庶也。」妻不聽，歸修聘幣納王邸，齎送者迨千人。珍石寶玉之屬，王家不能知其名。王大喜，釋生歸，以公主嬪焉。公主仍懷鏡歸。

生一夕獨寢，夢八大王軒然入曰：「所贈之物，當見還也。佩之若久，耗人精血，損人壽命。」生諾之，即留宴飲。八大王辭曰：「自聆藥石，戒杯中物，已三年矣。」乃以口齧生臂，痛極而醒。視之，則核塊消矣。後此遂如常人。

異史氏曰：「醒則猶人，而醉則猶鼈，此酒人之大都也。顧鼈雖日習於酒狂乎，而不敢忘恩，不敢無禮於長者，鼈不過人遠哉？若夫己氏則醒不如人，而醉不如鼈矣。古人有龜鑑，盍以為鼈鑑乎？乃作『酒人賦』。賦曰：『有一物焉，陶情適口；飲之則醺醺騰騰，厥名為「酒」。其名最多，為功已久：以宴嘉賓，以速父舅，以促膝而為歡，以合巹而成偶；或以為「釣詩鈎」，又以為「掃愁帚」。故麴生頻來，則騷客之金蘭友；醉鄉深處，則愁人之逋逃藪。糟邱之臺既成，鴟夷之功不朽。齊臣遂能一石，學士亦稱五斗。則酒固以人傳，而人或以酒醜。若夫落帽之孟嘉，荷鍤之伯倫，山公之倒其接䍦，彭澤之漉以葛巾。酣眠乎美人之側也，或察其無心；濡首於墨汁之中也，自以為有神。井底臥乘船之士，槽邊縛珥玉之臣。甚至效鼈囚而玩世，亦猶非害物而不仁。至如雨宵雪夜，月旦花晨，風定塵短，客舊妓新，履舄交錯，蘭麝香沈，細批薄抹，低唱淺斟；忽清商兮一奏，則寂若兮無人。雅謔則飛花粲齒，高吟則戛玉敲金。總陶然而大醉，亦魂清而夢真。果爾，即一朝一醉，當亦名教之所不嗔。爾乃嘈雜不韻，俚詞並進；坐起讙譁，呶呶成陣。涓滴忿爭，勢將投刃；伸頸攢眉，引杯若鴆；傾瀋碎觥，拂燈滅燼。綠醑葡萄，狼藉不靳；病葉狂花，觴政所禁。如此情懷，不如弗飲。又有酒隔咽喉，間不盈寸；吶吶呢呢，猶譏主吝；坐不言行，飲復不任：酒客無品，於斯為甚。甚有狂藥下，客氣粗；努石稜，磔鬡鬚；袒兩背，躍雙趺。塵濛濛兮滿面，哇浪浪兮沾裾；口狺狺兮亂吠，髮蓬蓬兮若奴。其籲地而呼天也，似李郎之嘔其肝臟；其揚手而擲足也，如蘇相之裂於牛車。舌底生蓮者，不能窮其狀；燈前取影者，不能為之圖。父母前而受忤，妻子弱而難扶。或以父執之良友，無端而受罵於灌夫。婉言以警，倍益眩瞑。此名「酒凶」，不可救拯。惟有一術，可以解酲。厥術維何?只須一梃。縶其手足，與斬豬等。只困其臀，勿傷其頂，捶至百餘，豁然頓醒。』」

戲縊

邑人某，佻撻無賴，偶游村外，見少婦乘馬來，謂同游者曰：「我能令其一笑。」眾不信，約賭作筵。某遽奔去，出馬前，連聲譁曰：「我要死！」因於牆頭抽粱藍一本，橫尺許，解帶掛其上，引頸作縊狀。婦果過而哂之，眾亦粲然。婦去既遠，某猶不動，眾益笑之。近視，則舌出目瞑，而氣真絕矣。粱幹自經，不亦奇哉？是可以為儇薄者戒。

國家圖書館出版品預行編目資料

聯齋誌異／(清)蒲松齡原著. --二版. --臺北市：五南圖書出版股份有限公司, 2013.12
面；　公分
ISBN 978-957-11-7383-2(上冊 : 平裝). --
ISBN 978-957-11-7384-9(下冊 : 平裝). --
ISBN 978-957-11-7385-6(全套 : 平裝)

857.27　　102021226

中國經典　08

8R42

聊齋誌異（上）

原　　著— 清・蒲松齡
發 行 人— 楊榮川
總 經 理— 楊士清
總 編 輯— 楊秀麗
副總編輯— 蘇美嬌
責任編輯— 邱紫綾
封面設計— 童安安
出 版 者— 五南圖書出版股份有限公司
地　　址：106台北市大安區和平東路二段339號4樓
電　　話：(02)2705-5066　　傳　　真：(02)2706-6100
網　　址：https://www.wunan.com.tw
電子郵件：wunan@wunan.com.tw
劃撥帳號：01068953
戶　　名：五南圖書出版股份有限公司

法律顧問　林勝安律師事務所　林勝安律師

出版日期　2009年7月初版一刷
　　　　　2013年12月二版一刷
　　　　　2022年6月二版三刷
定　　價　新臺幣300元